MARVEL UNTOLD

DIE DARK AVENGERS IN:

DIE LISTE DER PATRIOTEN

EIN ROMAN VON

DAVID GUYMER

INS DEUTSCHE ÜBERTRAGEN
VON RENÉ ULMER

cross cult

FOR MARVEL PUBLISHING
VP Production & Special Projects: Jeff Youngquist
Associate Editor, Special Projects: Caitlin O'Connell
Manager, Licensed Publishing: Jeremy West
VP, Licensed Publishing: Sven Larsen
SVP Print, Sales & Marketing: David Gabriel
Editor in Chief: C B Cebulski

Special Thanks to Tom Brevoort

Die deutsche Ausgabe von DIE LISTE DER PATRIOTEN
wird herausgegeben von Cross Cult, Teinacher Straße 72, 71634 Ludwigsburg.
Inh. Andreas Mergenthaler; Verlagsleitung: Luciana Bawidamann; Übersetzung: René Ulmer;
Programmleitung Romane/Sachbücher: Markus Rohde; Lektorat: Katrin Aust; Korrektorat:
Peter Schild; Satz: Rowan Rüster; Layout: Cross Cult; Cover-Illustration: Fabio Listrani;
Leitung Vertrieb: Peter Sowade; Marketing: Jana Rahders;
Druck: Printausgabe gedruckt von CPI book GmbH, Leck. Printed in the EU.

Titel der Originalausgabe:
THE PATRIOT LIST
First published by Aconyte Books in 2021
Aconyte Books is an imprint of Asmodee Entertainment Ltd

Print ISBN 978-3-98666-067-3 (Dezember 2022)
E-Book ISBN 978-3-98666-068-0 (Dezember 2022)

WWW.CROSS-CULT.DE

Die Welt wurde vor einer
außerirdischen Invasion gerettet.
Die gescheiterte planetare Verteidigungsorganisation
S.H.I.E.L.D. wurde aufgelöst.
Ihre Befehlshaber sind in Ungnade
gefallen und auf der Flucht.
Die Bürger der Erde haben einen neuen Helden.
Er heißt Norman Osborn.
Und er bürgt für diese Avengers.

PROLOG

Mehrere Dutzend große Bildschirme badeten Norman Osborns unterirdische Büroräume in ein unstetes Licht. Es war seit sechsundneunzig Stunden das erste Mal, dass Norman in irgendetwas badete. Er trug dasselbe weiße Oberhemd mit der dunkelgrünen Krawatte wie schon während seines Flugs zur Andrews Air Force Base am Freitagnachmittag.

Jetzt war es Montag, mitten in der Nacht.

Schlaf war etwas für geringere Männer.

Dunkle Schweißränder nahmen große Teile seines Hemds ein. Er hatte seine Krawatte gelockert und nun lag sie auf seiner Brust, als wäre sie über seine Schulter gekrochen und dort verendet. Sein Medienteam wies ihn ständig darauf hin, sich nicht mit irgendetwas Grünem an seiner Kleidung fotografieren zu lassen. »Negative Assoziationen im öffentlichen Unterbewusstsein«, behaupteten sie, aber ohne Krawatte konnte man nicht vor die Oberbefehlshaber der Streitkräfte treten. Und eine andere hatten seine Mitarbeiter so kurzfristig nicht an Bord des Quinjets auftreiben können.

Victoria war wütend gewesen. »Grüne Krawatten schleichen sich nicht in den Kleiderschrank des Direktors von H.A.M.M.E.R.« Sie hatte damit gedroht, die gesamte Belegschaft zu feuern. Doch Norman hatte größere Sorgen als die

Frage, in welcher Farbe er auf Seite neun der *Washington Post* zu sehen war, oder die Jobs von ein paar Mitarbeitern.

Ihn plagten echte Sorgen.

Ernsthafte Sorgen.

Der Verteidigungsminister hatte ihn ins Pentagon zitiert, um über die Unruhen zu sprechen, die sich derzeit von Ostafrika aus in Richtung des Nahen Ostens ausbreiteten. Tatsache war, niemand von den Männern und Frauen an diesem Tisch hatte sich auch nur im Geringsten darum geschert, was am anderen Ende der Welt geschah. Für sie war nur wichtig, welchen Eindruck sie zu Hause machten.

Eigentlich wäre es einfach nur zum Lachen gewesen.

Auf den Bildschirmen, die eine Wand seines Büros ausfüllten, zeigten die regionalen Sender stumm Bilder von Protesten und Unruhen. Bagdad. Kairo. Daressalam. Die laufenden Nachrichten präsentierten sie in einer Endlosschleife. Auf einem Bildschirm mit dem digitalen Stempel von Kenia NMG waren neben dem Lauftext in Swahili maskierte Männer zu sehen, die Plakate schwenkend eine H.A.M.M.E.R.-Einrichtung in Kisumu stürmten. Eine andere Meldung von Al Jazeera zeigte flüchtende Zivilisten in den Straßen der jemenitischen Hauptstadt Sanaa. Norman kritzelte eine dringende Notiz an sich selbst, herauszufinden, wer im Sender von Sanaa das Sagen hatte, und dafür zu sorgen, dass diese Person eine enorme Gehaltserhöhung und eine Beförderung bekam.

Nachdem er fertig war, musterte er die krakelige Handschrift.

Er konnte sie kaum lesen.

Er riss das oberste Blatt des Notizblocks ab, zerknüllte es und warf es weg. In ein oder zwei Tagen vielleicht. Sobald sich die Weltlage entspannt hatte. Es hatte keinen Sinn, die Dinge noch schlimmer zu machen.

Soweit man Norman informiert hatte, schienen die Einheimischen in diesen Ländern nicht gerade begeistert zu sein, dass H.A.M.M.E.R. die S.H.I.E.L.D.-Außenposten, die sich seit dem Zweiten Weltkrieg auf ihren Territorien befanden, ohne weitere Rücksprache übernommen hatte. Zusätzlich schienen die Regierungen ein Problem damit zu haben, wie man mehrere hochrangige Agenten, Verbindungsleute und Nick Furys Schützlinge ersetzt oder an die USA ausgeliefert hatte. Sofern sie nicht gleich auf mysteriöse Weise über internationalen Gewässern verschwunden waren. Auch die Tatsache, dass der Präsident der Vereinigten Staaten Norman Osborn mit dieser Aufgabe betraut hatte, gefiel ihnen nicht besonders.

Was redeten die sich denn ein, wie Fury den Posten bekommen hatte?

Auf göttliches Dekret hin?

Im kalten grauen Licht der Bildschirme schürte er seine Verbitterung über die Undankbarkeit der Welt und gab sich dieser Wut hin. Hatten sie auch nur die geringste Ahnung, was er für sie tat, welche Bedrohungen er jeden Tag bewältigte, damit ihre Kinder nachts unbehelligt schlafen konnten? Oder wussten sie es, dachten sich jedoch, jemand mit einem Pass anderer Farbe könnte es besser machen?

Er verfolgte die Nachrichtensendungen nebenher, während er die Zusammenfassung des vierteljährlichen Finanzberichts durchging, einen Blick auf die neuesten Entwicklungen in der Forschungs- und Entwicklungsabteilung warf, die Einsatzberichte von Ares' neuer Spezialeinheit durchlas, die Ergebnisse der heimlichen Überwachung überflog, unter die er seine diversen Kinder überall auf der Welt gestellt hatte, und eine Pressemitteilung über die »widerspenstige Minderheit« im Nahen Osten für die Nachrichten am Montagmorgen verfasste. Er öffnete ein Pillenfläschchen, ohne auf das Etikett zu achten, um dann zwei mit einem Glas Wasser hinunterzustürzen.

Norman brauchte selten mehr als ein paar Stunden Schlaf pro Nacht. Sein Verstand war schon immer in der Lage gewesen, mehrere Aufgaben gleichzeitig zu bewältigen. Er verstand nicht, warum das andere nicht auch konnten. Seiner Meinung nach demonstrierte das eine tragische Willensschwäche.

War es da ein Wunder, dass sich geringere Menschen die Zeit nahmen, sich zu waschen, zu essen, sich umzuziehen und ...

Ruckartig drehte er sich in seinem Sessel um.

Victoria Hand hatte sich geräuspert.

Die stellvertretende Direktorin von H.A.M.M.E.R. war eine junge Frau mit den strengen, emotionslosen Zügen, die man bei solchen hochgradig motivierten Menschen häufig fand. Sie trug ihr schwarzes Haar straff zu einem langen Pferdeschwanz zurückgebunden, ein paar rot gefärbte Strähnen ihres Ponys hingen ihr über die elegante Brille ins Gesicht. Sie trug ein lavendelfarbenes Kostüm mit einer Glock 18 im Holster unter dem Blazer. Sie sah zu jeder Tages- und Nachtzeit adrett aus.

»Was gibt es, Miss Hand?« Am liebsten hätte er sie angefahren, doch er hielt sich unter Kontrolle. »Wie Sie vermutlich sehen können, bin ich der Inbegriff von *sehr beschäftigt.*«

»Sir, Sie arbeiten schon das ganze Wochenende ununterbrochen an dieser Sache. Sie müssen lernen zu delegieren.«

»Ich traue niemandem sonst zu, das Notwendige zu tun oder dass es richtig gemacht wird. Anders als Stark und Fury werde ich nicht versagen. Diese Genugtuung werde ich ihnen nicht geben.« Er deutete beiläufig auf die riesige Wand aus Bildschirmen, als würden sie rein zufällig laufen. »Denken Sie, dass sie undankbar sind, Miss Hand? Oder leiden sie an einer Art kollektiver Paramnesie? Ich erinnere mich, was nach meiner Ernennung in Teheran und Nairobi los war. Sie waren genauso froh wie jeder amerikanische Bürger, dass die Invasion der Skrulls zurückgeschlagen worden war.«

»Ich denke, Sir, Sie müssen sich ausruhen. Die Welt braucht Sie. In Hochform. Sie braucht nicht …«, sie musterte ihn und ihre geschäftsmäßige Fassade bröckelte unter ihrer offensichtlichen Sorge um sein Wohlergehen, »das.«

Norman riss den Blick von den Bildschirmen. Er sah sie einen Moment lang an und sein Zorn auf die Welt verflüchtigte sich. »Sie sind aus einem bestimmten Grund hier, Miss Hand. Worum geht es?«

Victoria seufzte. Nachdem sie bereits so weit gekommen war, übergab sie ihm nur widerwillig ein Stück Papier. »Eine Reporterin hat angerufen. Für Sie. Sie bittet um einen Kommentar zu dieser Angelegenheit.«

Norman nahm den Zettel und las den Text.

»Woher hat sie das?«, fauchte er. Die Maske, die er jeden Tag trug, verrutschte nur kurz und der Goblin nutzte diesen kurzen Moment des Kontrollverlusts, um sein Gesicht zu zeigen.

»Woher?«, wiederholte Norman.

»Das hat sie nicht gesagt.«

»Haben Sie überhaupt gefragt?«

»Ich habe nicht mit ihr gesprochen«, entgegnete Victoria gefasst. Die stellvertretende Direktorin Hand war eine der wenigen Personen in diesem Gebäude, in diesem Land, die sich weigerte, sich von Norman Osborn herumschubsen zu lassen. Deshalb hatte Norman sie überhaupt erst eingestellt. »Sie hat mit der Medienabteilung von H.A.M.M.E.R. telefoniert.«

»Na schön.« Norman riss sich zusammen. »Feuern Sie sie alle.«

»Sir?«

»Die gesamte Abteilung. Und machen Sie sie mundtot. Buchstäblich. Oder rechtlich. Mir egal. Ist irgendwas davon schon an die Öffentlichkeit gelangt?«

»Noch nicht, Sir. Ich habe ihnen gesagt, jemand würde sich mit einem Kommentar bei ihr melden.«

»Gut.« Norman zerknüllte den Zettel. »Rufen Sie die Avengers zusammen.«

»Sir, glauben Sie wirklich, dass …«

»Sie wollten, dass ich delegiere, Miss Hand, also delegiere ich. Schicken Sie die Avengers los.« Er strich die dunkelgrüne Krawatte auf seinem zerknitterten Hemd glatt, lehnte sich in seinem Sessel zurück und konzentrierte sich wieder auf die Wand aus Bildschirmen, auf denen in einer vierundzwanzigstündigen Dauerschleife die offensichtliche Undankbarkeit von etwa vier Milliarden Menschen für Norman Virgil Osborn zu sehen war. »Sie brauchen eine Erinnerung, wer die Helden sind.«

TEIL EINS

NEW YORK

KAPITEL 1

Es ist klasse, gut zu sein

Das *New York Bulletin* befand sich im elften Stockwerk eines Gebäudes in der East 53rd Street.

Bullseye las keine Zeitungen. Nicht mehr, seit er YouTube für sich entdeckt hatte. Doch das *Bulletin* gehörte zu denen, bei denen selbst ein gebürtiger New Yorker erstaunt wäre, zu hören, dass es sie noch gab. Anstelle grausamer Verbrechen und kostümierter Rächer, die sich in den Aufmerksamkeit heischenden Berichten des *Bugle* tummelten, widmete sich das *Bulletin* der Art von seriösem Lokaljournalismus, den das Internet eigentlich schon abgeschafft haben sollte und für den sich ohnehin niemand interessierte. Der *Daily Bugle* residierte inzwischen in einem funkelnden Wolkenkratzer mit sechsundvierzig Stockwerken in Midtown Manhattan, während sich das *Bulletin* seine Räumlichkeiten mit einer billigen Anwaltskanzlei, ein paar ausgelagerten Büros der Empire State University und einer Menge leer stehender Büroräume eines symkarianischen Steuerflüchtlings teilte.

Der *Bugle* bekam vermutlich auch keine mitternächtlichen Anrufe von Avengers mit ernsthaft wütenden Vorgesetzten.

Natürlich nicht.

Der Empfangstresen in der Lobby im Erdgeschoss war schwarz, verchromt und groß genug, um einen Bus aufzuhalten.

Während der Bürostunden saß dort eine Empfangsdame, wahrscheinlich hübsch, mit einem leichten Lächeln und lockerem Umgangston am Telefon. Bullseye hätte das Ganze lieber während der Bürostunden durchgezogen, und das nicht nur wegen der vermutlich hübschen Empfangsdame. Zeugen waren unvermeidlich, sogar nachts, und ein Besuch am Tag war leichter zu erklären.

Außerdem hatte er seit Wochen kaum eine Nacht frei gehabt.

Hätte er geahnt, dass die Tätigkeit als Avenger so viel Ähnlichkeit mit *Arbeit* haben würde, hätte er Osborn verklickert, wo er sie sich hinstecken könnte, und seinen Vertrag mit den Thunderbolts gemütlich zu Ende gebracht.

Als er sich durch die Tür schob und die Kälte abschüttelte, hob die Frau hinter dem Empfangstresen den Blick.

Sie war etwas kleiner als der Durchschnitt, irgendwo in ihren Fünfzigern, trug ihr graues Haar als schmalen Bob und auf ihren Fingerknöcheln waren verblasste Tätowierungen zu erkennen. Auf ihrer schwarzen kugelsicheren Weste prangte das Firmenlogo einer privaten Sicherheitsfirma. Ihre Haltung hatte etwas an sich, das Bullseye sofort in Alarmbereitschaft versetzte. Sie saß zurückgelehnt auf ihrem Drehstuhl und las in einem verschlissenen Thriller, der in einem Plastikumschlag der Bibliothek steckte. Eine einzelne Schreibtischlampe und ein paar schwarz-weiße Sicherheitsmonitore stellten die einzigen Lichtquellen dar. Auf dem Tresen stand ein großer Milchshake aus dem türkischen Laden auf der gegenüberliegenden Straßenseite.

Was Bullseye sah, war eine hauchdünne Fassade der Entspannung über einem angespannten Kern aggressiver Wachsamkeit.

Das alles schrie nach Ex-Militär, und das *Ex* war dabei kein Grund zur Freude.

Als sich Bullseye näherte, bekam sie große Augen. Sie legte das Buch weg. »Hey, du bist Hawkeye. Ich hab dich im Fernsehen gesehen. Ihr habt in San Francisco gute Arbeit geleistet.«

Bullseye feixte.

Er hatte auch Spaß dabei gehabt, sein Wochenende damit zu verbringen, auf friedliche Demonstranten zu schießen und Mutantenkinder von der Westküste zur Strecke zu bringen. Wer hätte gedacht, dass das auch beim Durchschnittsbürger so gut ankommen würde? Osborn war eine ganze Woche lang fast glücklich gewesen. Selbst nachdem ihm die X-Men live im Fernsehen in den Arsch getreten hatten. Bullseye hatte den dreißigsekündigen Ausschnitt, in dem er von Cyclops die Hucke voll bekam, auf dem riesigen Bildschirm im Besprechungsraum des Avengers Towers als Bildschirmschoner eingerichtet.

Die Wache deutete enthusiastisch zu einem der Besucherstühle. »Was kann ich für dich tun, Kumpel?«

Bullseye blieb stehen. »Du kannst mich in den elften Stock lassen.«

»Die Büros des *Bulletin*?«

»Eine ihrer Reporterinnen war ein böses Mädchen. Sieht so aus, als hätt sie was in die Finger bekommen, was sie nicht haben sollte.«

Zischend sog die Wächterin die Luft ein und schüttelte den Kopf. »Im Moment ist niemand da.«

»Ja, ist vermutlich auch besser so.«

»Tut mir leid.« Die Frau spreizte die Hände. »Ohne das Einverständnis meines Chefs kann ich dich nicht hoch lassen.« Sie öffnete eine Schublade und holte einen Block mit Post-it-Zetteln heraus. Dann kramte sie nach einem Stift. »Ich kann dir ihre Handynummer geben.«

Bullseye hob den Blick. Er entdeckte die beiden Überwachungskameras in den hinteren Ecken, deren Erfassungsbereiche den Eingang abdeckten und sich am Sicherheitstresen kreuzten. Dabei stellte er sich vor, wie er der Nachtwächterin mit dem Milchshake-Strohhalm ein Auge ausstach oder ihr mit einem Lesezeichen die Halsschlagader durchtrennte. »Hör mal. Dein Boss arbeitet für meinen Boss. Im Grunde arbeitet jeder in diesem Land, der 'ne Waffe und 'ne Marke hat, für meinen Chef. Also, mach einfach den verdammten Aufzug klar.«

»Ich trage keine Dienstmarke. Und vielleicht hätte sich dein Boss einen Durchsuchungsbefehl besorgen sollen.«

Bullseye beugte sich über den Tresen. Sein Körperpanzer, ein flexibler Verbund aus Karbonstahl und Fiberglas in einem dunklen Violett, knarrte bedrohlich. »Ich bin 'n Avenger, weißt du?«

»Ich weiß. Ich hab dich im Fernsehen gesehen.«

Sie griff wieder in die Schublade im Tresen.

Wahrscheinlich auf der Suche nach einer Waffe.

Bullseye *hoffte*, dass es eine Waffe war.

»Zwing mich nicht, diesen Kerl zu bitten, sich einzumischen.« Sein Blick zuckte nach oben.

Die Frau sah ebenfalls nach hinauf.

»Hi.«

Spider-Man, oder das Ding, das einem leichtgläubigen Planeten dank einer Kombination aus starken Drogen und hervorragender Pressearbeit vorgaukelte, es sei Spider-Man, baumelte an einem Faden aus glitzerndem schwarzem Schleim von der hohen Decke der Lobby. Er sah mehr oder weniger humanoid aus, ein athletischer Körper, der in einen schwarzen Latexanzug gehüllt war. Allerdings tropfte sein Oberkörper wie Kerzenwachs, das Zeug lief in Richtung des Kopfs, der jetzt schon zu groß war und viel zu viele Zähne aufwies. Der Geruch war allerdings kaum auszuhalten und etwas, das die Fernsehkameras nicht einfangen konnten. Er stank wie etwas, das man aufgeschnitten und zum Sterben in der Kanalisation liegen gelassen hatte.

Und Bullseye wusste genau, wie so was roch.

»Er hasst die Mainstream-Medien«, stellte er fest.

»Ich hasse sie sehr.«

»Und die von der Zeitung hasst er am meisten.«

»Ich will sie fressen.«

Bullseye lächelte nachsichtig und tippte neben der Computertastatur mit dem Finger auf den Tresen. »Elfter Stock. Bitte, bitte.«

»Ich hab ... ich hab keine Angst vor euch.« Ihr Blick war starr nach oben gerichtet. Venom war verflucht nervtötend, aber er hatte so eine Art, die Aufmerksamkeit einer Person zu fesseln. Ihre Hand schloss sich um etwas in der Schublade. Bullseye sah die Beugung in ihrem Bizeps und die Anspannung der Sehnen in ihren Armen. Eindeutig Ex-Militär. Aber er bezweifelte, dass sie jemals etwas gesehen hatte, das dem nahekam, was sie gerade herausforderte. »Das ist Amerika.«

»Das ist Osborns Amerika, Süße. Der Rest von uns lebt nur hier.«

»Osborn gibt mir Pillen, damit ich keine Menschen mehr fressen will«, fügte Venom hinzu. Sein Maul war zu weit geöffnet, sein Hals streckte sich, als wäre sein Kopf ein Gewicht und seine Wirbelsäule nur geschmolzenes Plastik. Ekelhafter, außerirdischer Schleim tropfte auf die teuren Fliesen und die Oberfläche des schwarz verchromten Tresens. *»Manchmal funktionieren sie.«*

Die Wächterin zog einen militärischen X-26-Taser aus der Schublade.

Venoms Kiefer schlossen sich um die Schultern der Frau.

Sie strampelte, während sie von ihrem Stuhl gehoben und geschüttelt wurde. Als sie den Taser im Inneren seines Mauls auslöste, zuckte Elektrizität um Venoms Zähne. Aus seinen Nasenlöchern quoll schwarzer Rauch, als wäre er eine Art langhalsiger chinesischer Drache. Kevlar knackte und ein knirschendes Würgegeräusch war zu hören, als Venom versuchte, die Frau zu schlucken, während er nach wie vor kopfüber über dem Tresen baumelte. »Widerlich«, kommentierte Bullseye und schlürfte den Shake der toten Frau.

Banane. Seine Lieblingssorte.

Es war klasse, gut zu sein.

KAPITEL 2

Gewalttätig und kriegerisch

Es war halb zwei Uhr nachts, im März, und Irkan's Kitchen an der Ecke 53rd und 1st war sehr gut besucht.

Ares, der Gott des Krieges, bewunderte die ölige Pita, die ihm ein erbärmlicher, Schürze tragender Tagelöhner gebracht hatte. Sie passte perfekt in seine massige Hand.

Er liebte Amerika.

Als er hineinbiss, lief ihm das würzige Fleisch über das stoppelige Kinn und tropfte wie das Blut von Feiglingen auf den Teller, auf dem man es ihm serviert hatte. Während er stur kaute, so entschlossen wie jeder gute Soldat, starrte er durch das riesige, halbtransparente K des Schriftzugs IRKAN'S auf dem beschlagenen Fenster.

Der Verkehr rollte auf vier Spuren von rechts nach links, Stoßstange an Stoßstange. Auf den Gehwegen drängten sich Fußgänger in warmen Wintermänteln. Direkt vor seinem Fenster parkte ein Fahrzeug der örtlichen Polizei am Bordstein. Darin saßen zwei Beamte, ein Mann und eine Frau, und genehmigten sich dasselbe schlechte türkische Essen wie Ares. Dank der Kälte war auch die Windschutzscheibe des Streifenwagens beschlagen. Zwei Biker lungerten über die Lenker ihrer massigen Maschinen gebeugt herum und unterhielten sich in einer Sprache, die Ares hätte verstehen können, wenn er gewollt hätte. So aber wusste er nicht mal, was es für eine war.

New York war vielleicht nicht die Hauptstadt dieses Landes, aber es war das, was man noch am ehesten als Erben Athens und Roms bezeichnen konnte. Alle Wege führten hierher und sie zog alle Völker an.

Die Stadt, die niemals schlief.

So nannten ihre Bewohner sie.

Ihm gefiel die Selbstbeweihräucherung dieser Worte. Er bewunderte sie geradezu. Die Stadt, die niemals schläft. *Die* Stadt. Sie erinnerte ihn an Athen, an Sparta, sogar an Makedonien während seiner Blütezeit, als Alexander die bekannte Welt mit dem Schwert geteilt hatte. Deshalb hatte er Amerika für sich und seinen halbmenschlichen Sohn als Heimat während seines Exils gewählt. Deshalb war er geblieben, um dafür zu kämpfen, anstatt einfach zu gehen und sich woanders niederzulassen. Deshalb kämpfte er noch immer für seine Stadt. Obwohl Tony Stark inzwischen seine eigenen Erfahrungen mit dem Exil machte und das Superheldenregistrierungsgesetz, mit dem er Ares dazu gezwungen hatte, Teil seiner mächtigen Avengers zu werden, nicht länger existierte. Und obwohl sich sein Sohn auf die Seite seiner Feinde geschlagen hatte.

Die Stadt, die niemals schlief.

Eine Metapher, ja, denn keine Stadt schlief im eigentlichen Sinn, trotzdem zutreffend.

Die Stadt schlief nicht, allerdings veränderte sich in der Dunkelheit ihr Charakter, wie die Harpyien des Orkus, die gleichzeitig schön und monströs anzusehen waren.

Unter den Sterblichen war Ares ein Riese.

Sein Hals war dick. Sein Rücken war breit. Seine Muskeln spannten seine schwarze Weste. Er war haarig wie ein Wildschwein. Und egal wie trainiert jemand sein konnte, Ares war schlichtweg mehr, als er hätte sein sollen. Die anderen Gäste des Lokals spürten instinktiv, was er war, auch wenn sie es nicht in Worte fassen konnten, und keiner wagte sich zu nah an ihn heran. Trotzdem spürte er die Angst, die die Männer und Frauen hier vor ihm hatten – und voreinander. Er spürte sie durch die Scheibe von den Fußgängern auf dem Bürgersteig. Von den vier Fahrspuren des Verkehrs und darüber hinaus, über die Betonschluchten der großen Metropole hinweg, wo acht Millionen unruhige Seelen in ständiger unbewusster Angst voreinander lebten, sich dieser Tatsache aber sehr wohl bewusst waren und sich selbst dafür hassten.

Es war verachtenswert.

Die Menschheit war eine gewalttätige und kriegerische Spezies. Sie blühte in der Dunkelheit auf, auch wenn sie sich vor ihrem eigenen Schatten fürchtete.

Und inmitten dieses Paradoxons bewegte sich Ares.

Das nächtliche New York kam ihm vor, als stünde er in einem ruhigen See, umgeben von der Spiegelung von acht Millionen Sternen. Nur dass jeder Lichtpunkt ein Mensch war, der stillschweigend, oft unbewusst, einem anderen Unheil wünschte.

Die beiden Biker beispielsweise ...

Ihnen schwebte eine bestimmte Gewalttat vor.

Ares spürte es. Er spürte es und hatte nicht die geringste Absicht, etwas dagegen zu unternehmen. Damit würde er jemand anders diese Ehre vorenthalten. Vielleicht war das die Nacht, um New Yorks nächsten Spider-Man, Daredevil oder Punisher hervorzubringen.

Er grüßte das nichtsahnende Duo.

Wo wäre man, ob Mensch oder Olympier, ohne einen Konflikt, der einem seine Bestimmung gab, ohne Feind, an dem man sich messen konnte?

Erneut biss er in seine Pita, bevor er seinen Begleiter ansah. Der Mutant redete sich in seiner maßlosen Arroganz ein, furchtlos zu sein, doch selbst er hielt einen Platz Abstand zum Gott des Krieges.

»Iss etwas, Wolverine«, forderte er ihn auf, wobei Ares halb gekautes Fleisch aus dem Mund fiel. »Es gibt hier genug, um unser beider Stiefel zu füllen.«

Daken, wie Wolverine tatsächlich hieß, lehnte sich auf der Eckbank zurück. Er hatte die Arme auf der gepolsterten Rückenlehne ausgestreckt und die Beine unter dem Tisch übereinandergeschlagen, als wäre völlige Gleichgültigkeit die Tugend der Könige und ein Elixier, das man zu seiner Quelle zurückverfolgen und bei Bedarf trinken konnte. Trotz seiner Tätowierungen, des glatten Kinns und des hohen Irokesenschnitts erkannte man ihn dank seiner gold-braunen Uniform und der Maske sofort als Wolverine.

Doch das schien niemanden sonderlich zu interessieren.

Schließlich war das hier New York. Die Heimat des Avengers Towers. Der Fantastic Four. Der Taylor Foundation. Stephen Strange. Selbst in halbwegs annehmbaren mediterranen Restaurants in East Midtown war die Anwesenheit eines bekannten Superhelden um halb zwei Uhr morgens weniger aufsehenerregend als das Fußballspiel der türkischen Süper Lig im Radio.

»Ich würde eher meine mittlere Klaue frittieren und essen«, stellte Daken mit einer der Welt überdrüssigen Verachtung fest, die nicht zu seiner offensichtlichen Jugend passte.

»Eine Armee marschiert mit ihrem Bauch«, erklärte Ares.

Wolverine grinste breit. »Selbst wenn mir Norman nichts davon gesagt hätte, wüsste ich, dass du der Gott des Krieges bist. Du benutzt ähnliche Phrasen wie Napoleon Bonaparte.«

Ares runzelte verärgert die Stirn, um sich dann wieder seiner Pita und dem Blick aus dem Fenster zuzuwenden.

»Jetzt sei nicht gleich eingeschnappt«, scherzte Daken. »Gib mir etwas Sun Tzu, du mediterraner Hengst, und dann versetz mir mit ein bisschen Churchill den Todesstoß.«

Ares stützte den Kopf in die Hand.

Als jemand, dessen bloße Existenz dazu diente, die niedersten Instinkte der Menschen um ihn herum zu manipulieren, bemerkte er, dass Daken einen ähnlichen, wenn auch subtileren Einfluss auf ihn hatte. Er begriff nur nicht, wie das möglich war. Er war ein Gott, oder etwa nicht? Kein Schurke wie Bullseye, Moonstone oder Venom, von denen es keiner mit Daken am selben Tisch aushielt, ohne jemandem die Augen auszustechen.

Osborns Avengers waren mächtig und übertrafen ihre Gegenstücke, deren Platz sie eingenommen hatten.

Mac Gargan war ein überlegener, wenn auch unzuverlässiger Spider-Man. Karla Sofen hatte bewiesen, dass sie sich mit der wahren Miss Marvel im Kampf messen konnte, obwohl sie, wie es die Menschen dieser Zeit und dieses Ortes ausdrücken würden, eine gefährliche Soziopathin war. Lester war sowohl ein besserer Schütze als auch ein gefährlicherer Nahkämpfer als Clint Barton, mit dem kleinen Nachteil, dass er ein blutrünstiger Irrer war. Daken hingegen war im Vergleich zu seinem Vater zweifellos der geschicktere und intelligentere Kämpfer. Würde er diese Fähigkeiten für mehr nutzen als nur zu seinem eigenen Vergnügen, könnte er endlich aus Logans Schatten treten.

Und dann war da noch Sentry.

Was konnte man über Sentry sagen?

Er war vermutlich das mächtigste Wesen, dem Ares je begegnet war. Er war ein Gott, selbst in den Augen eines Gotts. Der einzige Held, an dessen Seite Ares gestanden hatte und von dem er nicht wusste, wie er ihn töten konnte. Er schämte sich nicht, zuzugeben, dass die Gewissheit, eines Tages dazu gezwungen zu sein, ihm ein wenig Sorgen bereitete.

Zeus selbst würde zittern, wäre er gezwungen, gegen Sentry zu kämpfen.

Dennoch wusste Ares, er war dem Gott aus Asgard haushoch überlegen.

Das einzige Mitglied von Osborns Avengers, das Ares nicht mit gutem Gewissen als eine Verbesserung seines Vorgängers bezeichnen konnte, war Osborn selbst.

Doch selbst der Gott des Krieges konnte die Augen nicht vor den Lehren der Ereignisse verschließen: Wären Tony Stark, Nick Fury und Steve Rogers würdiger gewesen, dann würde jetzt nicht Osborn von ihrer ehemaligen Zitadelle aus regieren.

Er hob den Kopf und sah seinen Begleiter wieder an. Daken war inzwischen halb von seiner Bank aufgestanden und widmete ausnahmsweise ihrem Ziel auf der anderen Straßenseite etwas Aufmerksamkeit.

Ares wandte sich ebenfalls wieder dem Fenster zu, als ein großer schwarzer Stryker-Truppentransporter die vier Fahrspuren überquerte und vor dem Haupteingang des *Bulletin*-Gebäudes zum Stehen kam. Die Hecktüren flogen auf und ein fünfköpfiger Trupp Privatsoldaten in taktischer Schutzkleidung und mit Sturmgewehren bewaffnet sprang heraus, um sofort auf das Gebäude zuzustürmen. Die Türen schlossen sich bereits hinter ihnen, als die beiden erschrockenen Polizeibeamten im Streifenwagen vor Irkan's Kitchen ihre Türen öffneten und ihre Waffen zogen. Die Frau sprach eindringlich in das an ihrer schusssicheren Weste angebrachte Funkgerät.

Daken überprüfte gelangweilt die Uhrzeit auf seinem schlanken Mobiltelefon. »Weniger als zehn Minuten. Ich schulde Karla fünfzig Dollar.«

Ares wischte sich den Mund an seinem Oberarm ab, um dann ebenfalls aufzustehen.

Er nahm seine Axt, die er gegen die Tischkante gelehnt hatte. Niemand im Restaurant zollte der Waffe auch nur die geringste Aufmerksamkeit.

Ares liebte Amerika wirklich.

»Folge ihnen.«

KAPITEL 3

Hohes Superschurkenaufkommen

Während die Kabine nach oben fuhr, pfiff Bullseye zur Musik des Fahrstuhls. Die Lichter unter den Plastikknöpfen blinkten entsprechend der Etage. Fünf. Sechs. Sieben. Er kniete sich hin, um seinen Kompositbogen auszupacken und zusammenzusetzen, und geriet dabei immer mehr aus dem Takt. Die Wurfarme bestanden aus Fiberglas, das Mittelstück mit dem Griff aus Aluminium war mit einem Sammelsurium aus Zielhilfen, Kameras und Stabilisatoren versehen. Vervollständigt wurde seine Ausrüstung durch einen automatischen Köcher, der mit einer RFID-Erkennung in seinem Handschuh verbunden war, was es ihm ermöglichte, die Munition mit einem Knopfdruck zu wechseln. Und dann war da noch das schamlose Oscorp-Logo am Griff.

Eine von Osborns ersten Handlungen als Direktor von H.A.M.M.E.R. – natürlich erst nach der Beseitigung aller Personen auf Nick Furys Kurzwahlliste – hatte darin bestanden, sämtliche Verträge, die Stark Industries mit dem US-Militär und dem inzwischen aufgelösten S.H.I.E.L.D. abgeschlossen hatte, zu zerreißen und die Aufträge an Oscorp-Tochtergesellschaften zu vergeben. Ganz zufällig war er dadurch um eine halbe Milliarde Dollar reicher geworden, als er es noch als Anführer der Thunderbolts gewesen war.

Ein Held ganz nach Bullseyes Geschmack.

Er brachte die Bogensehne an und überprüfte die Spannung.

Der Bogen war vollständig zusammenklappbar, sodass er in eine herkömmliche Tragetasche passte, trotzdem hatte er ein Zuggewicht von über zweihundert Pfund.

Acht. Neun. Zehn.

In der elften Etage hörte die Musik auf. Über den Lautsprecher ertönte ein zufriedenes Klingeln, als hätten sie gemeinsam Berge erklommen, dann glitten die Türen auf.

Venom war bereits da und hing etwa einen halben Meter von den Fahrstuhltüren entfernt mit allen vieren an der Decke. Die Decke war nicht besonders hoch, was bedeutete, obwohl er kopfüber hing, war sein Gesicht auf gleicher Höhe mit Bullseyes. Es sah so aus, als würde er schon eine Weile warten. Die Sabberpfütze unter ihm war beachtlich.

»Niedlicher Trick, Mac, aber erwarte nicht, dass du mich erschrecken kannst.«

Gargan klappte kopfüber das Maul auf, seine Zunge rollte wie eine Strickleiter heraus und baumelte einen Zentimeter über dem unscheinbaren Büroteppichboden.

Bullseye hob seinen Bogen. Mit geübter Hand legte er einen achtundsiebzig Zentimeter langen Stahlpfeil mit hochexplosiver Spitze an die Sehne.

Vermutlich hatte Mac Gargan einst über irgendeine nützliche Eigenschaft verfügt. Man musste was auf dem Kasten haben, um in dieser Stadt lange genug als Privatdetektiv zu überleben, damit man jemandem auffiel. Wenn man allerdings bedachte, dass er sich für Geld zum Scorpion hatte machen lassen, musste man davon ausgehen, dass er wohl nie besonders helle gewesen war. Seit er sich mit dem Venom-Symbionten verbunden hatte, bemerkte man noch weniger von dem ursprünglichen Menschen in dieser sich ständig verändernden Haut voller außerirdischem Hunger und neurotischen Wutanfällen. Nur ein Cocktail aus gefährlichen, nicht zugelassenen Oscorp-Medikamenten und eine gemeinsame Abscheu vor dem Helden, dessen Identität sie missbrauchten, zügelten ihn.

»Pack die Zähne weg, Mac, sonst kannst du dich auf sechs Kilotonnen von Osborns feinstem Zeug freuen, da, wo's besonders wehtut.«

Venom grinste wahnsinnig, sein Maul wurde breiter, bis es sich in der Mitte spaltete und auf einem Meer aus Teer zwei groteske Münder schwammen.

»Ich hab mehr Münder als du Pfeile«, versicherte ihm Venom, wobei sich seine Stimme wie Gülle aus beiden Mäulern gleichzeitig ergoss.

Bullseye verzog das Gesicht. »Verdammt noch mal, Mac. Du hast heute echt zu wenig von deinen Pillen geschluckt.«

»Willst du tauschen?«

»Nein. Ich hab ganz andere Probleme.«

Venom ließ sich von der Decke fallen, wobei er irgendwie seine Ausrichtung änderte, sodass er mit dem Gesicht nach unten auf allen vieren auf dem Teppich landete.

»Du bist nur so laaaangsaaaam.«

Bullseye ließ seinen Bogen sinken und entspannte die Sehne. »Tja, Osborn traut dir nicht zu, dass du allein was geregelt bekommst, also find dich damit ab.«

Er verließ die Fahrstuhlkabine.

Bullseye war zeit seines Lebens schon in einigen Redaktionen gewesen. Normalerweise, um Journalisten zu töten. Manchmal, wie heute, ging es darum, etwas zu zerstören, das die Mächtigen und Reichen für belastend oder peinlich hielten. Oft war es beides. Er hatte auch schon einige Interviews gegeben. Er verstand die Macht der Medien genauso gut wie Osborn.

Und wie Tankstellen waren sie überall gleich.

Die Büros des *Bulletin* entsprachen genau dem, was er kannte.

Die Energiestatusleuchten und Monitore im Stand-by-Modus zeichneten zwischen den etwa zwei Dutzend Schreibtischen ein Labyrinth aus sich kreuzenden Wegen.

Bullseye nahm sich einen Moment, damit sich seine Augen an die Lichtverhältnisse gewöhnen konnten.

»Wie heißt diese Reporterin?«, fragte Venom.

»Greene, glaub ich.«

»Klingt lecker. Gesund. Hat sie hier 'nen Schreibtisch?«

»Ne, die sind für die unbedeutenden Leute. Sie hat 'n Büro zur Straße raus.«

»Wenn wir sie finden, können wir sie dann fressen?«

Bullseye feixte. Ihm fiel kein guter Grund ein, der dagegensprach. »Wenn du da drin noch Platz hast.«

Venom gab ein Geräusch von sich wie ein Hund, der ein Eis fraß.

»Hier lang«, sagte Bullseye.

Unterstützt von einer Reihe taktischer Zielfernrohre und mit einem Pfeil auf der Sehne, bewegte sich Bullseye im Zickzack zwischen den Schreibtischen hindurch. Unterwegs kam er an allem möglichen Krimskrams vorbei. Gerahmte Fotos von bedeutenden Leuten an berühmten Orten. Auszeichnungen, für die sich niemand interessierte. Altmodische Telefone. Große beige Computergehäuse. Aktenschränke. Drahtkörbe voller Zeitungsausschnitte. Alles funkelte kurz in Bullseyes Zielhilfen und versank wieder im Dunkel, sobald er es hinter sich ließ.

An einer düsteren, mit Glasfronten versehenen und nach Kaffee riechenden Küchenzeile bog er links ab, dann noch einmal, machte instinktiv kehrt und ging in Richtung der Vorderseite des Gebäudes. Er kam an einer Reihe billiger Sperrholztüren vorbei, hinter denen die Büros auf der Straßenseite lagen, und murmelte leise die Namen auf den satinierten Scheiben, bis er zu der Tür kam, auf der S. GREENE stand.

Bullseye legte das Ohr an die Scheibe und lauschte.

Nichts.

Wenn es auf diesem Stockwerk auch nur einen lebenden Menschen gegeben hätte, hätte Venom ihn gerochen und gefressen, lange bevor Bullseye etwas davon bemerkt hätte. Aber er war nicht zum berühmtesten lebenden Attentäter der Welt geworden, indem er zuließ, dass andere Leute etwas vermasseln konnten.

Nicht Osborn und schon gar nicht Gargan.

Er schlich sich zur Tür und nahm den Pfeil von der Sehne, bevor er sich den Bogen über die Schulter schob, um dann die Klinke herunterzudrücken.

Es war nicht abgeschlossen.

Er lachte leise.

Trottel.

Er ging hinein.

Greenes Büro war das Heiligtum eines Ordnungsfanatikers. Ernsthaft, das war das Zimmer eines Menschen mit Problemen, und Bullseye hatte selbst genug davon, um das zu erkennen. Unterlagen und Schreibutensilien lagen in ordentlichen Stapeln in Aktenablagen. Vor dem Gehen hatte man den Stuhl ordentlich unter den Tisch geschoben. An der Wand hing nichts weiter als irgendeine Berufszulassung der Empire State University, was Bullseye überraschte.

Von seinen Erfahrungen mit dem *Daily Bugle* wusste er, jeder Depp mit einem Laptop konnte Journalist werden.

Der vorbeifahrende Verkehr ließ die Fenster zur East 53rd Street leise klappern. Selbst im elften Stockwerk waren sie vergittert, eine Feststellung, die dem Nichteinheimischen ein süffisantes »So ist New York« und ein schiefes Schulterzucken einbringen würde.

Das war der Preis, den man zahlen musste, wenn man in der Stadt mit der höchsten Dichte an Superschurken in der Welt Geschäfte machen wollte.

Venom hätte mit diesem besonderen Sicherheitsmerkmal kurzen Prozess gemacht, doch die Menge der Zuschauer auf der Straße machte den Weg durch die Rezeption zu einer besseren Option. Selbst mit einer verspeisten Sicherheitsfrau stand er zu seiner Entscheidung. Moonstone wäre mithilfe ihrer Körperlosigkeit direkt durch das Dach eingedrungen, aber Karla hatte mit ihrem eigenen Auftrag alle Hände voll zu tun. Und Sentry ... tja, es sah so aus, als gehörte Osborn zu den Menschen, die Manhattan ohne große Glaskrater bevorzugten.

Da denkt man, man kennt jemanden ...

Venom ließ schwer atmend den Blick schweifen. *»Sie ist nicht hier.«*

»Ja, war uns schon vorher klar.«

Venom wirkte verwirrt. *»War es? Warum sind wir dann hier?«*

»Warum machst du dir überhaupt die Mühe, bei Osborns Besprechungen dabei zu sein?«

»Vicky bringt Pizza mit.« Venom sabberte erfreut. *»Sentry gibt mir seine Salami.«*

Sentry aß nicht. Das war Bullseye ein wenig unheimlich.

Er fischte einen daumennagelgroßen USB-Stick mit einem weiteren schamlosen Oscorp-Logo auf dem Gehäuse aus dem Aufschlag seines Handschuhs und ging zum Computer der Frau.

»Wofür ist das?«

»Hab nicht gefragt. War mir egal. Ist immer noch so, wenn ich ganz ehrlich bin.«

»Was hat diese Reporterin eigentlich gegen Osborn in der Hand?«

Bullseye zögerte.

Er wusste noch immer nicht, was ein kleiner Schmierfink gegen den mächtigsten Mann der Welt in der Hand haben könnte. Osborn verfügte über eine buchstäbliche Armee von H.A.M.M.E.R.-Schlägern, um Probleme wie dieses aus der Welt zu schaffen. Ganz zu schweigen davon, dass er jede städtische, staatliche und bundesbehördliche Strafverfolgungs- und Heimatschutzbehörde des Landes fest im Griff hatte. Soweit es Lester betraf, war das eine Aufgabe für die lächerlich aufgeblasene Rechtsabteilung von H.A.M.M.E.R. Wenn Osborn stattdessen die Avengers einsetzte, dann schoss er entweder mit Kanonen auf Spatzen oder er wollte jemandem etwas damit sagen.

Doch egal wie, es verriet ihm, auf diesem Computer gab es etwas, das dieses Vorgehen rechtfertigte. Bullseye war nicht der Typ, der sich dafür interessierte, was reiche Leute mit ihren USB-Sticks machten. Er tötete einfach Menschen. Dafür bezahlt zu werden war eine Art Bonus. Trotzdem konnte er einen Anflug von Neugier nicht abstreiten.

Venom legte seine Hand auf Lesters Schulter. *»Lass mich.«*

Bullseye schloss seine Faust um den USB-Stick. »Ich glaub nicht, dass ich deine Griffel auch nur in die Nähe dieses Sticks lasse.«

»Den brauch ich nicht. Ich traue Osborn nicht.« Venom beugte sich über den Computer, ein Augenpaar und ein geiferndes Maul wölbten sich aus der tintenschwarzen Haut zwischen seinen Schulterblättern. Er grinste Bullseye an. *»Ich bin besser als ein USB.«* Während er sprach, streckte er seine Hände aus und spreizte die Finger, von denen sich jeder in weitere Finger teilte, die sich wiederum zu Tentakeln verjüngten, die zu den Anschlüssen des Computers krochen. Sie gruben sich in das Computergehäuse, breiteten sich über den Bildschirm aus und hüllten den Tower samt seiner Peripheriegeräte in ein schwarzes, schleimiges Netz aus außerirdischem Gewebe.

Der Computer ächzte, blinkte und leitete seine Startsequenz ein, während der Venom-Symbiont die winzigen Tasten drückte.

Bullseye sah angewidert und doch fasziniert zu. Es war noch nicht mal zwei Uhr nachts und das war erst das Zweitekelhafteste, was er heute gesehen hatte.

Es gefiel ihm.

Der Bildschirm flackerte auf und zeigte eine Passwortabfrage, bevor sie dank Venoms abscheulichen Vorgehens wieder verschwand.

Das Betriebssystem wurde hochgefahren.

Genau wie das Büro war auch der Desktophintergrund aufgeräumt und schlicht.

Ein wahrhaft kranker Verstand.

»Du bist wirklich zu was gut«, lobte Bullseye.

Venom fletschte die Zähne. *»Wonach suchen wir?«*

»Denkst du, Norman sagt mir so was? Deshalb wohl der USB-Stick.«

»Vielleicht kann ich …« Aus Venoms Hinterkopf stülpte sich ein zweites, grässliches Gesicht. Bullseye zuckte vor dieser Entwicklung tatsächlich zurück, bevor er angewidert knurrte, um über seinen Schrecken hinwegzutäuschen. *»Frischfleisch«*, grollte Venom. *»Fünf. Sie kommen mit dem Aufzug, bewaffnet.«* Er leckte sich über die Lippen. *»Schwer bewaffnet.«*

»Das kommt davon, wenn man in Manhattan Wachpersonal frisst«, stellte Bullseye fest. Er war von Venoms neuester Zurschaustellung beunruhigender Seltsamkeit schockiert, und er hasste sich dafür.

Die Bodycam der Nachtwächterin hatte wohl alles live an ein mobiles Hauptquartier in der Nähe gesendet. In den Jahren, seit Bullseye in der Stadt lebte, hatten sich die privaten Sicherheitsdienste in New York beachtlich weiterentwickelt.

Er sah Venom an. »Mit fünf kommst du doch klar.«

Beide Mäuler Venoms grinsten, doch unter der ganzen Drogentherapie und der teerigen Alienhaut verbarg sich gerade genug Menschlichkeit, um misstrauisch zu sein. *»Und dich mit dem Computer allein lassen?«*

»Es ist deine Schuld, dass sie überhaupt hier sind, Gargan. Zeit, was fürs Team zu tun.«

»Es war deine Idee, den Haupteingang zu benutzen.«

»Sollen Osborns Ärzte wirklich erfahren, dass sie die Dosis deiner Medikamente wieder erhöhen müssen?«

Venom schrumpfte deutlich zu einer menschlicheren Form. *»Mit fünf werd ich fertig.«*

Aus dem Stand sprang er auf das Fenster zu, passte seinen Körper perfekt an dessen Größe und Form an und durchschlug es wie ein Schwall Abwasser einen verstopften Abfluss. Auf die East 53rd Street rieselten zerbrochenes Glas und verbogene Stahlteile.

Begleitet von den entfernten Schreien vom Bürgersteig unter ihm zog Bullseye den Bürostuhl heran und legte vorsichtig, falls Venom etwas von sich hinterlassen hatte, die Hand auf die Maus.

»Na dann, Norman«, sagte er, während er sich vorbeugte und das Rattern der automatischen Schüsse am anderen Ende des Flurs ignorierte. »Was hast du für ein schmutziges kleines Geheimnis?«

KAPITEL 4
Nur Mord mit bedingtem Vorsatz

Doktor Karla Sofen, promovierte Psychologin, alias Moonstone, hatte ein Büro im obersten Stockwerk des Avengers Towers. Sie konnte fliegen, körperlos werden und die grenzenlose Energie ihres Kree-Gravitationssteins manipulieren, um fast alles zu tun, was sie wollte, trotzdem ließ sich das alles nicht mit dieser Aussicht vergleichen. Die Lichter des Empire State Buildings, des Bank of America Towers, des Chrysler Buildings und zahlreicher kleinerer Wolkenkratzer erhellten die Skyline der Stadt wie Weihnachtsschmuck, den man nur für sie neun Monate zu früh herausgeholt hatte. Natürlich war es technisch gesehen nicht *ihr* Büro, genauso wenig wie es Normans Gebäude war (eine Art Steuerschlupfloch, das offenbar vom Vormieter übrig geblieben war), aber da Besitz neun Zehntel des Gesetzes ausmachte und so weiter ... So wie sie es sah, gab es genau sieben Leute im Gebäude, die die Befugnis hatten, sie rauszuwerfen, und die wussten es entweder nicht (Victoria), es war ihnen egal (Norman) oder sie waren irgendwo in New York unterwegs (so ziemlich alle anderen).

Der letzte saß ihr gegenüber an einem gläsernen Konferenztisch und flutete einen ansonsten unbeleuchteten Raum mit seiner goldenen Aura.

Es gab nicht vieles, was Karla Angst machte.

In der inoffiziellen Welthierarchie der Kräfte ordnete sie sich selbst unbewusst unter den ersten dreißig ein. Vielleicht sogar unter den ersten fünfzehn. Sie war die Anführerin der Thunderbolts gewesen und jetzt befehligte sie die Avengers. Selbst in der von Norman Osborn entworfenen Version des Teams waren sie immer noch die führende Superheldengruppe des Planeten. Angeber und Faulpelze hatten da nichts verloren.

Die Kurzfassung: Sie konnte es mit fast allen aufnehmen.

Doch dann war da noch Sentry.

Er sah wie das Erste aus, woran die meisten Leute denken würden, wenn man sie aufforderte, sich einen Helden vorzustellen, was nur zeigte, wie trügerisch der Schein sein konnte. Strahlend wie ein Sonnenaufgang. Makellos wie eine Götterstatue. Seine Augen waren kreisrunde Goldscheiben, sein langes Haar wie gesponnenes Sonnenlicht. Und ja, er sah auch gut aus. Gäbe es auch nur ein bisschen mehr Gerechtigkeit in der Welt, wäre Sentry ihr bekanntester Held. Doch zu seinem Pech ließ er sich nur schlecht fotografieren. Bilder mit ihm neigten dazu, überbelichtet zu sein, sogar digitale. Oder eine ansonsten perfekt aufgenommene Szene zeigte einen schillernden Lichtfleck, wo eigentlich Sentry hätte sein sollen. Mit ihm zusammenzusitzen, allein mit dieser Präsenz, vermittelte einem eine Ahnung davon, was die Kamera wohl einfangen würde. Es war, als stünde man über einem Kernreaktor. Oder auf einer zur Selbstzerstörung bereiten, abstürzenden orbitalen S.W.O.R.D.-Plattform. Es verschwand nicht. Es ließ nicht nach. Er war die Macht von einer Million Supernovae in menschlicher Gestalt. An Sentry gewöhnte man sich nicht.

Karla griff über den Schreibtisch und nahm einen Schluck von dem sehr starken schwarzen Kaffee.

Sentry brauchte keinen Schlaf.

Karla schon.

Sie stellte die Tasse ab und kritzelte ein paar ihrer letzten Beobachtungen auf ihren Notizblock.

Sentry sah sie mit ausdruckslosen, nachdenklichen, leuchtenden Augen an.

»Weißt du, warum Norman mich gebeten hat, heute mit dir zu sprechen?«, begann sie.

»N… Norman sagt, du könntest mir helfen.«

Wenn man bedachte, wie mächtig er war, machte das sein Stottern ziemlich entzückend. Karla lächelte beruhigend. Ihr »Doktor Sofen«-Gesicht. Es war schon eine Weile her, dass sie es hatte aufsetzen dürfen, aber man verlernte es nie. Sentry mochte praktisch allmächtig sein, allerdings war er auch ein sozial unbeholfener, agoraphobischer Schizophrener mit einem Gedächtnis wie Schweizer Käse, und sie war seine Ärztin.

Hier gab es nur einen Gott.

»Hast du schon mal mit einem Therapeuten gesprochen?«

»Ja.«

»Ja, natürlich. Doktor …« Sie sah bedeutungsschwanger auf das Gekritzel, das auf ihrem Block als Notizen durchging.

»Worth«, half ihr Sentry aus. »Cornelius Worth.«

Karla tippte mit dem Radiergummi am Ende ihres Bleistifts auf ihren Notizblock. »Ah, ja. Natürlich. Doktor Worth. Hier steht es ja.« Sie kannte ihn beruflich. Psychiater waren wie Superhelden, zumindest in dem Punkt, dass sie sich alle kannten. Er genoss auf seinem Gebiet hohes Ansehen und war ein bisschen als Spielverderber bekannt. »Aber ich glaube, der Grund, warum Norman *mich* gebeten hat, mit dir zu reden, und nicht irgendeinen Seelenklempner von H.A.M.M.E.R., ist, dass ich darauf spezialisiert bin, die besonderen Belastungen zu verstehen, die Personen wie wir durchmachen. Ich denke, ich bin viel besser dafür qualifiziert, zu verstehen, wie sich Kräfte wie deine und meine auf den Verstand eines Menschen auswirken können.«

Karla beobachtete ihn, um seine Reaktion zu beurteilen.

Sentry war jedoch plötzlich wie versteinert.

Angesichts dieser völligen Bewegungslosigkeit war die darauffolgende Veränderung seines Aussehens nur schwer zu erklären. Ein kupferfarbener Schimmer trübte seinen goldenen Heiligenschein; da er die einzige Lichtquelle war, schien sich der Raum zu verdunkeln.

»*Deine* Macht«, sagte er gleichermaßen kaltblütig und deutlich. »Und *meine.*« Ein Riss zog sich durch sein Gesicht. Karla begriff, es war ein Lächeln. »Soll das ein Scherz sein?«

Karla schob sich auf ihren Sessel zurück, schlug abwehrend die Beine übereinander und trat dabei versehentlich gegen die Unterseite des Tischs. Ihr Kaffee schwappte über.

Sie fluchte, als er über den Rand lief und ihren Schoß verbrannte.

Als sie den Blick hob, war Sentry wieder da und ihr Büro so gut beleuchtet, wie es sein sollte.

»Bob?«

Sentry lächelte freundlich. »Ja, Karla?«

Sie stand vorsichtig auf und ging um den Tisch herum zu einem anderen Sessel. Aus dem Augenwinkel beobachtete sie Sentry, nahm ihren kaffeebefleckten Notizblock und wischte ihn ab. Danach ordnete sie einige ihrer Moleküle neu an, um die nasse Hose durch eine trockene zu ersetzen.

Sie räusperte sich erneut. »Tut mir leid, Bob. Wo waren wir stehen geblieben?«

»Ich glaube, es ist in Ordnung, wenn du ein wenig nervös bist, Karla.«

»Warum sollte ich nervös sein?«

»Weil es schon lange her ist, dass du legal praktizieren durftest.«

Karla starrte ihn einen Moment lang an, zu erschüttert, um zu wissen, was sie sagen sollte.

»Als ich ihm von unserem Termin erzählt habe, hat sich CLOC bereit erklärt, dich zu überprüfen«, erklärte Sentry. CLOC war der unheimliche KI-Haushälter, der in den Fluren des Watchtowers herumspukte. Der überhaupt nicht unheimliche Hüter der Festung, die eines Tages über dem Dach des Avengers Towers aufgetaucht war. Sentry behauptete, CLOC gebaut zu haben, aber Sentry behauptete viel, wenn der Tag lang war, und Karla würde dem Kerl vor ihr nicht mal zutrauen, einen Toaster bedienen zu können. »Er sagte, du warst im Gefängnis und hast deine Zulassung verloren.«

»Hat er dir auch erzählt, dass ich die verbesserten Verhörmethoden entwickelt habe, die von der CSA bei supermenschlichen Wesen eingesetzt werden, und dass ich Norman bei den Thunderbolts als Psychoanalytikerin assistiert habe?«

»Ja, das hat er.«

Karla blinzelte.

Schön für CLOC.

»Was hast du getan?«, fragte Sentry.

»Hat CLOC dir das nicht gesagt?«

»Es war nicht Teil seiner Suchparameter, also nein.«

Während sie sich zusammennahm, beschloss Karla, dass es am besten war, ehrlich zu sein. Immerhin machte Vertrauen einen wichtigen Teil einer erfolgreichen Therapie aus. »Ich habe mehrere meiner Patienten dazu überredet, zu versuchen, Suizid zu begehen.«

»Warum?«, fragte er nach längerem Schweigen.

»Ich weiß es nicht. Das war, bevor ich meinen Mondstein fand und dadurch meine Kräfte bekam. In gewisser Weise war es, als hätte ich schon davor eine Superkraft gehabt. Ich konnte ein Leben zerstören oder einfach eins nehmen, nur mit meiner Stimme.«

»Wie viele sind mehrere?«

Karla zuckte mit den Schultern. »Man hat mich nur zu vierzehnmal lebenslänglich verurteilt. Also sagen wir mal so viele. Es war ja nur Mord mit bedingtem Vorsatz. Du solltest CLOC noch ein paar Bundesgesetze brechen und dir irgendwann Lesters Vorstrafenregister besorgen lassen.«

»Willst du mit mir was Ähnliches versuchen?«

Karla lächelte. »Würdest du das wollen?«

Sentry wirkte seltsam reumütig. »Es würde nicht funktionieren.«

»Du wärst überrascht, wie überzeugend ich sein kann.«

Und für jemanden, der so unvorstellbar mächtig war, war Sentrys Verstand erstaunlich anfällig. Das war einer der Gründe, warum Norman unbedingt auf einer Therapie bestand.

»Ich behaupte nicht, dass du mich nicht überreden könntest, es zu versuchen«, räumte er ein. »Nur, dass es nicht funktionieren würde. Ich hab mal versucht, mich umzubringen.«

Karla beugte sich von morbider Neugier getrieben vor. »Wie?«

»Ich hab mich in die Sonne gestürzt.«

Karla sackte zurück. »Normalerweise sollte das reichen.«

»Ich dachte, ich könnte so Void töten«, fuhr Sentry fort. »Aber es hat nicht geklappt. Er versprach mir, er würde zurückkommen, was er auch getan hat.« Er beugte sich vor, stützte die Ellbogen auf den Tisch, vergrub den Kopf in den Händen und raufte sich die Haare. Der Glastisch reflektierte sein Licht in strahlenden Wirbeln. »Was er auch getan hat.«

»Erzähl mir von Void.«

»Direktor Osborn sagt, es gibt keinen Void«, zischte Sentry. »Er existiert nur in meinem Kopf.«

»Was denkst du?«

»Ich weiß es nicht ... Ich weiß es nicht mehr. Jemand hat mir mal gesagt, ich hätte Void selbst erschaffen, um einen telepathischen Angriff auf meinen Verstand abzuwehren und zurückzuschlagen. Angeblich bin ich selbst leicht telepathisch.«

»Ah ja.« Karla schwang ihren Bleistift wie einen Zauberstab. »Was denke ich gerade?«

»Ich bin nicht ... ähm ... die Art von Telepath. Glaube ich.«

»Natürlich.« Sie ergänzte ihre Notizen. »Vielleicht kannst du mir was über dich erzählen. Etwas aus deiner Vergangenheit?«

»Was zum Beispiel?«

»Wie bist du zu deinen Kräften gekommen? Das ist immer ein guter Anfang.«

»Es war ein Unfall im Chemielabor an der Uni.« Er sah zu Boden. Eindeutig gelogen. »Ich ... erinnere mich nicht mehr an viel davon.«

Karla beschloss, nicht weiter nachzuhaken. Es gab immer ein nächstes Mal. »Dann erzähl mir was anderes.«

Sentry wirkte unentschlossen, geradezu zögerlich, als wäre er hin- und hergerissen. Zwischen dem, was er tun wollte, und dem, was ihm der Teil von ihm, der sich immer noch danach sehnte, ein Held zu sein, sagte, er solle es nicht tun. Karlas Erfahrung nach waren Helden, bei denen das Über-Ich über das egoistische Es siegte, eine Seltenheit.

»Ich war der Mentor des Hulk«, sagte er leise.

»Der *Hulk*-Hulk?«

»Und ich habe gegen Galactus gekämpft.«

»Natürlich hast du das.«

Es schien, als könnte ihn nun nichts mehr zurückhalten. »Reed Richards war bei meiner Hochzeit Trauzeuge.«

»In Ordnung.«

»Captain America war auch da. Sue Storm war Lindys Brautjungfer.«

Karla legte ihren Stift beiseite, bevor sie sich durch das ständige Kritzeln noch eine Sehnenscheidenentzündung zuzog.

Lindy war die schlichte, ewig ängstliche graue Maus, die man gelegentlich dabei beobachten konnte, wie sie von einem Ort zum anderen huschte. Und wenn sie sich einmal aus dem Watchtower herauswagte, dann nur mit dem stets wachsamen CLOC als Anstandswauwau. Sie war relativ hübsch, doch ein Adonis wie Sentry spielte in einer anderen Liga. Karla war sich nicht mal sicher, ob die beiden dasselbe Spiel spielten. Sie schätzte, dass Lindy mindestens zehn Jahre älter als ihr Ehemann war. Allerdings wusste niemand wirklich, wie alt Sentry war oder ob er überhaupt alterte. Und Norman war zurzeit mit der Ex seines eigenen Sohns zusammen, ohne dass jemand mit der Wimper zuckte, also wer von ihnen konnte sich schon ein Urteil erlauben?

»Aber ich habe dafür gesorgt, dass mich die Welt vergisst«, fuhr Sentry fort. »Ich habe es auch vergessen. Das war die einzige Möglichkeit, da Void ein Teil von mir war. Das war Reeds Idee, glaube ich. Wir verloren den Watchtower und mieteten eine Wohnung in Queens. Ich nahm Drogen. Ich trank. Ich lebte von Sozialhilfe. Lindy litt. Aber wir haben uns geliebt. Niemand erinnert sich an Void.«

Er hob den Blick von seinem gleißenden Spiegelbild in der gläsernen Tischplatte und Karla erschrak, als sie seine völlig schwarzen Augen sah. Das Licht ging immer noch von ihm aus, aber es kam in Impulsen, unregelmäßig, und erschuf Schatten, die sich von ihm aus in alle Richtungen zu erstrecken schienen. Sie krochen an der Decke und den Wänden entlang und streckten sich langsam, aber unaufhaltsam wie krallenbewehrte Finger über den Tisch hinweg. Selbst die Lichter Manhattans schienen in einer anderen Galaxie zu liegen. Karla klammerte sich an die Armlehnen ihres Sessels, drängte sich gegen die Rückenlehne und suchte in ihrem Inneren nach dem Mondstein, der Quelle ihrer Kräfte. Das Kree-Artefakt existierte schon lange nicht mehr als physisches Objekt, da ihr Körper seine Energie in sich aufgenommen hatte. Doch in Zeiten der Gefahr, in Zeiten wie diesen, war es beruhigend, etwas Greifbares zu haben, auf das sie sich konzentrieren und aus dem sie Mut schöpfen konnte.

Sie wusste, sollte Sentry auch nur versehentlich versuchen, sie zu töten, könnte sie nicht viel dagegen tun. Sollte er sich vornehmen, die Welt zu zerstören, konnte *niemand* etwas dagegen tun.

»Wollen Sie wissen, was ich mich frage, Doktor Sofen?«

Schaudernd stellte Karla fest, dass Sentry sie nie Doktor Sofen nannte. Er sprach sie immer mit *Karla* an.

»Ja, Bob. Ich wüsste gern, was du jetzt gerade denkst.«

»Ich frage mich ... ob ich *das* mit einer ganzen Welt machen könnte. Wenn ich sieben Milliarden Menschen dazu bringen könnte, ihren größten Helden zu vergessen, wozu wäre ich dann noch fähig? Was ist, wenn das alles nichts weiter als eine weitere Täuschung ist, die ich der Menschheit aufgezwungen habe, weil sich Robert noch immer danach sehnt, ein Held zu sein?« Die Dunkelheit mit Sentrys Gesicht lachte verbittert. »Können Sie sich eine solche Welt vorstellen, Doktor Sofen? Eine, in der Sie und ich Avengers sind?« Das Lachen verstummte. Seine Miene wurde ernst. »Ich hatte mal einen Hund namens Norman. Es ist fast zu offensichtlich.«

»Das hier ist echt, Bob.«

Sentry beugte sich vor, sein goldfarbenes Kostüm schimmerte, als stünde der Raum in Flammen, und Karla duckte sich tiefer in ihren Sessel. »Ich könnte so leicht aufhören, an Sie zu glauben, Doktor. So leicht. Ein Gedanke von mir und Sie würden aufhören zu existieren. Ist das nicht ein Anzeichen für eine Wahnvorstellung?«

»Das reicht jetzt, Bob. Bob?«

Sentry verzog die Lippen zu einem Seelen vernichtenden Grinsen.

Karla spürte ihr Herz in ihrer Brust hämmern, ihr Blick klebte an seinen schwarzen Augen. »Void?«

»Norman sagt, es gibt keinen Void.«

»Manchmal redet Norman eine Menge Mist.«

Die Schatten erstreckten sich weiter über den Tisch. Sie erreichten die Kante. Karla zog die Knie auf die Sitzfläche hoch.

Kalt plapperte Sentry die hohle Phrase nach, die Therapeuten so häufig benutzten. »Was denken Sie, Doktor Sofen?«

Karla antwortete heiser, ohne es zu wagen, ihn aus den Augen zu lassen. »Void existiert.«

Sentry lehnte sich grinsend zurück. Die Schatten schrumpften in seine Richtung. »Bleiben Sie aus diesem Kopf, Doktor Sofen. Wenn Norman Sie das nächste Mal bittet, hier drin rumzustochern, sagen Sie ihm, er soll kommen und es selbst erledigen.« Dann blinzelte er, seine Augen leuchteten golden und das Licht kehrte in den Raum zurück. Seine Miene wurde besorgt.

»Karla? Alles ... alles in Ordnung?«

»Ich ...«

Steif, fast ruhig, sammelte Karla ihre Sachen vom Tisch auf. Sie brachte sogar ein Lächeln zustande.

»Ich glaube, das reicht für heute.«

KAPITEL 5
Beeindruckt

Daken betrat den Bürgersteig vor dem Irkan's Kitchen und atmete den Geruch der East 53rd Street tief ein. Es war die absolut passende Ergänzung zu dem Geruch von verbranntem Asphalt und Reifengummi, der von dem gepanzerten Transporter vor dem *Bulletin* ausging. Wie Sushi und ein knochentrockener Koshu-Wein. Er sah zum elften Stockwerk des Gebäudes hinauf. Sein Verstand war so scharf wie seine Sinne und er zerlegte die Szene, wie er es als junger Samurai in Tohoku, Japan, gelernt hatte, bewertete jedes Teilstück.

Fünf schwer bewaffnete private Sicherheitsleute, quasi Soldaten, befanden sich bereits im Gebäude und fuhren mit dem Fahrstuhl ins elfte Stockwerk hoch. Mit den beiden anderen in taktischen Schutzwesten und mit militärischen Sturmgewehren waren es insgesamt sieben Personen. Einer saß am Steuer des Transporters. Der andere stand auf dem Bürgersteig und bewachte den Eingang. Die beiden Polizisten, die bei Irkan's nur etwas hatten essen wollen oder Osborn mit zusätzlichen Überwachungsinformationen versorgt hatten – Daken konnte nicht sagen, was davon zutraf –, hetzten über die Straße. Die Fahrzeuge auf den beiden Fahrspuren, die nach wie vor versuchten, sich hupend an dem im Weg stehenden Transporter vorbeizuschieben, trugen nur zu dem Chaos bei. Die Fußgänger hingegen, die in der Regel schlauer als die Autofahrer waren, machten sich zügig aus dem Staub.

Alle – bis auf zwei.

Der eine war ein stämmiger Mann mit sonnenverbrannter Haut und muskulösen Armen in einer hellbraunen, gepolsterten Lederweste und mit einem Motorradhelm auf dem Kopf. Der andere trug etwas, das nach traditioneller arabischer Kleidung aussah: ein schweres Dishdasha-Gewand, ein Ghutrah-Kopftuch, das sein Gesicht vollständig verbarg, und einen schattenhaften Bischt-Umhang, dem der Fahrtwind der vorbeifahrenden Autos Leben einhauchte.

Sie folgten den Polizisten.

Wer waren sie? Was wollten sie hier?

Waren sie aus demselben Grund hier wie Daken?

Er ließ das beiläufige, kalte Lächeln eines Mörders aufblitzen.

Weshalb war *er* hier?

Eine Sekunde nach ihm duckte sich Ares durch die Tür des Restaurants und gesellte sich zu ihm auf den Bürgersteig.

»Weißt du, ich könnte dir den ganzen Tag dabei zusehen, wie du dich durch Türen zwängst. Solltest du mal keine Lust haben, mit der U-Bahn zurück in die Bronx zu fahren, und im Avengers Tower einen Platz zum Pennen brauchen …« Er zuckte mit den Schultern. »Meine Tür steht dir jederzeit offen.«

Ares ignorierte ihn völlig. Oder er tat so. Daken konnte riechen, dass sich der Olympier in seiner Gegenwart unwohl fühlte. Die Pheromone seiner sekundären Mutation verstärkten auf subtile Weise Ares' bereits vorhandene Abneigung gegen ihn. Daken verfolgte kein bestimmtes Ziel. Abgesehen davon, dass er vielleicht irgendwann jemanden ärgern würde. Für ihn war das Leben nur ein Jonglierteller nach dem anderen. Manchmal fielen sie runter und zerbrachen. Manchmal auch nicht. Was ihn anging, war das bedeutungslos.

Es waren ja nicht seine Teller.

»Das ist kein gewöhnlicher privater Sicherheitsdienst.« Ares sah über die Straße, seine Muskeln waren angespannt, an seinem Hals zeichneten sich deutlich riesige Sehnen ab. »Selbst für diese Stadt.«

»Muss der Symkarianer auf der neunten und zehnten sein«, mutmaßte Daken. »Manche Gewohnheiten lassen sich nur schwer ablegen.«

»Diese Männer sind Soldaten. Ich spüre ihren Widerwillen, von zivilen Zielen umgeben zu sein.«

»Ich interessier mich mehr für die beiden da.« Daken deutete auf die Männer, die die Straße hinter den Polizisten überquerten.

»Gut!« Ares klopfte ihm auf die Schulter, was ihn fast in die Spur eines roten SUVs beförderte, der mit etwa zwanzig Kilometern pro Stunde angefahren kam. »Du bist nicht ganz der arrogante Wilde, für den dich Osborn hält.«

Daken massierte den blauen Fleck auf seinem Rücken. »Kann ich nur zurückgeben, Großer.«

Ares brauchte einen Moment, um die Eindrücke zu verarbeiten, so wie Daken es vor ihm getan hatte. Der Gott des Krieges brauchte etwas länger, doch wer konnte schon sagen, was sich hinter diesem unergründlich harten Blick für Gedanken abspielten? Es überstieg das Verständnis jedes Menschen oder Mutanten. Seine Miene war ernst und täuschte über die Gefühlstiefe des Olympiers hinweg, trotzdem bekam man nicht den Eindruck, er wäre grausam. Sein Blick *war* einfach so, außergewöhnlich gefühlskalt. Diese Augen würden die Welt brennen sehen, vorausgesetzt, es geschah durch ihn und zu seinen Bedingungen. Und Daken hoffte, dass er dabei sein würde, wenn es so weit war.

»Osborn beansprucht dieses Gebäude und was sich darin befindet, für sich«, verkündete Ares. »Diese Soldaten werden für ihr Eindringen bezahlen.«

»Venom und Bullseye kommen mit fünf Typen klar«, sagte Daken. »Wenn nicht, verdienen sie es nicht, Avengers zu sein.«

Ares blickte mit der vollen Macht und Verachtung eines Gotts auf ihn herab. »Keiner von euch verdient es, ein Avenger zu sein, aber Osborn hat euch für diese Rolle ausgewählt. Er hat euch diese Chance gegeben, euch der Ehre würdig zu erweisen.«

Dakens aufgesetztes Grinsen wurde zu einem echten Zähnefletschen. »Und ich liebe es, Direktor Osborn glücklich zu machen.«

»Dann verschaffe uns Zutritt zum Gebäude.« So etwas wie Sarkasmus drang genauso wenig zu Ares durch wie körperliche Gewalt. »Hilf Lester und Gargan und beschaffe Osborns Beute. Ich werde mich um die beiden kümmern. Wer auch immer sie sind, sie werden sich dem Gott des Krieges stellen.«

»Eine Frage.«

Ares wollte gerade über die Straße gehen, stattdessen drehte er sich um.

»Ich weiß, Moonstone befehligt die Avengers, wenn Osborn mal wieder die Schlüssel für die Iron-Patriot-Rüstung verschlampt hat, aber wer hat dir das Kommando übertragen?«

Ares schnaubte. »Ich bin der Sohn des Zeus und der Hera. Ich habe die Armeen im Trojanischen Krieg befehligt.«

Er wandte Daken seinen breiten Rücken zu.

Daken sah ihm hinterher. »Schon«, murmelte er. »Aber auf welcher Seite?«

Doch Ares hörte ihn nicht, der Olympier war bereits auf halbem Weg über die East 53rd Street und ging weiter. Der Lärm von zwei langsam fahrenden Autospuren trennte ihn von Daken, und dann war da noch ein halber Block Fußgänger, die langsam in Panik gerieten. In diesem Moment bemerkte ihn auch der Wachmann an der Tür des *Bulletin*.

»Stehen bleiben!« Der Söldner hob sein Sturmgewehr und sagte dann: »Verdammt, Antoni.« Vermutlich sprach er über eine offene Funkverbindung mit seinem Begleiter im Transporter. »Es sind Ares und Wolverine.«

Die Polizisten drehten sich um und sahen entsprechend erleichtert aus, dass ihnen dem Anschein nach eine mögliche Schießerei erspart blieb. Die beiden Fremden, die den Polizisten gefolgt waren, drehten sich ebenfalls um. Der muskulöse Mann in der hellbraunen Weste und mit dem Motorradhelm griff, ohne zu zögern, nach der Waffe an seiner Hüfte.

Dakens Klauen schoben sich aus ihren Hautfalten, dreißig Zentimeter lange, gebogene, ultraharte Knochen, eine auf jeder Seite seiner geballten Fäuste und eine dritte, die aus seinem Handgelenk ragte. Er ging in die Hocke, bereit, entweder über die Straße zu sprinten oder hinter einem der Zivilisten Deckung zu suchen, abhängig von der Waffe, die auftauchte. Als der Fremde ein goldenes Shamshir-Schwert aus der Scheide zog, musste Daken schmunzeln. An der Art, wie sie gingen, konnte man Normalsterbliche von Supermenschen unterscheiden. Es war ihr Auftreten. Ihre Präsenz. Es war Selbstvertrauen auf der Ebene der Nukleinsäuren. Dieser Typ war ein Mensch.

Im Vergleich zu den zwei Söldnern mit ihren Schutzwesten und Sturmgewehren hatte dieses Fossil nicht viel zu dieser Party beizutragen.

Zumindest dachte Daken das.

Der Schwertkämpfer, der noch immer zwanzig Meter von Ares entfernt war, vollführte eine Drehung in Verbindung mit einem Abwärtshieb und schrie in einer Sprache, die wie Farsi klang.

Das gebogene Schwert blitzte auf. In dem Sekundenbruchteil, als es in der Waagerechten war, zuckte ein Lichtstrahl hervor. Er überquerte die beiden leeren Fahrspuren im Bruchteil des Bruchteils einer Sekunde, schneller, als Daken ihn wahrnehmen konnte, und traf Ares mit der Wucht eines aufgemotzten Wasserwerfers in die Brust. Der Olympier krachte in die Seite des gelben Taxis, das versucht hatte, hinter ihm vorbeizukriechen. Der auf Sicherheit ausgelegte Karosseriestahl des Fahrzeugs, der dafür vorgesehen war, die Überlebenschancen der Insassen im Falle eines Zusammenstoßes um ein oder zwei Prozent zu erhöhen, wurde wie eine Getränkedose zusammengedrückt. Das Auto stieß mit einem anderen zusammen, beide schrammten kreischend über die Straße, auf den Bürgersteig und in die Fenster des Irkan's Kitchen, deren Splitter auf die Straße regneten.

Daken hob eine Augenbraue.

Jetzt war er wirklich beeindruckt.

Der Schwertkämpfer fluchte mit schwerem Akzent, wobei seine Worte im aggressiven, atonalen Heulen der Auto- und Einbruchsalarmanlagen untergingen, während er den unbeabsichtigten Kollateralschaden begutachtete. Sein arabisch gekleideter Begleiter schien ihn zurechtzuweisen und ihm zu befehlen, noch einmal zuzuschlagen, bis sich Ares, begleitet von den Geräuschen knirschenden Stahls und dem Verschieben von Wrackteilen, von den verbogenen Hälften des Taxis befreite und den Nacken knacken ließ. Er deutete über die Straße hinweg auf den menschlichen Schwertkämpfer und schaffte es, deutlicher »Jetzt bin ich dran« zu sagen, als es bloße Worte gekonnt hätten.

Im Angesicht des Gotts des Krieges tat der Sterbliche das einzig Vernünftige, was ihm noch blieb.

Er rannte.

Der Fremde in der Robe sah seinem fliehenden Begleiter ungehalten hinterher. Daken konnte sein Gesicht wegen des Ghutrah nicht sehen, nur ein Paar rot glühende Augen, dafür spürte er den Hass in seinem Blick. Er drehte sich zu Daken um und schien zu nicken, als würde er ihn kennen oder herausfordern. Er schlug den Ärmel zurück, um eine mumienhafte graue Klauenhand zu offenbaren, vollführte eine komplizierte Abfolge von Gesten, die wie Magie aussahen, und obwohl Daken ihn die ganze Zeit beobachtete, schien er in den Abgasen und dem Betonstaub zu verschwinden, als wäre er die ganze Zeit nichts weiter als eine Einbildung gewesen.

Daken blickte finster drein. »Ich hasse Teleporter.«

Wenigstens hatte er so eine Ahnung, wo der Fremde hinwollte.

Er hob den Blick.

Der elfte Stock.

Nur zwei Söldner mit Schutzwesten und Sturmgewehren, zwei Polizisten und ein paar Hundert Zeugen, an denen er erst mal vorbeikommen musste.

Er ballte die Fäuste und ging auf das Gebäude zu.

Er *liebte* es einfach, Osborn glücklich zu machen.

KAPITEL 6
Zu viele schlechte Dinge

Am Ende einer dreißig Meter langen Kletterpartie an der Fassade des *Bulletin*-Gebäudes packte Mac Gargan die Stahlverkleidung auf beiden Seiten des Fensterrahmens und warf sich, so weit es ging, zurück, um mit maximaler Wucht gegen das Glas zu krachen. Er durchschlug die Scheibe und traf auf eine weitere Wand.

In diesem Fall eine aus Geschützfeuer.

Fünf Soldaten in schwarzer Panzerkleidung und mit Schutzbrille ausgestattetem Helm standen in einer gestaffelten Schusslinie hinter Schreibtischen und zielten auf seinen Eintrittspunkt, wobei sie mit großkalibriger Munition Büromöbel und Innenwände zerfetzten, als wären sie aus Pappmaschee. Sie zielten genau und zeigten keinerlei Panik. Die unheilvollen grünen Strahlen ihrer Ziellaser tasteten über die Wände, bevor der Kugelhagel sie in Stücke riss.

Sie hatten auf ihn gewartet.

Gargans Sprung ins Innere wurde von fünfzig Schuss pro Sekunde aufgehalten. Er schlug in einem Gestöber aus pulverisiertem MDF und Gipsplatten auf dem Boden auf, grüne Ziellaser hüpften wild durch den Staub. Er kauerte sich wie ein in Öl Ertrinkender auf dem Boden zusammen, während der außerirdische Symbiont sich zu einem kugelsicheren Panzer verdichtete und die Kugeln ausspuckte, die bereits in ihn eingedrungen waren.

Verdammt, das tat weh.

Nein, tut es nicht, sagte der Venom-Symbiont mit dem Echo eines psionischen Knurrens in seinem Kopf.

Ja, dachte er mit seiner eigenen inneren Stimme. *Eigentlich nicht.*

Steh auf und fang an zu töten, du Flasche. Ich hab Hunger.

Gargan sprang auf alle viere und stieß sich vom Boden ab.

Sein Körper verschob sich um den Menschen in seinem Zentrum, nahm neue Formen an und veränderte sie noch ein Dutzend Mal, bis er die nächste Wand erreichte und sich an ihr festhielt. Dort blieb er nicht lange, stattdessen nutzte er sie als Sprungbrett, um sich über die Köpfe der Soldaten hinweg an die Decke zu katapultieren. Die Kugeln folgten ihm, ein Hagelsturm, der sich teilte und ausbreitete, während er dem sich schnell bewegenden Ziel hinterherjagte. Die Soldaten schlugen sich beachtlich, zogen sich zurück, verteilten sich, hielten Abstand und gingen erneut in Feuerformation.

Gargan warf ein Netz und schwang sich um eine dicke Stützsäule, die durch ein paar Sekunden Beschuss auf den nackten Beton reduziert wurde. Das gab dem Symbionten ein oder zwei Sekunden Zeit, ihre Verletzungen zu heilen. Als er um die Säule herumkam und sich hinter einen Aktenschrank fallen ließ, rieselte Plastikschaum wie Schnee von den pulverisierten Deckenplatten. Die in den Schrank einschlagenden Kugeln klangen, als würde ein manischer Irrer versuchen, eine Eisenstange mit einer Käsereibe zu bearbeiten.

Er leckte sich über die Lippen und knurrte. Die Vibrationen, die von dem Aktenschrank auf ihn übergingen, hatten eine unheimliche Ähnlichkeit mit dem psychischen Drängen des Symbionten, sich nicht länger zu verstecken, sondern zu fressen. Es brauchte nicht viel, um ihn zu überzeugen.

Deshalb hatte sich Venom für ihn entschieden.

Dieser hatte einen Wirt bekommen, der weniger Skrupel hatte, seinen verschiedenen widerwärtigen Gelüsten nachzugeben, und *er* hatte eine verblüffende Auswahl an außerirdischen Kräften und die Macht bekommen, damit zu tun, was er wollte, mit wem auch immer er es tun wollte.

Bis Osborn, seine Ärzte und seine Medikamente alles verändert hatten.

Töte sie alle. Dann töte Osborn.

Gargan biss die Zähne zusammen und schüttelte den Kopf. Vor den Pillen hatte er selten die Willenskraft gehabt, sich dem Symbionten zu widersetzen. Es gefiel ihm nicht, sich ihm jetzt zu widersetzen. Es war einfacher, ihn einfach tun zu lassen, was er wollte.

Töte Osborn.

»Jetzt ist nicht der richtige Zeitpunkt für …«

Er verdrängte diesen Gedanken.

Eine Vorahnung von Schmerz und Feuer, eine Art Spinnensinn, schlängelte sich durch die psychischen Ganglien, die sein Gehirn mit Venoms eigenartigen, übersinnlichen Wahrnehmungen verbanden. Er wirbelte von dem Aktenschrank weg und sprang im selben Moment ab, als eine Panzergranate diesen in Stücke riss. Der sich ausdehnende Feuerball riss Gargan in die Höhe und schmetterte ihn durch die Wand, womit er ein weiteres Loch in die Fassade des *Bulletin*-Gebäudes schlug und sich über der East 53rd Street wiederfand.

Von der Straße drang das Heulen von Alarmsirenen zu ihm herauf, das Knattern von Schüssen und die Schreie von Schaulustigen. Daken und Ares hatten offenbar auch ihren Spaß.

Solange wir die Leichen bekommen.

Gargan schleuderte Symbiontengewebe in Form von Netzen, die dampfend an der Außenwand kleben blieben. Er war sparsam. Venoms Netze waren Teil des Symbionten. Sie waren alles andere als unerschöpflich und die Granatenexplosion hatte Löcher in seine tiefschwarze Haut gerissen, durch die Gargans Haut zu sehen war, die auf die Märzkälte mit Gänsehaut reagierte.

Er war praktisch unzerstörbar. Allerdings war Feuer eine der Schwächen des Symbionten.

Jemand hatte sich vorbereitet.

Die Netze wurden straff gezogen. Brüllend stemmte er sich dagegen, seine Muskeln spannten sich, schwollen an. Er schleuderte sich zurück in Richtung des Gebäudes. Er war nicht in der Stimmung, sich zu viele Gedanken um Fenster zu machen. Wie ein Geschoss krachte er durch Stahl und Beton in ein ungenutztes Büro des symkarianischen Exilanten im zehnten Stockwerk.

Er rollte mehrere Meter durch die Trümmer auf dem fabrikneuen Teppich, der noch immer mit einer durchsichtigen Plastikfolie bedeckt war, bevor er neben einer leeren Büronische liegen blieb. Er keuchte, während sich der Symbiont regenerierte.

Danach töten wir Osborn.

»Ich gehe nicht zum Thunderbolt Mountain zurück«, antwortete er hörbar. »Oder ins Raft.«

Thunderbolt Mountain war nicht so übel. Da konntest du wenigstens du selbst sein. Oder ich ... Wie auch immer.

Gargan schüttelte den Kopf, um die zusätzlichen Stimmen loszuwerden.

Er erinnerte sich nicht mal mehr daran, wie es war, in seinem eigenen Kopf allein zu sein. Er ermahnte sich, dass er sich aus freien Stücken hierfür entschieden hatte. Er hatte sich für all das entschieden.

»Halt die Klappe, ich ...«

Er hob den Blick, diverse Sinne kämpften um seine Aufmerksamkeit.

Die Decke explodierte.

Eine Sturzflut aus Kugeln kam durch das Loch und Gargan brüllte vor Schmerz, als sie in den bereits verletzten Symbionten einschlugen. Offensichtlich ermöglichten es ihre Zielgeräte, seine Bewegungen durch die Wände zu verfolgen. Sie hatten seltene und teure Ausrüstung.

Gargan versuchte, nicht zu vergessen, dass er sie vor dem Verschlingen ausziehen musste. Immerhin bezahlte ihn Osborn nicht.

Er sprang in Richtung der Decke und brach wie ein Krake, der von unter dem Eis angriff, durch den geschwächten Boden des elften Stockwerks.

Die Winkel der Feuerstöße durch die zerstörte Decke gaben ihm eine gute Vorstellung davon, wo sich seine Angreifer befanden. Schneller, als ein Mensch reagieren konnte, deckte er den Bereich mit Spinnweben ein.

Eine traf einen Soldaten mitten auf der Schutzweste. Der Mann flog durch Tische und zerstörte Möbel, bevor er an einer Trennwand kleben blieb. Ein anderes Netz streifte die Waffe eines Soldaten und riss sie ihm aus der Hand, sodass sie letztendlich knapp außerhalb seiner Reichweite von der Decke baumelte. Ein dritter hatte versucht, sich zu ducken, nun klebte seine Schulter unlösbar an der Unterseite des Schreibtischs, unter dem er Schutz gesucht hatte.

Gargan kam auf dem Boden des oberen Stockwerks auf. Der Beton ächzte unter seinem monströsen Gewicht und er schaffte es, sich mit einem Satz in Sicherheit zu bringen, bevor alles unter ihm zusammenbrach. Er landete auf einem großen Bürodrucker, den ein Soldat als Deckung genutzt hatte. Dem Drucker erging es wie einem Auto in einer Schrottpresse. Der Soldat riss sein Gewehr herum. Gargan schlug es mit dem Handrücken beiseite. Aus seiner Brust brach ein feuchter dritter Arm, packte den gepanzerten Mann am Hals und hob ihn vom Boden hoch. Er hatte es nicht vorgehabt oder überhaupt bemerkt, doch er war inzwischen doppelt so groß wie ein Mensch. Er riss das Maul auf, weiter, als ein Mensch breit war. Von seinen Zähnen triefte schwarzer Speichel.

Er versuchte, sich an die Sache zu erinnern, die er sich vorgenommen hatte.

Ach ja.

Sie vor dem Fressen auszuziehen.

Scheiß drauf!

Sein Kopf ruckte vor, die Kiefer schlossen sich krachend ...

... um nichts.

Gargan zuckte zurück, schloss seine plötzlich leere Faust.

Er knurrte, zog den dritten Arm wieder in seinen Körper zurück und hob den Blick.

Im Zwielicht bei den von Kugeln zerfressenen Fahrstuhltüren tauchte ein Schatten auf, setzte den verletzten Soldaten ab und drehte sich in einer Wellenbewegung innerhalb der umgebenden Dunkelheit zu ihm um. Der Schatten begegnete seinem Blick. Zwei rote Schnitte in einer mumienhaften Hülle aus absolutem Schwarz. Gargan spürte, wie ihn ein eiskalter Schauer durchfuhr. Dank Venoms Erinnerungen kannte er das Gefühl absoluter Kälte auf der Haut. Das hier war dasselbe, nur noch stärker. Es ging ihm durch Mark und Bein, bis in seine Seele, die nur zu genau wusste, Gargan hatte sich vieles zuschulden kommen lassen, von dem die Welt besser nichts erfahren sollte. Frustrierter Hunger ließ Venom die Zähne fletschen, er verdrängte die Furcht und Gargan erlebte als psionischen Nebeneffekt dasselbe. Stattdessen projizierte der Symbiont die ganze Bandbreite des Hasses des Außerirdischen, seine Gier und Aggression in das Gehirn seines Wirts.

Brüllend sprang er quer durch den Raum.

Der Schatten bewegte sich ihm entgegen. Es war nicht, als würde er auf ihn zuschweben oder fliegen, vielmehr war es, als hätte er dem Raum zwischen sich und Venom, seinem Ziel, befohlen, sich zu schließen, und der Raum gehorchte. In spindeldürren, grauen Händen erschien ein gebogenes schwarzes Schwert, dunkle Gewänder flatterten wie ein Umhang, um sich danach in Schatten zu verlieren. Er lachte rasselnd. Wie der Atem, den man aus der Brust eines toten Mannes presste.

Gargan schwang eine riesige Faust, brüllte überrascht, als sie auf keinerlei Widerstand stieß und er nach vorn stolperte. Mit den Knöcheln riss er Teppichboden und Beton auf, bevor er auf dem Boden aufschlug.

Der Schatten gackerte überall um ihn herum. Seine Stimme war das Flüstern einer Leiche, in dem tote, längst vergessene Sprachen mitschwangen. »Versuch's noch mal, Spider-Man.«

Dieser Spott machte Venom rasend.

Er wuchs buchstäblich von den Knöcheln aus in die Höhe, saugte seinen am Boden liegenden Körper hinterher, um dann aus der dadurch frei werdenden Masse zwei Fäuste wie Abrissbirnen auszubilden. Mit dem Aufheulen eines Berserkers stürzte er sich auf seinen Gegner. Aus seinem Oberkörper wuchsen stachelbewehrte und mit Zähnen versehene Tentakel, die auf seinen Feind zupeitschten. Der Schattenschwertkämpfer glitt mühelos außer Reichweite, wobei er seine Größe, Form und Position im Raum frei veränderte, als unterläge das alles allein seinem Willen. Der Schatten schlug in einem Wirbel aus düsterer Dunkelheit zurück. Venom wechselte von wütendem Angriff auf eine ebenso wilde Verteidigung, indem er sich akrobatisch und elastisch um das fließende schwarze Schwert herumbewegte. Seine außerirdischen Sinne gegen die unheimlichen Kräfte des Schattenmannes, gab er sich alle Mühe, um ausgeglichene Verhältnisse zu schaffen.

Das schwarze Schwert durchtrennte mehrere Tentakel, was Gargan kreischen ließ.

Der Schmerz – plötzlich, lähmend, allumfassend – durchfuhr ihn wie eine stumpfe Säge. Venom und Gargan schrien gemeinsam auf, es war, als würden die psionischen Verbindungen zwischen ihnen auflodern und in der Qual des anderen brennen. In diesem Moment stand der Symbiont kurz davor, ihn abzustoßen, und er ihn. Es gab nur einen Grund, warum sie es nicht taten. Ihr Hass auf denjenigen, der ihnen das angetan hatte, war größer.

»Der Kuss der Schwarzen Klinge ist eine auserlesene Qual, nicht wahr?« Der Schatten hatte keinen Geruch. Sein Körper strahlte keinerlei Wärme aus. Durch den Schlitz in seinem Kopfschmuck kam nicht der geringste Atemzug. Seine Worte waren vollkommen emotionslos, in ihnen lagen weder Freundlichkeit noch Bosheit. »Selbst nachdem ich die letzten Reste meiner Seele aufgegeben und mein Fleisch zurückgelassen hatte, war ich nicht in der Lage, diese Waffe loszulassen. Nein. Aber ich habe sie gelehrt, das zu begehren, was ich ihr nicht mehr geben kann.« Theatralisch schwang er das Schwert, hob es in die Höhe. Wie bei einer Hinrichtung. »Das Übel einer menschlichen Seele.«

Venoms verbliebene Tentakel zogen sich zurück, wichen wie Würmer vor dem hellen Sonnenlicht vor der Schwarzen Klinge zurück und verschmolzen wieder mit dem Körper, der nicht mehr wuchs, sondern schrumpfte, bis er die Größe eines Mannes hatte, der sich wie ein Kind vor dem verhüllten Schatten wimmernd zusammenkauerte.

Er konnte sich nicht dagegen wehren.

»Fahr zur Hölle, die dich verdient, und wisse, Black Raazer hat dich dort hingeschickt.«

Aus Richtung des Fahrstuhls ertönte ein Schrei.

Raazer drehte sich wütend fauchend um.

Gargan hatte genug Kontrolle über seinen Körper, um den Blick zu heben.

Der Söldner, den Raazer zuvor aus Venoms Fängen gerettet hatte, stand vor den geöffneten Türen. Er war blass. Viel zu sagen hatte er jedoch nicht. Aus den Keramikplatten seiner Schutzweste ragten Dakens Klauen.

»Verdammt«, sagte Daken, dessen gold-brauner Uniform der Geruch von mindestens fünfzehn verschiedenen Menschen anhaftete. »Dieser Aufzug ist vielleicht langsam.«

Der Schatten wich zurück und senkte schützend sein Schwert, um sich notfalls sowohl gegen den gerade eingetroffenen Daken als auch den verletzten Venom zu verteidigen. »Deine Klauen können mir nichts anhaben, Wolverine, und selbst dir wird es schwerfallen, dich von meinen Schnitten schnell zu heilen.«

Mit einer Handbewegung schnitt er durch die Luft, woraufhin der Soldat aus Dakens Armen verschwand. Dieser taumelte nach vorn, was verriet, wie sehr er sich auf den sterbenden Mann gestützt hatte. Es folgten weitere abrupte Gesten. Als Raazers Schwarze Klinge Venom getroffen hatte, hatte das die übrigen Söldner aus den Spinnweben befreit. Während sie noch dabei waren, ihre Waffen einzusammeln und sich aufzurappeln, verwandelten sie sich in Rauch und verschwanden. »Doch das Schicksal von Untergebenen interessiert mich nicht. Diese Schlacht ist bereits gewonnen. Die Tyrannei lässt die Welt aufschreien und meine Bruderschaft hat geantwortet: Die düstere Herrschaft des Iron Patriot nähert sich ihrem Ende.« Sein Mantel löste sich flatternd in der umgebenden Dunkelheit auf, gefolgt von seinen grauen Händen und seinen rot glühenden Augen. Zuletzt verschwand seine Stimme, deren Abschiedsworte wie das Kratzen von Zweigen auf einer Fensterscheibe klangen.

Und dann war er weg.

Gargan gaffte Daken schweigend an. Daken sah Gargan an.

Eine Minute lang knieten sie auf dem zerstörten Teppichboden oder lehnten an der blutigen Fahrstuhltür in einem Schweigen, das selbst ihr Hass aufeinander nicht mit Worten füllen konnte.

»Gute Arbeit, Team«, sagte Bullseye, der mit einem Computer unter dem einen Arm und aus irgendeinem Grund mit Sarah Greenes gerahmter Abschlussurkunde unter dem anderen aus einem von Kugeln zerstörten Flur auftauchte. »Wirklich. Das war gute Arbeit heute Abend. Sechs von zehn Punkten. So macht man absolut niemandem klar, dass man sich besser nicht mit den Avengers anlegen sollte.«

Gargan starrte ihn fast so lange wütend an, wie er und Daken es bereits getan hatten.

Daken schüttelte seufzend den Kopf, bevor er ein kleines Mobiltelefon aus seiner Tasche holte.

»Hübsches Mädchen-Handy«, kommentierte Bullseye. »War rosa schon ausverkauft?«

Daken ignorierte ihn und wartete darauf, dass die Verbindung hergestellt wurde. Anstatt die Freisprechfunktion zu nutzen, hielt er es sich ans Ohr. »Hallo, Miss Hand. Wir haben es.« Während die Person am anderen Ende sprach, sah er zu Bullseye. »Etwa zehn Minuten. Sagen Sie Karla, dass ich auf dem Rückweg an einem Geldautomaten vorbeigehe. Sie wird wissen, was ich meine.« Wieder eine Pause. »Gut, dann eben, wann immer es ihr passt.« Er beendete das Gespräch und steckte das Gerät wieder ein. »Die stellvertretende Direktorin scheint unsere Abschlussbesprechung gar nicht erwarten zu können. Ich kann mir beim besten Willen nicht vorstellen, warum. Und sie wüsste es sehr zu schätzen, wenn wir auf dem Weg zurück zum Avengers Tower nicht noch mehr von New York zerstören würden.« Sein Lächeln war so falsch wie seine Uniform. »Wer will es Ares sagen?«

»Wo ist er?«, fragte Gargan.

»Oh, etwa auf halbem Weg zur Queensboro Bridge, denke ich. Folg einfach der Spur aus brennenden Autos.«

Können wir Osborn jetzt töten?, knurrte Venom in seinen Gedanken.

»Ja …«, seufzte Gargan, ohne jemand Bestimmtes anzusprechen. Vielleicht auch alle. Er war sich selbst nicht sicher. »Ich schätze, dann muss ich das wohl erledigen, was?«

KAPITEL 7

Keine Verschnaufpause, keine Gnade

»Bürger von New York!«, brüllte Ares und ignorierte das hilflose Aufblitzen der Scheinwerfer und das Hupen, während er auf dem Sutton Place South gegen die Fahrtrichtung durch den Verkehrsstrom marschierte. Zu seiner Linken ragten Wohnblocks in die Höhe. Zu seiner Rechten zog sich die dunkle Schlucht des East River entlang. Seine Axt, die der Gott Hephaistos unter größter Anstrengung für ihn angefertigt hatte, lag angenehm und allmächtig in seiner rechten Hand. Das Axtblatt reflektierte blitzend das Licht des ihm ausweichenden Verkehrs und versprach nichts als Krieg und Zerstörung. »Ich zähle bis zehn, bis dahin müsst ihr meinen Weg geräumt haben.«

Eine weiße Limousine raste auf ihn zu, die plärrende Hupe war eine ständige Herausforderung.

Ares ging weiter.

»Eins!«

Reifen quietschten, Qualm von den Bremsbelägen und von Gummi stieg auf, als das Fahrzeug auswich. Nachdem der Wagen an ihm vorbei war, wurde die Hupe stetig leiser.

»Zwei!«

Auf dieser Welt gab es keinen Mut. Keine Überzeugung, um jeden Preis zu tun, was nötig war. Das war der Grund, dachte

Ares, während die Autos links und rechts an ihm vorbeidonnerten, warum die Erde noch immer den Gott des Krieges brauchte. Die Menschen hätten Osborn und seine Avengers schon längst durchschauen müssen. Tatsächlich hatten sie das, aber sie wollten es nicht wahrhaben und taten entsprechend so, als würden sie nichts bemerken. Sie wollten beschützt werden. Sie wollten sich sicher fühlen.

Die Welt hatte sich verändert, und sie brauchte Norman Osborn.

Sie hatte nicht das Rückgrat, um ohne ihn zu bestehen.

»Drei!«

Er verfolgte den Schwertkämpfer seit der Ecke 53rd und 1st zu Fuß und der Mann lief noch immer vor ihm davon. Er rannte auf dem Bürgersteig nach Norden, vielleicht wollte er die Wohngebiete durchqueren, um Ares in den belebteren Vierteln der Queensboro Bridge und der Upper East Side abzuhängen. Der behelmte Krieger bahnte sich seinen Weg durch die Handvoll Fußgänger, die um diese Uhrzeit noch unterwegs waren. Als seine Beute ängstlich über die Schulter zurücksah, stieß sie mit einer müde aussehenden Frau zusammen, die offenbar gerade nach einem langen Arbeitstag in der Stadt auf dem Weg nach Hause war. Er rappelte sich wieder auf, es folgte ein weiterer Blick über die Schulter, aber er hatte nicht so viel Angst, um sich nicht zu vergewissern, dass die Frau unverletzt war. Dann erst rannte er weiter.

Er hatte etwa hundert Meter Vorsprung und baute ihn weiter aus.

Ares verlängerte seine Schritte. Er war unermüdlich. Er konnte diese Verfolgung so lange fortsetzen, bis er seine Beute ins Eismeer trieb oder das Herz des Mannes vor Erschöpfung oder Schrecken platzte. Allerdings war er nicht der Schnellste, und wenn es der Schwertkämpfer bis zum Lennox Hill schaffte, vielleicht sogar bis in die U-Bahn, dann könnte er Ares abhängen. Er verfluchte sich selbst dafür, dass er nicht sein Motorrad geholt hatte, anstatt den Menschen zu Fuß zu verfolgen, aber der Überraschungsangriff hatte nach einer Antwort verlangt.

Der menschliche Krieger hatte den Gott des Krieges angegriffen.

Die Ehre verlangte, dass er für diese Beleidigung mit Blut bezahlte.

»Vier!«

Ein silberner Kleinwagen raste auf ihn zu. Die Fahrerin war entweder unaufmerksam oder reagierte absichtlich langsam, indem sie in letzter Sekunde auf die Bremse trat, wodurch ihr Wagen kreischend in Richtung Ares schlitterte. Er hielt das Fahrzeug wie ein Skateboard an, indem er auf die Motorhaube trat und die vordere Stoßstange in den Asphalt drückte. Das Armaturenbrett sprühte Funken, das Fließheck hob kurz vom Boden ab, bevor es wieder auf die Straße krachte, wobei die Heckscheibe und die hinteren Seitenfenster zersplitterten. Die beiden Insassen des Wagens, weiblich und wie für eine Nacht in Midtown gekleidet, starrten entsetzt durch die geborstenen Zähne der Windschutzscheibe zu ihm herauf.

Ares erwiderte ihren Blick.

Seine Geduld war am Ende.

»Ich habe euch befohlen, zu verschwinden.« Er ging in die Hocke. »Also.« Er schob die Finger seiner linken Hand unter die vordere Stoßstange. »Hinfort.« Die Vordertüren klappten auf und die beiden Insassinnen stürzten auf die Straße, während Ares mit einem Knurren ruckartig die Beine durchdrückte und dem Wagen einen Schubs gab. Das Fahrzeug schleuderte etwas über einhundert Meter über die Fahrspuren, bevor es auf dem Dach liegend auf den Bürgersteig schlitterte und durch den vorderen Wintergarten eines schicken Wohnhauses am Flussufer rauschte.

Ares wischte sich die Hand an der Weste ab und beobachtete mit großer Genugtuung, wie Verletzte aus dem Staub der beschädigten Häuserfront stolperten. Autos wichen Trümmern und benommenen Fußgängern aus, krachten ineinander und rasten über den gegenüberliegenden Bordstein.

»Zehn.« Ares machte sich wieder auf die Suche nach seiner Beute. »Die Avengers danken Ihnen für Ihre Kooperation.«

Ein beschädigter Pick-up lag in seinem Weg. Der Fahrer im hoch liegenden Führerhaus war bewusstlos, Blut lief über seine Kopfhaut und verschmierte das Seitenfenster, an dem er lehnte. Ares setzte den Fuß gegen die Fahrertür und schob das Fahrzeug gewaltsam zur Seite, wodurch es in das Heck eines anderen Pick-ups krachte. Der Schwertkämpfer, der ihn vor dem Irkan's angegriffen hatte, befreite sich aus den Trümmern, die das Gebäude auf dem Bürgersteig verteilt hatte. Er nahm den Motorradhelm ab, bevor er Staub hustete. Das Gesicht darunter war dunkel, mit einem kurzen, gepflegten Bart und schulterlangem, wallendem schwarzen Haar.

Bullseye hätte Ares' Wurf als daneben bezeichnet und spottend deutlich gemacht, dass er es besser gemacht hätte. Ares respektierte die Furchtlosigkeit und Perfektion seines Kameraden. Allerdings hatte er nie die Absicht gehabt, den Mann zu treffen.

Er wollte die Angelegenheit mit seinen eigenen Händen beenden.

Am besten, nachdem er wusste, für wen der Mann kämpfte und warum.

Erst dann würde er seinem Widersacher die Gnade gewähren, ihn sterben zu lassen.

Nach wie vor hustend brachte der Schwertkämpfer die Hände unter sich und stemmte sich hoch. Er betrachtete die Verwüstung um sich herum, die zerstörte Gebäudefront, den zerschmetterten Wagen, die Verletzten, die vom Bürgersteig auf die Straße stolperten. Seine Miene wurde unerbittlich.

»Ich hatte gehofft, dass von euch wenigstens du Mitgefühl zeigen würdest.« Er sprach die Landessprache, da er anscheinend nicht wusste, dass der Olympier jede Sprache verstand. »Aber jetzt verstehe ich, warum du für den Iron Patriot kämpfst.« Er hob sein Schwert und nahm Kampfhaltung ein, bevor er einen weiteren Strahl weiß-goldenen Lichts über die Straße schickte. Ares riss die Motorhaube eines gelben Taxis ab und schwang sie wie einen Schild hoch, um den Lichtstrahl in einer Explosion aus bunten Funken und Schlieren aus untrennbar miteinander verschmolzenen Farben abzufangen. Die Wucht des Aufpralls ließ ihn gegen die Reste des Taxis taumeln. Dann lachte er brüllend. Er genoss das kräftige Kribbeln in seiner linken Hand.

»Wenn du bei deinem ersten Versuch scheiterst, einen Gott aus dem Weg zu räumen, dann solltest du lieber einen noch besseren Trick im Ärmel haben.«

Mit einem Schrei stürzte der Schwertkämpfer auf ihn zu und feuerte mit seinem Schwert eine Reihe schneller Schüsse ab. Das warf Ares über das Dach des Taxis zurück, der letzte Schuss traf ihn wie eine Faust am Kinn, riss seinen Kopf herum und ließ ihn Sterne sehen. Der Krieger sprang ab, sein Schwert war eine goldene Verlängerung seiner bogenförmigen Flugbahn. Ares rollte sich über den Wagen ab.

Das Schwert schnitt das Fahrzeug geräuschvoll in zwei Teile.

»Was für ein Held riskiert so viele Leben, um einen einzelnen Mann zu fangen?«, schrie der Schwertkämpfer.

»Die Art, die diesen Mann auch erwischt«, antwortete Ares. »Die Art, um die dein Volk gebettelt hat.«

»Nicht *mein* Volk.«

Der Krieger zog sein Schwert aus den stählernen Eingeweiden des Taxis und schlug in einer aufsteigenden Diagonale nach Ares' Hals. Der Angriff schnitt einen Schlitz in Ares'

Weste, der Anblick des Götterblutes ermutigte den Menschen zu einem wahren Wirbelwind aus Stößen, Schnitten und wilden Schwüngen. Jeder Schlag war dazu gedacht, zu töten, und schnitt Ares' improvisierten Schild in Streifen. Der Mann stellte sich mit seinen Fähigkeiten einem Gott. Er konnte die Angelegenheit schnell beenden – oder bei dem heldenhaften Versuch den Tod finden. Ares schlug zum ersten Mal zu. Damit hätte er eine Betonwand zertrümmern können. Der Mensch wich zurück, anstatt zu versuchen, seine Kraft zu parieren. Er lehnte sich zurück, außer Reichweite der Kriegsaxt des Olympiers, und konterte sofort – eine vorhersehbare Umkehrung der Haltung, von Verteidigung zu Angriff, von Schwäche zu Stärke.

Ares erkannte den Stil.

Er kannte jede Kampfkunst, die man jemals erfunden oder praktiziert hatte, und diese hier war nicht sehr verbreitet. Nicht in diesem Teil der Welt.

Ares entschied, dass er nun genug wusste.

Jetzt war er bereit, es zu beenden.

Der Mensch warf sich verzweifelt zur Seite, als Ares' Axt in die Straße krachte, so tief, dass eine Hauptwasserleitung platzte. Wasser brach in einem schäumenden Geysir aus dem Boden. In der ganzen Straße gingen die Lichter aus. Mit der Dunkelheit verbreiteten sich auch die Schreie. Ares ignorierte sie. Der Schwertkämpfer versuchte, sich das nasse Haar aus dem Gesicht zu wischen, doch Ares ließ ihm keine Verschnaufpause, keine Gnade. Seine Axt bewegte sich mit einer derart tobenden Wut, dass sogar das Wasser aus der geborstenen Hauptleitung für einige Sekunden aufhörte zu sprudeln. Es war, als würde Ares einen Baum fällen, das Wasser konnte nicht so schnell nachfließen, als er es durchtrennte. Der menschliche Krieger war ein fähiger Schwertkämpfer, jedoch übertrafen Ares' Fähigkeiten die jedes sterblichen Kämpfers der Erde. Der Mensch setzte sein ganzes Können ein, um den Schlägen des Gotts auszuweichen, bis ihm der Olympier keine andere Wahl ließ, als sich seiner Macht zu stellen.

Ares' Axt traf die Abwehr des Sterblichen mit einem Aufwärtshieb, der so kraftvoll war, dass der Boden unter ihren Stiefeln zersplitterte und das Wasser aus der Hauptleitung zu einem dichten Nebel verdampfte. Sein Schlag durchbrach die Verteidigung seines Gegners. Das Schwert vibrierte, hielt aber stand. Stattdessen traf Ares' Kraft den Krieger und seine Klinge wie ein Schläger einen Baseball.

Der Mensch hinterließ ein mannshohes Loch im dritten Stock des gegenüberliegenden Wohnhauses.

Ares lachte, dann stapfte er über die überflutete Straße in Richtung des beschädigten Gebäudes.

Menschen waren empfindlich. Nach einem solchen Treffer war dieser mit Sicherheit tot. Der Ehre war Genüge getan. Der Ruhm war eingefordert. Doch Osborn würde zweifellos eine Leiche zu schätzen wissen.

Mit entschlossenen Schritten näherte er sich dem magnetisch verriegelten Eingangstor und ließ sich davon nicht aufhalten. Das Stahltor bog sich, bevor die Angeln nachgaben, Ares' breite Schultern rissen große Stücke aus dem Mauerwerk.

Das elegante, unscheinbare Foyer auf der anderen Seite wurde von der Notbeleuchtung erhellt und war menschenleer. Allerdings waren durch die Wände gedämpfte Schreie zu hören. Die Einwohner der Stadt erinnerten sich noch gut an die Invasion durch die Skrull. Die Bewohner des Gebäudes kauerten jetzt bestimmt in ihren Wohnungen oder in Schutzräumen in der Tiefgarage.

Hätten sie das bereits getan, als Ares es ihnen gesagt hatte, und nicht erst, nachdem er angefangen hatte, mit Autos zu werfen, dann wäre es besser für sie verlaufen.

Er hatte die Wahl zwischen dem Fahrstuhl und der Treppe.

Er nahm die Treppe und stieg behäbig in den dritten Stock hinauf, wo er einen Flur erreichte, der ähnlich schlicht wie sein Gegenstück im Erdgeschoss war. Abgesehen von der einen Wohnung mit dem klaffenden Loch in der Wand und einem Trümmerhaufen im Gemeinschaftsflur. Ares ging darauf zu. Eine kühle Brise wehte durch das Loch und wirbelte den Staub auf. Ein dazu passender Durchbruch in der Außenwand des Gebäudes etwa zehn Meter entfernt bildete eine Art Tunnel, durch den Ares das dunkle Band des East River und die Lichter von Roosevelt Island sah. In den Trümmern war keine Leiche zu finden. Fußspuren führten zur Rückseite des Gebäudes.

Ares war beeindruckt.

Vielleicht war dieser Gegner doch mehr als nur ein gewöhnlicher Mensch.

Trotz seiner früheren Vorbehalte, als Osborn ihm und Daken befohlen hatte, die Büros des *Bulletin* zu überwachen und andere die Arbeit erledigen zu lassen, amüsierte er sich langsam. Seit Osborns Invasion der unabhängigen Insel Utopia der X-Men hatte er sich nicht mehr dermaßen austoben können. Was diesen Kampf nur noch befriedigender machte, war die Tatsache, dass Ares ihn gewann.

Fußspuren und gelegentlich verschmiertes Blut führten durch eine offene Tür zu einer Feuerleiter. Die Metallplattform ragte in eine wegen des Stromausfalls vollkommen dunkle Gasse hinaus. Die umliegenden Gebäude waren zu stolz, ihr Licht mit irgendwem in der Nachbarschaft zu teilen. Es roch nach liegen gebliebenem Abfall. Der menschliche Krieger lag zusammengekauert auf der ersten Treppe und klammerte sich wie ein Gladiator an sein Bewusstsein. Sein Griff um das Schwert war im Vergleich dazu nur zweitrangig. Seine Biker-Lederweste wies einen Riss auf, durch den man ein glänzendes, ärmelloses Untergewand aus Gold-, Türkis- und Smaragdfäden erkennen konnte.

»Ergib dich«, forderte Ares. »Du hast ehrenhaft und gut gekämpft. Wenn du freiwillig mitkommst und die Fragen beantwortest, die Osborn zweifellos an dich hat, wird er vielleicht Gnade walten lassen.«

Der Mann sah an der Metalltreppe entlang zu ihm hinauf. Er hatte Wuttränen in den Augen. »In meinem Land gibt es einen H.A.M.M.E.R.-Außenposten. Ich habe ihre Freundlichkeit mit eigenen Augen gesehen.«

»Dann hör auf, dich zu wehren, und stirb. Oder kämpfe verbissener und gewinne. Die Wahl liegt bei dir.«

»Fragst du dich nicht, warum wir überhaupt kämpfen?«

Ares zuckte mit den Schultern. »Nein. Aber ich freue mich, dass es jemand tut.« Er trat auf die Feuerleiter hinaus, die Metallplattform ächzte unter seinem übermenschlichen Gewicht. Er beugte sich vor, um dem Menschen das Schwert aus seinem schwachen Griff zu entwenden.

Er hielt die Waffe in seiner linken Hand und durch die Macht seiner Berührung *wusste* er es: Diese Klinge konnte jede Rüstung durchdringen und die Haut eines Gotts aufschlitzen, eine Klinge, die dem Schlag einer Axt des Hephaistos standhielt, ohne daran zu zerbrechen. Er wusste nicht, wer sie hergestellt hatte oder wann oder zu welchem guten oder bösen Zweck, er verstand lediglich die Perfektion, in der sich diese Einzelheiten in der Funktion der Waffe manifestierten.

Er wirbelte die Klinge probeweise herum und runzelte die Stirn, da er einen Widerstand spürte, obwohl sich die superscharfe Klinge eigentlich mühelos führen ließ.

»Solange ich lebe, darf niemand anders dieses Schwert führen«, sagte der Sterbliche. »Und niemand, der bereitwillig dem Iron Patriot folgt oder die Friedenstruppen von S.H.I.E.L.D. in eine Besatzungsmacht verwandelt, um die halbe Welt zu unterjochen, könnte jemals als würdig erachtet werden, es in Händen zu halten.«

»Ich bin der Gott des Krieges.« Mit der Waffe fest im Griff blickte Ares auf den geschlagenen Sterblichen hinab, der sich anmaßte, ein Urteil über den Olympier zu fällen. »Ich bin der Herr aller Waffen.«

»Nein!« Der Mensch stemmte sich weit genug von der Treppe hoch, um Ares dazu zu bringen, ihn mit seinem Stiefel wieder auf den kalten Stahl zu drücken.

Ares ließ seine Axt los.

Sie fiel klirrend auf die Metallplattform.

Sterbliche Krieger neigten dazu, eine Art Verbindung mit ihren Waffen einzugehen, sie zu verehren, sie zu vererben und wie Reliquien zu behandeln. Nur wenige Waffen waren eine solche Behandlung tatsächlich wert, doch die meisten waren einfach nur Gegenstände, Instrumente des Todes. Letztere waren so gewöhnlich, dass sie keine besondere Behandlung rechtfertigten.

Selbst eine Waffe des Olymps ließ sich mühelos ersetzen.

Er konnte Hephaistos jederzeit dazu zwingen, ihm eine neue herzustellen.

Da er die rechte Hand nun frei hatte, packte er das Schwert des Menschen mit beiden Händen. Augenblicklich spürte er den Widerstand. Es bockte wie ein nicht zugerittenes Pferd in seinem Griff, als wollte es sich losreißen. Er biss die Zähne zusammen und packte mit einer Kraft zu, die Steine bersten lassen und Stahl verformen würde. Doch das Schwert widersetzte sich ihm weiterhin. Er knurrte, konzentrierte jedes Quäntchen seines göttlichen Willens darauf, es zu unterwerfen. Trotzdem ließ es sich nicht bändigen.

»Halt!«, hörte er den Sterblichen schreien. »Lass es los, Ares, bitte. Ich ergebe mich!«

Ares brüllte vor Schmerz, als würde die Waffe zwischen seinen Fingern schmelzen und das goldene Metall an seinen Unterarmen herunterlaufen. Er brüllte trotzig, weigerte sich, vor einem Schwert zu kapitulieren.

Selbst als es in seinen Händen explodierte.

•

Die blauen Warnlichter der Rettungsfahrzeuge funkelten wie eine sich in einem Stück Buntglas spiegelnde Kerze durch die dunkle Nachbarschaft. Das klagende Heulen der Sirenen durchdrang die zerklüftete Stille zwischen den Trümmern, nur um gelegentlich von den Hörnern und Lautsprechern der Patrouillenboote auf dem East River und dem leisen, tragischen Rotorklang der Suchhubschrauber unterbrochen zu werden. Noch war keiner von ihnen tief genug, damit die Insassen sehen konnten, wie sich die Trümmer des eingestürzten Wohnhauses bewegten, wie sich der Boden hob, wie eine achtzig Tonnen schwere Platte aus unversehrtem Beton in einer Springflut aus losen Trümmern zur Seite rutschte, als sich Ares brüllend aus dem zerstörten Gebäude erhob.

Die Explosion hatte ihm die Weste vom Rücken gebrannt, ansonsten war er jedoch unverletzt. Es brauchte schon mehr als eine mystische Explosion und unter einem Wohnblock begraben zu werden, um dem Gott des Krieges Einhalt zu gebieten. Während seiner Zeit unter der Erde waren der Schnitt auf seiner Brust und seine blutige Lippe verheilt.

Lediglich sein Stolz litt noch.

Die Geräusche seiner Wut und seiner Scham hallten von den gotisch anmutenden Hochhäusern, die das zerstörte Gebäude umgaben, verstärkt zu ihm zurück.

»Er ist entkommen, oder?«

Venom kauerte auf einem Trümmerhaufen, den die albtraumhafte Bestie als sichere Entfernung betrachtete. In der Dunkelheit war er fast unsichtbar, abgesehen von den Stellen, auf denen die flackernden blauen Lichter im richtigen Winkel auf seine glänzende außerirdische Haut trafen. Es war unmöglich zu sagen, wie lange er schon dort hockte.

Allerdings war Venom nicht gerade für seine Geduld bekannt.

»Fürs Erste«, wiegelte Ares ab. »Hast du irgendwelche Sterblichen gesehen, die von diesem Ort geflüchtet sind?«

»Ein paar.« Venom leckte sich die Lippen. *»Aber keine Typen mit Schwertern. Wahrscheinlich ist er hier mit allen anderen begraben.«* Er seufzte knurrend. *»Was für eine Verschwendung.«*

»Er ist am Leben.«

Ares wusste es. Wenn der Mann Ares überleben konnte, dann auch das hier.

»Was ist mit dem Ziel?«, fragte er.

»Bullseye hat den Computer der Frau mitgenommen und das Gebäude in Brand gesteckt, was ihn offenbar sehr glücklich gemacht hat. Er und Daken bringen ihn ins Hauptquartier zurück. Vicky hat uns in den Avengers Tower zurückbeordert, ohne dabei viel Aufsehen zu erregen ...« Das außerirdische Monster ließ den Blick seiner silbernen, starren Augen über die Trümmer schweifen. Es schien sich köstlich über den etwa dreißig Meter großen Krater der Verwüstung zu amüsieren, in dessen Zentrum sich Ares befand. *»Was sich damit wohl erledigt hat.«*

»Miss Hand ist eine Buchhalterin«, sagte Ares mit dem für das Wort angemessenen Ekel. »Sie ist eine Politikerin.« Die stellvertretende Direktorin erinnerte ihn ein wenig an seinen Vater Zeus. Sie hatte so viel unvorstellbare Macht zu ihrer Verfügung, aber so wenig Bereitschaft, sie auch zu nutzen. »Genauso wenig will oder brauche ich Osborns Zustimmung.« Während er sich aufrichtete, rieselten Gesteins- und Betonstaub von seinen Schultern. Als Nächstes zog er seine Axt heraus, grauer Staub fiel vom Blatt. Venom ging klugerweise noch etwas mehr auf Abstand. »Er hat keine Macht über mich.«

Ares packte seine Waffe immer fester, bis sie zitterte.

Er würdigte die List seines Feindes, dann jedoch schwor er sich, er würde diesem Mann das Rückgrat brechen und dessen Schwert seinen Willen aufzwingen oder es zerstören.

Und wenn es ihn die Erde, den Olymp und die Achtung der Menschen und Götter kosten würde – er war bereit, diesen Preis zu bezahlen.

Man hatte ihn wie einen Narren aussehen lassen.

Und seine Ehre verlangte nach Genugtuung.

KAPITEL 8
Kleine Jungs mit Umhängen

Normalerweise genehmigte sich Karla nach einer Begegnung mit etwas so Mächtigem wie Sentry drei Flaschen Wein, danach folgte eine heiße Dusche, um letztendlich ins Bett zu fallen. Die zweite Flasche war noch nicht einmal zur Hälfte leer, als es an ihrer Tür klingelte. Als sie sie öffnete, sah sie sich Victoria Hand, einer bewaffneten Eskorte von H.A.M.M.E.R.-Agenten in lila Gefechtsmontur und der Anweisung zu einer Notfallbesprechung gegenüber, zu der sie genau betrachtet bereits zu spät dran war. Sie grüßte die stellvertretende Direktorin müde und stürzte so viel von dem Wein hinunter, wie sie konnte, bevor ihr Victoria die Flasche aus der Hand riss. Sie griff auf einen Bruchteil ihrer Moonstone-Kräfte zu, um von ihrer Feierabendkleidung aus bequemem Morgenmantel samt Pantoffeln in das lächerlich freizügige Kostüm zu wechseln, das Carol Danvers als Miss Marvel getragen hatte.

Danke, Danvers, dachte sie, während die stellvertretende Direktorin Hand und ihre Soldaten sie zum nächsten Fahrstuhl brachten. *Positives weibliches Vorbild, dass ich nicht lache.*

Der Besprechungsraum der Avengers befand sich in den oberen Stockwerken des Hauptgebäudes, ganz in der Nähe von Doktor Sofens »Büro«. Große Fenster, eine Menge Flachbildschirme und in den Raum projizierte Hologramme verliehen dem Raum etwas Abgehobenes und Unbekümmertes, das um diese Uhrzeit für müde Augen alles andere als angenehm war. Nach Bullseyes Scherz mit dem Cyclops-Material waren die Bildschirmschoner der großen Monitore passwortgeschützt, anstelle der Tastaturen gab es nur noch glatte, spiegelnde Oberflächen und die Holoprojektoren zeigten nichts als einen wabernden Nebel aus taufrischem weißem Licht. Innerhalb dieses Rings aus schwarzen Bildschirmen und Geisterprojektionen befand sich ein ovaler Tisch, als wäre er ein Weltraumkäfer unter dem Mikroskop eines H.A.M.M.E.R.-Exobiologieteams.

In die Metallkanten hatte man Touchscreen-Oberflächen integriert, allerdings war ein Großteil der Funktionen des Tischs gesperrt, da die meisten der derzeitigen Benutzer, zumindest auf geistigem Niveau, kleine Jungs mit Umhängen waren.

Alle anderen waren bereits anwesend.

Wenn man vom Eingang aus im Uhrzeigersinn um den Tisch herumging, sah man als Erstes Venom. Die Haut des Symbionten hatte sich von Gargans Kopf zurückgezogen, wodurch er wie ein ganz gewöhnliches schwarzes Spider-Man-Kostüm aussah. Gargans Gesicht war hager, sein Blick wirkte zugedröhnt und seine Pupillen waren stark geweitet. Im Sessel neben ihm saß zurückgelehnt Bullseye, die Augen halb geschlossen und mit einem selbstgefälligen Grinsen, als hätte er gerade die Großmutter von jemandem getötet. Er stank nach Rauch. Karla war sich nicht sicher, warum, doch das strenge Stirnrunzeln der stellvertretenden Direktorin hinter ihr gab ihr das Gefühl, sie würde es bald erfahren.

Die Zahl der aktiven Avengers änderte sich ständig, da neue Mitglieder hinzukamen, starben, rausgeschmissen wurden oder gingen. *Noh-Varr, du armer Trottel.* Ihrer Ansicht nach konnte nur ein ahnungsloser Außerirdischer, der in der abgelegensten, dunkelsten Ecke von Hala aufgewachsen war, monatelang mit dieser Gruppe zusammenleben, bevor er merkte, dass sie vielleicht, nur vielleicht, nicht ganz die Helden waren, als die Norman Osborn sie anpries.

Um den Besprechungstisch standen derzeit sechzehn Sessel und zwischen Bullseye und dem nächsten Helden war eine Menge Platz.

Daken sah wie immer unwahrscheinlich gepflegt und adrett aus. Er lehnte sich in die Polster seines Sessels zurück und hatte die Beine übergeschlagen. Neben ihm auf dem Tisch stand eine winzige Tasse mit dampfendem Espresso. Am besten befasste man sich nicht zu lange mit ihm, denn es war, als würde man einer unerklärlich schönen Schlange in die Augen blicken. Der Nächste in der Runde war Ares. Er trug ein schwarzes T-Shirt mit Rundhalsausschnitt, das aussah, als hätte er es an einer Tankstelle gekauft, wo Kleidung höchstens bis XXL zu haben war. Der Baumwollstoff spannte sich dermaßen um die enorm muskulösen Arme und die Brust des Olympiers, dass er fast durchsichtig war.

Und neben dem Gott des Krieges, wieder mehr in Karlas Richtung, saß Sentry.

Er sprach mit niemandem, würdigte niemanden eines Blickes und existierte in seinem eigenen schimmernden Licht, als hätten die letzten Stunden nicht stattgefunden oder wären jemand anders passiert. Was der Wahrheit vielleicht noch am nächsten kam. Als sich Karla und ihre Begleiter dem Tisch näherten, bedachte er sie mit einem nervösen Lächeln, das sie so kühl ignorierte, wie es ihr nach anderthalb Flaschen Weißwein möglich war. Sie setzte sich neben Bullseye.

Er grinste sie hinter seiner Hawkeye-Maske anzüglich an.

Es gab einen Grund, warum sie sich nicht daran erinnern konnte, wann sie das letzte Mal früh morgens hier gesessen hatte. Es war alles so surreal.

Während sich Karla setzte und sich ihre H.A.M.M.E.R.-Eskorte diskret im Raum positionierte, ging Victoria um den

Tisch herum und verteilte Plastikmappen. Niemand machte sich die Mühe, einen Blick hineinzuwerfen. Die größte Regung kam von Daken, dessen leeres Lächeln einen Moment lang ins Wanken geriet, als die stellvertretende Direktorin gegen seine Espressotasse stieß. Victoria war die Einzige hier, die Norman das Geschwafel vom »Hardcore-Team für Hardcore-Probleme« und »zum Wohle des amerikanischen Volkes« abkaufte.

Es wäre süß gewesen, wenn es nicht so traurig wäre. Sie hatte nicht mal die Ausrede, von einem anderen Planeten zu stammen.

»Frühstück wäre mir lieber«, sagte Karla, als ihre Mappe neben ihr auf den Tisch klatschte.

»Das Catering fängt um acht Uhr fünfzehn an«, antwortete Victoria wie aus der Pistole geschossen.

»Wir sind mitten in Manhattan.« Karla deutete auf Sentry. »Und er kann mit Lichtgeschwindigkeit fliegen. Er könnte mit Bagels zurück sein, bevor Norman überhaupt hier ist.«

Bullseye hob träge eine Hand. »Ich nehm 'nen Bagel.« Venom neben ihm sah ziemlich krank aus, woraufhin ihm Bullseye kameradschaftlich auf die Schulter klopfte. »Das war dieser zweite Sicherheitstyp, Mac. Du solltest nach einem Schluss machen. Vor allem, wenn du vorher schon Pizza hattest.«

Venom sackte stöhnend mit dem Gesicht in den Händen auf dem Tisch zusammen.

»Das reicht«, blaffte Victoria, die gleichzeitig ihre Runde um den Tisch beendete und stehen blieb, um eine rot gefärbte Haarsträhne hinter ihr Ohr zu schieben. »Nichts hiervon ist lustig. Der Direktor ist bereit, hart durchzugreifen. Ich bin sicher, ihr wisst alle, warum.«

»Um ehrlich zu sein, habe ich keinen Schimmer«, stellte Karla richtig.

»Wir sind hier«, sagte Daken mit einem theatralischen Seufzen, »weil Lester Mist gebaut hat.«

Bullseye beugte sich wütend über den Tisch und deutete anklagend auf Venom. »ET hier hat den Alarm ausgelöst und ich kann mich nicht daran erinnern, dass mir irgendwer erzählt hätte, dass das Gebäude so gute Sicherheitsvorkehrungen hat.« Er sah zu Ares. »Genauso wenig erinnere ich mich daran, dass ich 'nen Wohnblock zerstört und der halben East Side den Strom abgedreht hätte. Übrigens, klasse Leistung. Ich hab gehört, du hast 'n Haus mit 'nem Auto plattgemacht.«

Ares sagte dazu nichts.

Er sah wie der Vesuv kurz vor dem Ausbruch aus.

Daken lächelte Karla an. »Ich hab übrigens deine fünfzig Mücken dabei.«

Victoria verschränkte die Arme und sah von einem zum anderen. »Wollt ihr mir sagen, dass ihr darauf *gewettet* habt, ob Hawkeye bei der Neutralisierung dessen, was Direktor Osborn als kritische nationale Sicherheitsbedrohung eingestuft hat, versagen würde?«

»Natürlich nicht«, widersprach Karla. »Das wäre unprofessionell und absurd. Ganz zu schweigen von unpatriotisch.«

Daken verkniff sich sein Lachen. »Wir haben darauf gewettet, wie lange es *dauert*, bis er's vermasselt.«

»Und nicht nur wir zwei haben gewettet.« Während Daken gelassen an seinem Espresso nippte, deutete er mit dem Kopf auf die Agenten im Besprechungsraum. »Sie sehen so unschuldig aus mit diesen Helmen, findest du nicht? Aber sie haben Namen und so, weißt du?«

Bevor Victoria weiter darauf eingehen konnte, fragte Karla: »Also, was ist das für eine Angelegenheit der nationalen Sicherheit, von der ich erst jetzt erfahre?«

»Frag Lester«, ächzte Venom, wobei er den Kopf ein wenig anhob. *»Außer ihm weiß keiner, was auf dem Computer war.«*

Bullseye mimte die Unschuld in Person. »Du denkst, ich würd schnüffeln? Nachdem ich Normie mein feierliches

Ehrenwort gegeben hab?« Er winkte ab. »Aber ich könnt vielleicht was gesehen haben. Rein zufällig, versteht sich. Vielleicht wär es gar nicht erst so weit gekommen, wenn du mich den USB-Stick hättest benutzen lassen, anstatt so anzugeben.«

»Sprich«, rumpelte der Berg Ares. »Dann wüsste ich auch, wofür die Arbeit dieser Nacht gut war.«

Bullseye zuckte mit den Schultern, als würde er darüber nachdenken. Daken, Gargan und vielleicht sogar Karla, wenn sie an seiner Stelle wäre, wären eventuell versucht, das vertrauliche Material für ihre eigenen Zwecke zu verwenden. Doch Bullseye war genau die Art von Egoist, die einen möglichen zukünftigen Vorteil nur zu gern für fünf Minuten im Rampenlicht verspielte. Er war, gelinde gesagt, ein Angeber. »Nur 'n Sicherheitsvideo vom Avengers Tower.«

»Und was war darauf zu sehen?«, fragte Karla.

Erneut zuckte Bullseye mit den Schultern. »Das müssen Tausende von Stunden gewesen sein. Ich hab auch noch anderes zu tun.«

»Der ganze Aufriss für ein oder zwei Tage Videomaterial?«, fragte Daken.

»In diesem Gebäude wird viel unbedachtes Zeug geredet«, stellte Ares fest.

Daken grinste, stellte seine Espressotasse ab und beugte sich zu dem Olympier vor. »Nur zu, Ares. Zitier Pathé. Ich seh doch, dass du es willst.«

Der Gott des Krieges knirschte mit den Zähnen, vermied es, ihren Wolverine anzusehen, und fuhr fort: »Wir haben viele Feinde. Keiner von ihnen ist mächtig genug, um uns herauszufordern, trotzdem sind wir gefährdet. Wir haben ein öffentliches Gesicht, es ist bekannt, wo man uns findet. Wir können unterwandert oder in Verlegenheit gebracht werden, vieles von dem, was wir hier besprechen, was wir vielleicht für trivial halten, könnte jedoch für Hydra, Furys Loyalisten oder sogar die X-Men von Wert sein.«

»Wenn du von Erpressung sprichst, dann sag einfach Erpressung«, sagte Daken.

»Ich spreche von Erpressung«, bestätigte Ares.

»Und wer soll erpresst werden?«, fragte Daken.

»Wer will es denn unbedingt zurück?«, fragte Bullseye.

»Osborn«, fauchte Venom, dessen Stirn nach wie vor auf dem Tisch ruhte.

»Hundert Mäuse, dass es ein Sextape ist«, sagte Karla.

Bullseye lachte gackernd.

Victoria, die das Gespräch mit dem fassungslosen Gesichtsausdruck einer Vertretungslehrerin in einer Rabaukenklasse verfolgt hatte, wurde plötzlich blass. »Das ist eine vollkommen unangebrachte Spekulation.«

»Tja, ich find Normans Haare äußerst unangebracht«, scherzte Bullseye. »Soll das *Bulletin* das doch drucken. Ach ne, jemand hat ihr Büro abgefackelt.« Er verschränkte die Hände hinter dem Kopf und lehnte sich in seinem Sessel zurück. »Gern geschehen.«

»Ist ein bisschen Professionalität wirklich zu viel verlangt, Hawkeye?«, fragte Victoria.

»Sagt die Frau, die mir noch immer keinen Bagel gebracht hat.«

»Ich bin der zweithöchste Militäroffizier der Welt, nicht das Dienstmädchen.«

»Wo wir gerade von Dingen sprechen, die nicht hier sind …« Daken überprüfte theatralisch auf dem Display seines Telefons die Uhrzeit. »Es ist sieben Uhr fünfzehn. Norman weiß doch, dass es schon immer ein schlechter Witz war, obligatorisch zu spät zu kommen, oder etwa nicht?«

Victoria löste den Blick von Bullseye, ihre Miene wechselte von Frustration zu Verärgerung. »Verdammt noch mal,

Wolverine. Du hast ernsthaft den Nerv, einen Vortrag über Datensicherheit zu unterbrechen, indem du ein ungesichertes, persönliches Gerät rausholst? Wie oft hat man dir schon gesagt, dass du dein Handy nicht mitbringen kannst?«

»Ich will ja wirklich nicht kleinlich sein, aber ich glaube, was du sagen willst, ist ›nicht darfst‹. ›Nicht kannst‹ drückt Unfähigkeit aus. Das andere hingegen impliziert das Fehlen einer Erlaubnis.«

Victoria schob die Hand unter ihren Blazer zu dem versteckten Holster. Karla konnte sich gut vorstellen, dass es sich für eine Frau in ihrer Position bestimmt auszahlte, die paar Schritte zwischen der höflichen ersten Warnung und tödlicher Gewalt zu überspringen. »Leg das Gerät mit dem Display nach unten auf den Tisch und schieb es zu mir.«

Daken starrte sie unangenehm lange an, sein Lächeln blieb unverändert.

Er legte das Telefon auf den Tisch.

Schob es in ihre Richtung.

Im Stillen applaudierte Karla Daken für seine Zurückhaltung. Dass er die stellvertretende Direktorin und ihr Gefolge nicht kurzerhand abschlachtete, stellte für ihn einen echten Fortschritt dar.

Victoria beugte sich vor, um das Gerät an sich zu nehmen, doch bevor sie dazu kam, öffneten sich die wie Iriden gebauten Bunkertüren hinter ihr. Sie sah über die Schulter zurück.

Norman Osborn, der Iron Patriot, kam herein.

Seine Rüstung schimmerte im Stand-by-Licht der Projektoren: rot, weiß und blau, alles in silbrig glänzenden Tönen. Man hatte das Farbschema wissenschaftlich entwickelt und ausgerichtet, um den präfrontalen Kortex zu unterdrücken und unkritische Verehrung zu fördern. Es überraschte absolut niemanden, der im Besitz eines Psychologielehrbuchs war, dass es funktionierte.

Die Welt liebte Norman Osborn.

Zumindest die wichtigen Teile der Welt.

Der Helm war in die Halspanzerung des Anzugs zurückgezogen, wodurch Osborns Kopf wie ein fünfkarätiger Diamant auf einem Platinring präsentiert wurde. Seine Haut hatte das eigentümliche Dauerbraun der hyperreichen Bewohner des Mittelatlantiks und seine Miene drückte immerwährende Verachtung aus.

Es waren jedoch seine Augen, die ihn von der Masse der Milliardäre abhoben. Sie waren wie Fenster aus verstärktem Glas, die Art von Fenster, die Karla gut kannte. Die Art, bei der die Person auf der anderen Seite schreiend toben und dagegenhämmern konnte, bis ihre Hände bluteten, ohne von den ehrlichen, hart arbeitenden, geistig gesunden Bürgern der Welt draußen gehört zu werden. Sein Gesicht verriet nichts davon, trotzdem fragte sie sich, ob sie wirklich die Einzige war, die den Verrückten auf der anderen Seite des Glases brüllen sah.

Die Stiefel aus einer Nickel-Titan-Legierung erzeugten auf dem Weg zum Besprechungstisch dumpfe Töne auf dem harten Boden. Die H.A.M.M.E.R.-Agenten nahmen Haltung an und Victoria, die Dakens Handy einsteckte, salutierte zackig.

Karla kam zu der Erkenntnis, dass sie es leider als Einzige sah.

»Direktor Osborn, Sir«, begrüßte ihn Victoria.

»Danke, dass Sie diesen Sack Flöhe für mich hüten, Victoria.« Seine Stimme war so rau wie die eines Rauchers, obwohl ihn Karla noch nie dieser schlechten Angewohnheit hatte frönen sehen. Am Kopf des Tischs wandte er sich seinen Avengers zu und breitete wie ein schlecht gelaunter Patriarch die Arme aus, der seine aufsässige Brut in seinem Haus willkommen hieß. »Wie ihr war ich die ganze Nacht wach. Ich habe eine Erklärung verfasst, in der ich unter anderem den Standpunkt von H.A.M.M.E.R. zur Situation im Nahen

Osten darlege.« Er lächelte, seine Miene wurde weicher, dann lachte er auf eine Weise, die für die Spätnachrichten im Fernsehen geeignet gewesen wäre. »Ich liebe kostenlose Werbung genau wie jeder andere auch. Das wisst ihr. Ihr könnt euch also sicher vorstellen, wie *begeistert* ich war, dass ich die Erklärung weglegen und mich stattdessen zurücklehnen konnte, um wie jeder andere Mensch auf diesem elenden Planeten den Avengers live auf CNN dabei zuzusehen, wie sie meine Stadt in Schutt und Asche legen. Ich habe bis eben mit dem Präsidenten telefoniert. Dem Präsidenten, meine Damen und Herren. Also entschuldigt die Verspätung, aber er hatte eine Menge zu sagen. Die Anrufe von Bürgermeister Jameson habe ich nicht mal entgegengenommen.«

Bei der Erwähnung des New Yorker Bürgermeisters knurrte Venom leise.

»Ich bedaure nur, dass diese Zuschauer nicht die Gelegenheit haben werden, das Material zu sehen, das Victoria vor einer Stunde von Harlem International Security beschlagnahmt hat.« Hier lachte Osborn wieder, strahlend genug für die Kameras, aber so warm wie ein Märzmorgen in dreihundert Metern Höhe. Er beugte sich über den Tisch. Die Nahfeldkommunikation in seinen Handschuhen weckte die Touchscreen-Steuerung, die wiederum die Holoprojektoren aktivierte. Über dem Tisch erwachte geisterhaft ein Bild zum Leben. Erst war absolut nichts zu erkennen, Dunkelheit, durch die sich gelegentlich silberne Fäden zogen, dann jedoch erkannte Karla das Kräuseln von Peristaltik und verzog angewidert das Gesicht. Sie sah Venom von innen, aufgezeichnet von der Bodycam eines Sicherheitsbeamten. »Möchtest du etwas sagen, Spider-Man? Bevor ich fortfahre?«

Venom schüttelte energisch den Kopf.

»Ich war es, der dich aus der Gummizelle im Raft geholt und dich in mein Team aufgenommen hat«, sprach Norman weiter. »Ich fühle mich persönlich für dein medizinisches Wohlergehen verantwortlich.«

»Mir geht's gut, Sir. Die Pillen, die mir verschrieben wurden, helfen wirklich. Ich will fast gar keinen mehr fressen.«

»Das ist gut, Mac. Es freut mich, das zu hören. Ich habe nur den Eindruck, dass eine kleine Anpassung der Dosierung nötig ist.«

Norman gab zwei H.A.M.M.E.R.-Agenten mit Gesten Anweisungen, woraufhin sie sich Venoms Sessel näherten. Gargan spürte sie, als sie noch über einen Meter entfernt waren, und drehte sich um. Im selben Moment taserten sie ihn. Die Waffen von Oscorp waren ganz anders als die nichttödlichen Standardmodelle der Polizei und Venoms schriller Schrei ließ Karla zusammenzucken, als er mit dem Gesicht auf die Tischplatte sackte.

Er war bereits bewusstlos, Elektrizität kroch seine Wirbelsäule entlang. Von seinem Rücken kräuselte sich Dampf in die Höhe.

»Bringen Sie ihn ins Labor im Untergeschoss und sagen Sie Doktor Fiennes, sie soll die Dosis verdreifachen.« Zwei weitere Agenten traten an den betäubten Helden heran, während das ursprüngliche Duo seine Waffen einsteckte. Bullseye rutschte in seinem Sessel zur Seite, um den vier Männern Platz zu machen, als sie Venom aus seinem Sessel zerrten und zur Tür schleppten. »Und sorgen Sie dafür, dass er begreift, eine weitere Chance wird es nicht geben.«

Karla musste an ihre Sitzung mit Sentry denken.

Norman kümmerte sich um die mentale Stabilität seines Star-Avengers genauso wenig wie um den explosiven Cocktail experimenteller Drogen, den Mac Gargan verabreicht bekam. Für ihn waren sie alle nur austauschbare Schurken in Heldenmasken. So wie sie Osborn kannte, hatte er vermutlich bereits einen neuen Spider-Man in der Hinterhand, sollte es nötig werden, sich von Gargan zu trennen. Norman war ein zwanghafter Listenschreiber. Das war ein üblicher Bewältigungsmechanismus bei Patienten, denen es schwerfiel, Entscheidungen zu treffen oder ihre Gedanken zu ordnen. Karla hatte diese Technik auch den Patienten ihrer eigenen Praxis beigebracht. Bevor sie damit angefangen hatte, sie umzubringen. Irgendwo in Osborns Büro gab es Listen von Wolverines, Hawkeyes und Miss Marvels. Karla war durchaus ein wenig eitel, sie hätte zu gern gewusst, wen Osborn als ihren Ersatz im Auge hatte, falls sie ihn enttäuschte. Sie hoffte, dass es jemand war, der ihr gerecht wurde.

Natürlich hatte sie nicht vor, Norman einen Grund dafür zu geben.

Dafür mochte sie New York zu sehr.

Und zu ihrer eigenen Überraschung hatte sie festgestellt, dass es ihr gefiel, wie eine Heldin behandelt zu werden.

Die einzigen beiden Avengers, die sich keine Sorgen machen mussten, kurzfristig ausgetauscht zu werden, waren diejenigen, deren Identitäten Norman nicht wirklich gehörten.

Doch sollten sich Ares oder sogar Sentry einreden, Norman könnte keinen Weg finden, dann unterschätzten sie seine Skrupellosigkeit gewaltig.

Warum sonst ließ er Karla in Sentrys Leben herumschnüffeln?

»Du musst aufhören, dir ständig wegen der Nahost-Sache den Kopf zu zerbrechen«, sagte Lester. »Das macht dich nur kirre.«

»Von dir will ich gar nicht erst anfangen, Hawkeye«, warnte Osborn.

»Ich hab das gemacht, wofür du mich bezahlst«, knurrte Bullseye zurück. »So wie immer. Ich hab meinen Job erledigt. Wenn du im Beschaffen der richtigen Informationen so gut wärst wie ich im Töten von Menschen, dann wären wir vielleicht besser auf die Sicherheitslage vorbereitet gewesen. Und auf dieses *Ding*, was immer es war, das Mac völlig die Birne zerdröselt hat, bevor ich dazukam.«

Daken hüstelte.

Bullseye ließ sich davon jedoch nicht beirren und blieb bei seiner Version der Ereignisse.

Sosehr sie auch das Gegenteil behaupteten, beide wollten den Boss auf ihre Weise beeindrucken. Sie wussten, wer ihre Schecks unterschrieb. Und wer die Macht hatte, sie in Ketten zu legen, in Zwangsjacken zu stecken oder in einem Loch in der Mojave-Wüste zu versenken, wenn er nicht gebührend beeindruckt war.

Victoria räusperte sich. »Wenn ihr einen Blick in eure Mappen werfen möchtet, werdet ihr die Informationen sehen, die wir über diesen Black Raazer zusammenstellen konnten.«

Karla zog ihre Mappe zu sich heran.

Sie war schwarz, glänzend, mit dem H.A.M.M.E.R.-Logo in der Ecke und auf dem Umschlag prangte gut sichtbar TOP SECRET. Dieses Gehabe entlockte ihr ein Seufzen. *Natürlich ist es streng geheim.* Sie löste die Schnur und kippte den Inhalt auf den Tisch.

Es war eine ganze Menge.

Trotz aller Schwächen, die letztendlich zur Auflösung von S.H.I.E.L.D. und der Einführung eines Ersatzes geführt hatten, waren sie immer gut im Führen von Akten gewesen. Es gab Geheimdienstdossiers. Abschriften von Missionsnachbesprechungen. Berichte von Auseinandersetzungen zwischen S.H.I.E.L.D.-Kräften und mutmaßlichen Terroristen im Nahen Osten und in Nordamerika. Ein paar wenigen lagen Überwachungsbilder bei, die von einer Spionagedrohne oder einem Satelliten stammten, oder sogar Bodycam-Bilder, ähnlich den Aufnahmen, die ihnen Venoms Zwölffingerdarm so anschaulich vorgeführt hatten. Auf den meisten war so gut wie nichts zu sehen, nur die Andeutung eines Umrisses, ein humanoider Wirbel, trotzdem hatte man sie aus typischer S.H.I.E.L.D.-Vollständigkeit in die Akte aufgenommen. Einige wenige waren deutlich genug, um sie schaudern zu lassen. Da war eine bösartige Aura, die die Aufnahme auf Film und sogar das anschließende Einscannen der alten physischen Dateien auf den digitalen Speicher überdauert hatte. Es erinnerte sie an die wenigen brauchbaren Fotos, die vom Sentry existierten. Derselbe Effekt, nur ins Gegenteil verkehrt. Und dieser Gedanke war äußerst beunruhigend.

Sie fragte sich, welches Problem er mit H.A.M.M.E.R. hatte. So jemand sollte vermutlich einer von Osborns Avengers *sein.*

»Sein richtiger Name ist Razer«, erläuterte Victoria.

»Einfallsreiches Pseudonym«, kommentierte Daken.

»Wenigstens hat er eins«, konterte Bullseye.

»Daken ist nicht mein richtiger Name. Er hat eine japanische Bedeutung, du Trottel.«

»Raazer war ein Zauberer im alten Persien«, fuhr Victoria fort, wobei sie die beiden betont ignorierte. Stattdessen sah sie Karla und Sentry über den Rand ihrer Brille hinweg an. »Sein genaues Alter ist nicht aktenkundig, aber meine Vorgänger vermuteten, dass er unsterblich ist.«

Bullseye lehnte sich zurück, bevor er Osborn ansprach. »Du enttäuschst uns. Wann bekommen wir 'nen Zauberer?«

»Anders als Attentäter findet man Meistermagier nicht an jeder Straßenecke«, erwiderte Osborn.

Das Feixen verschwand aus Bullseyes Gesicht, als er die angedeutete Drohung verstand.

»Ich hab ihn nicht selbst kämpfen sehen, aber nach dem zu urteilen, was er mit Venom gemacht hat ...« Daken unterbrach sich, bevor er Victoria freundlich zunickte. »Entschuldigung. *Spider-Man.* Er ist ziemlich mächtig. Wie kommt's, dass ich bis jetzt noch nie von ihm gehört hab?«

»Das wissen wir nicht«, entgegnete Victoria. »Was auch immer seine persönlichen Ziele sind, er scheint sich nicht besonders für das Weltgeschehen zu interessieren. Der letzte Bericht über ihn in der Akte stammt aus dem Ersten Golfkrieg. Er war Teil eines irakischen Superheldenteams namens Desert Sword. Seitdem ist er nicht wieder aufgetaucht. Zumindest nicht auf dem Radar von S.H.I.E.L.D.«

Karla breitete ihre Ausführung der Akte auf dem Tisch aus. »Was hat ihn ausgerechnet jetzt aus seinem Loch gelockt? Wir haben vorhin über Hydra und die X-Men geredet. Und klar, ich verstehe, warum die alles haben wollen, was wir haben. Einfach nur, weil es uns gehört. Aber was ist auf diesen gestohlenen Aufzeichnungen, dass sich ein Typ dafür interessiert, von dem man seit zwanzig Jahren nichts mehr gehört hat?«

Osborn antwortete nicht.

Auch Ares hatte seine Akten vor sich auf dem Tisch verteilt. Er beugte sich über die Dokumente, seine Lippen bewegten sich lautlos, ein abgekauter, blutiger Fingernagel folgte dem Text vom Englischen ins Arabische, weiter zu etwas, das dem Arabischen ähnlich, aber trotzdem anders aussah, Farsi vielleicht, und zurück ins Englische. »Der Zauberer ist Perser«, schnaubte er.

»Weiter so, Großer«, lobte Daken.

»Der Schwertkämpfer, mit dem ich mich gemessen habe, war auch Perser. Oder hatte in Persien trainiert. In seinem Kampfstil erkannte ich eine Form des Varzesh-e Pahlavani. Diese Kampfkunst ist uralt, in diesem Land unüblich, aber in seiner Heimat noch weit verbreitet.«

»Na schön, ich frage«, sagte Bullseye. »Wo liegt Persien?«

Daken unterdrückte ein Schmunzeln. »Könntest du noch amerikanischer sein?«

»Ja, ich vergess immer, dass du zur Hälfte ...« Während er sich unterbrach, wedelte Bullseye vage mit der Hand.

Daken beugte sich drohend vor. Seine Klauen schoben sich lautlos aus seinem Handgelenk. »Zur Hälfte was?«

»Du weißt schon ...« Bullseye ließ ein Grinsen aufblitzen. »Kanadier bist.«

»Das reicht!«, schnauzte Osborn. »Wir sind hier nicht in einer Umkleidekabine oder bei einer Studentenverbindung. Persien war ein altes Imperium. Mehr oder weniger dort, wo heute der Iran liegt.«

»Reicht das aus, um anzunehmen, dass Raazers Komplize Iraner ist?«, wollte Victoria von Ares wissen.

»Nein. Aber es ist wahrscheinlich, dass er irgendwo aus dem Gebiet des alten Reiches stammt oder vielleicht von iranischen Truppen ausgebildet wurde.«

»Hat dieses Land überhaupt Grenzen?«, murmelte Bullseye. »Genau deshalb hab ich für den anderen Kerl gestimmt.«

»Danke, Ares.« Mit einem Stift notierte Victoria etwas auf einem elektronischen Pad. »Das könnte nützlich sein. Alles, um die Algorithmen einzugrenzen.«

»Ihr seid euch also sicher, dass er bei seinem Versuch, mich zu vernichten, nicht getötet wurde?«, fragte Ares.

»Aus Gründen der nationalen Sicherheit hat H.A.M.M.E.R. die volle Kontrolle über die Such- und Rettungsaktion übernommen«, erläuterte Osborn. »Bisher hat man niemanden gefunden, auf den deine Beschreibung passt. Wir gehen davon aus, dass er irgendwie überlebt hat und geflüchtet ist.«

»Wahrscheinlich auf die gleiche Weise, wie Raazer sich und die Wachen aus dem Gebäude gebracht hat«, mutmaßte Daken.

»Könnten diese Soldaten ebenfalls mit den Persern im Bunde sein?«, fragte Ares.

»Wir haben Nachforschungen in diese Richtung angestellt, es sieht aber nicht danach aus«, sagte Victoria. »Es handelt sich nur um eine erstklassige örtliche Militärfirma in Privathand, die ein nervöser symkarianischer Milliardär für sein Gebäude angeheuert hat, um seine Investition zu schützen.«

Ares nickte. »Meine Gegner schienen beide darauf bedacht zu sein, zivile Opfer zu vermeiden.«

»Bis sie einen ganzen Häuserblock eingeebnet haben, um dich auszuschalten und zu entkommen«, merkte Karla an.

»Ja«, stimmte Ares zu. »Bis zu diesem Moment. Aber ich glaube nicht, dass es das Mittel seiner Wahl war.«

»Zum Glück für alle Beteiligten hatten sich die meisten Bewohner des Gebäudes bereits in ihrem unterirdischen Bunker in Sicherheit gebracht«, sagte Victoria.

»Tja«, sagte Bullseye, wobei er sich in seinem Sessel zurücklehnte. Er knackte mit den Knöcheln. »Zumindest haben wir den Computer.«

Osborn schlug knurrend auf den Tisch.

Dieser Verlust an Selbstbeherrschung erschreckte Karla. Sogar Sentry schien es aufzufallen. Die Servomotoren surrten, als Osborn die Faust vom Tisch zurückzog. Die polierte Oberfläche war nur leicht zerkratzt.

An diesem Tisch hatte früher der Hulk gesessen.

»Ich rede mir ein, dass ich absichtlich Schwachköpfe eingestellt habe. Ich kann mich nicht mehr erinnern, warum, aber es ist die einzige Erklärung, die für mich Sinn ergibt. Ja, du hast den Computer. Aber nicht die Originaldatei. Oder die Gruppe, die sie ursprünglich von den Back-up-Servern gestohlen hat. Die ist immer noch da draußen. Wer weiß, wie viele Kopien sie gemacht hat oder wo sie vorhat, sie als Nächstes zu verbreiten? Bislang sind der Black Raazer und Ares' Schwertkämpfer unsere einzigen Anhaltspunkte. Irgendwie wussten sie zur selben Zeit wie ich, wo das Material sein würde. Vielleicht sogar schon vorher. Ich muss wissen, wie das sein kann.«

»H.A.M.M.E.R. arbeitet mit Hochdruck daran, Sir«, versicherte ihm Victoria. »Genauso die NSA, die CIA und ihre

Schwesterbehörden in der Five Eyes Alliance. Wir müssen noch Zeugen befragen, Satellitendaten auswerten und die Spurensicherung an den beiden Orten und am Computer der Journalistin abschließen. Wenn die beiden irgendwo auf der Erde auftauchen, werden wir davon erfahren.«

»Und was ist mit der Reporterin?«, fragte Bullseye. »Wo ist sie?«

»Auf Ryker's Island«, sagte Osborn. »Zu unserem Glück gibt es noch ein paar prinzipientreue Journalisten in diesem Land. Sie hat mein Büro angerufen und um ein Interview gebeten, anstatt den Artikel einfach zu veröffentlichen. Ich habe meine Medienabteilung veranlasst, sie einzuladen, und sie festgenommen. Ich werde sie in ein oder zwei Wochen wieder freilassen, sobald die Sache abgeschlossen ist. Ob du es glaubst oder nicht, es gibt noch immer ein paar Amerikaner, die denken, der erste Verfassungszusatz gelte auch für Journalisten, und ein paar davon sitzen sogar am Obersten Gerichtshof. Diese Leute dürfen sich gern darüber beschweren, dass eine New Yorker Reporterin auf unbestimmte Zeit zusammen mit Terroristen und Kriegsverbrechern mit Superkräften hinter Gittern sitzt. Aber wir haben sie in den letzten Stunden von Telepathen überprüfen lassen und sind von ihrer Geschichte überzeugt, dass sie die Aufzeichnungen per Post auf einer CD bekommen hat.«

»Hat das irgendwas mit den Protesten im Nahen Osten gegen dich und H.A.M.M.E.R. zu tun?«, fragte Karla.

»Du verfolgst die Nachrichten. Ich bin wirklich beeindruckt.«

Karla zuckte mit den Schultern. Es war nicht schwer, die Klassenstreberin zu sein, wenn es praktisch ihre Klasse war.

»Raazer schien was gegen dich persönlich zu haben, Norman«, stellte Daken fest und diese Tatsache schien ihn zu amüsieren. »Ich kann mir beim besten Willen nicht vorstellen, warum, aber es gibt nichts, was es nicht gibt.«

»Im Moment ist die iranische Spur nichts weiter als reiner Zufall. Das Timing hingegen ist eine PR-Katastrophe. Wir brauchen jetzt einen sehr sichtbaren Sieg. Der Präsident sieht das genauso.« Osborn bediente die Touchscreen-Steuerung und die glänzenden Aufnahmen von Venoms Verdauungstrakt verschwanden, an ihre Stelle trat eine große 2-D-Karte der Vereinigten Staaten mit einer digitalen Stecknadel am unteren Ende des Michigan-Sees. »Zu unserem Glück plant eine Pro-Utopia-Mutantenrechtsgruppe um zwölf Uhr einen Marsch zum Rathaus von Chicago, um gegen die Vertreibung der Mutanten von amerikanischem Boden zu protestieren. Wir werden dort sein, um dafür zu sorgen, dass es nicht friedlich bleibt.«

Karla, Daken und Bullseye ächzten.

»Wir haben uns die ganze Nacht um die Ohren geschlagen«, maulte Bullseye.

»Außerdem ist es Chicago«, sagte Karla. »Da wäre es mir lieber, du würdest mich zum Thunderbolt Mountain zurückschicken.«

»Denkst du wirklich, das ist eine gute Idee?«, fragte Sentry leise, trotzdem zog er mit dieser Frage alle Aufmerksamkeit auf sich wie ein neuer Stern am leeren Himmel. »Machen Helden so was?«

»Ja, Bob«, sagte Osborn mit einer Freundlichkeit, die er den anderen Mitgliedern seines Teams nicht immer entgegenbrachte. »Es wäre sehr gut, wenn wir das machen.«

Sentry wirkte erleichtert. »Das ist gut. Ich ... ich hab mir Sorgen gemacht.«

»Ein entschiedenes Auftreten in der Mutantenfrage kommt bei der amerikanischen Bevölkerung immer gut an, also werden wir genau das tun, während die stellvertretende Direktorin Hand und die gesamte Geheimdienstmaschinerie unserer großen Nation unsere vermissten Flüchtlinge aufspüren.« Osborn sah Victoria eindringlich an. »Ich erwarte, dass Sie etwas für mich haben, wenn ich zurückkomme.«

Victoria salutierte. »Verlassen Sie sich darauf, Sir.«

»Ich versteh nicht, warum das Sentry nicht allein erledigen kann«, beschwerte sich Bullseye. »Er kümmert sich um das Mutantenproblem in Chicago und wir anderen können endlich unsere Bagels futtern.«

»Wir werfen keine Nuklearwaffen auf unsere eigenen Bürger, Hawkeye.«

»Gilt das auch für Chicago?«, fragte Karla unschuldig.

Osborn lächelte.

Das war der echte Norman. Der Mann, den die Fernsehkameras nie zu sehen bekamen.

»Nicht als ersten Schritt, Miss Marvel.« Er wandte sich wieder an Bullseye: »Aber ich begrüße dein Engagement, dich dieser globalen Bedrohung entgegenzustellen.«

»Na, auf mich wirst du verzichten müssen«, bekräftigte Bullseye. »Ich komm nicht mit.«

»Oh, und ob du mitkommst.«

Bullseye gestikulierte in Richtung der H.A.M.M.E.R.-Agenten, die im Raum standen. »Sogar die Schlägertruppe hat zwei Tage die Woche frei.« Er beugte sich in Normans Richtung und senkte die Stimme. »Was, wenn ich nicht richtig zielen kann, Normie? Was, wenn ich aus Versehen den Polizeipräsidenten oder den Bürgermeister oder so was umniete? Du weißt schon, jemand Wichtiges. Was dann? Was glaubst du, wie das aussehen würde?«

Osborn massierte sich die Nasenwurzel und schloss die Augen.

Als er sprach, klang seine Stimme tief und bedrohlich.

»Na schön. Diesmal kannst du dir mit Gargan eine Auszeit nehmen. Wenn du wirklich mit ihm zusammen hierbleiben willst.« Als er die Augen öffnete, war er wieder ruhig und beherrscht. »Den Rest von euch erwarte ich in dreißig Minuten umgezogen im Quinjet. Das gilt diesmal auch für dich, Miss Marvel. Und dich auch, Sentry.«

Er lächelte wohlwollend, als wäre er kein bisschen nachtragend.

»Zeigen wir den Leuten, was sie für ihre Steuergelder bekommen.«

KAPITEL 9

Der Eine

Sentrys Stiefel setzten sachte auf dem Dach der Avengers auf. Der Beton knirschte, goldene Adern breiteten sich leuchtend im Beton aus. Der Atlantikwind bauschte seinen Umhang auf und formte sein Haar zu einem Heiligenschein. Das perfekte Abbild eines Helden. Er spürte den sanften Druck des Windes im Gesicht, doch die Kühle drang nicht zu ihm durch, ebenso wenig wie die vage Bedrohung durch den dreihundert Meter tiefen Abgrund in seinem Rücken. Die Sonne schien noch immer auf die ausgestreckten Finger New Yorks, ließ Stahl und Glas glitzern und schimmerte auf seinem Kostüm. Er spürte, wie ihn ihre Energie durchdrang.

Kälte konnte ihm nichts anhaben, dementsprechend hatte er auch kein Bedürfnis nach Wärme.

Fünfzig Meter hinter ihm bildete die Dachkante eine schräge, flugzeugträgerähnliche Rollbahn über Manhattan. Ein schnittiger Quinjet stand dort startbereit. Während er abflugbereit gemacht wurde, heulten seine Düsentriebwerke auf. Sentry ignorierte die ehrfürchtigen Blicke des Bodenpersonals in ihren Warnwesten und mit ihren Kopfhörern, als er an ihnen vorbeiging. Er hatte Zeit.

Der Watchtower ragte wie ein im Zahnfleisch verrotteter Zahn aus dem zweckmäßigen Beton des Stark Towers. Er sah darin die Krone einer außerirdischen Königin, einen toten Vogel, eine wohlwollende Spinne, einen Schatten, der sich um die Sonne legte. Sentry erinnerte sich nicht daran, wie er ihn erschaffen hatte, aber er wusste, er hatte es getan: Man hatte es ihm gesagt, und wenn er darüber nachdachte, fühlte es sich irgendwie richtig an. Die goldene Kugel, die an der Spitze der höchsten Kuppel eingefasst war, pulsierte gleichmäßig vor sich hin. Für einen kurzen Moment, wenn die Energie am stärksten strahlte, fühlte sich Sentry vollkommen entspannt. Als würde man eine Taschenlampe auf seine Psyche richten und für diesen Sekundenbruchteil war es, als bekäme man eine Eingebung für die Lösung eines Quantenrätsels. In dem Moment war er eine vollständige Person, mit sinnvollen, ineinandergreifenden Erinnerungen. Allerdings war das Gefühl flüchtig, und das Schlimmste war, sich danach daran zu erinnern, dass dieses Gefühl existiert hatte.

Norman hatte ihm seine Hilfe zugesichert und bereits so viel für ihn getan. Dasselbe galt für Moonstone. Weit mehr als Tony Stark, der seit Jahren ähnliche Versprechungen gemacht und nur die Hälfte davon gehalten hatte. Und wenn der Direktor nur das rückgängig machen konnte, was Colonel Fury getan hatte, um jede Verbindung zu seiner Vergangenheit zu zerstören, dann wäre das mehr, als Sentry je zurückzahlen konnte.

Würde sich ihm die Gelegenheit ein weiteres Mal bieten, würde Sentry Nicholas Fury wahrscheinlich töten.

Nichts könnte ihn davon abhalten.

Die Vorstellung gefiel ihm.

Er fragte sich, ob er deswegen ein schlechter Mensch war.

Er würde Lindy fragen, sobald er sie das nächste Mal sah. Und vielleicht auch Karla, da Norman ihn gebeten hatte, ihr gegenüber offen und ehrlich zu sein.

Wenn er mit der Geschwindigkeit des Quinjets dahinkroch, würde es ein langer Flug nach Chicago werden.

Als er sich der Basis des Watchtowers näherte, wo sich das halb empfindungsfähige, flüssige Metall mit der Struktur und der internen Verkabelung des Avengers-Gebäudes verband, öffneten sich für ihn die Türen des Turbovators.

Dank lautlosen Antischwerkraftantrieben schwebte CLOC heraus und begrüßte ihn. Er war eine goldene Metallkugel mit komplex verzweigten Kabeln und einer großen roten Iris in einer Hemisphäre. Der Name war ein Akronym für Central Located Organic Computer (zentral gelegener organischer Computer).

<<*Willkommen zu Hause, Sentry.*>> Die künstliche Stimme erinnerte an alte Diktierprogramme, allerdings war CLOC auch schon ziemlich alt. Sentry war sich nicht sicher, wie alt genau. Er erinnerte sich an die meisten dieser Jahre, es gab jedoch Lücken und nicht alle Erinnerungen waren richtig angeordnet. <<*Ich habe gehört, dass Sie heute nach Chicago fliegen. Soll ich Ihnen die neueste Wettervorhersage für Nord-Illinois besorgen?*>>

»Nein, danke, CLOC.«

Ohne auf eine Antwort zu warten, trat er in den Turbovator. Die Türen schlossen sich zischend, sein flatternder Umhang beruhigte sich und er wurde wie ein Waggon einer Magnetschwebebahn hinaufbefördert.

Die Wände des Turbovators waren härter als Stahl und vollkommen transparent. Der Avengers Tower überragte bereits die höchsten Gebäude New Yorks und selbst seine Dächer blieben unter ihm zurück. Während er schnell an Höhe gewann, zog sich der Horizont des Planeten immer weiter zurück.

Da er wusste, wohin er wollte, denn irgendwie wusste der Watchtower immer, wohin Sentry wollte, öffneten sich die Türen zu seinem Quartier.

Er betrat eine Einzimmerwohnung.

Darin stand ein ungemachtes Bett und in einem altmodischen Röhrenfernseher lief Werbung. Auf den Armlehnen der durchgesessenen und von Alter und Vernachlässigung gezeichneten Couch stapelten sich Essenskartons. Der Watchtower konnte alles einfach so aus dem Nichts erschaffen. Wie bei Sentry, *genau* wie bei Sentry, waren seine Kräfte unbegreiflich und grenzenlos. Warum Lindy dann in einer Wohnung lebte, die praktisch genau wie ihre alte in Queens aussah, und sich von Müll aus Pappkartons ernährte, war ihm ein Rätsel. Manchmal hatte er den Eindruck, dass sie sich lieber um einen psychisch kranken Drogenabhängigen gekümmert hatte, als jetzt die Ehefrau des mächtigsten Avengers der Welt zu sein. Er verstand es nicht, allerdings brauchte er selbst so wenig Nahrung oder Annehmlichkeiten, dass er ihr ihren Willen ließ. Die Vorhänge waren nur halb aufgezogen. Die Wohnung war nach Westen ausgerichtet. Dadurch blieb es abends recht lange hell und die Morgendämmerung kroch erst spät herein.

Sentry erhellte mit seiner Anwesenheit die Wohnung, bis auf ein paar hartnäckige Schatten, die er im Augenwinkel bemerkte.

»Lindy?«

Keine Antwort.

Er sah sich in dem leeren Raum um.

Es gab hier Erinnerungen, auch wenn sie in seinem Gedächtnis nicht alle richtig abgespeichert waren. Er war der Lieblingsheld der Welt gewesen. Ihr schrecklichstes Monster. Ein Alkoholiker. Ein Süchtiger. Ein Penner. In diesem Raum hatte er versucht, seine Frau zu töten. Er war zu einem Avenger geworden. Hatte alles hingeschmissen. Bis Norman ihm seine Hilfe angeboten hatte.

Robert Reynolds litt an einer Krankheit. Er war krank, genau wie Norman Osborn es gewesen war, und Krankheiten konnte man behandeln.

Lindy würde ihm helfen, das durchzustehen, so wie sie sich auch bei allem anderen gegenseitig unterstützt hatten. Sie liebten sich. Das war es, was zählte. Was sein Blick berührte, verströmte ihre Präsenz.

»Ich weiß, dass du hier bist, Lindy. Ich spüre deine Aura.«

Er wartete lauschend.

Trotzdem gab ihm der alte Raum keine Antwort.

Plötzliche Wut ließ seine Augen aufblitzen, der Raum wurde auf abartige Weise schwärzer, als sich die Schatten in den Ecken verdichteten, sich vom Licht genährt ausbreiteten.

»WARUM VERSTECKST DU DICH VOR MIR?«

Sein Brüllen ließ die Vorhänge schwanken und ihn überkam sofort ein überwältigendes Schuldgefühl, weil er seine Beherrschung verloren hatte.

»Tut mir leid, Lindy. Es tut mir leid. Das war nicht ich, es war ...« Er wurde leiser. »Es tut mir leid.«

Er bemerkte, wie seltsam ausgebeult die Vorhänge hingen, doch irgendetwas hielt ihn davon ab, einfach hinzugehen und sie zur Seite zu ziehen.

Während seine eigene Niedergeschlagenheit schlimmer wurde, kehrte ein wenig des natürlichen Zwielichts in den Raum zurück.

Unentschlossen blieb er am Turbovator stehen.

»Norman nimmt mich auf eine Mission mit. Wir werden ein paar Leuten helfen.« Er sah hoffnungsvoll zum Vorhang, doch seine Frau kam nicht heraus. »Ich bin morgen zurück. Wir können ...« Er wurde wieder leiser, versuchte, sich daran zu erinnern, wie sie ihre gemeinsame Zeit verbracht hatten, bevor Sentry und Void alles waren, woran er sich erinnerte. »Wir können ... essen oder ... oder so.«

Erneut wartete er.

Erneut nichts.

Enttäuscht und verwirrt betrat er wieder den Turbovator. Erst als sich die Türen zu seinem alten Leben schlossen, fiel ihm wieder ein, dass er Lindy noch eine wichtige Frage hatte stellen wollen: ob es richtig war, seine Feinde zu töten.

Egal.

Es gab immer noch Norman und Karla.

Sie würden ihm helfen.

Zurück auf dem Dach – CLOC war auf geheimnisvolle Weise verschwunden, wie er es zu tun pflegte, wenn man ihn nicht brauchte – fühlte sich Sentry besser.

Ein neuer Mann.

Das perfekte Ebenbild eines Helden.

Er war ein guter Mensch: Norman Osborn hatte es ihm gesagt.

•

Auf einen Sprachbefehl hin entfaltete sich der Helm der Iron-Patriot-Rüstung und schloss sich um Norman Osborns Kopf. Die Nickel-Titan-Legierung schirmte den heftigen Wind und das Heulen des Quinjets ab, während der Pilot die Schubdüsen für den Start hochfuhr, und zeigte ihm das Head-up-Display.

»Verbinde mich mit der stellvertretenden Direktorin Hand«, befahl er der Rüstung.

In der oberen linken Ecke seines HUDs erschienen Victorias Kopf und Schultern auf einem Nebenbildschirm. Sie befand sich umgeben von Technikern an Computern in einer Art Kontrollraum und schnitt einem Agenten mitten im Satz das Wort ab, um Normans Anruf entgegenzunehmen.

»Direktor Osborn, Sir. Ich wünsche Ihnen einen angenehmen Flug.«

»Danke, Miss Hand, das wird es bestimmt. Solange ich nicht in der Stadt bin, möchte ich, dass Sie das Gebäude abriegeln. Ich will bei meiner Rückkehr nichts von weiteren Sicherheitslücken hören.«

»Ja, Sir.«

»Und ich meinte es ernst mit dem, was ich während der Nachbesprechung sagte. Ich bin in ein paar Stunden zurück und werde als Erstes einen Fortschrittsbericht verlangen. Und ich möchte in diesem Bericht tatsächliche Fortschritte sehen.«

»Wir gehen bereits einigen Spuren nach, Sir.«

»Gut. Und öffnen Sie für mich die Patriotenliste. Ich will, dass ein Ersatz-Spider-Man ausfindig gemacht wird und einsatzbereit ist, für den Fall, dass sich Gargan weiterhin der Behandlung widersetzt.«

»Und Hawkeye?«

Osborn lachte. »Nein. Ein wenig Aufmüpfigkeit ist in seinem Preis bereits mit einkalkuliert. Für meine Zwecke ist er das Beste, was verfügbar ist. Behalten Sie ihn trotzdem im Auge.«

»Verlassen Sie sich darauf, Sir.«

Er beendete den Anruf, ohne sich zu verabschieden. Im selben Moment heulten die Triebwerke des Quinjet auf, Rauch und Hitze prallten gegen das stoisch ausdruckslose Visier des Iron Patriot und das Flugzeug katapultierte sich vom Dach des Gebäudes in den Himmel. Der Quinjet war in der Lage, senkrecht zu starten und zu landen, allerdings sparte die Nutzung der Startbahn Treibstoff. Eine weitere Verbesserung von Norman Osborn im Vergleich zur stets pompösen Art, wie Tony Stark die Dinge erledigte. Osborn musste zugeben, Stark hatte einige vernünftige Ideen und auch kleinere Erfolge in der Umsetzung gehabt. Es fehlte ihm jedoch das kreative Genie Osborns. Den Iron Patriot hatte man aus beschlagnahmten Einzelteilen und nach Ausschnitten diverser Baupläne erstellt. Er war dem Mark 25, den man Osborn überlassen hatte, auf jede erdenkliche Weise weit überlegen.

Das HUD des Helms filterte den Rauch und die Staubpartikel heraus und gab eine klare isometrische Ansicht wieder, und das so schnell, dass er die Beeinträchtigung fast nicht bemerkte. Um Moonstone und Sentry leuchteten Anzeigen auf, ihre Umhänge flatterten in den Verwirbelungen des Quinjets um sie herum. Osborn hatte noch nicht herausgefunden, wie er die Systeme der Rüstung umstellen konnte, damit Karla nicht mehr als feindlich eingestuft wurde. Bestimmt war das irgendwo in den Menüoptionen zu finden, aber er hatte noch nicht die Zeit zum Suchen gehabt.

»Können wir los?«

Moonstone runzelte die Stirn. »Ich wäre besser gelaunt, wenn ich mit Daken, Ares und dem Frühstück im Flieger sitzen würde. Ich friere mir hier oben den Hintern ab.«

Osborn lachte, während ihn ein Schub seiner Stiefel-Repulsoren in den Himmel schleuderte. Kurze Kontrollstöße der Repulsoren in seinen Handschuhen stabilisierten seine Flugbahn, als er dem Quinjet hinterherflog. Die Anzeige in seinem HUD bestätigte, dass Moonstone und Sentry seinem Kurs und seiner Geschwindigkeit folgten und sich in eine dreizackige Pfeilformation begaben, wobei sich der Iron Patriot vor den Quinjet setzte und von den beiden Avengers flankiert wurde.

»Ein Problem zu sehen und zu handeln ist ja schön und gut, Miss Marvel«, sagte er, wobei seine Rüstung seine Stimme über den Lärm bei Mach 2,1 projizierte. »Aber uns geht es vielmehr darum, *uns dabei sehen zu lassen, wie wir handeln.*«

•

Die CANSA F-IX war ein Deltaflügel-Tarnkappentransporter mit geräuschreduzierten VTOL-Düsen und einer reaktiven Tarnverkleidung, die sie für bodengestützte Aufklärung praktisch unsichtbar machte. Sie war das Arbeitspferd von Hydras Kommandolegionen und konnte eine kleine Gruppe von Eliteagenten schnell und unbemerkt selbst in die am stärksten verteidigten Einrichtungen einschleusen.

Diese war gestohlen.

Ihre derzeitige Kommandantin hatte sie *Leviatano* getauft.

Die Agentin mit dem Codenamen Val hielt sich einem Handgriff an der Decke fest und überwachte die Wärmeerfassung und die Flugtelemetrie, die über den vorderen gelbasierten Bildschirm des Cockpits flimmerten. Der Quinjet hob ab, Iron Patriot und seine Avengers begleiteten ihn als Eskorte. Die Kommunikation des Quinjets zu entschlüsseln hätte Jahrzehnte gedauert, aber die Funksprüche, die die auf dem Dach verteilten Antennen von den Bodenkontrollstationen auffingen, verrieten ihr, dass das gesamte Team der Avengers, mit der erwarteten Ausnahme von Venom, auf dem Weg zur Great Lakes Naval Station in Chicago war.

So weit, so gut.

»Bring uns runter«, wies sie ihren Piloten an.

»Leite Sinkflug ein«, antwortete er, wobei die Sauerstoffmaske und der Helm seine Stimme dämpften.

Die *Leviatano* unterbrach ihre Warteschleife und ging stattdessen senkrecht auf die kurze Landebahn auf dem Dach des Avengers Tower hinunter, die der Quinjet gerade erst verlassen hatte.

Start und Landung waren zwei der energieaufwendigsten Manöver, die ein Flugzeug durchführte, und es gab ein kurzes Zeitfenster, in dem die Energie und der Lärm des Starts des viel größeren Quinjets die Annäherung der CANSA verschleiern konnten.

Schließlich hatte selbst die beste Tarntechnologie der Welt ihre Grenzen.

Val hielt sich am Griff an der Decke fest und sah zum Passagierabteil des kleinen Flugzeugs. Dort hielten sich neunzehn Soldaten an ihren eigenen Griffen fest. Ihre dunkellila Körperpanzerungen waren mit H.A.M.M.E.R.-Abzeichen und Insignien versehen, die sie während der Unruhen in der Basis in Mogadischu erbeutet hatten. Jeder hatte den Gurt eines hybriden Sturmgewehrs über der Schulter. Die sperrigen, aber leistungsstarken Waffen verfügten über Einzelschuss sowie halb- und vollautomatisches Feuer und sie boten die Möglichkeit, zwischen physischen Geschossen, Energiestößen und elektrischen Betäubungsgeschossen zu wählen. Nichts anderes war man von Oscorp gewohnt. Die Panzerung war stark gepolstert, allerdings war der Hauptzweck eher Einschüchterung als der Schutz des Trägers. Eine Kleinkaliberkugel oder ein Messer konnte sie jedoch stoppen und die mit dem Außengewebe verbundene lichtbrechende Nanoschicht konnte einem Energieangriff genug Wirkung entziehen, damit der Träger noch in der Lage wäre, einen letzten Schuss abzufeuern. Allerdings machte sich Val keine Illusionen, wie es gegen den Iron Patriot oder Miss Marvel aussähe. Ganz zu schweigen von Sentry.

Val klappte ihren Helm herunter und verriegelte den Drehverschluss, woraufhin die Magnetversiegelung zischte.

Als die CANSA noch einen halben Meter von der Rollbahn entfernt war, öffnete sich die Heckklappe. Das Bodenpersonal staunte, als es die offene Luke voller bewaffneter Soldaten über sich in der Luft bemerkte.

Val betrachtete es durch die grün getönten, Blitze kompensierenden Linsen ihres Helms und reagierte auf das Staunen mit einem gut platzierten Betäubungsschuss in den Nacken des ranghöchsten Offiziers. Der Mann sackte zuckend zu Boden, während hunderttausend Volt durch sein peripheres Nervensystem jagten. Die übrigen Mitglieder ihres Teams erledigten den Rest des Personals, als sie feuernd aus dem Flugzeug sprangen. Val stieg als Letzte aus, im selben Moment setzte die *Leviatano* auf. Ihre Leute waren bereits dabei, die Leichen nach Zugangskarten und Ausweisen zu durchsuchen. Die gestohlene Ausrüstung würde einer oberflächlichen Inspektion standhalten, doch um ins Innere des Gebäudes zu gelangen, brauchten sie korrekte und aktuelle Codes, und um so weit vorzudringen, wie sie hofften, brauchten sie zusätzliche Ausweise, die sie sich unterwegs besorgen mussten.

Von einer Vorahnung und einem Schauer auf dem Rücken gewarnt drehte sie den Kopf, als das undeutliche Profil von Black Raazer aus dem schemenhaften Flecken der Tarnung der *Leviatano* auftauchte.

Unter der dunklen Kapuze verborgene glühend rote Augen betrachteten die Leichen auf der Rollbahn. »Hashim und Sirocco sind so entschlossen, Tote zu vermeiden. Ich sage ihnen, dass das unvermeidlich ist. Wenn das von uns verabscheute Regime fallen soll, sind Tote unvermeidlich. Ich habe zugestimmt, dir zu folgen, weil du nicht so zimperlich bist. Du könntest ...« Val hatte Raazers Gesicht nie gesehen, trotzdem konnte sie den Hohn in seinen Worten hören. »... der Eine sein.«

»Noch ist die Zeit nicht gekommen.«

»Aber sie wird kommen.«

»Wird sie«, stimmte Val zu. Nach der Zerstörung auf der East 53rd Street letzte Nacht, die zwar nicht geplant, aber auch nicht ganz unwillkommen gewesen war, wenn man sie gegen das größere Ganze abwog, war es wohl schon so weit. Ein weiterer Grund, warum Hashim nicht hier war. Er brauchte ein paar Tage, um sich nach der unerwartet hohen Zahl an Opfern zu erholen, die sein Kampf mit Ares gefordert hatte. »Bleib erst mal beim Flugzeug und warte auf mein Signal.«

»Ich kann dich reinbringen.«

»Schon deine Kräfte. Du hast vor sechs Stunden gegen Spider-Man und Wolverine gekämpft und gewonnen. Vergiss nicht, warum ich dich und nicht die anderen mitgenommen habe.«

Der Schatten senkte den Kopf und fauchte: »Falls Sentry zurückkommt.«

»Bist du noch immer überzeugt, dass du ihn ausschalten kannst?«

»Seit du mich das erste Mal gerufen hast, freue ich mich auf die Herausforderung.«

Val hoffte, dass der Zauberer noch ein wenig länger warten musste. Er diente hauptsächlich als Rückendeckung, ansonsten hätte sie ihm nach seiner bisherigen hervorragenden Arbeit zusammen mit Hashim eine Pause gegönnt. Val hätte das Material über Osborn auf YouTube veröffentlichen können. Inzwischen wäre es garantiert bei einer Milliarde Aufrufen und eine Anhörung im Kongress stünde an. Dadurch dass sie es stattdessen an eine echte Nachrichtenagentur weitergegeben und Osborn im Voraus darüber informierte hatte, was dort veröffentlicht werden sollte, hatte sie ihn zum Handeln gezwungen.

Gleichzeitig hatten ihre eigenen Agenten und die Sicherheitsfirma, deren Dienste sie unter einem symkarianischen Decknamen in Anspruch genommen hatte, für eine öffentlichkeitswirksame und blutige Katastrophe gesorgt. Norman Osborn war kein Nick Fury. Er war kein Spion. Er war Geschäftsmann. Ein Selbstdarsteller in einer Rüstung. Fury hatte sich nie dafür interessiert, ob ihn die Welt hasste oder nicht, und große Teile hatten es immer getan. Osborn hingegen sehnte sich nach Bestätigung und konnte es nicht ausstehen, wenn er keine bekam. Er würde sofort Vergeltung üben wollen, am besten vor aller Augen. Er würde seine mächtigsten Helden in den Abendnachrichten vorführen, bis niemand mehr über New York sprach.

Aber Val war, wie Fury, eine Spionin.

Sie nahm nichts als selbstverständlich hin.

Raazer, sosehr ihre Seele in seiner Gegenwart auch litt, blieb, wo er war.

Sie wandte sich ab, während der alte Zauberer bereits im wabernden Profil des getarnten Flugzeugs verschwand, und bewegte sich auf die Tür zu, durch die sie das Dach verlassen würde.

Einer ihrer Agenten hatte das elektronische Schloss bereits mit der Schlüsselkarte von einer der Leichen geöffnet. Ein Wachmann kam heraus, um das Passwort abzufragen. Als er einen Agenten in H.A.M.M.E.R.-Uniform vor sich sah, zögerte er die entscheidende halbe Sekunde, bevor ihn hunderttausend Volt in die Bewusstlosigkeit schickten.

Der Agent trat über ihn hinweg, der Rest des Einsatzteams folgte ihm und schließlich Val selbst.

Drinnen teilten sie die gestohlenen Ausweise untereinander auf und bildeten Teams.

Osborn hatte sich bemerkenswert wenig für die öffentliche Empörung über seinen Machtmissbrauch interessiert. Wenn man ihn zu Fall bringen wollte, dann ging das nur mithilfe der Männer, die ihn überhaupt erst so weit gebracht hatten. Es musste von oben herab geschehen.

Und wenn Osborns politische Zahlmeister das Debakel vom Morgen genossen hatten, dann würden sie das, was als Nächstes kam, geradezu lieben.

KAPITEL 10

Immer wieder eine Enttäuschung

Mac Gargan hatte gelernt, dass es besser war, sich nicht zu wehren. Seit ihn Osborn mit freundlichen Worten und großen Versprechungen aus dem Raft geholt hatte, hatte man ihn schon zu oft in Doktor Fiennes' Stuhl festgeschnallt.

Der Stuhl sah wie ein offener Sarg aus, poliertes Metall und dicke Nieten, voller Kabel, Diagnosegeräte und Fesseln. Er war eine eiserne Jungfrau, deren Deckel jemand mit mehr Neugier als Moral – und davon kannte Gargan einige – entfernt hatte, um besser zusehen zu können, was mit der Person darin geschah. Doktor Judith Fiennes, Osborns Forschungsleiterin, lächelte immer, wenn sie ihn festschnallte. Der Stuhl bestand aus demselben Metamaterial wie die Kriegsschiffe der Kree. Sie hatte einmal wehmütig erzählt, Sentry und Ares wären nicht mal gemeinsam in der Lage, sich zu befreien, sollte sie die beiden jemals in diesem Stuhl festmachen.

Die dicken Lederfesseln um seine Knöchel, Oberschenkel, Handgelenke, Brust und Hals dienten vermutlich dem Seelenfrieden seiner Ärzte. Physische Fesseln allein reichten bei Weitem nicht aus, um Venom ruhigzustellen.

Dafür sorgte das leistungsstarke Beschallungssystem, das direkt über dem Stuhl angebracht war.

Der Symbiont war gegen fast alle Arten von physischem Schaden resistent, allerdings waren Hitze und Schall seine Schwächen. Sobald der Symbiont auch nur zuckte, gaben die Lautsprecher Wellen in ultratiefen Frequenzen ab und zwangen ihn zurück in Gargans Kehle, in sein Versteck in der Magengrube des Mannes. Eine schrecklich schmerzhafte Erfahrung. Es war, als würde man Säure kotzen, nur rückwärts.

Ein mit Maske und Laborkittel ausstaffierter Forschungsassistent näherte sich dem Stuhl.

Gargan war nackt, er fröstelte auf dem kalten Stuhl. Der Symbiont war immer warm. Ohne ihn wurde ihm überhaupt nicht mehr warm.

Der Student holte eine Spritze heraus und Gargan warf sich gegen seine Fesseln, als der Symbiont versuchte, durch seinen Mund zu flüchten. Ein strafender Schallstoß drängte den Außerirdischen zurück. Der tiefe Basston durchdrang seinen Körper und ließ die weichen Teile seiner Anatomie vibrieren, als würde eine unsichtbare Kraft versuchen, ihn auf dem Stuhl zu zerquetschen. Noch schlimmer als das Gefühl, dass seine Organe zermalmt wurden, war Venoms Präsenz mit all seinem wahnsinnigen, äußerst frustrierten Hunger, der in der Mitte seines Bauchs zu einer immer kleineren, bösartigeren Kugel zusammengedrückt wurde.

Mac Gargan hatte gelernt, dass es besser war, sich nicht zu wehren.

Venom hingegen lernte es nicht.

Gargan biss die Zähne zusammen, schloss die Augen und wimmerte, als der Symbiont den Kampf für eine weitere Minute aufgab. Der überwachende Wissenschaftler schaltete die akustische Fessel ab. Gargans Körper entspannte sich gequält. Ihm lief eine einzelne Träne über die Wange.

Töte Norman Osborn, keifte der Symbiont in seinem Kopf.

»Es gibt nichts, wovor Sie sich fürchten müssen«, sagte der ältere Wissenschaftler zu seinem Schüler. Er war ein

Schwarzer mit Ostküstenakzent und einem Gesicht, das durch die Gesichtsmaske, das Haarnetz, die Plexiglasbrille und den hochgeschlossenen Laborkittel anonym blieb. Wie jeder Vorgesetzte, den Gargan je gehabt hatte, hielt er sich im Hintergrund, während sich sein Schüler mit dem großen, bösen außerirdischen Superschurken auf dem Folterstuhl befasste. »Er kann Ihnen nichts tun.«

Kann ich nicht?

Venom versuchte erneut hervorzubrechen, wurde aber von einer weiteren Schallwelle zurückgedrängt.

Der Wissenschaftler lachte. »Sehen Sie?«

Gargan war froh, dass sich Doktor Fiennes nur noch selten selbst um seine Behandlung kümmerte.

Im Vergleich zu ihr war Lester ein flauschiges Kaninchen.

Gargan erinnerte sich vage daran, dass er ein Privatdetektiv gewesen war, bevor er alles hingeschmissen hatte, um zu Scorpion zu werden. Irgendwie wusste er immer noch, wie man die dunkelsten Geheimnisse von Menschen ausgrub. Nach ein paar Sitzungen hatte er beschlossen, Doktor Fiennes genauer unter die Lupe zu nehmen.

Aus den paar Informationsschnipseln, die zu finden waren, hatte er geschlussfolgert, dass es sich bei ihr um eine Wissenschaftlerin mittleren Ranges handelte, die während Furys Amtszeit zu A.I.M. übergelaufen war. Osborns Leitung, eine gründliche Überarbeitung von S.H.I.E.L.D.s ethischem Kodex und ein unerschöpflicher Strom von DARPA-Geldern hatten sie offenbar wieder zu den Guten gelockt. Osborn hatte ihr die Verantwortung für Venoms Behandlungsprogramm sowie für das sogenannte »Projekt Sentry« übertragen und überwachte sie noch strenger als seine Avengers.

Selbst wenn er wollte, könnte ihr Venom nicht den Kopf abreißen und ihn fressen. Vermutlich war das der Grund, warum Gargan sie nur noch selten sah. Sie war eine vielbeschäftigte

Frau. Aber hin und wieder, in seinen schlimmsten Albträumen, kam er nach einer Begegnung mit den Tasern wieder zu sich und sah Judith Fiennes, die sich lächelnd Latexhandschuhe überstreifte.

Der Student ging vorsichtig um den Stuhl herum, überprüfte die Infusionsschläuche und konsultierte die blinkenden Geräte, die Gargans Vitalwerte anzeigten.

Er dachte kurz darüber nach, zu schreien. Allerdings hatte er gelernt, dass das auch zu den Dingen gehörte, die er besser lassen sollte.

Das hier war kaum die Art von Krankenstation, in die H.A.M.M.E.R.-Agenten unangemeldet hineinspazierten, um sich ein Aspirin zu holen. Es sei denn, sie hatten sich ihre Verträge vor dem Unterschreiben nicht sorgfältig durchgelesen.

Erinnert dich das an einen gewissen Schwachkopf, den du kennst?

Diesen Raum hatte man einzig und allein für ihn entworfen und gebaut.

Genau diese Art von persönlicher Note machte es so unangenehm, für Osborn zu arbeiten. Er gab stets alles, und dann noch etwas mehr. Es gab einen Stuhl. Ein Haltesystem, das genau auf Venoms duale Physiologie zugeschnitten war. Die Geräte und Steuersysteme für die Schallemitter füllten die verchromten Schränke an den Wänden. Es gab keine andere Ausrüstung. Nur eine große Gefriertruhe und ein paar Kisten mit Latexhandschuhen auf einer Bank neben der Sicherheitstür. Gargan fragte sich, ob es einen solchen Raum für Daken gab, ob Osborn ein spezielles Verlies für Moonstone oder Ares eingerichtet hatte. Wahrscheinlich nicht.

Gargan war etwas Besonderes.

Er unterdrückte ein Schreien, als der Symbiont versuchte, einen Tentakel durch seine Darmwand zu schieben, um die Luftröhre des Studenten wie eine Plastiktüte zu zerquetschen, was wiederum dazu führte, dass sie von aufbrandendem Lärm in den Stuhl gepresst wurden.

Der Wissenschaftler an der Tür sah auf eine Liste, die er auf einem Klemmbrett hatte. »Serum 8-B, richtig?«

»8-B«, las der Student vom Etikett auf dem Plastikfläschchen ab, das er dabeihatte. »Ja.« Er klopfte die Luftblase an den Kopf des Zylinders und spritzte sie heraus. Gargan schluchzte hilflos und der Symbiont wütete schweigend irgendwo hinter seinen Augen, während der Student die Spritze in die Infusionskanüle schob.

Sein Daumen lag auf dem Spritzenkolben.

Der Wissenschaftler hob den Blick von seiner Checkliste. »Worauf warten Sie noch?«

»Er ... er weint.«

Ein Lächeln umspielte das, was vom Gesicht des älteren Mannes zu sehen war.

»Ja.«

»Aber das ist *Venom.*«

»Es ist immer eine Enttäuschung, mein Lieber. Na los, geben Sie es ihm.«

Gargan spannte sich an und wartete auf den echten Schmerz.

Die Sicherheitstür surrte, an der Sprechanlage blinkte ein rotes Licht. Der Forschungsassistent sah hin, nahm den Daumen vom Kolben und ließ die Spritze an dem Nest aus Plastikschläuchen baumeln.

Gargan atmete erleichtert auf.

Der Wissenschaftler, der bereits an der Tür stand, aktivierte die Schalttafel und unterhielt sich mit einer verzerrten Stimme am anderen Ende der Sprechanlage. Seine Miene war dank Maske und Brille unmöglich zu erkennen, aber worum es auch ging, es endete damit, dass er einen langen Code in die Schalttafel eingab und sich die Tür öffnete.

Zwei H.A.M.M.E.R.-Agenten kamen herein.

Sie trugen ihre Helme, die Visiere waren heruntergeklappt und sie hielten ihre Sturmgewehre im Arm. Einer der Agenten, den Pins am Kragen und den Schulterabzeichen nach ein Offizier, unterhielt sich mit dem leitenden Wissenschaftler, während der andere den verdutzten Studenten aus dem Labor brachte. Bevor er ging, zog er noch die Spritze aus der Kanüle und legte sie beiseite. Er schloss die Tür hinter sich.

Gargan fragte sich, ob jetzt sein letztes Stündlein geschlagen hatte.

Hatte Osborn endlich beschlossen, ihn einfach einzuschläfern?

Unfähig, etwas dagegen zu tun, versuchte Venom ein letztes Mal, sich von seinen Fesseln zu befreien, bevor er heulend in sein Versteck zurückkehrte.

Sie sind nicht gekommen, um uns zu töten.

Man brauchte kein H.A.M.M.E.R.-Erschießungskommando, wenn einem Osborns Ärzte genauso gut eine tödliche Injektion verabreichen konnten. Und wenn Osborn diesen Befehl wirklich geben würde, dann ohne Sauerei. Warum einen Mann im Kugelhagel töten, wenn man es mit einer Infusion und einer Unterschrift auf einem Formular tun konnte?

Und es wären eine Menge Kugeln nötig, um Mac Gargan zu erledigen.

»Sind Sie derjenige, mit dem ich gesprochen habe?«, fragte der Wissenschaftler den Agenten, der noch hier war. »Haben Sie mir gesagt, ich soll heute zur Arbeit kommen?«

Der Agent nickte.

»Dann ist der Rest des Geldes …?«

Verdammt, dachte Gargan. Das klang nicht gerade vielversprechend.

»Sie werden es auf dem Balkon Ihrer Wohnung in einem Rucksack finden. Genau wie beim letzten Mal.« Die Agentin war weiblich, mit einem honigsüßen Akzent, den Gargan nicht einordnen konnte. Französisch vielleicht oder italienisch. Oder spanisch. Es fiel ihm schwer, sich daran zu erinnern, dass er früher gut in so was gewesen war. »Wenn Sie nach Hause kommen, warten zwei Millionen Dollar auf Sie. Ich würde Ihnen empfehlen, danach zu verduften.«

Der Wissenschaftler schauderte, als er einen Schlüssel aus der Tasche seines Laborkittels fischte und zu der großen Gefriertruhe ging. Sie war mit einem großen Vorhängeschloss gesichert. »Deswegen brauchen Sie sich keine Gedanken zu machen. Ich habe hier schon unter Direktor Fury gearbeitet. Und Direktor Hill. Ich sollte *Sie* dafür bezahlen, dass Sie mir die Möglichkeit geben, von hier zu verschwinden.« Er öffnete die Gefriertruhe, rüttelte an dem festgefrorenen Deckel und hob ihn dann an, was eine Wolke tiefgekühltes Gas aufsteigen ließ.

Die Gefriertruhe war voller eisverkrusteter Metallgestelle, von denen jedes farblich codierte Magnetbänder mit Buchstaben und Zahlen trug.

»Geben Sie mir Serum 17-G«, bat die Agentin.

Der Wissenschaftler zögerte, während er sich ein Paar unhandliche Isolierhandschuhe über die dünnen Latexhandschuhe zog. »Sind Sie sicher?«

»Ja.«

»Aber …«

»Bitte, Doktor Phillips. Sie sind nicht der Einzige, der noch was zu erledigen hat.«

Der Wissenschaftler richtete sich auf. »Hören Sie. Hätten Sie mir gesagt, dass Sie sich für Doktor Fiennes' experimentelles Serum interessieren, dann hätte ich nie …«

Die Agentin streckte ihm auffordernd die Hand entgegen.

Doktor Phillips' plötzlicher Anfall von Pflichtbewusstsein verflüchtigte sich wie der eisige Hauch aus der Gefriertruhe.

»Sie haben schon viel zu viel Geld eingesteckt, um jetzt noch einen Rückzieher zu machen, Doktor Phillips. Direktor Osborn ist zutiefst paranoid. Ein einziger anonymer Anruf von mir würde genügen …«

Sie nahm ihren Helm ab.

Die Frau darunter hatte olivfarbene Haut und dunkles Haar mit einer weißen Strähne im Pony. Gargan hatte das Gefühl, dass er sie kennen sollte. Insgeheim verfluchte er den Symbionten, der ihm das alles eingebrockt hatte und seinen psionischen Griff nicht einmal lange genug lösen konnte, um an etwas anderes zu denken als daran, wie sehr er sie fressen wollte. Das Kräuseln ihrer Lippen, während sie ihn betrachtete, hatte etwas Nobles, ja sogar Majestätisches. Ihr Blick hätte Päpste einschüchtern können. Doktor Phillips murmelte etwas, das selbst Venoms außerirdische Sinne nicht wahrnehmen konnten, und fummelte an den Gestellen herum.

Eins fuhr mit metallischem Klappern auf seinen Schienen hoch. Darin befanden sich mehrere Hartplastikboxen. Er schüttelte den dicken Überhandschuh von der rechten Hand und legte ihn auf dem Labortisch ab, dann zog er die Box mit der Aufschrift 17 heraus. Den anderen Handschuh zog er aus, indem er ihn sich unter den Arm klemmte, dann stellte er die Box auf den Tisch und öffnete sie.

Er holte eine gefrorene Spritze heraus.

Der Inhalt war trotz der Kälte flüssig und hatte eine vanillegelbe Farbe.

Er riss die sterile Umhüllung von der Nadel und schlurfte zu Gargans Stuhl. Der Doktor war inzwischen zu nervös, um sich an die korrekten Prozeduren zu halten, wodurch er die Nadel ohne weitere Bedenken oder Vorsichtsmaßnahmen in die Infusionskanüle stach und das Mittel einspritzte.

Gargan verzog das Gesicht und spannte sich an.

Es würde einen Moment dauern, bis die Injektion die Kochsalzlösung in den Schläuchen verdrängt hatte und seine Venen erreichte. Auch eine Luftembolie stand in diesem Moment ganz unten auf der Liste von Dingen, über die er sich Sorgen machte.

Als Doktor Phillips davonschlurfte, beugte sich die Frau über Gargan, legte ihm eine Hand an die Wange und sah ihm in die Augen. Sie war so nah, dass er ihren Atem schmecken konnte. Ausnahmsweise war Venom so weit gebändigt, dass er ihr nicht gleich das Gesicht abbeißen wollte. Sie brachte ihre Lippen nah an sein Ohr. Das Serum war schon halb durch den Schlauch gelaufen, als sie den verbleibenden Moment nutzte, um ihm genau zu erklären, was mit ihm geschehen würde.

Und warum.

Töte Norman Osborn, schrie der Symbiont, bevor das Serum 17-G Gargans Arm erreichte, dann schrien sie gemeinsam, wobei es in der psionischen Verbindung zwischen ihnen nichts als Schmerz gab.

KAPITEL 11

Vorsicht ist besser als Nachsicht

Bullseye lehnte sich in dem großen, ledergepolsterten Chefsessel zurück und legte die Füße auf den Besprechungstisch. Eine große Limonade balancierte bedenklich auf der Armlehne, die Eiswürfel darin klirrten wie winzige Eisberge gegeneinander, während er auf der Sitzfläche herumrutschte. Die Jalousien der großen Fenster waren heruntergelassen. Das flackernde Licht des riesigen Flachbildfernsehers am anderen Ende des Tischs erhellte den abgedunkelten Raum wie ein altmodisches Kino. Bullseyes Lippen bewegten sich lautlos zu den Bildern auf dem Schirm. Er sah unheimlich gern fern, allerdings bevorzugte er es, den Ton leise zu drehen. Drehbuchautoren waren in der Regel einfallslos und Bullseyes selbst erfundene Dialoge waren um Längen besser.

Mit dem Strohhalm saugte er einen Eiswürfel an, zielte mit seinem improvisierten Blasrohr zur gegenüberliegenden Tischseite und stieß den Atem aus.

Der Eiswürfel flog über fünf Meter weit und traf den Knopf der Fernbedienung, der einen Kanal höher schaltete, bevor er über den Tisch zu Boden rutschte.

Volltreffer, dachte er mit einem gelangweilten Lächeln, als der Kanal auf C-SPAN wechselte.

Sie berichteten über die Unruhen in Chicago.

Die Filmaufnahmen zeigten Demonstranten in Jeans und T-Shirt, meistens Jugendliche, die durch die Straßen flüchteten. Wenn man genau hinsah, konnte man über den Köpfen der verängstigten Menschenmassen die weißen Federn auf Ares' Helm erkennen. Der Gott des Krieges hatte den Demonstranten den Weg zum Gerichtsgebäude mit einem umgestürzten Schulbus versperrt. Er stand auf dem Fahrzeugwrack. Es sah so aus, als stünde der Bus in Flammen. Bullseye tauchte seinen Strohhalm zurück in die Limonade und schlürfte einen Schluck. Verdammt, plötzlich bekam er Heißhunger auf Nachos. In einer anderen Einstellung verhinderte Moonstone, dass Mutanten-Demonstranten die Stufen der Harold Washington Library stürmten. Oder sie hinderte ein paar Hundert verzweifelte Kinder gewaltsam daran, die Straße zu verlassen, auf der sich Ares befand. Je nachdem, wie man es betrachtete. Auf der anderen Hälfte des geteilten Bildes sprach Norman lautlos in die Kamera. Der Untertitel lautete: »Iron Patriot verurteilt Mutantenterror.« Hinter ihm stand Sentry und sah so heldenhaft aus, wie es nur Sentry konnte. Sein blauer Umhang flatterte wie die Flagge der Vereinigten Staaten, während seine goldene Aura Normans sternenübersäter Rüstung einen hellen, frühmorgendlichen Heiligenschein verlieh. Das war zwar nur Zufall, trotzdem wirkte es zynisch.

»Was für 'n Armleuchter«, murmelte er.

Hinter ihm räusperte sich jemand übertrieben.

Bullseye lehnte sich in seinem Sessel so weit zurück, dass die Federn knarrten, und sah kopfüber hinter sich.

Zwei stämmig gebaute H.A.M.M.E.R.-Agenten in Körperpanzerung samt Helm mit klobigen Sturmgewehren vor der Brust standen an der Tür Wache. Angeblich waren sie zu seinem Schutz da. Tatsächlich bestand ihre Aufgabe darin, Bullseye davon abhalten, loszuziehen und in Schwierigkeiten zu geraten. Keiner von ihnen – außer vielleicht Ares, Bullseye war sich nicht sicher, was er für sich ausgehandelt hatte – konnte zurzeit wirklich tun, wonach ihm war. Seine Optionen waren der Avengers Tower, Thunderbolt Mountain oder das Raft, und in Anbetracht dieser Möglichkeiten war es gar nicht so schlecht, ein Held zu sein. Norman musste klar sein, dass zwei unterbezahlte Schläger Bullseye nicht davon würden abhalten können, zu tun, was er tun wollte. Deshalb standen zehn weitere im Korridor und er trug eine elektronische Fußfessel.

Wie fast alles, was Norman tat, war das nur Show, und Bullseye spielte mit.

Entweder das oder er musste sich eingestehen, dass er niemals versuchen würde zu fliehen. Er hatte keine Angst, nicht wirklich, nicht mal vor Sentry, aber es gab keinen Ort auf der Welt, an dem er für Norman unerreichbar wäre, und das wusste er.

»Macht euch keine Sorgen, dass ich seine Gefühle verletzen könnte.« Bullseye sah lächelnd zu der Kamera, die alles, was er tat, an Normans Bürocomputer übertrug, und winkte ihr zu. »Er *ist* 'n Armleuchter.« Er richtete seinen Sessel wieder auf und saugte einen weiteren Eiswürfel an, um ihn auf die Fernbedienung abzuschießen.

Der Kanal wechselte zurück.

Bullseye drückte sich gegen seine Sessellehne und seufzte den Fernseher an. »Ach, Ross. Wann legst du dir endlich 'n Paar Eier zu und rammst dem Mädchen 'n Messer ins Auge?«

Bullseye hatte nichts gegen ein bisschen harte Arbeit. Kam natürlich auf die Arbeit an. Er könnte Ares ewig zusehen, allerdings war Bullseye kein Freund von festgeschriebenen Vorgehensweisen und dem Überwachen von Protesten. Wenn Norman ihm nicht mal erlaubte, einen von ihnen zu töten, und das auch noch mit Stil, dann hätte er genauso gut den echten Hawkeye auf seiner Gehaltsliste behalten können.

Er rührte mit dem Strohhalm in seiner Limonade und hob dann das halb leere Glas über seinen Kopf. »Ich hab kein Eis mehr.«

»Und?«, fragte einer der Wächter, der sich wohl dachte, weil er einen lila Körperpanzer trug, könnte er sich alles erlauben.

»Meine Limo wird warm.«

Aus dem Flur auf der anderen Seite der riesigen Sicherheitstüren des Besprechungsraums hörte er etwas, das wie das Klingeln des Fahrstuhls klang. Frische Wachen, die ihre Schicht antraten. Vermutlich war es sinnlos, zu hoffen, dass man die Burger, die er auf Normans Rechnung bestellt hatte, nicht am Empfang abgefangen hatte. Die Vorstellung, wie Norman am Ende des Monats die unerwarteten Ausgaben von neununddreißig Dollar und fünfundneunzig Cent auf seiner Kreditkartenrechnung entdecken würde, entlockte ihm ein Lachen.

Langsam, wie bei einem undichten Wasserhahn, versiegte es wieder.

Gott, er brauchte ein Leben.

Offensichtlich stand ihm die Langeweile ins Gesicht geschrieben, da sich die beiden Wachen mit ihren heruntergeklappten Visieren ansahen.

Innerhalb des Gebäudes wusste jeder ab einem gewissen Level, wer Osborns Avengers wirklich waren. Victoria war die Einzige in Normans innerem Kreis, die alle mit ihren Codenamen anredete und zumindest versuchte, alles unter Verschluss zu halten. Bullseye hatte manchmal das Gefühl, Norman selbst war das völlig egal. Man bekam den Eindruck, er würde die Welt mit der Wahrheit verspotten, als wollte er es bekannt machen und sie herausfordern, sich näher damit zu befassen. Hätte Clint Barton jemals so ein Verhalten an den Tag gelegt, hätte ihm ein S.H.I.E.L.D.-Agent mit Freuden gesagt, er solle sich selbst darum kümmern. Bei Bullseye hingegen würde das keiner versuchen. Nicht, wenn man keinen Wert darauf legte, zum Feierabend Teile der eigenen Anatomie in einem Pappkarton nach Hause zu bringen.

»Ich geh zum Automaten«, verkündete der Rechte von ihnen.

Er ließ sein Gewehr sinken und hielt es mit einer Hand, während er seinen Ausweis am Schloss durchzog. Die Zugangskontrolle piepte und legte ein Tastenfeld frei, in das er einen Code eingeben musste. Nachdem er das getan hatte, öffnete sich die Tür und schloss sich hinter ihm, sobald er durch war.

Der andere Wachmann wich zur Wand zurück, hob seine Waffe und zielte auf Bullseyes Stuhllehne.

Bullseye hätte die Augen schließen können und wäre augenblicklich wieder im Thunderbolt Mountain.

Glückliche Tage.

Vom Korridor draußen hörte er ein elektrisches Krachen, das wie ein Kurzschluss klang, dann einen dumpfen Schlag, als würde ein schwer gepanzerter Körper auf dem Boden landen.

Sein Zimmergenosse zielte auf die Tür, während er sich zum Besprechungstisch zurückzog. »Ted?«, rief er. »Ted?«

Bullseye verschränkte die Hände im Nacken, lehnte sich zurück, konzentrierte sich wieder auf den Fernseher und kaute auf seinem Pappstrohhalm wie ein Landei auf seinem Grashalm.

Ted? Ernsthaft?

Nach einem weiteren Piepen öffnete sich die Tür. Dabei zitterte sie, als würde es sie nerven, den Prozess schon wieder zu durchlaufen. In der Spiegelung im glänzenden Gehäuse des Fernsehers sah Bullseye, wie ein Quartett von H.A.M.M.E.R.-Agenten mit erhobenen Sturmgewehren den Besprechungsraum betrat. Als würden sie auf eine Störung reagieren und den Raum sichern.

Sein Zimmergenosse ließ die Waffe sinken.

»Was ist …?«, brachte er noch hervor, bevor ihn einer der Neuankömmlinge betäubte.

Das Gewehr landete klappernd auf dem Boden, während der Wachmann hinter seinem Visier stöhnte und unter Krämpfen zu Boden ging. Blitze zuckten über seine Keramikbrustplatte. Ein anderer Agent stieß ihn mit dem Stiefel an. Er rührte sich nicht.

»Sucht die Kameras«, befahl ein dritter. »Leitet die Liveübertragungen um und …« Er stockte, als sich Bullseye in seinem Sessel zu ihnen umdrehte. »H… Hawkeye. Sir.« Die anderen erstarrten. Einer von ihnen salutierte verdattert, als wäre er sich nicht sicher, ob er das sollte oder nicht. Sie wirkten angespannt, soweit das bei so viel Panzerung überhaupt möglich war. Doch Bullseye wusste immer, wann jemand schwitzte. »Wir haben nicht … wir haben nicht damit gerechnet …«

Bullseye hob eine Augenbraue und biss auf seinen Strohhalm, wodurch das andere Ende nach oben kippte.

»Wir haben nur …«, begann der Agent, dann riss er seine Waffe hoch. »Ach, scheiß drauf!«

Vier militärische Sturmgewehre wurden auf Bullseye gerichtet, der darüber nur grinsen konnte.

Na endlich.

Etwas Unterhaltung.

Er spuckte den Strohhalm aus, was ihn zielsicher und mit genau der richtigen Kraft in Richtung der Kehle des Anführers beförderte, um die flexible Unterpanzerung zwischen dem Helm und der Körperpanzerung zu durchschlagen und dabei Speiseröhre und Luftröhre zu durchdringen. Der Agent sackte würgend zu Boden und griff nach dem harmlosen kleinen Pappröhrchen, das aus seinem Hals ragte.

Genau in diesem Moment eröffneten die drei anderen das Feuer.

Bullseye stieß sich mit einem Fuß ab, wodurch sich der Sessel umdrehte.

Das gepanzerte Gestell unter der dicken Polsterung und dem teuren Memoryschaum absorbierte den Großteil der einschlagenden Geschosse, während die eingebetteten Energiedämpfer, im Grunde Hightech-Stoßdämpfer, die elektrische Ladung aufnahmen und ableiteten.

Bullseye grinste noch breiter, die Restenergie, die Normans Sessel abgab, ließ seine Wangen schmerzen. Der Direktor war ein paranoider Trottel, und dafür liebte er ihn.

Noch während die Agenten Betäubungsgeschosse in die Rückenlehne des Sessels abfeuerten, stieß sich Bullseye bereits ab und rollte sich über den Tisch. Nach drei Vierteln des Weges bekam er die Fernbedienung des Fernsehers zu fassen, drehte sie mit einer geschmeidigen Bewegung um und schlug sie in seine offene Handfläche. Vier AA-Batterien kamen heraus. Er nahm sie wie ein Bühnenmagier bei einem Kartentrick zwischen die Finger, bevor er sie durch den Raum schleuderte.

Es gab zwei dumpfe Aufschläge, die im elektrischen Winseln der Schüsse aber kaum zu hören waren, zwei Schreie und zwei Agenten, die mit AA-großen Löchern für die Augen in ihren Visieren zusammensackten.

Noch einer.

Der letzte Agent betätigte fluchend einen Schalter an der Seite seines Gewehrschafts, um von Betäubungs- auf Festgeschosse umzuschalten, und wechselte dann auf Vollautomatik.

Bullseye schwenkte die Fernbedienung. »Oh, du solltest wissen, dass ich Lust hab zu spielen.«

Brüllend zog sich der Agent zur Tür zurück, während er Bullseye und alles im Umkreis von einem Meter mit Kugeln eindeckte. Bullseye lachte, als die Schüsse vom Besprechungstisch abprallten und die Stühle zerfetzten. Er schlug mit der

Fernbedienung Kugeln aus der Luft, bis der Agent durch die Tür war und den Korridor entlangflüchtete.

Er hob den lädierten Plastikklumpen und sah stirnrunzelnd zum Fernseher, enttäuscht, aber nicht völlig überrascht, dass in der Sendung noch niemand blutig ermordet worden war.

Fernsehen war vielleicht ätzend.

Mit einem schweren Seufzer warf er die nutzlose Fernbedienung beiseite und ging zurück zu seinem Sessel. Er war völlig unversehrt, wenn auch ein wenig erhitzt von der Menge an elektrischer Energie, die er absorbiert hatte. Er griff unter den Sitz und holte seinen Kompositbogen aus seiner Tasche. Er war schnell einsatzbereit, wenn man nur wollte. Er legte die Finger um das Oscorp-Logo auf dem Griff. Mit dem Bogen in der Hand marschierte er auf den Korridor hinaus.

Dort lagen ein Dutzend H.A.M.M.E.R.-Agenten betäubt auf dem Boden. Ein paar weitere hockten an der offenen Fahrstuhltür und überprüften offenbar den Puls von einem von ihnen.

Es war möglich, geradezu wahrscheinlich, dass der feindliche Agent bereits über die Nottreppe geflohen war, vielleicht sogar nach oben, um vom Dach abgeholt zu werden, statt den offensichtlicheren Weg nach unten zu nehmen.

Er schob die Zunge zwischen die Vorderzähne und holte tief Luft.

Worüber hatte Victoria an diesem Morgen noch so viel geredet?

Ach ja.

Er holte einen panzerbrechenden Pfeil aus dem automatischen Köcher, legte ihn an seine Bogensehne und zielte auf die am weitesten entfernte der Gestalten, die noch bei Bewusstsein waren.

Vorsicht ist besser als Nachsicht.

KAPITEL 12
Das Nervtötende an Plänen

Val und ihr Kollege fuhren mit dem Fahrstuhl von den medizinischen Forschungsabteilungen nach oben aufs Dach. Insgesamt dauerte die Fahrt etwa drei Minuten, vorausgesetzt, niemand rief unterwegs den Fahrstuhl. Der Lauf ihrer Waffe war auf den Boden gerichtet, ihr Helm hing an einem Haken an ihrer Hüfte. Würde sie ihn aufsetzen, hätte sie nur Venoms ranzigen Gestank in der Nase, und sie hatte sich bereits damit abgefunden, den nächsten Monat unter der Dusche zu verbringen. Ihr Kollege mit dem Codenamen Corm, ein Berg aus leise klappernder Ausrüstung, trat in ihrer nach oben fahrenden Kabine unruhig von einem Fuß auf den anderen. Sein Abzugsfinger zuckte nervös, seine Panzerung klackerte leise, aber beständig gegen den inneren Rand des Abzugsbügels seiner Waffe.

»Hör auf damit.« Ihre Stimme war kalt und gelassen, doch in den drei Worten lag eine gewisse Autorität. »Du machst mich noch nervös.«

Der Agent murmelte eine Entschuldigung und atmete tief durch, um dann sein Gewehr fester zu packen.

Val beobachtete wieder die wechselnden Stockwerkszahlen auf der Kontrolltafel und hörte über ihren Ohrhörer die eingehenden Berichte mit.

Die Teams Rot, Blau und Grün meldeten alle eine erfolgreiche Infiltration. Alle drei waren sicher zurück an Bord der *Leviatano*, nun warteten sie auf die Rückkehr der anderen.

Während sie den Gesprächen lauschte und zusah, wie die Anzeigen auf der Kontrolltafel des Fahrstuhls eine nach der anderen aufblinkten, tippte sie mit einem Finger gegen die Platten ihres Brustpanzers. Darunter befand sich eine Halskette. Sie war ein Geschenk von Il Duce an eine Großtante gewesen. Niemand in ihrer verbliebenen Familie hatte jemals viel darüber gesprochen. Einer der Diamanten in der Kette des Anhängers war herausnehmbar, was Val immer den Eindruck vermittelt hatte, dass sie in ihrer Familie nicht die erste Spionin war. Dieser Umstand war der Grund, warum sie ihre Großtante ein wenig wohlwollender betrachtete. An seiner Stelle befand sich ein Mikro-USB-Speicherchip, der fünfzehn produktive Minuten in Victoria Hands Laptop verbracht hatte, während die stellvertretende Direktorin damit beschäftigt gewesen war, die Suche nach Hashim zu koordinieren. Zeitgleich hatten Val und Corm auch »Spider-Man« ihren Besuch abgestattet.

Es ging einzig und allein um die Daten.

Alles andere diente nur dazu, mehrere rote Tücher zu schwingen, damit der Osborn-Bulle zu abgelenkt war, um nachzudenken und etwas zu bemerken.

Nach einer Weile runzelte sie die Stirn.

»Was ist los?«, fragte Corm.

»Das gelbe Team«, sagte Val. »Es hat sich noch nicht gemeldet.«

»Der Besprechungsraum?«

Sie drehte den Kopf zur Seite und legte die Hand auf ihr Ohr, um besser zu hören, was gesagt wurde. Ihr Stirnrunzeln vertiefte sich.

»Sir?«

»Hawkeye ist hier.«

»Hier im Gebäude?«

»Und in Bewegung. Das gelbe Team ist ausgeschaltet.«

Val hatte durch verschiedene ehemalige S.H.I.E.L.D.-Kollegen und Regierungskontakte erfahren, dass die Avengers nicht die waren, die sie zu sein vorgaben. Spider-Mans wahre Identität hatte sie durch Zufall von einem Mitarbeiter des medizinischen Personals erfahren, doch der Rest des Teams war nach wie vor unbekannt. Sie konnte nur vermuten, dass sie genauso schlimm oder noch schlimmer als Venom waren.

»Die Avengers sollten nicht mal in diesem Bundesstaat sein.«

Val fluchte in explizitem Russisch. Sie beherrschte zwei Dutzend Sprachen und betrachtete keine davon als ihre *Muttersprache*, doch zum Fluchen bevorzugte sie seit jeher Russisch. Sie hob den Blick zur Kabinendecke. Noch dreißig, vierzig Sekunden bis zum Dach und der Sicherheit der *Leviatano*. Wenn Hawkeye Amok lief, war es nur eine Frage der Zeit, vielleicht sogar weniger als die benötigten dreißig bis vierzig Sekunden, bis jemand zum Telefon griff und das Gebäude abriegeln ließ.

Ihre Gedanken rasten.

Sie musste eine Entscheidung treffen, obwohl jede ihrer Optionen zu wünschen übrig ließ.

Sie streckte die Hand aus und drückte den Knopf für die nächste Etage.

Die Türen aus gebürstetem Aluminium öffneten sich leise auf dem achtundsiebzigsten Stockwerk.

Agent Corm sah sie durch sein Visier an.

»Das ist das Nervtötende an Plänen.« Sie hob ihr Gewehr an die Schulter, legte die andere Hand an den Vordergriff, neigte den Kopf, um durch das Zielfernrohr zu sehen, und ging voran. »Die andere Seite hat immer ihre eigenen. Ab hier nehmen wir den langen Weg.«

Als sie den Fahrstuhl verließ, betrat sie eine riesige, offene Galerie, eine gläserne Piazza mit Bäumen in riesigen Pflanzkübeln und Stuckbrunnen. Gesprenkeltes Licht fiel durch zwölf Meter hohe, schräge Scheiben. Der Mittelbereich war von mehr als zehn Stockwerken mit Balkonen, Zwischengeschossen und Fenstern für die Chefetage gesäumt, während sich zwischen den fein säuberlich getrimmten Bäumen Promenaden hindurchschlängelten. Es war Innenarchitektur, die eine politische Aussage treffen sollte. Es war grandios, majestätisch … und völlig sinnlos. Könnte man Architektur wie einen Nachruf in der Zeitung lesen, dann stünde dort in fetter Kursivschrift »Tony Stark«. Es überraschte sie, dass Norman Osborn daraus noch nichts Nützliches und Funktionales gemacht hatte, und sie war unerwartet froh, dass es so war.

Auch Val neigte mehr als nur ein wenig zum Grandiosen, Majestätischen und Sinnlosen.

Sie hob den Lauf ihrer Waffe und ließ den Blick durch das Zielfernrohr über die von Pflanzen gesäumten Wege und Balkone schweifen. Es gab nur etwa eine Milliarde möglicher Winkel, um sich zu verstecken.

Langsam dämmerte ihr, dass sie einen Fehler gemacht hatte.

Ein Wimmern hallte durch das gewölbeartige Stockwerk.

Sie ließ ihr Gewehr sinken, während Corm hinter ihr die oberen Stockwerke abdeckte.

Val fluchte erneut. Es war elf Uhr morgens. Kaffeepause für die Büroangestellten. Da sie sich krampfhaft bemühten, möglichst leise zu sein, hatte sie sie zuvor nicht alle bemerkt, aber jetzt, da sie an den richtigen Stellen suchte, entdeckte sie sie. Hunderte von Schreibtischtätern und Hinterzimmermitarbeitern kauerten unter Essenswagen und Picknicktischen. Eine Handvoll H.A.M.M.E.R.-Sicherheitsagenten lag von Pfeilen durchbohrt auf der Piazza oder über Tische verstreut. Ein weiterer dümpelte mit dem Gesicht nach unten in einem Brunnen.

Einer, nicht weit vom Fahrstuhl entfernt, hing an einem Baum. Der Pfeil in seiner Brust hatte sein Herz durchbohrt.

»Hawkeye«, murmelte Corm.

Er wurde wieder nervös.

Val nahm ihm das nicht übel. Sie hatte einen *wirklich* schrecklichen Fehler gemacht.

Sie war bereit, den Befehl zum Rückzug zu geben und die nächsten vierzig Sekunden im Fahrstuhl zu riskieren, als Corm etwas sagte, das wie »Hrrk« klang. Als sie sich umdrehte, sah sie, wie er versuchte, den Kopf zu neigen, um den Pfeil anzusehen, der aus seinem Hals ragte. Er sackte gegen die Wand und rutschte blutverschmiert daran zu Boden.

Val wirbelte herum, verfolgte instinktiv die Flugbahn des Pfeils und hob das Zielfernrohr ihres Gewehrs wieder vor ihr Auge. Sie entdeckte den Bogenschützen. Er hockte hinter einem Zwischengeschossgeländer im Halbschatten eines überquellenden Pflanztopfs. Sein Bogen war gespannt, die Vergrößerung ihres Zielfernrohrs zeigte ihr jede Einzelheit.

Die geflügelte Halbmaske, die die obere Hälfte seines Gesichts verdeckte, tat nichts, um das höhnische Grinsen auf seinen Lippen oder die erbarmungslose Freude in seinen Augen zu verbergen.

Seine Lippen formten Worte.

Val las sie durch das Zielfernrohr.

»Hallo, Süße.«

•

Wie Bullseyes Vater immer gesagt hatte, bevor er ihm beide Beine gebrochen und ihn bei lebendigem Leib verbrannt hatte, war er zwar ein Psychopath, aber nicht dumm. Er hatte gewusst, sollten sich im Gebäude noch mehr Eindringlinge aufhalten, konnten sie inzwischen überall sein. Er konnte nicht überall gleichzeitig sein, genauso wenig konnte er einfach von Zimmer zu Zimmer gehen und jeden töten, allerdings kannte er das Gebäude und wusste, wie er seine Chancen nutzen konnte. Beispielsweise wusste er, dass die siebzigste bis neunundachtzigste Etage eine Schießbude war. Er hätte sich jedes beliebige Stockwerk aussuchen können und ein wahres Buffet an verfügbaren Zielen vorgefunden.

Sein Vater wäre in diesem Moment so stolz auf ihn gewesen.

Wäre da nicht die Sache mit den gebrochenen Beinen und dem Verbrennen gewesen, versteht sich.

Er schickte seinen Pfeil auf die Reise und schoss ihn absichtlich neben dem Auge der Frau in die Wand, was sie dazu zwang, sich zu ducken und ihr Gegenfeuer breit zu fächern. Kugeln mittleren Kalibers prallten vom Geländer ab und verwandelten die Blumenampel neben ihm in eine feuchte Explosion aus Keramikscherben und Erde, während Bullseye gackernd lachend über das Geländer sprang und in einen Kopfsprung überging. Er fiel drei Stockwerke in die Tiefe, brach durch Äste, vollführte einen doppelten Salto und kam inmitten eines Blätterregens mit einer Rolle auf dem Boden auf. Die Bürodrohnen kamen kreischend unter den Tischen, unter denen sie sich versteckt hatten, heraus und verstreuten sich. Seine Rolle brachte ihn wieder auf die Beine. Die Frau kämpfte einen Moment lang mit ihrer Waffe und war noch immer damit beschäftigt, die abrupte Veränderung ihrer Positionen zu verarbeiten. Grinsend warf Bullseye seinen Bogen weg. Er war eine Zwangsjacke, einengend. Er konnte ihn nicht ausstehen. Er wollte das Haar dieser Frau riechen, während er ihr die Kehle aufschlitzte.

Er wollte ... seiner Kreativität freien Lauf lassen.

Bullseye sprintete los und nahm die Treppe vom siebenundsiebzigsten Stockwerk hinauf zum Fahrstuhl im achtundsiebzigsten. Die Frau stürmte bereits auf ihn zu, wobei sie ihr Gewehr wie einen Knüppel schwang.

Bullseye fing die Waffe mit seiner Unterarmschiene ab und schlug nach ihrem Gesicht. Sie riss den Ellbogen ihrer Führungshand hoch und traf seine Elle, um dann seine Faust zu packen und über ihre Schulter zu ziehen. Sie drehte sich wie eine Turnerin und hob ihr hinteres Bein, um ihm einen Fersentritt gegen das Brustbein zu verpassen. Er stolperte mit einem keuchenden Lachen die Treppe hinunter, dankbar für seine leichte Panzerung, da sich die Frau erneut drehte, um ihm einen Tritt gegen den Kopf zu schmettern. Er duckte sich geschickt nach hinten weg und ließ ihn über seiner Brust ins Leere laufen. Sie setzte mit dem Gewehrkolben nach. Er drehte sich zur Seite, um ein kleineres Ziel zu bieten, während sein Arm an der Innenseite des Gewehrschafts entlangglitt und ihn weit nach unten drückte. Im selben Moment betätigte sie den Abzug.

Der Lärm eines ganzen Magazins, das in den Boden abgefeuert wurde, war enorm und der Beschuss aus nächster Nähe ließ Splitter aus den Parkettfliesen aufwirbeln, wie ein gelangweiltes Kind am Strand, das in den Sand trat. Die Frau ließ das Gewehr los und schlug mit der Handkante nach Bullseyes Kehle. Er fing sie mit einem Unterarm ab. Ihre Arme verschränkten sich. Sie rammte ihm ein Knie in die Leiste. Er stemmte sein Schienbein gegen ihr Bein. Sie knurrte ihn über ihre verschränkten Arme hinweg an. Ihr Gesicht war vom Staub ganz weiß, was fast die weiße Strähne verdeckte, die sich durch ihr schwarzes Haar zog.

Durch zusammengebissene Zähne zischte Bullseye: »Ich werd Norman fragen, ob ich dich behalten darf.«

»Ich kenne kleine Jungs wie dich. Ihr wartet immer auf Papis Erlaubnis.«

Plötzlich wütend fletschte er die Zähne, fast unmittelbar danach folgte ein erstickter Aufschrei, als sie sich wie beim Judo fallen ließ und ihn mitriss. Die Frau landete auf den glatten Fliesen und nutzte den Aufprall, um seinen Griff zu lockern und Bullseye über ihre Schulter zu werfen, woraufhin er weitaus schmerzhafter auf der Treppe landete.

Die Agentin stand schwer atmend über ihm, die auf ihn gerichtete Beretta M9 lag sicher in ihrem zweihändigen Griff.

»Hat dir schon mal einer gesagt, dass du kämpfst wie ein M…«

Die Neun-Millimeter-Kugel schlug in seine Stirn ein, bevor er seinen Satz beenden konnte. Sein Hinterkopf knallte auf die Stufe, der Rest seines Körpers zuckte. Seine Arme peitschten auf die Treppe.

Dann lag er reglos da.

Keuchend ließ die Frau die Pistole sinken.

Bullseye hustete, er konnte sein Lachen nicht länger unterdrücken. Er genoss den ungläubigen Blick der Frau, als er den Kopf hob und sich das bisschen Blut von der Augenbraue wischte. »Adamantium-Skelett«, sagte er, während er ein Taschenmesser aus seinem Gürtel zog. »Und du?«

KAPITEL 13
Gefahren und Möglichkeiten

Val verpasste Hawkeye zehn Schüsse in die Brust, bevor sie beschloss, zu flüchten und sich durch die panische Menge der zivilen H.A.M.M.E.R.-Mitarbeiter zu drängen. Während sie rannte, drehte sie sich um und gab zwei hastige Schüsse aus ihrer Beretta ab. Die Kugeln trafen eine Frau in grauem Anzug und Krawatte, zerrissen ihren Blazerärmel und schleuderten sie in einen Imbisswagen, während ihr eigentliches Ziel in die Deckung eines Taco-Wagens rutschte. Sie zischte frustriert, als sie das Magazin auswarf, um ein neues in den Griff der Waffe zu rammen. Er war verletzt, davon war sie überzeugt, da er sich langsamer bewegte und weniger lachte. Vielleicht hatte er Adamantium auf den Knochen, eingepackt war das Ganze jedoch in Fleisch und Blut, und er heilte genauso langsam wie jeder andere Mensch.

Sie konnte es noch bis zum Dach schaffen.

Eine Treppe führte hinauf zu einem promenadenartigen Zwischengeschoss, wo sich Restaurants drängten. Sie war mit einem massiven Geländer versehen, das die Sicht auf den Boden verdeckte. Sie flüchtete dorthin und rutschte die letzten Meter über den Boden, bevor sie in die Deckung des Geländers rollte und auf Händen und Knien in die nächste Etage hetzte.

Oben angekommen sackte sie gegen das Geländer und atmete kurz durch.

Sie konnte es noch schaffen.

Beim Aufstehen drehte sie sich um, warf einen Blick über das obere Ende des Geländers und zuckte zurück, als sich eine Plastikgabel in das undurchsichtige Glas bohrte.

Hawkeye machte sich brüllend über sie lustig.

Val widerstand dem Drang, Raazer zu rufen. Sie machte sich keine Sorgen, ob sie entkommen würde, aber sie verspürte das brennende Verlangen, *diesen Kerl* zu töten.

Sie feuerte, ohne zu zielen, über das Geländer, achtete nicht auf die heraufhallenden Schreie, hielt den Kopf unten und eilte in Richtung Fahrstuhlschacht. Ihr Gewissen war hauptsächlich Fassade, ein Accessoire, um damit das richtige Kleidungsstück oder den richtigen Anlass zu ergänzen. Sie beruhigte es mit dem Wissen, dass hier niemand wirklich unschuldig war. Im Gegensatz zu Raazer genoss sie die Kollateralschäden nicht. Aber auf ihre eigene kleine und unbedeutende Art und Weise unterstützten diese Leute alle Norman Osborns Herrschaft.

Hinten, in einem noblen Burgerrestaurant, hinter dessen Fenstern verängstigte Gesichter zu sehen waren, fand sie die schlichte, beige Tür versteckt, nach der sie gesucht hatte.

Sie stürmte ungebremst hindurch, riss den Riegel aus dem Schließblech und stürmte in ein Wartungstreppenhaus.

Sie zielte mit der Beretta nach oben. Dann nach unten.

Das Treppenhaus war leer.

Mit einem Tritt schloss sie die aufgebrochene Tür hinter sich, damit sie einem beiläufigen Blick standhielt, und sprintete die Treppe hinauf. Sie atmete schwer. Ihre Oberschenkel brannten. Ihre geliehene Schutzkleidung klapperte so laut, dass sie befürchtete, jeden einzelnen H.A.M.M.E.R.-Agenten auf sich aufmerksam zu machen. In Norman Osborns Haus einzubrechen und sich mit seinen Avengers anzulegen war nie einfach, doch wenn sie geahnt hätte, dass sie auf Hawkeye treffen und sich dann den Weg freischießen würde, hätte sie Hashim aus dem Bett gezerrt, Sirocco und Majid aus Afrika abberufen und alles aufgeboten, was ihr zur Verfügung stand. Es wäre einfach gewesen, sich selbst die Schuld an dem Ganzen zu geben, aber die Welt war eben unvorhersehbar. Es kam nur darauf an, was sie tat, um diesen Fehler zu korrigieren.

Vier Stockwerke höher rammte sie schwer keuchend eine zweite Tür auf.

Die Wartungstreppe führte bis in die neunundachtzigste Etage und endete nur ein Stockwerk unter den Wohnungen auf der Dachterrasse, die von hochrangigen H.A.M.M.E.R.-Mitarbeitern wie Direktor Osborn und der stellvertretenden Direktorin Hand bewohnt wurden. Zusätzlich befanden sich hier noch die Wohn- und Schulungsräume der Avengers. Aber der direkte Ausgang in die neunundachtzigste Etage war zu offensichtlich, abgesehen davon war sie bereits von ihrem Kampf mit Hawkeye und ihrer Flucht erschöpft. Es war besser, hier die Treppe zu wechseln und einen anderen Weg aufs Dach zu finden.

Die Tür führte auf eine weitere Promenade. Die Sicherheitsbarriere verlief in einer anmutigen Kurve, wobei Kirschblüten und Weidenwedel über ein stählernes Geländer hingen. Von der tiefer gelegenen Piazza hallte das Plätschern der Springbrunnen herauf und dämpfte die Schreie der Verletzten. Auf den in den Gang ragenden Schildern der verschiedenen Geschäfte prangten die Logos von Banken. Es gab ein Reisebüro und ein paar Friseursalons. Der Stark Tower war wie ein internationaler Flughafen oder ein Krankenhaus. Man könnte hier sein ganzes Leben verbringen, ohne New York jemals zu betreten.

Manche taten das sogar.

Als sie von der Promenade vor ihr ein mechanisches Summen hörte, zog sie sich in den Säulengang vor einer Bank zurück und presste die Beretta an die Brust.

Es näherte sich. Sie hörte auch Stimmen, die eine war ruhig und elektronisch, die andere gehörte einer verängstigten Frau. Es klang, als würde sie streiten, allerdings auf diese entmutigte Art, wie man das vielleicht mit einem verblichenen Foto oder einem Grabstein tat. Als würde das Gegenüber nie widersprechen, aber auch nie Zugeständnisse machen.

Val zog sich weiter in den Schutz der Säulenhalle zurück.

Noch konnte sie umkehren, aber sie wusste nicht, wohin, und ihr war nur allzu bewusst, dass sich Hawkeye noch irgendwo herumtrieb. Stöhnend löste sie sich aus dem Eingangsbereich der Bank, wobei ihr das erschöpfte Stolpern weitaus leichter fiel, als ihr lieb war. Sie ließ die Pistole sinken und wischte sich mit dem Ellbogen die Mischung aus schimmernden Splittern der Parkettversiegelung und Schweiß aus dem Gesicht. Keine der näher kommenden Stimmen klang wie Hawkeye und für jeden anderen wäre sie nur eine weitere verletzte H.A.M.M.E.R.-Mitarbeiterin, die vor der Schießerei auf dem siebenundsiebzigsten Stockwerk floh.

Aus dem künstlichen Garten vor ihr kam eine goldene Kugel geschwebt. Sie zog flexible Kabel hinter sich her, als wäre sie eine Roboterqualle. Das große, zentrale Auge tauchte das umliegende Blattwerk und den unmittelbaren Boden in eine Pfütze aus krankem, teuflischem Rot.

<<Es ist eine aktive Schießerei im Gange, Misses Reynolds. Ich setze mich mit meinen Unterfunktionen im Watchtower in Verbindung und rufe einen Turbovator zu diesem Standort.>>

Tony Stark hatte einmal die beinahe paranormale Kontrolle beschrieben, die der Watchtower über den Rest des Gebäudes hatte. Der Witz war, genau aus diesem Grund hatte ihm die Stadt die Immobilie so günstig überlassen.

»Einen Haarschnitt, CLOC«, beschwerte sich die andere Stimme. »Mehr wollte ich nicht. Einen Haarschnitt und einen Kaffee, ohne dass *er* was davon erfährt.«

<<Es tut mir leid, Misses Reynolds. Ich prognostiziere eine zweiundneunzig-Komma-drei-prozentige Wahrscheinlichkeit, dass das Gebäude morgen um diese Zeit nicht angegriffen wird.>>

»Siehst du denn nicht, wie sehr er sich verändert hat, seit er wieder hier ist?«

<<Es tut mir leid, Misses Reynolds, aber meine Programmierung erlaubt es mir nicht, über Mister Reynolds' psychischen Zustand zu spekulieren.>>

»Er sagt, er macht sich Sorgen um mich, CLOC. Aber es ... macht mir Angst. Er wird zurückkommen, ich weiß es. Void.«

<<Vielleicht kann ich etwas beruhigende Musik für Sie spielen.>>

Hinter dem Roboter tauchte eine Frau auf.

Sie war Mitte bis Ende vierzig mit sandfarbenem Haar, trug ein rosa Tanktop und eine gemusterte Jogginghose, als wäre sie auf dem Weg ins Fitnessstudio. Als wäre sie bereit zum Joggen. Trotz ihres starken Make-ups waren die dunklen Ringe unter ihren Augen deutlich zu erkennen, was auf schlaflose Nächte und lange, unruhige Tage hindeutete.

Val blieb abrupt stehen.

In ihrem Verstand nahmen die Gefahren und Möglichkeiten, die dieser Moment mit sich brachte, Gestalt an. Sie kannte diese Frau. Sie waren sich nie begegnet, trotzdem kannte sie sie von tausend Titelseiten und aus den Online-Klatschspalten.

Das war Lindy Lee-Reynolds.

Sentrys Ehefrau.

»Mein Gott«, keuchte Lindy bei Vals Anblick. »Sind Sie verletzt?«

<<Bitte nähern Sie sich ihr nicht, Misses Reynolds.>>

»Siehst du nicht, dass sie verletzt ist?«

CLOC brummte aggressiv, die Tentakel richteten sich wie das Fell einer Katze auf und zuckten. *<<Die Gesichtserkennungsalgorithmen liefern unter den aufgelisteten Mitarbeitern keinen Treffer für diese Person. Außerdem ist die Beretta M9 keine Standardwaffe für H.A.M.M.E.R.-Agenten. Ich errechne eine fünfundneunzig-Komma-sechs-prozentige Wahrscheinlichkeit, dass diese Person ein Eindringling ist. Bitte warten Sie, während ich den Sicherheitsdienst des Gebäudes informiere und Mister Rey...>>*

Val schoss dem Ding in die zentrale Kugel, bevor es seinen Satz beenden konnte.

Sie drückte immer wieder ab, die Geschosse schlugen an der Metallhülle Funken, bis die Kugel mit einem hohlen Klirren zu Boden fiel und einen Haufen Tentakel über ihren beschädigten goldenen Kern sanken.

Mit einem erschrockenen Keuchen schlug Lindy die Hände vor den Mund und sah auf die zerfetzte Maschine hinunter. Dann tat sie etwas, von dem Val nicht gedacht hätte, dass ein Mensch dazu noch in der Lage wäre.

Sie überraschte sie.

»Ich habe mal versucht, CLOC zu töten«, verkündete Lindy. »Er bleibt nicht tot. Der Watchtower wird einen anderen schicken, und dann ruft er meinen Mann.«

»Ich habe nicht vor, so lange zu bleiben«, sagte Val, die sich bereits um den ausgeschalteten Roboter und die Frau herumbewegte und sich auf den Weg zur nächsten Treppe machte.

Lindy gab sich mit einmal nicht zufrieden und überraschte sie ein weiteres Mal. Als sie vorbeiging, packte sie Vals Arm. »Nehmen Sie mich mit.«

Val konnte sie nur anstarren. »Was?«

»Bitte.« Sie sah Val flehend in die Augen. »Bevor er zurückkommt.«

»Ihr Mann?«

»Void.«

»Wer ist Void?«

»Bitte«, wiederholte Lindy.

»Sie wissen doch gar nicht, wo ich hinwill. Oder wer ich überhaupt bin.«

»Das ist mir egal. Ich will nur ... bitte.« Sie ließ Vals Arm los. »Ich kann einen Turbovator herbeirufen. Ich kann Sie in diesem Gebäude überall hinbringen, wo Sie hinwollen. Nur ... bring Sie mich von hier weg.« Sie sah aus, als würde sie jeden Moment an der Anstrengung, ihre Tränen zurückzuhalten, zerbrechen.

Val war sich sicher, dass sie das letztendlich bereuen würde.

»Na schön.« Sie legte der Frau den Arm um die Schultern und führte sie von dem ermordeten Roboter weg. »Rufen Sie uns einen Turbovator und bringen Sie uns aufs Dach. Dann werde ich Sie vor Void beschützen.«

•

Bullseye versuchte, die Blutung der Darmwunde zu stillen. Rotes Blut und dunkle Galle sickerten zwischen seinen Fingern hervor. Er vermutete, dass das wahrscheinlich schlecht war. Mit schmerzverzogenem Gesicht spähte er hinter dem dicken Stamm einer eingetopften Weide hervor und beobachtete, wie sich Sentrys Frau zusammen mit dem Eindringling davonmachte. Er dachte ernsthaft darüber nach, sie einfach beide zu töten, denn nach seinem vermasselten freien Tag war er sich ziemlich sicher, dass er sich das verdient hatte. Aber das hier war *so* viel besser.

Sentrys tragische kleine Prinzessin, die sich freiwillig entführen ließ, anstatt in ihren Turm zurückzukehren.

Das war unbezahlbar. Fast so gut, wie sie aufzuschneiden und am Balkon aufzuhängen, damit ihr Mann sie finden konnte. Und er musste dafür nicht mal aufstehen.

Er konnte es gar nicht erwarten, es allen zu erzählen.

Er schob das Messer zurück in seine versteckte Tasche, stemmte sich auf die Füße und humpelte zum nächsten Fahrstuhl.

Schließlich litt er unter außerordentlich starken Schmerzen.

Aber er war glücklich.

•

Die Türen des Turbovators öffneten sich und entließen Lindy und Val auf das Dach. Der Wind peitschte ihnen entgegen, als hätte der Watchtower ein letztes Verteidigungsprotokoll aktiviert, um sie in den Turbovator zurückzudrängen, bis CLOC wieder die Kontrolle übernehmen und ihre Flucht verhindern konnte.

Auf der Rollbahn heulten die Triebwerke der CANSA auf. Der Pilot hatte sie für einen schnellen Start laufen lassen, doch gerade als der letzte Agent eintraf, schoss Feuer aus den horizontalen VTOL-Düsen.

Drei Agenten warteten mit feuerbereiten Waffen am Fuß der Rampe, als der Düsenstrahl über die getönten Scheiben ihrer Visiere flimmerte. Zwei stürzten zurück in das Flugzeug. Der dritte eilte auf das Dach, den beiden Frauen entgegen. Ohne Fragen zu stellen, zog er sich Lindys anderen Arm über die Schulter und half den beiden die Rampe hinauf und in das Flugzeug.

Während sie Lindy dem anderen Agenten überließ, klopfte Val an die Decke und rief ins Cockpit: »Hawkeye ist auf dem Weg und es besteht die Möglichkeit, dass Sentry sehr bald alarmiert wird. Bring uns sofort hier weg.«

»Verstanden«, rief der Pilot.

Wenn es eine Bedrohung gab, die jeden zur Eile anspornte, dann war es Sentry.

Während das Flugzeug senkrecht abhob, wurde die Rampe hochgezogen.

Val hielt sich an einem Griff an der Decke fest, um nicht aus der Öffnung zu fallen, bevor sich das Flugzeug stabilisierte und alle Luken dicht waren.

Erleichtert stieß sie den angehaltenen Atem aus, bevor sie nach hinten zurückging. Lindy saß mit dem Rücken an eine leere Sitzreihe gelehnt im Gang. Sie keuchte, war kurz vor dem Hyperventilieren. Val wusste nicht, ob es Stress war oder einfach nur Erleichterung. In diesem Moment erlaubte sie sich, ein wenig Ehrfurcht vor Lindy Lee-Reynolds zu empfinden.

Wie viel Mut es verlangen musste, vor einem so mächtigen Mann wie Sentry zu flüchten.

Val zuckte erschrocken zusammen, als sich Black Raazer aus dem Schatten löste, den der Verlust des gelben Teams über den leeren Sitzplätzen hinterlassen hatte. Er ging neben der Frau in die Hocke. Ein ausgedörrter Finger streckte sich nach ihrem Gesicht aus, blieb jedoch kurz davor in der Luft hängen, als würde ihn die menschliche Wärme ihrer Haut abstoßen. Der rote Schimmer seiner Augen erinnerte sie an CLOC, aber der Zauberer strahlte kein Licht aus, das über die Grenzen seiner Kapuze hinausreichen konnte.

»Du hast *seine Frau* mitgenommen.«

»Ich weiß. Du musst noch mal zaubern, um ihre Aura zu verbergen, so wie du es bei uns gemacht hast.«

»Das ist anders. Wir sind für ihn wie Schatten. Es gibt keinen Zauber, der ihn davon abhalten könnte, sie früher oder später zu finden. Und damit auch uns.«

Val war dem Zauberer zum ersten Mal während einer Mission im Zagrosgebirge begegnet. Er hatte irgendwo an der Grenze zwischen der Türkei und dem Irak allein in einem verlassenen zoroastrischen Tempel gelebt. Er hatte ihr geholfen, die Hydra-Zelle ausfindig zu machen, hinter der sie her gewesen war, und im Gegenzug hatte sie es versäumt, den Bericht einzureichen, der es ihren Vorgesetzten ermöglicht hätte, ihn im Auge zu behalten. Sie hatte gewusst, dass jemand mit seinen Fähigkeiten und seiner völligen Seelenlosigkeit eines Tages von Nutzen für sie sein würde.

Sie hatte ihn noch nie so gehört. Man hätte fast meinen können, er hätte Gefühle.

Echte Angst.

Lindy murmelte verzweifelt vor sich hin, griff nach dem Gewand des Zauberers und bekam eine Handvoll des zerfallenden Stoffs zu fassen. Als könnte man den Augen eines Toten Mitleid abtrotzen.

»Bitte«, sagte sie immer wieder, wiederholte es wie ein Gebet. »Bitte, bitte …«

»Wir werden sie nicht zurücklassen«, entschied Val.

»Ich dachte, du wärst stark. Vielleicht bist du zu emotional, um diesen Kampf zu führen.«

Die CANSA geriet in Turbulenzen, als sie über dem Long Island Sound den Atlantik erreichte und in Richtung Osten flog. Val musste sich stärker festhalten und sie spürte, wie sich ihre ohnehin schon strapazierte Geduld erschöpfte. »Du bist zweieinhalbtausend Jahre alt und hast das gesamte zwanzigste Jahrhundert an die Schwarze Klinge von Bagdad gebunden verbracht. Deshalb lasse ich dir diese Bemerkung dieses eine Mal durchgehen.«

Sie spürte das unsichtbare Grinsen.

In einem anderen Leben war Raazer wahrscheinlich ein Mann gewesen, der sich an Konflikten erfreut hatte, egal in welcher Form und welchen Ursprungs sie waren. Er war auf ihrer Seite, vermutlich ihr mächtigster Verbündeter, aber sie war heilfroh, dass er technisch gesehen tot war.

»Ich entschuldige mich, *Khala*. Du bist unsere Anführerin. Aber ich habe nicht unrecht.«

Val zuckte mit den Schultern. Sie war müde. Die Mühe, sich Worte zurechtzulegen und sie auszusprechen, kostete mehr

Kraft, als sie aufzuwenden bereit war. »Ich verstehe, wenn du es nicht kannst, Raazer. Selbst Stephen Strange ist schließlich gescheitert, als er versucht hat, Sentry auszutricksen.«

Raazer schwieg eine ganze Weile.

Für ein zwei Jahrtausende altes Gespenst war er ein äußerst unkomplizierter Mann.

»Ich habe nicht gesagt, dass ich es nicht kann«, fauchte er. Er drehte seine leere Kapuze zur Seite, senkte den Blick auf die verängstigte Frau im Gang und vollführte über ihrer Brust eine Reihe arkaner Bewegungen. »Ich sagte, dass es nicht lange halten wird.«

KAPITEL 14

Die Macht von einer Million explodierender Sonnen

»Ja, Mister President.« Osborn schaltete seine Stiefel-Repulsoren ab und schlug mit der vollen, Beton spaltenden Kraft seines Unmuts auf. »Nein, Mister President.« Mit einem gefährlichen nuklearen Brummen richtete sich der Iron Patriot auf, schaltete die Handflächen-Repulsoren aus und ließ den Blick durch die blinkenden, tanzenden, spöttischen Anzeigen des HUDs über das Dach schweifen.

Flugunfallermittler in flatternden Windjacken klebten Bereiche ab und taten ihr Bestes, um den Löchern auszuweichen, die Sentry bei seiner kopflosen Suche nach seiner Frau bereits aus dem Beton gerissen hatte. Forensische Teams in lila Oscorp-Überziehern entnahmen Ölproben von den Landebahnen, nahmen Messungen vor, untersuchten Türverkleidungen auf Fingerabdrücke, führten mit tragbaren Chromatografen und Feldspektrometern vorläufige Analysen durch und fluchten in der wortgewandten Art, die die Wissenschaftler sich angewöhnt hatten, wenn ein Beben des Watchtowers wieder einmal ihre Instrumente störte.

Ein vollständiges H.A.M.M.E.R.-Bataillon, komplett mit Panzer- und Flugabwehrunterstützung, überwachte die Arbeit. An der östlichen Ecke stand ein Raketenpanzer. Zwei Männer saßen in einer erhöhten Kuppel an der Steuerung, als wären sie für das am stärksten modifizierte Kettenfahrzeug der Vereinigten Staaten verantwortlich. Ein technischer Unterstützungsoffizier mit einer Smartbrille machte irgendetwas Kompliziertes mit einer riesigen Radaranlage, die man sich von H.A.M.M.E.R.s Schwesterorganisation S.W.O.R.D. »ausgeliehen« hatte. Sie war für die Überwachung des erdnahen Weltraums nach außerirdischen Schiffen vorgesehen und tastete Manhattans Skyline nach einem getarnten Flugzeug ab.

Sofort kamen Norman die Worte Pferd, Stalltür und ausgebüxt in den Sinn.

Mit einem erschöpften Knurren schloss er die Augen.

Die Anrufer-ID auf seinem HUD leuchtete durch seine Augenlider hindurch.

Die Stimme des einzigen Mannes auf der Welt, der die Macht hatte, Norman Osborn die Hölle heißzumachen, plärrte in sein Ohr.

»Wir untersuchen immer noch, was passiert ist, Mister President.«

Es war kaum vorstellbar, dass sein Morgen so gut begonnen hatte. Der Marsch für die Rechte der Mutanten durch Chicago war schon nach der kleinsten Provokation gewalttätig geworden. Der Bürgermeister der Stadt und der Gouverneur des Staates Illinois waren beide live im Fernsehen zu sehen gewesen und hatten den Iron Patriot und seine Avengers für den Schutz ihrer Straßen vor der Gesetzlosigkeit der Mutanten gelobt. Nur ein paar wenige Sender an der Ostküste berichteten noch immer über Ares' Amoklauf in Midtown und die Sicherheitsaufnahmen, die Bullseye aus dem Büro des *Bulletin* geholt hatte, waren nirgendwo sonst aufgetaucht. Norman erlaubte sich die Hoffnung, dass es sich tatsächlich um die einzige im Umlauf befindliche Kopie gehandelt hatte.

Nach östlicher Standardzeit war es Mittag.

Sein guter Morgen war Schnee von gestern.

Mit einem ungeduldigen Gähnen öffnete er die Augen, verzog den Mund und versuchte, die Anspannung aus seinem Gesicht zu vertreiben.

Im HUD, gleich neben der Kommunikationsanzeige, pulsierte mit Zen-artiger Hartnäckigkeit eine Kalendernotiz, die ihn daran erinnerte, vor dem Frühstück zwei Minuten lang bewusst zu atmen. Er hatte die Notiz bereits sechsmal stumm geschaltet. Sieben Mal. Fast augenblicklich nahm der nächste Punkt auf der Liste der Aktivitäten seines Therapeuten den leeren Platz ein. Schreiben Sie eine positive Sache auf, die Ihnen heute bisher passiert ist, hieß es da.

Als er das las, verdrehte er schnaubend die Augen.

Er hasste Therapien. Medikamente waren ihm lieber. Aber regelmäßige Termine bei einem staatlichen Psychiater, der nicht Moonstone war, waren Victoria Hands einzige Bedingung gewesen, als sie den Posten als stellvertretende Direktorin angenommen hatte.

»Ja, Mister President, ich erinnere mich an den Barton-Vorfall. Und an den Spider-Man-Vorfall. Jetzt, wo Sie es erwähnen, Mister President, erinnere ich mich sogar an Furys Einbruch in den Tower. Ich erinnere mich auch daran, wie Sie ins Oval Office kamen und der Colonel mit den Füßen auf dem Resolute Desk und mit Ihrem Scotch in der Hand in Ihrem Sessel saß. Ich schreibe Ihnen nicht vor, wie Sie die freie Welt zu führen haben, und ich würde es zu schätzen wissen, wenn Sie mir nicht vorschreiben, wie ich diese Welt vor Kriminellen wie Fury zu schützen habe.«

In der oberen linken Ecke des HUDs blinkte ein Alarm, der auf eine erkannte Bedrohung hinwies.

Osborn drehte sich um und sah nach oben.

Ein Windstoß traf ihn, danach folgte das mühelose Aufsetzen einer kontrollierten Landung, als eine teilweise transparente Moonstone neben ihm auf dem Dach erschien. Ihr roter Umhang legte sich nur langsam über ihre Schultern, als würde er am liebsten weiterfliegen.

Als CLOCs Alarm sie erreicht hatte, hatten sie sich zusammen mit dem Quinjet gerade über Indiana befunden. Osborn war noch dabei gewesen, den Alarm zu verdauen, Miss Hand wegen ihrer untypischen Nachlässigkeit anzuschreien, weil sie zugelassen hatte, dass jemand in den Turm eingedrungen war, und sich davon abbringen zu lassen, Lesters Hinrichtung zu befehlen, als Sentry einfach verschwunden war. Es hatte kurz gefunkelt, dann war ein Donnerschlag wie von hundert Überschallknallen gefolgt, die sich zu einer einzigen Schockwelle verdichtet hatten und den Quinjet fast hätten abstürzen lassen. Sentry war einfach verschwunden, ein goldener Kondensstreifen, der über dem östlichen Horizont davonraste.

Osborn hatte jede verfügbare Akte über Sentry gelesen, ein paar davon, die eigentlich gar nicht existierten, und andere, die sein Vorgänger versucht hatte, zu verbergen oder zu vernichten.

Er wusste, dass Sentry schnell war.

Es war die *Beschleunigung*, die ihn dermaßen schockiert hatte.

Osborn hatte keine Ahnung, wo die Höchstgeschwindigkeit der Mark-25-Rüstung lag, auf alle Fälle jenseits der theoretischen Toleranzgrenzen, die in den technischen Schemata vermerkt waren, allerdings war er schon mit weit mehr als Mach 8 geflogen. Trotzdem konnte er nicht mal annähernd mit Sentry mithalten.

Der Quinjet war eine gute halbe Stunde hinter ihnen. Wahrscheinlich näherte er sich gerade Pittsburgh.

Nur Moonstone verfügte in ihrer körperlosen Form über die Geschwindigkeit, um mit ihm mitzuhalten.

Zumindest beinahe.

Er drehte sich zu ihr um. »Die Satelliten- und Gebäudeüberwachung hat Sentry beim Betreten des Watchtowers erfasst. Wir wissen, dass er da drin ist. Wir können spüren, dass er da drin ist. Du musst ihn finden und ihm sagen, dass wir alles Menschenmögliche tun, um sie zu finden und zurückzuholen. Und wenn er wirklich nicht anders kann, als etwas zu zerstören, dann versuch, ihn dazu zu bringen, das auf den Watchtower zu beschränken.«

Moonstone lachte, als sie körperliche Form annahm, ihre Konturen greifbarer, die Farben ihres Kostüms kräftiger wurden und die Strähnchen in ihrem Haar hervorgehoben wurden. »Wenn ich schon dabei bin, soll ich sonst noch was für dich erledigen? Vielleicht Thanos ins Auge piken? Ein paarmal um das Baxter Building fliegen und Nerd schreien?«

Norman knurrte, die Patriot-Rüstung verstärkte den drohenden Klang seiner Stimme. »Ob du's glaubst oder nicht, Karla, du bist nicht die Einzige hier, die gut darauf verzichten kann, eine Runde mit Sentry zu kämpfen. Aber du bist die einzige Erwachsene in meinem Team. Ich verlange nicht, dass du mit ihm kämpfst. Ich befehle dir, ihn zur Vernunft zu bringen. Du bist seine Therapeutin, verdammt noch mal.«

Mit finsterem Blick wechselte Moonstone wieder zur vollständigen Körperlosigkeit und flog in einem weiten Bogen zum Dach des Watchtowers.

Norman sah ihr hinterher. »Tut mir leid, Mister President. Personal. Sie wissen, wie das ist. Danke, dass Sie gewartet haben …«

•

»Robert Reynolds ist das mächtigste Wesen auf dieser Erde«, hatte Norman zu ihr gesagt.

Das war schon eine Weile her. Vor ungefähr einem Monat.

Bevor ihn Cyclops' X-Men live im Fernsehen gedemütigt hatten. Bevor seine Intrigen, mit denen er seine nette kleine

Welt kontrollierte, unter dem Gewicht seiner eigenen Feindseligkeit und seines Misstrauens zusammengebrochen waren. Andererseits, wenn es darum ging, die Erde gleichmäßig zwischen Leuten wie Doom, Loki und Hood aufzuteilen, hatte der Plan Moonstones Meinung nach von vornherein einige Schwachstellen. Er hatte seine Vorliebe für Grün noch nicht wiederentdeckt und sie in einem dunkelvioletten Anzug mit silberner Krawatte in seinem Büro empfangen. Seine Hände waren ständig beschäftigt, entweder fummelte er an seinen goldenen Manschettenknöpfen herum oder er nippte an einem teuer aussehenden Brandy aus einem teuer aussehenden Kristallglas.

Er lächelte sogar.

»Vielleicht sogar das mächtigste Wesen im ganzen Universum«, fuhr er fort. »Das wissen wir noch nicht genau. Was glauben Sie, warum ich mich so sehr darum bemüht habe, noch eins von Starks Überbleibseln in mein Team zu bekommen?«

Moonstone zuckte mit den Schultern.

Norman nahm einen Schluck von dem Brandy, zuckte zusammen, als wäre er inzwischen verdorben, und hielt ihr das Glas entgegen. »Darf ich Ihnen ein Glas anbieten, Karla?«

»Nein, danke, Sir. Brandy ist was für alte Leute.«

Darauf reagierte Norman mit einem nachsichtigen Lachen. »Sentry ist meine nukleare Option. Er ist das, was die Welt, das Universum, dazu zwingt, nicht über die Stränge zu schlagen. Weil *er* auf *unserer* Seite ist. Sie kennen doch bestimmt das Paradoxon bei Atomwaffen, Karla?« Er hob sein Glas und lächelte, das wissende Lächeln des reichsten und mächtigsten Mannes, der je auf der Erde gelebt hatte. »Ihr einziger Zweck ist es, nie zum Einsatz zu kommen, genau dafür hat man sie. Solange Sentry da oben im Watchtower auf der Couch sitzt, erfüllt er seine Aufgabe. Verstehen Sie, worauf ich hinauswill, Karla?«

Sie zuckte erneut mit den Schultern.

Norman seufzte und stellte sein Glas ab. »Wissen Sie, was passiert ist, Karla? Das letzte Mal, als sich Sentry wirklich gehen ließ?« Ein Lächeln schlich sich auf sein Gesicht. Wenn es ein Scherz war, ließ er sich nicht dazu herab, ihn zu erklären. »Ich weiß es auch nicht. Sieht so aus, als hätten Reed Richards und Stephen Strange nach dem Vorfall mit Sentry gemeinsame Sache gemacht, um dafür zu sorgen, dass wir es alle vergessen. Aber Stark und Fury machten sich genug Sorgen über das, was beinahe passiert wäre, um einiges davon aufzuschreiben, und diese Akten sind jetzt in meinem Besitz. Wenn ich Ihnen sagen würde, dass die vereinten Kräfte der Avengers, der Fantastic Four, der Inhumans, der X-Men, einer von Namor selbst befehligten atlantischen Legion sowie einer ganzen S.H.I.E.L.D.-Division mit Helicarrier-Unterstützung nötig war, um ihn aufzuhalten, was würden Sie dann sagen?«

Moonstone stieß einen Pfiff aus. »Ich würde wohl sagen ... verdammt. Wirklich?«

»Wirklich.« Er nahm seinen Drink wieder in die Hand und schwenkte den Brandy in seinem Glas. »Am Ende war es eine Frau, die ihn zu Fall gebracht hat. Eine Frau, die es geschafft hat, in seinen Kopf einzudringen und ihn zur Vernunft zu bringen. Um beim Vergleich mit den Atomwaffen zu bleiben, Karla, meine ultimative Waffe braucht einen Notschalter. Und genau das sollen Sie für mich erledigen.«

»Warum ich?«

»Telepathen vom Format von Miss Frost findet man nicht in den Gelben Seiten. Aber warum ausgerechnet Sie? Weil Sie ein absolutes Monster sind, eine begnadete Psychiaterin, aber eine mit nachweislich fragwürdiger Moral und ohne Ethik. Bullseye tötet Menschen für seinen Lebensunterhalt, Karla. Sie sind das, was er hätte werden können, wenn er einen IQ von hundertfünfundsechzig hätte und den Hintern hochbekäme, ein Medizinstudium zu absolvieren.«

»Sie vergleichen mich mit Bullseye? Sie wissen, wie man einer Frau schmeichelt.«

»Erinnern Sie mich daran, Sie nie mit meinen Ex-Frauen bekannt zu machen, Karla.« Er stellte das Glas ab und lehnte sich über den Tisch. Seine Stimme wurde zu einem heiseren Fauchen. »Verschaffen Sie sich Zugang zu ihm, Karla. Machen Sie, was Sie am besten können, und richten Sie mir meinen verdammten Notschalter ein.«

•

Moonstone empfand etwas, das fast an Mitgefühl für einen ihrer Patienten grenzte.

Robert glaubte wirklich, dass ihm Norman helfen wollte, dieser jedoch hatte noch nie ein Interesse daran gehabt, irgendwem zu helfen. Er wollte nicht mal Sentry. Nicht wirklich. Er wollte nur einen Knüppel in Form von Sentry, mit dem er der Welt drohen konnte.

Und hier war sie nun.

Die einzige Erwachsene in Normans Team.

Eine Heldin.

Moonstone schob den Gedanken beiseite. Eine Frau konnte nicht tun, was sie getan hatte, und sich danach als Heldin bezeichnen. Aber wenn man die Maske eines anderen trug und so tat, als wäre man das, was man bisher am meisten verachtet hatte, war das dann nicht im Grunde nichts weiter als kognitive Verhaltenstherapie? Nur dass man es anders nannte? Wenn man seine ganze Zeit damit verbrachte, Gutes zu tun und so zu tun, als *wäre* man gut, zu was machte das einen?

Zumindest nicht zu einem Helden. So viel war klar.

Und trotzdem war sie hier.

Sie hielt Abstand zum Watchtower und flog einen weiten Bogen um die aufragenden Arme des Turms, wobei sie die gleichmäßig dunklen, nicht reflektierenden Fenster nach einer Spur von Sentry absuchte. Die schwarzen, an Fischgräten erinnernden Arme des Turms breiteten sich aus, als wollten sie sie einfangen, egal in welche Richtung sie flog. Der Watchtower erinnerte sie immer an einen Rorschach-Test. Was ein Mensch in seiner Architektur sah, hing von seiner eigenen Persönlichkeit ab. Für Moonstone sah er aus wie ein erhängter Mann. Ein verbrannter Baum. Ein untoter Riese, der mit krummen Krallen nach ihr griff, um sie vom Himmel zu pflücken.

Moonstone war keine Heldin.

Als ausgebildete Psychiaterin wusste sie, wenn man sie manipulierte, und genau das tat Norman. Das war ihr bewusst. Zynismus war eine Rüstung, die nichts wog. Trotzdem war ein Teil von ihr ein wenig stolz gewesen, als Norman Osborn sie als Erwachsene bezeichnet hatte. Als würde zum ersten Mal in ihrem Leben jemand sie als das sehen, was sie war, und trotzdem stolz auf sie sein.

»Verdammt«, murmelte sie. Wäre sie einer ihrer Patienten, dann wäre ihre Diagnose ein Vaterkomplex gewesen, bei dem sie sich nach der Bestätigung durch eine solche Figur sehnte. Und dann hätte sie es für sich behalten, um ein paar Dutzend zusätzliche Sitzungen für zweihundert Dollar die Stunde herauszuschlagen. »Verdammt.«

Sie konnte fast spüren, wie es unter ihrer Haut kribbelte. Das Unbehagen war vergleichbar mit dem Gefühl, als wäre sie gerade im Dunkeln durch ein Spinnennetz gelaufen. War sie wirklich so kaputt, dass Norman Osborn für ihr Unterbewusstsein eine angemessene Vaterfigur darstellte? Eine, die sie umbringen lassen würde, um ihre eigenen Umfragewerte zu steigern und dann mit ihrem Verlobten durchzubrennen, wie Norman es mit seinem eigenen Sohn Harry getan hatte? Ganz zu schweigen von den Zwillingen, die er nach Frankreich verschleppt hatte. Sie wusste nicht mal, was das sollte. »Verdammt, ich brauche selbst eine Intensivtherapie.«

Trotz der kümmerlichen, kleinen Sonne, die er in seinen zerbrechlichen Klauen festhielt, war die Fassade des Watchtowers völlig schwarz, als würde er sich boshaft weigern, beleuchtet zu werden. Sie wusste nicht, woraus er bestand. Sie hatte keine Ahnung, was passieren würde, sollte sie versuchen, in ihrer körperlosen Form in ihn einzudringen.

Sie war sich nicht sicher, ob sie es wissen wollte.

Ein Fenster würde vollkommen ausreichen.

Moonstone war keine Heldin.

Sie flog über die zangenartigen oberen Gliedmaßen hinweg und kehrte um.

Von hier aus sah sie alle Inseln New Yorks vor sich ausgebreitet. Der Atlantik war ein von der späten Wintersonne rötlich gefärbtes, dunkles Tuch. Der Wind zerrte an ihrem Umhang und versuchte, ihr das Haar aus der Maske zu zerren. Sie ging erneut tiefer, tauchte in den Schatten, der am frühen Nachmittag zwischen dem Nord- und Südturm des Avengers-Gebäudes lag. Im selben Moment blitzte hinter einem der oberen Fenster goldenes Licht auf. Zerbrochenes Glas und das halb feste, halb organische *Etwas*, aus dem der Watchtower bestand, wurde davongeschleudert und verteilte sich auf dem Dach der Avengers. Ein schrecklicher, klagender Schrei ließ den gesamten verbundenen Komplex vor Mitgefühl aufstöhnen.

Das ewig brennende Leuchtfeuer des Watchtowers flackerte. Dunkle Adern krochen über die goldene Oberfläche der Kugel. Als würde sie jeden Moment zerspringen.

»Verdammt.« Sie flog eine Deltarolle und bewegte sich in einem Looping auf den Watchtower zu.

Sie stieß die Faust durch das zerbrochene Fenster, die scharfen Kanten des Rahmens rissen an ihrem flatternden Umhang.

Sie bremste so abrupt ab, dass ihr Umhang nach vorn wehte und sie wie ein Fallschirm verschluckte.

Vor ihr schwebte Sentry in seinem ganzen strahlenden Schrecken. Energie strömte in Form von Licht und Hitze aus ihm heraus wie eine helle, junge Sonne, die ihre Korona in einem plötzlichen, einmaligen Wutanfall ausstieß. Moonstone wandte ein wenig mehr von ihrer Kraft auf, um ihre verbrennende Haut wiederherzustellen. Sie fühlte sich wie in einer Sonnencremewerbung, in der das Gesicht des Models unter einer UV-Lampe beleuchtet wurde, um die versteckten Schäden an ihrer ansonsten makellosen Haut zu entlarven.

Sie schwor sich, wenn sie davon ein Melanom bekam, würde sie Roberts Gehirn so lange auswringen, bis Wasser herauskam.

»WO. IST. SIE?«

Sentrys Brüllen war weniger ein Schrei als die direkte Manifestation der Stimme Gottes, Worte mit der Macht, die Physik allein durch ihre Existenz zu beugen. Um Licht aus der Formlosigkeit und der Leere zu erschaffen. Und um ein Gewölbe zu errichten, das die Wasser des Ozeans von den Wassern des Himmels trennte. Moonstone spürte das Zittern der Luft, als wären die Moleküle um sie herum aufgeregt, begierig zu gehorchen, allerdings ohne zu wissen, was sie tun oder was sie werden sollten. Sentrys geballte Macht ließ den Boden ächzen.

Er war so unbegreiflich hell. Seine Anwesenheit brannte einen Heiligenschein in ihre Netzhäute, einen schwarzen Ring in Form eines Mannes, den sie paradoxerweise trotz seiner furchtbaren Helligkeit gar nicht richtig sehen konnte.

Sie kam sich wie eine Motte vor, die von einer anderen Motte ausgeschickt worden war, um sich freiwillig in die Sonne zu stürzen.

»Wir werden sie finden«, rief sie, wobei sie versuchte, sich mit den Händen vor dem grellen Licht zu schützen. »Ganz H.A.M.M.E.R. sucht nach ihr. Jede Behörde der Welt wird nach ihr suchen.«

Sie keuchte vor Schmerz, als hätte man ein heißes Bügeleisen von ihrer Haut entfernt, nachdem Sentry nicht länger sie ansah, sondern seinen Blick stattdessen durch den Raum schweifen ließ. Moonstone konnte nicht sagen, was für ein Raum es einst gewesen war. Sentry hatte darin gewütet. Die Wände zitterten unter seiner neu fokussierten Aufmerksamkeit. Es war, als würde die Decke einstürzen, der Watchtower zusammenbrechen und die Welt explodieren.

Nicht die Welt zerstören, dachte sie. *Nicht, solange ich hier bin.*

»WARUM KANN ICH SIE NICHT SPÜREN?«, schrie Sentry. Aus seinen Augen, seinem Mund, seinen Fingerspitzen schoss das goldene Licht reiner Wut, wie die erste Zündstufe einer Rakete. »ICH SOLLTE IN DER LAGE SEIN, IHRE AURA ZU SPÜREN. ABER DA IST NICHTS!«

»Ich weiß es nicht«, rief Moonstone zurück. »Ich weiß nicht genug darüber, wie deine Kraft funktioniert, aber du weißt es auch nicht. Ich bin sicher, es gibt eine Erklärung. Vielleicht hat Norman bereits eine. Also lass uns jetzt einfach nach unten gehen. Du und ich. Wir lassen Norman und seine Leute hier reinkommen und tun, was sie tun müssen. Sie werden Lindy finden.«

Sentry warf brüllend den Kopf in den Nacken.

Er war Norman Osborns nukleare Abschreckung und kurz davor, im Silo zu explodieren.

Moonstone konnte zwar wie er Energie manipulieren, doch selbst sie spürte den Angriff erst in dem Sekundenbruchteil, bevor er sie traf. Sie war schnell genug, um Sentrys goldenen Schemen auf sich zukommen zu sehen, hob einen Arm, um ihn abzuwehren, und schrie dann vor Schmerz, als er irgendwie *durch* sie hindurchraste und ihr von hinten den Ellbogen zwischen die Schulterblätter rammte.

Noch nie in ihrem Leben hatte etwas sie dermaßen hart getroffen.

Als wäre ein Asteroid in ihren Rücken gekracht.

Der Schlag schleuderte sie quer durch den Raum, durch die Wand, durch die nächste Wand und inmitten ihrer eigenen kleinen Trümmerlawine den halben Flur hinunter. Sie stöhnte, als sie sich auf die Ellbogen stützte. Die Bewegung schickte in jeden Teil ihres Körpers, der noch mit der Wirbelsäule verbunden war, stechende Schmerzen.

Sentry trat durch das Loch in der Wand.

Sein Licht brannte sich schmerzhaft durch ihre Augen und zerfetzte über den Sehnerv ihr Vorderhirn. Schreiend wandte sie sich ab, vergrub das Gesicht in ihrer Armbeuge.

»Vielleicht können wir Lindy nicht finden, weil Lindy nie hier war.« Sentrys Stimme war merklich tiefer als zuvor. »Ich erinnere mich an sie!«, schrie er sich selbst an. Er ballte die Fäuste, das Licht flackerte. Auf seiner Stirn traten Adern hervor. »Nach allem, was man dir angetan hat, nach allem, was du dir selbst angetan hast, wie kannst du da noch sicher sein, woran du dich erinnerst?« Sentry öffnete die Fäuste. Er stützte sein Gesicht in die Hände und schrie zwischen seinen Fingern hindurch: »Ich weiß es noch. Ich erinnere mich, wie ich sie auf dem College kennengelernt habe. An unsere erste Verabredung. Ich erinnere mich, wie ich ihr an meinem geheimen Platz am Fluss einen Heiratsantrag gemacht habe. Wir hatten unsere Hochzeitsfeier in Richards' Haus. Ich …« Er verstummte, stattdessen grinste er düster. »Es gibt keine Lindy, hat sie nie gegeben. Wie sollte es auch anders sein? Wer könnte einen Schwächling und Feigling wie dich lieben? Du kannst dir nicht mal eingestehen, dass ich hier in dir bin, dabei bist du *nichts* ohne mich.« Sentry entfernte sich hastig von der Stelle, wo Moonstone auf dem

Boden kauerte, schlug mit der Faust nach dem Schatten von etwas, das nur er allein sah, und trieb seine Faust durch die Wand. »Ich liebe sie!« Er kicherte leise. »Bist du dir da sicher?«

Zu ihrem Entsetzen begriff Moonstone, dass Robert mit sich selbst stritt.

Sentry stritt mit Void.

Sie war sich nicht sicher, ob Roberts Persönlichkeit irgendwie beteiligt war.

»Lindy war unglücklich.« Sie sprach so sanft wie möglich, ähnlich wie man sich einem Blindgänger nähern würde. »Sie hatte keine Freunde. Mac und Lester haben sich über sie lustig gemacht. Sie hatte ein bisschen Angst vor dir, das haben wir alle, aber sie war echt, Bob. Alles, woran du dich erinnerst, alles, was du gerade über eure Hochzeit und das College gesagt hast, ist passiert. Und sie hat dich geliebt.«

»SIE LÜGT DICH AN, SENTRY!«

Sentry, oder vielleicht war es Void, streckte knurrend eine glühende Hand aus.

Moonstone rollte sich auf den Rücken und hielt sich die Fäuste schützend vors Gesicht, als von seinen Fingerspitzen ein goldener Energiestrahl ausging und ihre Verteidigung mit der Kraft von einer Million explodierender Sonnen durchschlug.

Der Boden unter ihr wurde pulverisiert, das paranatürliche Material zu heißem Plasma verdampft.

Der Watchtower verschwand.

Die Welt ging unter.

Es gab nur noch Feuer.

Als es vorbei war, fand sich Moonstone in einer Wolke überhitzter Gase wieder, sie war praktisch blind, ihre Haut schwarz verbrannt und ihr Körper wurde nur noch von ein paar Fetzen ihres Kostüms und dem Rauch eines zerstörten Gebäudes bedeckt. Die Schreie von Normans Ermittlern drangen durch den Rauch zu ihr wie das Wehklagen eines Geistes.

Sie sollte tot sein.

Es hatte geklappt. Sie verfluchte Norman und seine unerschütterliche Arroganz, aber er hatte recht gehabt. Sentry war im Grunde allmächtig, doch seine gottähnlichen Kräfte hingen an einem zerbrechlichen Ego. Geplagt von der Hilflosigkeit über seine vermisste Frau, abgelenkt durch die Antipathie zwischen seinen beiden dominanten Persönlichkeiten, war er einfach nicht in der Lage gewesen, auf seine volle Macht zurückzugreifen.

Lächeln schmerzte, trotzdem hatte sie das Gefühl, sich eines schuldig zu sein.

Es hatte geklappt. Sie hatte Normans Notfallschalter eingerichtet, und sie hatte ihn auch benutzt.

Wer brauchte schon Emma Frost?

Sie zuckte zusammen, als sie den enormen Schaden an ihrem Körper reparierte, indem sie ihre Kräfte nutzte, um das abkühlende Plasma und die rauchenden Trümmer zu einem intakten Kostüm umzuformen. Schließlich landete sie auf der zerschmetterten Kante eines Simses. Sonst war von dem Flur, in dem sie eben noch gelegen hatte, nichts mehr übrig.

Sie setzte sich neben Sentry.

Er sah kleiner aus. Mindestens zehn Zentimeter und fünfzig Kilo weniger. Sein langes Haar war bräunlich und voller Knoten. Selbst die makellose goldene Uniform war verblasst und warf immer mehr Falten, als wäre sie schon immer nichts weiter als ein abgetragener gelber Pullover und eine Cordhose gewesen, die um einen erschreckend untergewichtigen Körper schlotterten.

Er war nicht mehr Sentry. Oder Void.

Moonstone befürchtete, dass sie ihn gebrochen hatte.

»War Lindy wirklich so unglücklich, Karla?«, fragte Robert. »Ich dachte ... ich wollte nur ...«

Und dann sackte das mächtigste Wesen der Erde, vielleicht des Universums, zu Boden und weinte.

KAPITEL 15

Warum spielen wir nicht ein kleines Spielchen?

Die Agentin vom Secret Service schaltete die Kamera ein. Ein paar Sekunden lang füllte ihr Gesicht den Erfassungsbereich des Weitwinkelobjektivs aus, während sie den Ausschnitt und alles andere einstellte. Dann verschwand sie aus dem Bild. Die Kamera erfasste ein schlicht eingerichtetes Büro, das derzeit leer stand und mühelos zum Verhörraum umfunktioniert werden konnte. Die Kamera befand sich hoch in einer Ecke, von der aus sie den ganzen Raum überblickte. In der Mitte des Bildes war ein Metalltisch mit drei Stühlen zu sehen, von denen zwei mit dem Rücken zur Kamera standen und einer ihr zugewandt war. Die Agentin kehrte ins Bild zurück und nahm auf einem der beiden Stühle Platz. Neben ihr saß ein männlicher Agent in einem dunklen Anzug. Auf der anderen Seite des Tischs saß Bullseye gemütlich zurückgelehnt mit übergeschlagenen Beinen auf seinem Stuhl. Er trug sein Hawkeye-Kostüm, komplett mit Maske. Seine Taille war mit Bandagen verbunden. Er lächelte in die Kamera.

»Beginn der USSS-Befragung von Lester, Nachname nicht in den Akten vermerkt, alias Hawkeye. Befragung durch Special Agent Garcia und Special Agent Barry.«

Bullseyes Blick blieb einen Moment länger an der Kamera hängen. »Wisst ihr, ich fühl mich irgendwie unwohl, wenn ich so ganz ohne Handschellen verhört werd. Das ist, als wär ich nackt oder so.«

»Sie sind als Zeuge hier, nicht als Verdächtiger. Alles, was Sie an diesem Morgen gesehen oder gehört haben, könnte uns helfen, Misses Lee-Reynolds ausfindig zu machen.«

»Warum stellt Vicky nicht diese Fragen?« Erneut sah er kurz in die Kamera. Erneut der Anflug eines Grinsens. »Ich wette, sie hätte die Handschellen schon längst ausgepackt.«

»Der Präsident hat Bedenken.«

»Ach ja?«

»Der Secret Service äußert sich nicht zu operativen Angelegenheiten.«

»Sollte ich mir 'nen Anwalt besorgen?«

»Darum geht es hier wirklich nicht.«

»Ich will einen. Sein Name ist Murdock. Ihr könnt ihn doch bestimmt finden, oder? Immerhin seid ihr doch von der Regierung und so.«

Die beiden Agenten sahen einander an.

Die Agentin beugte sich vor und öffnete eine Akte. »Also, fangen wir an ...«

•

Der Befragte saß mit den Händen um den Bauch geschlungen da. Er trug einen im Rücken offenen medizinischen Kittel mit Oscorp-Logo auf der Brusttasche. Er zitterte, war unruhig und wiegte sich auf seinem Stuhl vor und zurück.

»Mister Gargan«, sagte einer der befragenden Agenten, wobei er sachte auf den Tisch klopfte. »Mr Gargan, geht es Ihnen gut?«

»*M-mmm*«, murmelte Venom.

»Es gibt keinen Grund, nervös zu sein«, versicherte ihm der eine.

»Sie sind nicht in Schwierigkeiten«, fügte der andere hinzu.

»*Mein Magen. Ich will kotzen. Aber es kommt nichts hoch.*«

»Trinken Sie einen Schluck Wasser.« Die leitende Agentin füllte ein Glas aus einem Krug am Rand des Tischs. Sie schob es Venom entgegen.

Der Befragte sah es an, als wüsste er nicht, was er damit anfangen sollte.

Er leckte sich über die Lippen …

•

Die Agentin las die Fallakte und blätterte eine halbe Minute lang darin herum. »Laut der offiziellen Leichenzählung, die uns von den Oscorp-Ermittlern zur Verfügung gestellt wurde, haben Sie gestern siebzehn H.A.M.M.E.R.-Angestellte getötet.«

Bullseye sah grinsend auf seinen Schoß hinunter. »Das ist dein erster Fehler.« Er hob den Blick. »Na ja, zweiter. Mir is grad die Krawatte aufgefallen.«

»Und was für ein Fehler wäre das?«

»Oscorp zu vertrauen.«

»Wollen Sie damit sagen, dass es nicht so gewesen ist?«

Bullseye wedelte mit der Hand, als wollte er eine Mücke verscheuchen. »Ich hab sechzehn H.A.M.M.E.R.-Angestellte getötet. Den siebzehnten hat die Frau …«

•

»Also, Mister Gargan, wenn Sie jetzt bereit sind, aus den Zugangsprotokollen für Doktor Fiennes' Labor geht hervor, dass zusätzlich zu Ihrem üblichen Behandlungsteam zwei weiteren Personen Zugang gewährt wurde. Können Sie mir sagen, wer die beiden waren?«

Venom murmelte etwas Unverständliches.

»Was sagten Sie, Mister Gargan?«

Wieder ein nichtssagendes Grunzen.

»Wir müssen wissen, woran Sie sich erinnern, Mister Gargan.«

»Was ist mit Doktor Phillips passiert?« Der andere Agent übernahm. Sein Partner lehnte sich zurück. »Ist er tot? Oder hat er das Labor mit den Agenten verlassen?«

Venom hob den Blick, als würden ihn diese Leute verwirren, und er sabberte.

»Verstehen Sie die Fragen, die wir Ihnen stellen, Mister Gargan?«

»*Erinnere ... mich nicht ...*« Er zitterte. Auf seiner Stirn sammelte sich schwarzer Schweiß und lief ihm über das Gesicht. »*Fühl mich ... nicht ...*«

»Wir haben Doktor Fiennes gerufen, Mister Gargan. Versuchen Sie einfach, sich noch ein wenig zusammenzureißen. Glauben Sie, dass Sie das für uns tun können?«

»*Krämpfe. Solcher Hunger.*«

»Ihre Ärztin wird sich so schnell wie möglich bei uns melden. Wir können Ihnen nicht einfach einen Säureblocker geben.«

»Wer weiß, wie sich das auf die Physiologie Ihres Symbionten auswirken würde?«, fügte der andere Agent hinzu.

»*Meine Haut tut weh.*«

»Versuchen Sie noch mal, was zu trinken, Mister Gargan ...«

•

»Lassen Sie mich nur die Abfolge der Ereignisse noch mal durchgehen, ob ich das richtig verstanden habe, Hawkeye.« Die Agentin klappte den Aktenordner vor sich zu. »Sie hatten diese Frau im Visier, aber anstatt sie zu erschießen, haben Sie sich entschieden, sie in einen Nahkampf zu verwickeln.«

»Ja, genau so war's.«

»Warum?«

Bullseye zuckte mit den Schultern. »Ich dachte mir, Norman hätte vielleicht gern 'ne Gefangene. Du weißt schon.« Er gestikulierte über dem Tisch hin und her, deutete auf die Agenten, dann auf sich. »Zum Befragen. Oder was auch immer.« Er hob den Blick, grinste in die Kamera. »Ich behaupte nich, zu raffen, was unter seinem auf Hochglanz polierten Helm vor sich geht. Das übersteigt meine Gehaltsklasse, stimmt's?«

»Hat sie etwas gesagt? Einen Namen? Oder einen Ort?«

»Für wen sie arbeitet?«, mischte sich ihr Partner ein.

»Was sie will?«

Bullseye schürzte die Lippen, dann schüttelte er den Kopf. »Nein, wir haben nich viel gequatscht. Es war eine rasante Romanze.«

»Können Sie sie beschreiben?«

Wieder ein Schulterzucken. »Heiß.«

Die Agentin lehnte sich zurück und warf frustriert seufzend ihren Notizblock und Stift auf den Tisch. »Mehr kriegen Sie wirklich nicht zustande?«

»Wirklich heiß.«

»Keine auffälligen Merkmale?«

Bullseye pfiff anrüchig. »Würd ich so nicht sagen.«

Die beiden Agenten tauschten einen Blick aus. Die Kamera fing ein, wie die Agentin die Zähne zusammenbiss.

Ihr Partner übernahm, ohne etwas dazu zu sagen.

»Und dann ist sie entkommen«, sagte er. »Wie ist das passiert?«

Bullseye breitete die Hände aus und zeigte seine bandagierte Taille. »Eine Kugel in die Eingeweide macht langsam. Versuch's mal mit zehn.«

»Entschuldigen Sie, Sir, aber Sie sind Hawkeye.«

»Kein Scheiß.«

»Was ich meine, ist: Sie sind ein Avenger. Trotzdem konnten Sie sie nicht festnehmen?«

»Willst du damit sagen, ich lüge?« Er deutete auf sich selbst. »Willst du sagen, das is kein ehrliches Gesicht?«

»Sie hätten sie beim Versuch, zu entkommen, töten können.«

»Es waren 'ne Menge Zivilisten in der Nähe.«

»Muss ich Sie daran erinnern, dass Sie siebzehn H.A.M.M.E.R.-Agenten getötet haben?«

»Sechzehn. Und fünf von den bösen Jungs.«

»Aber dieser Schuss war unmöglich?«

Langsam breitete sich auf Bullseyes Gesicht ein Lächeln aus. »Warum spielen wir nich 'n kleines Spielchen? Nur wir drei. Ich entwaffne euch beide und schieß euch in den Bauch, und dann dürft ihr mich jagen. Klingt das spaßig ...?«

•

»Mister Gargan? Mister Gargan?«

Venom rührte sich nicht. Er lag fast auf seinem Stuhl und ließ den Kopf hängen. Aus seinen Mundwinkeln rann teerartiger schwarzer Schleim. Er bildete eine zuckende Schicht auf seinem Kinn, wie ein Bart voller Ungeziefer oder die Anfänge einer Maske.

»Er ist katatonisch. Wir müssen sofort seinen Arzt herholen.«

Die Agentin stand auf und hastete um den Tisch herum. Sie ging neben Venom in die Hocke und rüttelte ihn sanft an der Schulter. Ein dünner Tentakel aus schwarzem Speichel schob sich aus Gargans Mund und legte sich um ihr Handgelenk. Sie bemerkte es nicht einmal, und da der männliche Agent sein Gesicht in die Linse hielt, fing auch die Kamera nichts davon ein. »Unterbreche USSS-Befragung von Mac Gargan alias Spider-Man ...«

•

»Dann haben Sie sie also verfolgt?«, fragte der Agent.

»Wie ich schon sagte.«

»Und Sie waren Zeuge der Entführung von Misses Lee-Reynolds.«

»Ja.« Er wischte sich eine imaginäre Träne von der Wange, wobei das falsche Lächeln keinen Millimeter verrutschte. »Wär ich doch nur dreißig Sekunden schneller da gewesen. Armer Bob. Der Typ is am Ende. Ich hab gehört, dass er nich mal schlafen gehen will, wenn Karla nich seine Hand hält, und das Licht im Bad anlässt.« Er sah sich um, als würde er sich plötzlich Sorgen machen, belauscht zu werden. »Er wird doch nichts davon hören, oder?«

»Nur wenn es uns helfen könnte, Misses Lee-Reynolds zu finden.«

»Klar.« Bullseye hob die Hände und grinste. »Is ja nich so, als würden wir über 'nen Kerl mit Supergehör oder so reden.«

»Ich habe gehört, dass Sentry noch schläft.«

»Na dann is ja alles paletti.« Bullseye beugte sich verschwörerisch über den Tisch. »Ich hab gehört, dass sie Probleme haben.«

»Was für Probleme?«

»Soll ich's dir etwa vorführen?«

»Wollen Sie damit andeuten, dass Misses Lee-Reynolds mit ihrem Entführer gemeinsame Sache gemacht haben könnte?«

»Das hast du gesagt, nich ich.«

»Was wollen Sie dann sagen, Hawkeye?«

»Nur, dass sie sich mehr hätte wehren können. Mehr nich.«

»Sie sprechen von einer Zivilistin. Gegen eine Elitesoldatin.«

»Die Sie kurz vorher fertiggemacht hat«, mischte sich Agentin Garcia mit offensichtlicher Genugtuung ein.

Bullseye zeigte anklagend mit dem Finger auf sie. »Ich bin hier das eigentliche Opfer. Ich bin derjenige, der angeschossen wurde. Ich sag euch nur, was ich gesehen hab. Sie hatte CLOC dabei. Sie hätte weglaufen können. Das is alles, was ich …«

Ein Schlag gegen die Wand ließ die Kamera zittern, Verzerrungslinien zogen sich durch die Horizontale des Bildes. Bei genauerer Betrachtung war in der Wand eine Beule zu erkennen, die Verkleidung wölbte sich in den Raum hinein.

Special Agent Garcia legte den Finger auf ihren Ohrhörer. »Die Agenten Simpson und Jaskowlska antworten nicht.« Sie stand auf, ging zur Tür und wandte sich an ihren Kollegen: »Unterbrich die Befragung. Ich sehe nach Spider-Man.«

Der männliche Agent stand auf und drehte sich zur Kamera um. »Unterbreche USSS-Befragung von Lester, Nachname unbekannt, alias Hawkeye ...«

KAPITEL 16
Das Unmögliche möglich machen

Die Übertragung der Befragung wurde unterbrochen, ein flackerndes Oscorp-Logo wanderte über den grauen Bildschirm.

In Momenten wie diesen fragte sich Norman Osborn nicht nur, warum um alles in der Welt er Leute wie Lester und Gargan duldete, sondern auch, warum er sie überhaupt erst eingestellt hatte. *Wäre es nicht etwas noch nie Dagewesenes*, fragte er sich gelegentlich, *für die Arbeit eines Helden einen echten Helden einzustellen?* Vielleicht würde es sich dann nicht so sehr danach anfühlen, als würde er versuchen, das Unmögliche möglich zu machen. Außerdem hätte er dann deutlich weniger Kopfschmerzen. Seiner Erfahrung nach brachten echte Helden jedoch mehr Probleme mit sich, als sie tatsächlich lösten. Sie waren das Äquivalent einer Broadway-Primadonna: Alles musste richtig gemacht werden, und zwar auf ihre Art. Man konnte sie nicht einfach mit einer Million Dollar im Monat, Amnestie und einer Verbesserung ihrer Unterbringung von einer Gefängniszelle in Coyote Springs, Colorado, zu einem Penthouse im zweiundneunzigsten Stock in Manhattan kaufen.

Er hatte Danvers immerhin die Führungsrolle im Team angeboten, und sie hatte sie ihm zusammen mit den kläglichen Überresten ihrer Militärkarriere vor die Füße geworfen.

Moonstone. Bullseye. Venom.
Daken. Sentry. Ares.
Seine Sinister Six.

Er drohte zu lachen, verwandelte es aber in ein Husten und sah sich um, um sicherzugehen, dass es niemand bemerkt hatte. Keiner hatte es gesehen, also war es wahrscheinlich nichts gewesen. Langsam machte ihm der Druck der letzten Tage zu schaffen, das war alles. Er hatte nicht genug geschlafen. Er war nicht dazu gekommen, mit seinem Therapeuten zu sprechen. Er war einfach nur müde, mehr nicht, zu viel Zeit vor dem Bildschirm ermüdete seine Augen und seinen Verstand. Er bildete sich Dinge ein.

Wahrscheinlich hatte er gar nicht lachen wollen.

Er rieb sich mit den Panzerhandschuhen die Augen und wandte sich von den Bildschirmen ab.

Die beiden, auf die er geblickte hatte, gehörten zu einer Phalanx von hundert, die als eine Einheit an einem massiven Stamm armierter Kabel von der Decke hingen. Jeder Bildschirm zeigte stummes Überwachungsmaterial, entweder von irgendwo im Avengers Tower oder von strategischen Beobachtungspunkten entlang der Avenues Park, Lexington und Madison. Das alles ging über gesicherte Kabel live an die befestigten Bunker, die zusammen das Kommandozentrum von H.A.M.M.E.R. darstellten.

In der Einsatzzentrale tief unter dem Untergeschoss des Towers herrschte Hochbetrieb.

Überwachungsagenten in Zivilkleidung saßen Ellbogen an Ellbogen über Computer gebeugt. Ihre Gesichter, die schon lange kein Tageslicht mehr gesehen hatten, waren wie die abgetrennten Köpfe in einem Kuriositätengeschäft aufgereiht und das einzige Licht stammte vom pixeligen Schein der Monitore. Das Murmeln leiser Gespräche erfüllte die Luft, gelegentlich erhob sich ein verständliches Stück Geheimdienstjargon über das Klackern und Schnattern von Mäusen, Tastaturen und ihren menschlichen Anwendern. Es war eine Beleidigung für die Nase. Die meisten der derzeit diensthabenden Agenten hatten ihren Arbeitsplatz seit den frühen Morgenstunden nicht mehr verlassen. Osborn bezweifelte, dass auch nur einer von ihnen ein Hemd zum Wechseln dabeihatte.

Moonstone, Ares und Daken taten glaubwürdig so, als wären sie beschäftigt.

Die stellvertretende Direktorin Hand kam durch einen der gesicherten Nebeneingänge herein, ihre Ankunft wurde durch nervöses Geraschel ihres zivilen Personals angekündigt. Pflichtbewusst streckte sie die Arme aus, als ein H.A.M.M.E.R.-Agent sie mit einem Scanner-Stab abtastete.

In Anbetracht der erhöhten Alarmstufe trug Hand ihre H.A.M.M.E.R.-Uniform und den Körperpanzer. Die Platten sahen im gedämpften Licht des Bunkers dunkel, fast schwarz aus. Da die gepolsterten Schultern sie ungewöhnlich breit erscheinen ließen, wirkte ihr helmloser Kopf im Verhältnis zum gepanzerten Körper ausgesprochen klein. An ihrem Schulterriemen hing ein Kree-Energiegewehr, das zu den Waffen gehörte, die Captain Marvel, Noh-Varr, vor seiner Abreise zurückgelassen hatte und das leistungsstark genug war, ein Loch in ein Schlachtschiff zu stanzen.

Der Scanner-Stab piepte und wimmerte während der Abtastung. Nach ein paar Durchläufen nickte der Agent und trat zur Seite. Die stellvertretende Direktorin Hand nahm das Gewehr und erwiderte das Nicken. Norman fiel auf, während sie sich zwischen den Arbeitsstationen und bewaffneten Wachen zu ihm durchschlängelte, arbeitete man dort, wo sie vorbeikam, energischer.

Zwei Secret-Service-Agenten, die man auf Drängen des Präsidenten mit Norman Osborns Schutz beauftragt hatte, musterten sie übertrieben kalt. Sie standen mit den Händen in den Hüften da und schlugen lässig die Jacketts ihrer dunklen Anzüge weit genug zurück, sodass die schweißgetränkten weißen Hemden und die griffbereiten SIG-Saur P229 an ihren Hüften zum Vorschein kamen. Ihm war schleierhaft, was sie der Ansicht des Präsidenten nach tun konnten, wozu Norman Osborn als Iron Patriot selbst nicht genauso, wenn nicht sogar effektiver in der Lage gewesen wäre. Er erlaubte sich ein leises Lächeln. Andererseits war das Proletariat ja auch nicht gerade dafür bekannt, Genies in hohe Ämter zu befördern, oder?

Während Victoria auf das Podium trat und ihm mit dem für sie typischen Verzicht auf unnötiges Gehabe einen Umschlag überreichte, verschmolzen die Agenten mit dem Hintergrund.

Osborn nahm ihn ihr mit einem seiner sternenbesetzten Rüstungshandschuhe ab. Er hob eine Augenbraue. »Miss Hand?«

»Das ist meine Kündigung, Sir.«

»Ich habe Sie nicht wegen Ihres Sinns für Dramatische eingestellt, Miss Hand.«

»Nein, Sir.« Sie legte die Hand auf ihr Gewehr und nahm Haltung an. »Sie haben mich eingestellt, weil Sie jemanden brauchten, der sich um Ihre Angelegenheiten kümmert. Dies geschah unter meiner Aufsicht. Ich übernehme die volle Verantwortung für die Folgen.«

Norman nahm den Umschlag. Er musste sich wohl oder übel eingestehen, dass Victoria von allen auf seiner Gehaltsliste noch am ehesten eine echte Heldin war. Die Avengers wüssten nicht, was Verantwortungsgefühl war, und wenn es ihnen auf einem Marschflugkörper entgegenrasen würde. Er faltete den Brief auseinander, las ihn und riss ihn dann dank der hochgradig beweglichen Mikrogelenke in den Handschuhen des Mark 25 in winzige Stücke, die auf den Boden rieselten. »Sind Sie mit Ihrem Melodrama fertig?«

Victorias angespannte Haltung löste sich ein wenig. »Ähm. Sir?«

»Machen Sie mit dem weiter, wofür ich Sie bezahle, bevor ich Sie feuere.«

Sie lächelte knapp, bevor sie sich zusammenriss, dann folgte ein zackiger Salut. »Jawohl, Sir.« Sie wandte sich ab und nahm an einem Tisch Platz, den man aufgestellt hatte, um die Bildschirme auch bei reduziertem Personal überwachen zu können. Er war notwendigerweise klein, wenn man berücksichtigte, wie viel Ausrüstung, Personal und in letzter Zeit auch Wachen in einem so beengten, unterirdisch gelegenen Raum untergebracht werden mussten. Sie ließ ihr Gewehr von der Schulter rutschen, setzte es ab und nahm sich eins der Gemeinschaftstablets vom Stapel. Dann schob sie sich die Brille vom Nasenrücken, ihre biometrischen Daten entsperrten das Gerät und verbanden das Betriebssystem mit ihrer Cloud.

Moonstone, Ares und Daken blickten auf, als sie sich zu ihnen gesellte.

Sie alle hatten sich »freiwillig« gemeldet, um bei der Suche zu helfen, allerdings sah es so aus, als würde nur Ares wirklich arbeiten.

Der Olympier hatte sich aus Geheimdienstakten von Spionageagenturen aus der ganzen Welt eine kleine Festung gebaut. Eins nach dem anderen nahm er ein Blatt und starrte es an. Dabei schien er es weniger zu lesen, als ihm vielmehr ein Ultimatum zu stellen. Die meisten H.A.M.M.E.R.-Agenten, die einen gewissen Rang erreichten, sprachen mehrere Sprachen. Norman selbst beherrschte fließend Französisch und Konversations-Symkarianisch. Er verfügte über eine Übersetzungsabteilung mit zweihundert Mitarbeitern und erlaubte sich selbst, per Lizenz das KI-Linguistikprogramm einer Oscorp-Tochtergesellschaft zu benutzen. Doch nichts davon konnte die Aufgabe so schnell erledigen wie ein mit der Allsprache gesegneter Olympier. Ares war schließlich der Gott des Krieges, und im Informationszeitalter beschränkte sich Krieg längst nicht mehr auf die Schützengräben oder das Schlachtfeld.

Etwa jede Minute legte ein Assistent eine weitere Aktenmappe auf die Wälle seiner Festung und auch diesen starrte Ares so lange an, bis er wieder ging.

Es war nie zweimal derselbe Assistent. Norman hatte gar nicht gewusst, dass er so viele beschäftigte.

Moonstone hingegen nickte trotz fünf Tassen Kaffee ein, offenbar ohne zu bemerken, dass sie schon so lange dieselbe Seite auf dem Schirm hatte, dass ihr Tablet inzwischen in den Ruhemodus gegangen war. Da die Ablenkung durch die USSS-Befragungen recht kurz ausgefallen war, befasste sich Daken wiederum lieber mit seinem persönlichen Smartphone. Eigentlich sollte er hier unten keinen Empfang haben, aber Daken gehörte zu den seltenen Menschen, die selbst in einem unterirdischen Bunker ein Signal bekamen. Es würde Norman nicht überraschen, festzustellen, dass die Patriot-Rüstung selbst ein wandelnder Wi-Fi-Hotspot war. Er hatte noch immer nicht die Zeit für eine gründliche Fehlersuche gefunden.

Daken lächelte und ließ das gekünsteltste Lachen hören, das Norman je zu Ohren gekommen war und das keine Reaktion auf einen der Witze des Präsidenten war.

»Was ist so lustig?«, sagte Victoria in der Art einer Lehrerin, die einen Schüler in der letzten Reihe fragt, ob er etwas mitzuteilen hätte.

Daken hielt sein Handy so, dass alle um den kleinen Tisch herum den Bildschirm sehen konnten. Es zeigte den offiziellen Social-Media-Feed der Avengers. »Ich wusste nicht, dass Hauptmann Deutschland heute Geburtstag hat.« Dakens Lächeln hätte nicht noch breiter werden können sollen, seine Zähne nicht noch *weißer*, als sie ohnehin schon waren. Trotzdem schaffte er es. Der Halunke lächelte wie ein Wolf, den man dazu erzogen hatte, Menschen zu imitieren. »Wir haben ihm ein Kuchen-Emoji geschickt.« Er lehnte sich mit seinem Handy auf seinem Stuhl zurück. »Das ist nett von uns.«

Eine der kindischeren Aktionen der Eindringlinge, trotzdem würde es eine ganze Weile dauern, bis niemand mehr darüber berichtete, dass man die verschiedenen Social-Media-Konten der Avengers und von H.A.M.M.E.R. gehackt hatte. Er hätte es als lästigen Streich von gelangweilten Studenten des MIT, der Carnegie oder aus Singapur abtun können, die hofften, so USCYBERCOM auf sich aufmerksam zu machen oder eine Stelle bei der NSA angeboten zu bekommen. Wären da nicht die enorme Vorbereitungsarbeit und die Gefahr gewesen, in den Avengers Tower einzudringen, um die Malware manuell auf den Computern zu installieren. Ganz zu schweigen von der Datei, die man sich vom Computer der stellvertretenden Direktorin Hand besorgt hatte. Einen Computerfreak, der in seinem Studentenwohnheim saß und nur etwas Spaß haben wollte, hätte diese Datei nicht interessiert.

Die Finger einer Hand reichten Norman völlig aus, um aufzuzählen, wer auf dieser Welt von der Datei wusste. Einer war der Mann, für den er arbeitete. Zwei waren gerade in diesem Raum. Einer davon war er.

Trotz seiner operativen Bedeutungslosigkeit war der Social-Media-Hack wohl das ärgerlichste Problem. Bestimmt machte sich sein Arbeitgeber deswegen Gedanken. Er runzelte die Stirn. Die besten Köpfe der Welt, die teuersten Anwälte, trotzdem hatte er nach wie vor die Kontrolle über diese Konten noch nicht zurück. Ganz zu schweigen davon, dass er die Täter noch nicht aufgespürt und ausgeschaltet hatte. Er knirschte mit den Zähnen. Diese Typen würden keine zivilisierte, mitternächtliche Ablieferung in einem geheimen CIA-Standort innerhalb einer südamerikanischen Diktatur erleben. Nein. Sie hatten Norman Osborn zur Zielscheibe Hunderter Witze in Late-Night-Talkshows gemacht. Ihretwegen war er dem

Präsidenten peinlich. Er wollte sie seinerseits demütigen, um jeden Preis. Er würde sie öffentlich unter seinem Absatz zermalmen. Sobald er sie aufgespürt hatte.

Und wenn er dafür den Planeten selbst aufbrechen musste, dann würde er das tun.

»Mein Geburtstag ist übrigens im Juli«, murmelte Moonstone, bevor sie ihr Tablet wegschob und die Hände um ihre Kaffeetasse legte. »Da wir gerade dabei sind, uns für so was zu interessieren. Am Zehnten. Aber meine Mutter hat mich immer dazu gebracht, am Unabhängigkeitstag zu feiern. Damit sie nicht zweimal kochen musste.« Ein gegrummelter Fluch löste sich in ihrem Getränk auf, bevor sie Norman über die Tasse hinweg anlächelte. »Deshalb verbinde ich unsere Flagge bis heute mit Enttäuschung.«

»Ihr Sterblichen und euer Gejammer.« Ares legte die Akte, in der er gelesen hatte, beiseite und betrachtete Moonstone finster. Seine Miene war eine komplizierte Mischung aus Zorn und grobschlächtiger Zuneigung, die Norman nur ein- oder zweimal gesehen hatte, meistens gegenüber seinem nichtsnutzigen, halbolympischen Sohn, doch gelegentlich auch bei einem Feind, der eine besondere Herausforderung darstellte. Dass sie es geschafft hatte, Sentry zu beruhigen, schien bei ihm widerwillige Bewunderung für seine Avenger-Kollegin hervorzurufen. »Mein Vater hat keine Gelegenheit ausgelassen, mich als den hasserfülltesten aller Götter anzuprangern, und mich sogar verschmäht, als ich verwundet aus der Schlacht gegen die Achaier zurückkehrte. Die Menschen wissen nicht, was Hass und Verachtung sind.«

Beide sahen Daken an.

Er fletschte die Zähne. »Das ist kein Wettbewerb.«

»Könnten wir zum Thema zurückkommen …?«, knurrte Norman. Er bezweifelte, dass sogar das Beispiel des Olympiers schlimmer als sein eigener Vater war. Glücklicherweise war der größte Teil seines Lebens vor der Entwicklung der Goblin-Formel so verschwommen, als hätte er diese Jahre mit nur einer aktiven Hirnhälfte verbracht.

Jetzt ging es ihm besser.

Viel besser.

»Sir.« Victoria bediente den Touchscreen ihres Tablets mit flinken Fingern und drehte es dann in Normans Richtung. Er machte sich nicht die Mühe, Augen oder Nacken unnötig anzustrengen, um auf das Tablet zu sehen. Er vertraute darauf, dass sie ihm jede Einzelheit mitteilen würde. »Ich bin mir nicht sicher, ob das alles was zu bedeuten hat, aber es ist definitiv mehr als nichts. Die Eindringlinge sind akribisch und vorsichtig vorgegangen, dennoch haben sie unweigerlich Spuren hinterlassen. Ganz zu schweigen von vier Leichen im Besprechungsraum und einer in der Kantine sowie einer Menge Ausrüstung, die in den Labors untersucht werden muss.«

Daken steckte kichernd sein Smartphone ein. »Ich frag mich, ob Lester sie getötet hätte, wenn er geahnt hätte, wie nützlich das letztendlich sein würde.«

»*Hawkeye*«, blaffte Victoria mit betontem Blick zu Normans Sicherheitstrupp, »hat uns in dieser Hinsicht einige bedeutende Informationsdurchbrüche ermöglicht, ja.«

Daken schüttelte ironisch den Kopf.

Die USSS-Agenten beobachteten den Raum mit einstudierter Gleichgültigkeit und interessierten sich allein schon aus Berufsethik für nichts, was für sie bedeutungslos war. Norman war überzeugt, dass sie ihre Aufgaben so gewissenhaft erfüllten wie Victoria. Galt das allerdings auch, wenn der Präsident selbst sie um Informationen bitten würde?

»Nur Codenamen, Wolverine«, sagte er. »Auch hier.«

Victoria nickte dankend und fuhr fort: »Alle geborgenen Leichen wurden als ehemalige Mitglieder von S.H.I.E.L.D.

identifiziert, die bei der Übernahme durch H.A.M.M.E.R. ausnahmslos im Ausland dienten.«

»Damals sind viele Agenten verschwunden«, grübelte Norman. »Und eine Menge sehr teure Ausrüstung.«

»Wir haben Informationen von Five Eyes, dass mindestens zwei der fünf für Timothy Dugans Howling Commandos gearbeitet haben.«

»Sollte man die kennen?«, fragte Moonstone, wobei sie nicht den Eindruck machte, als würde sie das auch nur im Entferntesten interessieren.

»Ein Söldnerunternehmen mit Niederlassungen in London, Canberra und Johannesburg und eine bekannte Tarnfirma für unzufriedene ehemalige S.H.I.E.L.D.-Agenten und Nick-Fury-Loyalisten.«

»Wenn das bekannt ist, warum wurden sie dann nicht längst vernichtet?«, grummelte Ares.

Norman seufzte. »Weil es niemanden interessiert, wenn sich ein paar Hundert wütende junge Leute von Despoten auf der ganzen Welt bezahlen lassen, damit mir Nick Fury in die Suppe spucken kann. Wusstest du, dass es über hundert Dollar pro Tag kostet, einen amerikanischen Staatsbürger auf amerikanischem Boden hinter Gitter zu sperren?«

»Und«, ergänzte Victoria, »sie scheinen mehr daran interessiert zu sein, alte Kriege gegen Hydra und ihre Verbündeten fortzusetzen und anderen Söldneraktivitäten nachzugehen, um ihre Rechnungen bezahlen zu können, als irgendeinen neuen Rachefeldzug gegen uns oder H.A.M.M.E.R. zu starten.«

»Bis jetzt«, wandte Ares ein.

»Eigentlich gibt es darauf keine Hinweise. Und selbst für die beiden Agenten, von denen wir wissen, dass sie zu den Howling Commandos gehörten, haben wir ziemlich glaubwürdige Aussagen von den Südafrikanern, dass sie sich schon vor Monaten von Dugan getrennt haben.« Sie nahm ihr Tablet und rief einige Tatortfotos aus dem Besprechungsraum auf. »Ihre Schutzkleidung war Standardausrüstung, nichts Besonderes. Und wenn ich sie letzte Woche noch selbst getragen hätte, es gäbe keine Möglichkeit für uns, das herauszufinden. Die Waffen hingegen ...« Sie bediente den Touchscreen mit der Geschicklichkeit einer Konzertpianistin. Die stundenlange tägliche Übung zahlte sich aus, als sie eins der Fotos vergrößerte, um das OS-11-Quad-Mode-Sturmgewehr zu zeigen. »H.A.M.M.E.R.-Stützpunkte außerhalb der Vereinigten Staaten befinden sich meist in ziemlich unbeständigen Gegenden der Welt.« Sie zuckte mit den Schultern. »Das liegt in der Natur der Sache, wenn man wie H.A.M.M.E.R. als Friedenstruppe aktiv ist. Es genügt, zu sagen, dass das Letzte, was wir wollen, ist, dass Waffen von Oscorp in die Hände von Terroristen und Warlords gelangen, die wir eigentlich bekämpfen sollten.«

»Nicht ohne dafür zu bezahlen«, mischte sich Daken ein.

Victoria funkelte ihn über den Tisch hinweg an.

Sie glaubte an die Mission von H.A.M.M.E.R. Sie glaubte an Norman Osborn. Sie war schon lange der Ansicht gewesen, dass Fury durch die Jahre im Amt alt und weich geworden war. Nur hatte niemand in seinem Umfeld oder unter seinen Vorgesetzten über die Rücksichtslosigkeit verfügt, daran etwas zu ändern. Um die Organisation zu retten, die er selbst mit ins Leben gerufen hatte, war es notwendig geworden, ihn zu entfernen. Norman Osborn war der Held, den die Welt brauchte, auch wenn sie es nicht wusste. Seine Avengers waren das hart durchgreifende Team, das endlich Jahrzehnte hartnäckiger Probleme überwinden und sich später für Kollateralschäden oder Konsequenzen entschuldigen würde. Und trotz der Tatsache, dass es immer noch Organisationen wie A.I.M. und Hydra gab, dass es immer noch monomanische Despoten und auf eigene Faust arbeitende Superschurken gab, die die Welt übernehmen oder zerstören wollten, hatte nichts ihre Überzeugung auch nur ein einziges Mal ins Wanken gebracht.

Das war allerdings kein Grund, Daken oder irgendjemand anders die benötigte Munition zu liefern, um sie in die Enge zu treiben. Daken war leicht ersetzbar. Das waren sie alle.

Mit Ausnahme von Victoria Hand.

Inzwischen verließ sich Norman auf sie.

Vielleicht zu sehr.

»Was die stellvertretende Direktorin Hand zu *sagen* versucht«, ergänzte er, »ist, dass ich bewusst Schritte unternommen habe, um es fast unmöglich zu machen, die Herkunft meiner Waffen zu verschleiern. Es ist viel komplizierter, als nur eine Seriennummer abzufeilen. Sie sind mit Mikrochips und Isotopenmarkierungen versehen. Ich habe die Verfahren selbst mitentwickelt. Die Identität jeder einzelnen Waffe ist buchstäblich in die Atome jeder Waffe, die meine Fabriken produzieren, eingebrannt.«

»Und diese …« Victoria nickte, blendete ihre bisherigen Registerkarten aus und rief auf ihrem Tablet eine Satellitenkarte auf, die über dem Horn von Afrika zentriert war, um sie dann zu vergrößern. »Diese fünf OS-11 wurden alle in der Oscorp-Fabrik in Äthiopien hergestellt. Wer auch immer dahintersteckt, hat sich Mühe gegeben, die Mikrochips zu verschlüsseln. Sie wussten genau, wonach sie suchten und was sie taten, und wenn wir nur eine Waffe anstatt der fünf zur Verfügung hätten, wären wir wahrscheinlich nicht in der Lage gewesen, ihr irgendwelche nützlichen Daten zu entlocken. Aber …« Sie lächelte dünn. »Dank Hawkeyes Bemühungen haben wir genug Ortungsdaten erhalten, um mit neunundneunzigprozentiger Sicherheit sagen zu können, dass alle Waffen aus Äthiopien zum H.A.M.M.E.R.-Stützpunkt in Mogadischu, Somalia, geliefert wurden, wo sie bis letzte Woche auch waren.«

»Das ist einer der Stützpunkte, die bei den Unruhen zerstört wurden.« Ares ballte die Faust, auf seinem muskulösen Unterarm traten die Adern hervor. Es war deutlich, wie H.A.M.M.E.R. nach Meinung des Gotts des Krieges auf die Unzufriedenheit der Bevölkerung in der Region hätte reagieren sollen.

Norman sah das ganz ähnlich. »Richtig. Und ich bin mir nicht sicher, ob wir viel damit anfangen können. Jeder hätte den Stützpunkt während der Unruhen plündern können. Könnte sogar sein, dass die Täter sie genau zu diesem Zweck angezettelt haben.«

Wenn er so darüber nachdachte, gefiel ihm die Vorstellung. Es bedeutete, die Menschen auf der Welt waren leichtgläubige, leicht zu beeinflussende Narren. Figuren in einem raffinierten Spiel, die sich nicht einfach nur aus freien Stücken weigerten, nach Norman Osborns Pfeife zu tanzen.

»Können wir nicht. Zumindest nicht, wenn wir uns allein darauf beschränken.« Victoria sah zu Ares. »Aber dank dir haben wir vielleicht eine Identifizierung des Schwertkämpfers in Manhattan.«

Der Olympier rutschte an die Kante seines Stuhls.

Gleichzeitig legten auch Daken und Moonstone mehr Aufmerksamkeit an den Tag, als würde sich die subpsychische Aggression des Gotts des Krieges auf sie übertragen.

»Zeig es mir«, verlangte Ares.

Victoria rief ein Schwarz-Weiß-Foto auf, das einen jungen Araber an einer augenscheinlich belebten Straße in einem Stadtzentrum zeigte. Es war ein wenig unscharf, als würde die Aufnahme von etwas stammen, das mit hoher Geschwindigkeit über ihm vorbeigeflogen war.

Ares knurrte leise und nickte. »Ja. Das ist der Sterbliche, der sich mir gestellt hat und noch immer unter den Lebenden weilt.«

»Sein Name ist Navid Hashim, auch bekannt als Arabian Knight, ein palästinensischer Staatsangehöriger, der derzeit in den Diensten der saudischen Königsfamilie steht.«

Norman knirschte verärgert mit den Zähnen. Er wusste nicht, wie viel von seiner Wut sich auf die nicht enden wollenden Kränkungen durch die Nationen der Welt zurückführen ließ und wie viel von Ares stammte. Soweit Norman wusste, beeinflusste der Gott des Krieges seine Umwelt nicht absichtlich. Aber die Wissenschaftler von DEVCOMM, DARPA oder Oscorp hatten auch noch kein wirksames Mittel gefunden, um das zu unterbinden. Er rieb sich die Nasenwurzel, wobei der Griff der gepanzerten Handschuhe kräftiger als beabsichtigt war, und schloss die Augen, als wollte er mit Willenskraft erreichen, was die Wissenschaft nicht schaffte: den Einfluss des Gotts abzuwehren.

Er fing an, über diesen Wahnsinn zu kichern, bevor er tief einatmete, wie es ihm sein Therapeut beigebracht hatte, und ausatmete.

Ich bin Norman Osborn, dachte er entschlossen. *Sonst niemand.*

»Ist Hashim ein aktiver saudischer Agent?«, fragte er mit nach wie vor geschlossenen Augen.

»Soweit wir wissen«, bestätigte Victoria. »Die Saudis verraten die Identität ihrer Agenten genauso ungern wie wir. Das letzte Mal ist er etwa vor einem Jahr auf unserem Radar aufgetaucht. Er wurde an den MI-13 ausgeliehen, um einen Anschlag in London zu vereiteln.«

Norman drehte sich um und suchte einen Mitarbeiter zum Anschreien. Irgendeinen Mitarbeiter. »Finden Sie jemanden in Washington, der mir den saudischen Botschafter ans Telefon holen kann. Ich will wissen, was er mir über den Kerl sagen kann. Und sagen Sie denen, dass ich nicht die geringsten Bedenken habe, Sentry zu befehlen, Riad vom Angesicht der Erde zu tilgen und es auf iranische Massenvernichtungswaffen zu schieben.«

Der ranghöhere Agent seines Personenschutzes sah überrascht in seine Richtung.

»Sie haben ganz richtig gehört«, knurrte Norman.

»Und während wir hoffen, dass der saudische König auf Ihren Bluff hereinfällt«, erklärte Victoria laut, »haben wir noch ein paar zusätzliche Informationen über Arabian Knight. Es hat sich herausgestellt, dass der Alias, wenn auch nicht Hashim, ebenfalls ein Mitglied des irakischen Superteams Desert Sword war.«

»Genau wie Black Raazer«, stellte Daken fest.

»Gut, Miss Hand«, lobte Norman. »Sehr gut.«

Victoria nahm das Lob so stoisch entgegen, wie sie es auch mit Kritik getan hätte. Mit dem Finger tippte sie auf das Bild auf dem Tablet. »Diese Aufnahme stammt von einer britischen Drohne, die vor etwa sechs Stunden über die Stadt Bosaso geflogen ist.«

»Verzeihen Sie mir, Miss Hand, dass ich nicht weiß, wo das ist.«

Victoria grinste. »Somalia, Sir.«

Ares' Faust krachte auf den Tisch. »Gebt mir einen Quinjet und einen Tag. Ich werde Arabian Knight an den Knöcheln aus seinem Land zerren und ihn wie eine als Opfergabe auserkorene Ziege auf den Tisch der Avengers legen.«

»Über die Einzelheiten unterhalten wir uns später, Ares«, entgegnete Norman. »Auch wenn ich dein Engagement für Recht und Ordnung begrüße. Wir wissen noch immer nicht, wer dahintersteckt, was sie als Nächstes vorhaben oder warum. Und auch wenn ich es nicht weiß, nehme ich an, dass Somalia ein großes Land ist.«

»Ungefähr so groß wie Alaska, Sir«, sagte Victoria. »Aber zu dem, was sie beabsichtigen könnten, habe ich eine Theorie.«

»Lassen Sie hören, Miss Hand.«

»Nun, Sir, mit all den Informationen, zu denen sie Zugang hatten, hätten sie unseren Interessen ernsthaft schaden können. Sie hätten uns um Monate zurückwerfen können. Stattdessen haben sie das getan.« Sie gestikulierte abfällig in Dakens Richtung. »Sie haben in den sozialen Medien auf unsere Kosten ein paar Witze gemacht. Es ist, als würden sie sich bemühen, Kollateralschäden an der Organisation zu vermeiden. Die Personalakten, auf die sie zugegriffen haben, das Material, das sie von meinem Computer kopiert haben, sogar das Filmmaterial, das sie dem *Bulletin* zugespielt haben: Ich glaube nicht, dass es ein Angriff auf H.A.M.M.E.R. ist. Oder die Vereinigten Staaten. Ich denke, es geht hier einzig und allein um Sie.«

»Ich glaube nicht, dass ich den Unterschied verstehe, den Sie machen, Miss Hand.«

»Sir, ich ...«

»Ich *bin* H.A.M.M.E.R. Verstehen Sie? Ohne mich *gibt* es keine Organisation. Ich habe die direkte Kontrolle über die Initiative, die Thunderbolts und die Avengers. Ich habe das FBI, das ATF, die CBP. Ich habe die Nationalgarde in meiner Tasche. Wissen Sie, wie viele Abgeordnete mein Geld ins Amt gebracht hat? Internationales Recht ist, was immer *ich* sage. Ein Angriff auf mich ist eine Kriegserklärung an die Vereinigten Staaten von Amerika, und glauben Sie mir, Miss Hand, Amerika wird mit Feuer und überwältigender und völlig unverhältnismäßiger Kraft zurückschlagen.« Er bemerkte, dass er schrie. Im gesamten Bunker war es bis auf das Rauschen der Computerlüfter still geworden. Wachen, Techniker und sogar die Agenten vom Secret Service hatten ihre Arbeit unterbrochen und beobachteten ihn. Moonstone zeigte ein unfreundliches und wissendes Lächeln, als hätte Norman vergessen, sich anzuziehen und stünde in Unterwäsche im Bunker. Hätte

Daken noch breiter gegrinst, hätte die Gefahr bestanden, dass er damit die Regenerationsfähigkeit seines Gesichts überlastete. Ares nickte zustimmend.

Irgendwie war das noch schlimmer.

Keuchend beruhigte er sich wieder.

»Sir …« Victoria sah ihn ernsthaft besorgt an, allerdings war das etwas, das sie in Anwesenheit des restlichen Avengers-Teams nicht ansprechen würde.

Das würde später kommen.

»Was war das für Material, das man dem *Bulletin* zugespielt hat?«, fragte Moonstone. Als amoralische Psychiaterin witterte sie, dies war der ideale Moment, um Informationen aus Norman herauszukitzeln. Wäre Norman nicht so gereizt gewesen, wäre er vielleicht beeindruckt gewesen.

»Nichts Wichtiges«, schnauzte Victoria.

»Und die Dateien von Ihrem Laptop?«

»Eine Liste«, antwortete Norman für sie.

»Sir …«, warnte ihn Victoria.

Norman spürte, wie das Blut in seinem Kopf rauschte. Warum sollte es Karla nicht wissen? Sie sollten es alle wissen! Sie sollten wissen, wer die Kontrolle über ihr Leben und ihren Tod hatte, und sehen, wie unbedeutend und austauschbar jeder Einzelne von ihnen war. Noch bevor er sich jedoch das erste Wort zurechtlegen konnte, ließ ihn eine Bewegung in der Gruppe der IT-Agenten zögern. Eine junge Frau, ein Special Agent in Zivil, sofern er sich richtig an die Vorstellungsgespräche erinnerte, drängte sich zu den Wachen an der Tür durch. Gleichzeitig bemerkte Norman, dass sich das kleine Spalier aus Secret-Service-Agenten um ihn und die Avengers enger zog. Der leitende Agent sprach eindringlich in sein Headset. Die anderen hatten bereits ihre Waffen gezogen.

»Raus mit der Sprache.«

»Es ist etwas vorgefallen«, antwortete der Agent mit einem Finger an seinem Ohr. »Agenten am Boden.« Er wandte sich an Norman: »Spider-Man hat seine Befrager getötet und die Sicherheitsmaßnahmen in diesem Flügel durchbrochen.«

»Spider-Man …«

Knurrend sah Norman zur Monitorbank zurück.

Eine der Kameras in den Verhörräumen war noch immer abgeschaltet, aber die in Lesters Raum übertrug wieder ein Bild. Bullseye saß mit auf dem Tisch überkreuzten Füßen auf seinem Stuhl. Er pfiff. Auf dem Stuhl gegenüber saß zusammengesunken ein männlicher Agent. Sein Rücken war der Kamera zugewandt, trotzdem war offensichtlich, dass er tot war, offenbar mit dem Kabel seines eigenen Ohrhörers erdrosselt.

Ein blutiger Handabdruck verschmierte die andere Seite des kleinen Fensters in der Tür.

Obwohl er äußerlich völlig gefasst wirkte, spürte Norman die Weißglut in sich aufsteigen. Reichte es nicht, dass er eine Welt zu schützen und auf Kurs zu halten hatte? Musste er wirklich auch noch supermenschliche Bedrohungen in seinem eigenen Haus überwachen? Und das, während die Leute des Präsidenten da waren? Hinter seinen Ohren hörte er das Kreischen eines Wahnsinnigen. Es kostete ihn jedes verfügbare Quäntchen Selbstbeherrschung und jahrelange Übung, um nicht genauso laut loszuschreien wie ein Teekessel, der kurz vor dem Siedepunkt stand.

Er war gefasst. Er war ruhig.

Er war Norman Osborn.

Wer sollte er sonst sein?

»Miss Hand.« Seine Stimme klang völlig vernünftig und gelassen. »Treffen Sie alle notwendigen diplomatischen Vorbereitungen, um eine groß angelegte Operation auf somalischem Gebiet freizugeben. Miss Marvel, Ares, Wolverine: Kommt mit.«

Daken ließ sein Lächeln erneut aufblitzen. Dieses Mal war es aufrichtig. Das Aufgesetzte ließ sich nicht damit vergleichen. »Dürfen wir ihn dieses Mal töten?«

Auf einen gemurmelten Befehl hin entfaltete sich Normans Helm und umschloss seinen Kopf. Versiegelt in seiner Nickel-Titan-Kuppel, unhörbar für jeden außer ihm selbst, entfesselte er endlich den Schrei, der sich in seinem Kopf angestaut hatte.

»Ja, Wolverine.« Die Patriot-Rüstung ließ ihn tiefer klingen und verdeckte dadurch die Hysterie, die sich in seine Stimme geschlichen hatte. »Du hast meine uneingeschränkte Befugnis, Spider-Man ein für alle Mal auszuschalten.«

KAPITEL 17

Der Höhepunkt seines Wahnsinns

Der Iron Patriot raste mit über dreihundert Kilometern pro Stunde durch die Eingeweide des Avengers Towers.

Türen wurden aus ihren Angeln gerissen, Fenster explodierten, Angestellte und Sekretärinnen hechteten in einem Sturm flatternden Papiers in ihre Büros. Jede Kleinigkeit, die nicht im Beton verankert war, wurde mitgerissen und Teil des glitzernden Strudels, den der Iron Patriot hinter sich herzog. In einer rechtwinkligen Kurve prallte er gegen die Wand. Die Repulsoren der Stiefel und Handschuhe fraßen sich wie die Krallen eines tollwütigen Tieres in den Beton, als er seine Flugbahn neu ausrichtete und den Flur entlangraste.

Töte Spider-Man, dachte er. *Ha ha ha ha ha.* Durch die 3-D-Risszeichnung des Gebäudes auf seinem HUD tanzten Icons und passten sich den abrupten Richtungs- und Geschwindigkeitsänderungen seiner Rüstung an. Er war schon mit achtfacher Schallgeschwindigkeit geflogen. Das hätte ein Kinderspiel sein sollen. Es war gar nichts. Er könnte es mit geschlossenen Augen tun. *Töte Spider-Man.* Er fluchte leise, als er ein paar Hundert Meter an der Decke entlangschrammte, Funken schlug und im Inneren seines Helms ein Integritätsalarm gemeldet wurde. Mit einem Blinzeln wählte er aus dem HUD-Menü ein Kommunikationssymbol.

»Ist Spider-Man noch im vierzigsten?«

»Ja, Sir«, antwortete Victoria. *»H.A.M.M.E.R.-Agenten und der Secret Service sind bereits dort, aber ich wollte sie zurückziehen.«*

»Nein. Befehlen Sie ihnen, die Stellung zu halten, und schicken Sie Verstärkung.«

»Ich habe jemanden aus dem Weißen Haus auf der anderen Leitung. Der Präsident will wissen, wie es Mac Gargan geschafft hat, drei seiner Leute zu fressen.«

»Ich will, dass Spider-Man genau da bleibt, wo er jetzt ist.«

»Venom wird diese Agenten in Stücke reißen.«

Venom, erinnerte er sich. *Stimmt.*

»Ich bin in zehn Sekunden da.«

Am Ende des Flurs versperrte ihm eine Stahltür den Weg in einen Fahrstuhlschacht. Ein kurzer Stoß seiner Handflächen-Repulsoren verwandelte sie in Schlacke und er flog durch den rot glühenden Metallvorhang wie ein Stein in geschmolzene Lava. Ein weiterer Repulsorschuss, diesmal breit gestreut, stoppte seine Vorwärtsbewegung, während ihn ein heftiger Stoß seiner Stiefeldüsen scheppernd und mit korkenzieherartiger Eigenrotation den Fahrstuhlschacht hinaufschleuderte. Sein HUD zeigte die Etagen an, von den Minuszahlen der Bunkerebenen ausgehend wechselten sie rasend schnell in Richtung des vierzigsten Stockwerks.

Fast da.

Er sah nach oben.

Die Decke war viel näher, als sie sein sollte. Und sie kam ihm entgegen. Schnell.

Der Fahrstuhl fuhr nach unten.

Er überlegte, ob er Victoria noch einmal anrufen sollte, um zu erfahren, ob jemand Wichtiges an Bord war, verwarf den Gedanken jedoch sofort wieder. Er hatte keine Zeit für einen Anruf oder um auszuweichen. »Ich muss Spider-Man töten.« Er leitete zusätzliche Energie in die Stiefel-Repulsoren und die vorderen Schilde. Dann beschleunigte er in Richtung des abwärts fahrenden Fahrstuhls, durchschlug den Boden wie ein Finger eine Vertragsseite und kam auf der anderen Seite wieder heraus. Er war viel zu schnell, um mit eigenen Augen zu sehen, ob jemand darin gewesen war oder nicht. Funken sprühend und aufgerissen wie eine Metallblume kam die Kabine zwischen den Etagen zitternd zum Stillstand. Norman verschwendete keinen weiteren Gedanken daran.

»Was Ihren Ausbruch im Kontrollraum angeht, Sir …«

»Ich weiß, was Sie sagen wollen, Miss Hand. Es wird nicht wieder vorkommen.«

»Haben Sie die Übungen gemacht, die Ihr Therapeut Ihnen verordnet hat?«

»Ich habe nicht einen einzigen Termin versäumt, Miss Hand.«

»Das habe ich nicht gefragt. Denken Sie daran, was der Arzt gesagt hat, Sir. CBT ist eine Gesprächstherapie, aber Sie müssen auch machen, *was man Ihnen im Rahmen der Therapie sagt.«*

Norman verzog das Gesicht. Er hasste die Therapie. Er hasste es, sich und seinen Verstand einem anderen zu unterwerfen. Er hasste es, welchen Eindruck er dadurch erwecken könnte. Für einen Mann in seiner Position waren stimmungsstabilisierende Medikamente weitaus akzeptabler.

Auf seinem HUD blinkte die vierzigste Etage auf.

Er konnte durch die Stahlwände des Fahrstuhlschachts bereits das dumpfe Prasseln von Schüssen hören.

»Wir reden später darüber, Miss Hand. Ich bin gerade ein wenig beschäftigt.«

Er drosselte die Energie seiner Stiefel-Repulsoren und reduzierte seine Aufstiegsgeschwindigkeit mit einem Bremsimpuls der Schulterdüsen und ein wenig Unterstützung durch die Schwerkraft. Dann streckte er die Hände aus und schmolz die Fahrstuhltür auf.

»Bei allem Respekt, Sir. Sie sind immer beschäftigt. Das ist das Versprechen, das Sie mir bei meiner Einstellung gegeben haben. Wenn Sie es brechen, gehe ich.«

Norman murmelte vor sich hin.

»Tut mir leid, Sir, das habe ich nicht verstanden.«

»Ich sagte, ich werde die verdammten Übungen machen.«

Schweigen. *»Die Welt braucht Sie, Sir. Sie braucht Norman Osborn. Den Goblin braucht sie nicht.«*

»Der Goblin wird nicht zurückkommen, Miss Hand. Das garantiere ich Ihnen. Wenn Sie jetzt kurz dranbleiben, kümmere ich mich ein für alle Mal um Spider-Man.« Er hätte am liebsten vor Lachen losgebrüllt, doch er wusste, das sollte er nicht, solange Victoria in der Leitung war. Er würde einfach eine doppelte Dosis nehmen, um die verpasste Erinnerung in Chicago auszugleichen. Ein kräftiger, schräg ausgerichteter Energiestoß manövrierte ihn durch die tropfende Türöffnung und brachte ihn an den Schauplatz des Kampfs.

Nein, *Kampf* implizierte, dass beide Seiten eine Chance auf den Sieg hatten.

Das hier war ein Massaker.

Die Fahrstühle führten in ein Auditorium, das er, wie Tony Stark vor ihm, für Firmenveranstaltungen und gelegentlich für Presseveranstaltungen nutzte, bei denen die Nachrichten so spektakulär schlecht waren, dass nur die teuersten Teppiche darüber hinwegtäuschen konnten. Es war so entworfen und dekoriert, dass es einem Ballsaal im Regency-Stil ähnelte, ergänzt mit Elementen eines griechisch-römischen Amphitheaters, aber aus irgendeinem Grund funktionierte die Kombination.

Vom Fahrstuhl aus führten zwei gegenüberliegende Treppen zum Veranstaltungssaal. Die Stufen waren mit Leichen übersät, von denen die meisten gerade dabei gewesen waren, sich den Weg zum Fahrstuhl hinauf freizukämpfen.

Die Pilaster an den Wänden waren von Kugeln durchlöchert und zeigten Plasmabrandspuren, während Reproduktionen von Kunstwerken und Wandteppichen schief und zerfetzt an ihren Halterungen hingen. Riesige Kathedralenfenster boten einen Blick auf Manhattan. Sie bestanden aus zwei Zentimeter starkem, kugelsicherem Verbundglas, das durch Hunderte Einschüsse von innen weiß gefärbt war. Auf einem Dreibein war ein schweres Maschinengewehr montiert, das in die Galerie zielte. Die beiden H.A.M.M.E.R.-Agenten, die es bemannt hatten, waren tot. Man hatte ihre Körperpanzer aufgeschlitzt und die freigelegten Innereien glitzerten zwischen dunklem, außerirdischem Schleim.

Die Logen und Balkone für die hohen Tiere blickten mit ihrer einwegverspiegelten Verglasung teilnahmslos auf den letzten Akt des Gemetzels hinab.

Eine Handvoll Soldaten kämpfte noch. Ein paar Dutzend H.A.M.M.E.R.-Agenten und ein paar vom Secret Service suchten Schutz im Orchestergraben und schrien, während sie mit ihren Sturmgewehren und Handfeuerwaffen auf das Monster über ihnen feuerten.

Venom.

Man konnte die Kreatur auf keinen Fall ansehen, ohne sofort zu wissen, wer sie wirklich war.

Sie war auf über zwei Meter angeschwollen, hielt sich wie ein Neandertaler vornübergebeugt und ölige Sehnen und Grate aus knochenähnlicher Substanz ergänzten den übermäßig muskulösen Körperbau. Ihr Gesicht war verformt, mit verlängertem Kiefer, und ihre Zunge schleifte über den Boden, während sie hungrig auf den Orchestergraben zusprang. Verzweifelte Feuerstöße prasselten auf die Symbiontenhaut ein, nur um wie Käfer im Teer zu ertrinken. Der Secret Service war für diese Art von Bedrohung überhaupt nicht ausgerüstet. Venom zur Strecke zu bringen würde mehr Feuerkraft erfordern, als ein H.A.M.M.E.R.-Kommando routinemäßig mit sich führte.

Als die Kreatur in die Grube sprang, brüllte sie wie ein wahnsinniger Gorilla.

Ein Schlag ihrer Hand ließ Agenten durch die Luft fliegen. Tentakel brachen an hundert Stellen ihres Körpers hervor, schnappten sich ein Dutzend H.A.M.M.E.R.-Soldaten und zermalmten sie in ihren Körperpanzern. Ihre Haut schluckte ihr Gegenfeuer, während sie eine Secret-Service-Agentin ins Maul nahm und sie geräuschvoll verschlang, ohne Zeit mit Kauen zu verschwenden.

»Verdammt«, murmelte Norman.

»Sir?«

»Unser vermisster Arzt. Er muss Gargan das Serum 17-G gespritzt haben, als er ihn in Behandlung hatte.«

Ein höchst untypisches Schimpfwort knisterte durch die Kommunikation der Rüstung.

Das Behandlungsprogramm für Gargan war ursprünglich ein schlichter Batrachotoxin-Hemmer gewesen, der während seiner Zeit bei den Thunderbolts von der Kommission für supermenschliche Aktivitäten, der CSA, entwickelt worden war. Später war das Programm ausgegliedert und an ein Oscorp-Labor übergeben worden, wo es so weit verfeinert worden war, um Gargan zu ermöglichen, gerade genug wie ein echter Mensch auszusehen und zu funktionieren, um als Spider-Man durchzugehen, ohne dafür zu viel vom Killerinstinkt und der Kraft des Symbionten zu opfern. Es war immer ein Balanceakt. Der Symbiont entwickelte sich weiter und leistete Widerstand. Die Chemotherapie verfehlte immer wieder das ideale Maß, sodass er entweder nutzlos passiv oder eine hypergewalttätige Belastung war. Dasselbe war auch bei dem *Bulletin*-Überfall passiert.

Trotzdem war das nichts im Vergleich zu dem hier.

Serum 17-G war eines der vielen Zugeständnisse, die Norman gemacht hatte, um Doktor Fiennes' »intellektuelle Neugier« zu bändigen, nachdem man die ehemalige A.I.M.-Überläuferin zurückgeholt hatte, um das Programm zu überwachen. Sie hatte herausfinden wollen, ob auch eine umgekehrte Behandlung möglich war, ob die Macht des Symbionten über den Wirt sowohl gestärkt als auch unterdrückt werden konnte. Ob man Gargans menschliche Eigenschaften wie Egoismus und Schuldgefühle chemisch abschwächen konnte, ohne dass seine Fähigkeit, grundlegende Befehle zu befolgen, völlig verloren ging.

Selbstverständlich war das Experiment auf ganzer Linie gescheitert.

Die ersten Tests mit Laborproben hatten einem Dutzend Nachwuchsforscher das Leben und Oscorp Millionen gekostet, aber die Ergebnisse waren so vielversprechend gewesen, dass er Doktor Fiennes erlaubt hatte, in kleinerem Maßstab weiterzumachen. Norman hatte keine Ahnung gehabt, dass sie eine Ampulle mit der Formel vor Ort aufbewahrt hatte. Und wenn sie hier daran gearbeitet hatte, war es unvermeidlich, dass auch andere von der Existenz der Formel wussten. Wissenschaftler konnten einfach nichts für sich behalten. Als wäre es angeboren. Es war bedauerlich, dass man sie brauchte.

Sobald diese Krise überwunden war, würden Norman Osborn und seine leitende Wissenschaftlerin ein sehr langes und sehr offenes Gespräch miteinander führen.

Norman leitete seine Stimme durch die Außenlautsprecher der Patriot-Rüstung und rief eine Herausforderung, bevor er über das Geländer in Richtung Orchestergraben flog. Auf dem Boden ließ Venom den kreischenden Agenten, den er sich gerade ins Maul stopfen wollte, fallen und drehte sich um. Er blickte Norman mit dem kalten, gierigen Hunger des Weltraums entgegen und leckte sich über die schwarzen Lippen.

»Wie lautet die voraussichtliche Ankunftszeit von Daken und Ares?«, fragte Norman über Funk.

»Fünf bis zehn Minuten, Sir. Sie waren gezwungen, einen Ersatzaufzug zu rufen.«

Norman schnaubte. Der Fahrstuhl, den er durchbrochen hatte, war vermutlich nicht besetzt gewesen. Das war doch mal eine gute Nachricht. »Schicken Sie Moonstone nach draußen. Sie soll eine Barriere errichten. Und fordern Sie bei der Hancock Air National Guard eine Staffel Kampfhubschrauber an, um sie zu unterstützen. Gargan darf unter keinen Umständen entkommen. Ist das klar, Miss Hand? Ich möchte nicht, dass das zu einem weiteren PR-Debakel wird, bei dem der Präsident am Ende auf CNN sieht, wie Karla und ich über der Upper East Side gegen Venom kämpfen.«

»Soll ich Sentry wecken?«

»Nein!« Er holte tief Luft. »Nein. Robert ist im Moment zu instabil. Lassen Sie ihn sich ausruhen.« Er streckte Venom beide Hände entgegen, spreizte die Finger und leitete sämtliche Hilfsenergie zu den Handflächen-Repulsoren. »Ich kümmere mich selbst darum.«

Ein Schwall weißglühender Repulsor-Strahlen schoss aus seinen Handflächenemittern auf den Orchestergraben zu.

Venom sabberte ein dümmliches Lachen und sprang, kurz bevor die Strahlen einschlugen, aus dem Weg. Norman verfolgte ihn und feuerte weitere Repulsor-Entladungen ab, trotzdem schaffte es Venom irgendwie, jedem Angriff auszuweichen. Es schien, als hätte das Serum nicht nur Gargans Raubtierinstinkt verstärkt, sondern auch seinen Spinnensinn. Zweifellos konnte Norman davon ausgehen, dass auch der Rest seiner außerirdischen Fähigkeiten auf ähnliche Weise verbessert war.

Doktor Fiennes konnte sich auf eine deutliche Ansage freuen.

Der Venom-Symbiont kauerte sich auf dem Laufsteg zusammen, zermalmte das Geländer unter seiner Masse und sprang dann in Richtung Galerie. Norman sah ihn zu spät, um zu reagieren. Der Symbiont war einfach zu schnell. Venoms Faust traf seinen Helm wie ein von einem riesigen Affen geschwungener Amboss. Er wurde zurückgeworfen, in seinem Kopf schrillten Alarmglocken, Stabilisierungstriebwerke zündeten und er prallte gegen das Fenster. Das kugelsichere Glas zersplitterte unter der Wucht wie Eis, zerbrach aber nicht. Warnungen stotterten über sein HUD: Mikrofrakturen in mehreren Panzerungsteilen, Schildstärke in jeder Zone um fünf Prozent gefallen. Er beeilte sich, die Statusmeldungen abzuschalten. Bevor er dazu kam, sich zu bewegen, spritzte ein schwarzes Netz auf sein Visier. Alles wurde dunkel bis auf das leuchtende Holo-Display des HUD und seine unzähligen Alarme. Er schlug sich die Hände vors Gesicht, teils aus Instinkt, teils in der Absicht, das Symbiontengewebe mit einem Repulsor-Strahl zu verbrennen, nur um aus dem Fenster gerissen und mit dem Gesicht voran mit entsetzlicher Wucht auf den Boden geschmettert zu werden.

Er stöhnte. Die mit Flüssigkeit gefüllten Stoßdämpfer und die Polsterung seiner Rüstung konnten nur eine bestimmte Menge an Kraft absorbieren, bevor sie etwas davon an ihn weitergaben.

Nur von den Sensoren geleitet, aktivierte er seine Stiefel-Repulsoren, schoss wie ein im Laden gezündeter Feuerwerkskörper über den zerstörten Boden und rammte Venoms Brust. Sein Schub hob beide wieder in die Luft, sie hingen aufeinander und prügelten aufeinander ein, während sie ungebremst von einer Wand in die nächste krachten. Nach wie vor blind, doch dank der Patriot-Rüstung vor der vollen Wucht des Kampfs geschützt, verfolgte Norman den Schaden anhand der Warntöne und Schildprofile seines HUDs.

Das Goblin-Serum, das er als junger Mann entwickelt hatte, hatte ihn stärker und beweglicher gemacht, seine Heilungsfähigkeit beschleunigt und seinen ohnehin schon genialen Intellekt und seine Kreativität über jede konventionell erreichbare menschliche Grenze hinaus gesteigert. Selbstverständlich hatte es auch ein paar kleinere Nebenwirkungen gegeben. Aber selbst während des Höhepunkts seines früheren Wahnsinns hätte er nie versucht, eine Kreatur wie Venom allein zu bekämpfen. Starks Rüstung hatte ihm jedoch mehr ermöglicht. Als Iron Patriot konnte er härter zuschlagen und mehr einstecken, als es der Green Goblin je gekonnt hätte. Er konnte es mit fast allem aufnehmen. Von all seinen Avengers, mit der offensichtlichen Ausnahme von Sentry, war derzeit nur Ares stärker als er.

Und endlich konnte er Spider-Man töten.

Mit einem empörten Knurren schickte er einen Schallangriff durch seinen Lautsprecher, der bei Weitem nicht so fein abgestimmt war wie das, was Doktor Fiennes in ihrem Labor benutzte. Aber es reichte aus, um den Venom-Symbionten etwas zu schwächen, damit er seinen Griff lockerte. Ein niedriger Energiestoß gegen seinen eigenen Helm brannte das Netzgewebe von seinem Visier. Er konnte genau in dem Moment wieder etwas sehen, als die Faust auf sein Gesicht zuflog. Er riss die offene Handfläche hoch, um den Schlag abzufangen, und bekam den Arm zu fassen. Die Antriebssysteme der Patriot-Rüstung heulten auf, als sie sich mit Venoms Kraft maßen und den Arm des Symbionten langsam und mühsam zur Seite drehten. Als sich Venom ohne Deckung vor ihm befand, konterte er mit einem kurzen Schlag, der die kinetische Wucht eines führerlosen Zugs in den Bauch des Symbionten jagte. Der Außerirdische keuchte und spuckte ätzenden Schleim über Normans Visier, der ihm die Sicht teilweise wieder nahm. Während er dadurch abgelenkt war, verschmolz Venoms gefangenes Handgelenk mit den Fingern der Hand der Patriot-Rüstung, bis *er* plötzlich den ganzen Arm umklammerte und Norman zu Boden schleuderte.

Norman krachte durch die eine Hälfte der Doppeltreppe.

Die gesamte Konstruktion löste sich. Holzrahmen, Blattgold, Stahlstangen und Laminat mit Marmoreffekt stürzten auf ihn herab. Die Rüstung reagierte automatisch, indem sie Lampen aktivierte. Die sagenhaft teuren Trümmer warfen das blendende Halogenlicht zurück. Er versuchte, etwas von der Last zu verschieben. Die Patriot-Rüstung konnte mehr als siebzig Tonnen heben, zumindest unter Laborbedingungen, allerdings war unter den Trümmern nicht genug Platz, um ihre volle Kraft einzusetzen.

Gargan war noch stärker, als er es erwartet hätte.

Doktor Fiennes würde begeistert sein.

Von ihrem Kündigungsschreiben würde sie weniger begeistert sein. Oder wenn Bullseye sie aus dem Avengers Tower warf. Vorausgesetzt, er ließ sie nicht einfach von Venom fressen. Das wäre doch geradezu poetische Gerechtigkeit.

Victorias Stimme, die dumpf durch das HUD hallte, unterbrach seine Rachefantasien.

Wenn man die Umstände berücksichtigte, klang sie erstaunlich gelassen.

»Ich wollte das nicht vor den anderen ansprechen, Sir, aber es wäre vielleicht ratsam, wenn Sie davon absehen würden, Mac Gargan zu eliminieren. Wir wissen immer noch nicht, wer die Liste hat, und das könnte unsere Rekrutierung eines neuen Spider-Man erschweren.«

»Ich ... werde ... versuchen ... daran ... zu denken«, knurrte Norman als Antwort und in Gedanken ergänzte er es mit: *Während ich ihn töte*, wobei er sich gegen die Trümmer stemmte.

»Sir? Gibt es ein Problem?«

»Mir ... geht es ... bestens ... Miss Hand.«

Venoms Faust raste wie ein Presslufthammer herab, fand trotz der dazwischenliegenden Trümmer zielsicher Normans Brust und rammte die Patriot-Rüstung in den Boden. Norman hustete Blut durch das HUD und gegen den physischen Visorschirm. Schmerz ließ seine Sicht verschwimmen.

Zumindest war er jetzt aus den Trümmern befreit.

»So langsam ... habe ich ... die Schnauze voll ... Gargan.«

Der Unibeam-Emitter unter dem sternförmigen Abzeichen in der Mitte seines Brustpanzers feuerte eine vulkanartige Eruption zielgerichteter Energie auf Venoms Brust ab. Der Symbiont kreischte auf, als tote Zellsubstanz als giftiger Dampf von ihm aufstieg. Einen kurzen Moment lang war Gargan, der Wirt, zum Teil entblößt. Er torkelte wie eine Puppe, Teile der nackten menschlichen Haut zitterten, waren verletzlich und mit symbiotischer Haut zusammengeflickt. Er sah einladend wehrlos aus, doch der Symbiont heilte bereits, verflüssigte sich und nahm seine verdampften Bestandteile wieder auf, um Gargan einzuhüllen. Und der Unibeam der Patriot-Rüstung war aufgebraucht. Es würde einige Zeit dauern, bis er die Energie für einen weiteren Schuss dieser Art aufbringen konnte.

Er hob eine Hand, wie um einen Schlag abzuwehren.

Venom wischte sie zur Seite, bevor er einen Repulsor-Strahl abfeuern konnte. Dann trat er auf Normans Schulter, drückte den Arm auf den Boden und beugte sich über ihn. Ein tiefes Seufzen dröhnte aus der gewaltigen Brust des Symbionten, während sich seine Greifzunge aus dem Maul rollte, dreimal um den Hals der Patriot-Rüstung wickelte und zudrückte. Der Außerirdische hob ihn aus dem Trümmerhaufen in die Luft.

»Töte Norman Osborn.«

Norman strampelte verzweifelt einen Meter achtzig über dem Boden, während Venoms Zunge langsam die Rüstung um seinen Hals zermalmte. Er sah nach oben zur Decke, suchte nach einem Ausweg.

Was er dort sah, ließ ihn lächeln.

Mit einem Aufschrei stürzte sich Daken von der Brüstung, landete rittlings auf Venoms geschwollenem Hals und rammte beide Klauenpaare in den Kopf des Ungeheuers. Der Außerirdische brüllte und warf den Kopf wie ein Rodeobulle zurück, während Daken seine Klauen eindrehte, die Beine zusammenpresste und lachte. Norman versuchte, Venoms Zunge festzuhalten, aber es war, als hätte er ein geöltes Seil oder ein Stück Darm in den Händen. Sie gab unter seinem Griff nach und glitt durch seine Finger. Die Fliehkräfte schleuderten ihn weg, bis er mit dem Rücken in weitere Trümmer krachte.

Er hob gerade ächzend den Kopf, als es Venom gelang, sich Daken von den Schultern zu ziehen und in die Panzerglasscheiben des Fensters zu schleudern. Der von Daken malträtierte Kopf versank in Venoms Brust, dafür trat ein anderer aus seiner Schulter hervor. Er spaltete sich in zwei Hälften, ein klaffendes Maul samt Zunge entstand.

Venom ignorierte den Mutanten, stattdessen richtete er seine Aufmerksamkeit wieder auf Norman.

Er war wütend genug, um die Patriot-Rüstung allein damit mit Energie zu versorgen. Er weigerte sich, ein weiteres Mal von Spider-Man besiegt zu werden, und stand auf. Abwehrend hob er eine Hand, wusste jedoch, das würde nicht ausreichen.

Plötzlich war Ares da.

Der Gott des Krieges platzierte einen Schwinger, der Venom fast den neu geschaffenen Kopf von den Schultern riss und den Rest von ihm durch die Wand krachen ließ. Der Außerirdische versuchte, sich aufzurichten, doch Ares packte in aller Seelenruhe seinen Knöchel. Venom verspritzte schwarzes Netz, um sich an der Wand zu verankern. Doch anstatt Ares daran zu hindern, ihn zu sich heranzuziehen, sorgte er lediglich dafür, dass große Teile der Wand herausgerissen wurden. Als ihn der Olympier nach oben zerrte, stürzte sie auf ihn herab. Beim Ringen mit den sich windenden Gliedern und den unermüdlich wuchernden Tentakeln konnte Ares einen massigen, muskulösen Arm um die Kehle des Symbionten legen. Während er den rasenden Außerirdischen in seinem Würgegriff geduldig in die Knie zwang, entlockte er Venom ein Geräusch, bei dem man unweigerlich an eine zermalmte Luftröhre denken musste.

»Danke, Ares.« Normans Stimme war krächzend und heiser. Er drehte seinen schmerzenden Hals, zuckte zusammen und griff nach oben, um den verbogenen Halsteil seiner Rüstung zu überprüfen. Die Patriot-Rüstung würde die nächste Woche in der Werkstatt bleiben. »Dir auch, Wolverine. Das Timing hätte nicht besser sein können.« Er richtete sich zu seiner vollen Größe auf und sah auf den sich wehrenden außerirdischen Symbionten herab. Was für eine Kraft in Gargan steckte. Was für eine Verschwendung. »Würde einer von euch bitte dafür sorgen, dass er aufhört zu zappeln?«

Daken rammte seine Klauen in Venoms Brust.

Der Symbiont heulte auf, zitterte und schrumpfte ein wenig in Ares' Würgegriff. Sein Widerstand ließ nach.

»Sir«, kam Victorias fast vergessene Stimme durch sein HUD. *»Wir haben Neuigkeiten aus Somalia, die Sie interessieren werden.«*

»Ich rufe Sie zurück, Miss Hand.«

Er trennte die Verbindung, sah Gargan an und ballte eine Faust.

Die Patriot-Rüstung surrte.

»Man hat mir gesagt, es wäre nicht in meinem Interesse, dich zu töten, Spider-Man. Aber ich werde dafür sorgen, dass du es genauso sehr bereust wie ich.«

Er fragte sich, was wohl nötig wäre, um einen durch Serum verstärkten Super-Venom in die Bewusstlosigkeit zu prügeln. Irgendwann während der letzten anderthalb Minuten hatte er entschieden, Doktor Fiennes mit einer weiteren Verwarnung davonkommen zu lassen. Schließlich war er einst selbst so etwas wie ein Wissenschaftler gewesen und der Empiriker in ihm wollte jemanden in seiner Nähe haben, der die faszinierenden Echtzeitdaten zu schätzen wusste, die er gesammelt hatte.

Er warf einen Blick zu Daken und Ares.

Sein Helm aus patriotisch lackiertem Metall war ausdruckslos.

»Haltet ihn ruhig. Wer weiß, wie lange das dauern wird?«

TEIL ZWEI

BOSASO

KAPITEL 18

Berühmte Gesichter

Das gelb-blaue Taxi setzte Daken und die anderen am Straßenrand ab. Nach einer Kehrtwende fädelte es sich wieder in den Verkehr ein und die Räder drehten auf dem lockeren Sand durch, als der Fahrer zurück in Richtung Norden zu seinem nächsten Fahrgast am Flughafen Bender Qassim raste.

Daken sah zu, wie es im aufgewirbelten Staub der anderen Autos und Lkw, die zum Seehafen fuhren, verschwand. Dann waren da noch die Abgase. Und die Hitze. Vom Sand ganz zu schweigen. Es gab keinen nennenswerten Bordstein. Ein Streifen geharkter Sand auf beiden Seiten der viel befahrenen, aber nicht weiter markierten Straße musste als Gehweg herhalten. Weiß getünchte Gebäude mit bunten Dächern säumten die Straße auf beiden Seiten. Wilde Dattelpalmen und Gelbrinden-Akazien boten geradezu lächerliche Oasen des Schattens, in denen sich Straßenhändler tummelten. Läden und Cafés wetteiferten um das, was ansonsten noch vom Bürgersteig übrig war. Es war ein Durcheinander aus Flaggen, Markisen, mehrsprachigen Schildern, Jugendlichen in Flip-Flops und Kundenstoppern, zwischen denen sich erfahrene Einheimische geschickt hindurchschlängelten.

Daken schnupperte, er testete den Geschmack der Straße wie ein Meistersommelier, der einen kräftigen Scotch Whisky probierte. Das Hauptaroma kam von der Fahrbahn, heißes Metall, geschmolzenes Gummi, Diesel, aber mit einer ausgeprägten Basisnote von gebratenem Reis, vermoderndem Seetang und Sand.

Er schnupperte noch einmal.

»Das wird nie nicht ekelhaft sein.«

Bullseye schwitzte unter der afrikanischen Sonne wie ein Schinken in Folie. Er trug ein Yankees-Trikot und kurze Hosen. Das Zielscheiben-Brandzeichen auf seiner Stirn schimmerte schweißnass. Es war Daken ein Rätsel, wie er es schaffte, durch die Sicherheitskontrollen eines Flughafens zu kommen, egal wo auf der Welt. Bullseyes Aroma war eine Mischung aus Genetik, schlechter Ernährung und fragwürdigen Lebensentscheidungen, die sich in Dakens Nase zu einem Parfüm verbanden, das ihm ganz eigen war. Er hätte ihn mit geschlossenen Augen durch ein volles Baseballstadion verfolgen können.

»Arabian Knight war hier«, stellte er fest.

Er sah nach links, dann mit zusammengekniffenen Augen nach rechts. Die Sonne schimmerte und reflektierte auf Autodächern und Fenstern. Der Geruch war so deutlich, dass er sich fast vorstellen konnte, Hashims Umhang zu sehen, während dieser in der Menge verschwand. Natürlich sah er nichts dergleichen. Die Fährte war bereits einen Tag alt und von unzähligen Fremden immer wieder übertüncht worden.

Moonstone trat einen Schritt von der Straße zurück und hielt das Überwachungsfoto von Hashim hoch, das sie von Victoria bekommen hatte. Hätte sie wirklich sichergehen wollen, dass das der richtige Ort war, hätte sie von oben einen Blick darauf werfen können. Wie die Spionagedrohne, die das Foto aufgenommen hatte. Der Grund, warum man die drei geschickt hatte, war jedoch, dass sie sich unerkannt bewegen konnten. Victoria hatte angeboten, die Mission selbst zu leiten, während Robert Osborn um die Erlaubnis gebeten hatte, sich ihr anzuschließen, allerdings waren die stellvertretende Direktorin von H.A.M.M.E.R. und Sentry zwei der bekanntesten Gesichter der Welt. In Somalia gab es Kabelfernsehen. So schockierend das für manche auch sein mochte. Ares hingegen hatte gefordert, anstatt zu betteln, und als Osborn sich mit der gleichen Begründung geweigert hatte, hatte es ein paar herrliche Minuten lang so ausgesehen, als würden sich die beiden prügeln, bis Victoria es mit einem akzeptablen Kompromiss und einem Appell an die Ehre des Olympiers verdorben hatte.

Und was Venom anging ...

Daken lächelte vor sich hin und genoss das Gefühl der Hitze auf seinem Gesicht. Es erinnerte ihn an sein Dojo in Tohoku. Es gab wenig aus seiner Kindheit, was er später nicht zu hassen gelernt hatte, aber es war sein Zuhause gewesen, als er noch nicht einmal gewusst hatte, was ein Zuhause war. Und es war warm gewesen.

Gargan konnte sich glücklich schätzen, wenn Osborn ihn jemals wieder aus seiner Zelle ließ.

Moonstone senkte das Foto. Sie trug einen rot-weiß-blauen Hijab und eine in der Sonne schimmernde Designer-Sonnenbrille. Im Gegensatz zu Lester hatte sie es tatsächlich geschafft, halbwegs unauffällig auszusehen. »Das ist eindeutig die Stelle, an der das Foto von Hashim gemacht wurde.« Sie steckte das Foto in die Seitentasche des Rucksacks, den sie über einer Schulter trug, und wandte sich an Daken: »Irgendeine Spur von Lindy?«

Er schüttelte den Kopf.

Man hatte der örtlichen Polizei und den H.A.M.M.E.R.-Stationen Fotos von Lindy gegeben, aber Normans Avengers waren wegen Arabian Knight hier. Lindy war ihm völlig gleichgültig.

Bullseye juckte von der Hitze der Arm. Es waren zweiunddreißig Grad, selbst im März, und es war schwül, trotz der

Wüstenlandschaft und der Nähe zum Meer. »Ich könnte für ’n kaltes Bier töten. Wir hätten das Taxi bitten sollen, uns am Hotel abzusetzen.«

»Norman hat uns kein Hotel gebucht«, erklärte Moonstone. »Betrachte das als Ansporn.«

»Wer hätte gedacht, dass du dich zu Normans Liebling mausern würdest?«

Einen Moment lang dachte Daken, Karla würde Bullseye in den Weg des riesigen Sattelschleppers schubsen, der auf der Straße in ihre Richtung rumpelte.

Das Fahrzeug polterte mit einer Brise aus heißer, nach Diesel riechender Luft vorbei.

Damit war der Moment vertan.

Daken war ernsthaft enttäuscht.

Seinen beiden Mitstreitern war heiß. Sie waren beide müde. Bullseye nahm so viele Schmerzmittel und Psychopharmaka, dass er allein durch Duschen den nächsten Fluss verseuchen konnte. Sie hatten beide einen Tag und eine Nacht mit Daken und seinen stimmungsbeeinflussenden Pheromonen eingesperrt in einer versiegelten Kabine verbracht. Osborn hatte verboten, einen Quinjet oder einen privaten Charterflug zu benutzen, weil er so wenig Aufmerksamkeit wie möglich auf sie lenken wollte, solange niemand mit ihnen rechnete. Stattdessen hatte er sie Touristenklasse fliegen lassen.

Wenn das nicht der Moment war, in dem einer von ihnen ausrasten und Osborn seine tägliche Migräne bescheren würde, indem er den anderen mitten auf einer öffentlichen Straße umbrachte, würde er nie kommen.

»Wir sollten uns aufteilen.« Dakens Lächeln war so strahlend wie die Tünche an den Häusern. Selbst sein Schweiß war stilvoll. Schweißperlen hoben seine Gesichtszüge wie Diamanten auf einem goldenen Ziffernblatt hervor. »Irgendjemand hier wird ihn schon gesehen haben.«

»Hier sind bestimmt fünfhundert Leute, und das sind nur die, die in Spuckweite sind«, maulte Bullseye. »Is ja nich so, als hätte unser Mann blaue Haut oder Hörner oder so was.«

»Er ist ein zwei Meter großer Palästinenser mit einem goldenen Schwert«, widersprach Daken. »Er sollte zumindest ein wenig auffallen.«

»Na schön«, stöhnte Moonstone. »Wir hören uns um.« Sie sah Bullseye an. »Versuch, niemanden zu töten. Wir sind im Urlaub.«

Bullseye verzog das Gesicht. »Selbstbeherrschung war noch nie mein Ding.«

Sie trennten sich.

Bullseye ging nach links. Daken nach rechts. Moonstone trat auf die Straße, um zwischen den rumpelnden Lastwagen hindurchzuschlüpfen. »Ach, übrigens.« Daken grinste über seine Schulter. Die anderen blieben stehen. »In diesem Land gilt die Scharia, Lester. Du bekommst hier kein Bier.« Lachend ließ er zu, dass das Dröhnen der Lastwagen und das geschäftige Treiben des Straßenmarkts Bullseyes lautstarke Flüche übertönten.

Sein blasses Gesicht und sein Irokesenschnitt erregten durchaus Aufmerksamkeit. Bosaso war ein geschäftiger Hafen, aber kein besonders kosmopolitischer. Der größte Teil des Handels hier ging über den Golf von Aden, in den Jemen und den Oman sowie in die Nachbarländer des Roten Meers und des Persischen Golfs. Er schlenderte süffisant lächelnd durch die Stadt, unnahbar wie ein Prinz und mit dem gleichen göttlichen Recht, umherzuwandern, wo immer es ihm gefiel. Er befühlte müßig bunte Stoffe, roch an den Gewürzen in den Körben und blieb bei den Imbisskarren stehen, wo Gemüse und Fisch brutzelten.

Er hatte es nicht eilig.

Er hatte die Einladung, sich Norman Osborns Avengers anzuschließen, angenommen, um seinen Vater zu ärgern. Es gab keinen anderen Grund, und einen besseren hatte er auch nie gebraucht. Er hasste Karla, verabscheute Lester, verachtete Gargan, bemitleidete Sentry, bewunderte Ares nur ein klein wenig, und wenn es einen Mann gab, den er fast so sehr verachtete wie seinen Vater, dann war es Norman Osborn. Dieses kleine *fast* machte jedoch den Unterschied aus. Es machte die ganze langweilige Scharade lohnenswert, selbst wenn es bedeutete, dass er tun musste, was ihm gesagt wurde, und den Blödsinn hinnehmen musste, der regelmäßig aus dem Mund des Direktors kam. Denn so lästig und erniedrigend er es auch fand, mit anderen zu spielen, er wusste genau, Wolverine und die anderen Avengers saßen entweder in einer Zelle oder sie versteckten sich in einem Keller. Sie konnten das Ganze nur im Fernsehen verfolgen und es noch ein ganzes Stück mehr hassen.

Also erledigte Daken seine Arbeit und ließ sich dabei viel Zeit.

Er näherte sich einem Imbisskarren, an dem eine Frau mit Kopftuch persische Küche servierte. In einer flachen Pfanne brutzelten Favabohnen mit Chilis. Hummus, Falafel und Fladenbrote füllten Metallschalen. Daken atmete das würzige Aroma ein. Hashim war hier gewesen, an genau diesem Stand. Vielleicht hatte ihn der Duft der Heimat angelockt, bevor er wieder seinen Geschäften nachging. Was auch immer das für welche sein mochten.

Die Verkäuferin war zunächst abweisend, misstrauisch gegenüber dem Fremden an ihrem Karren, aber nachdem er in liebenswert gebrochenem Arabisch eine Sambusa und eine süße, mit Sahne gefüllte Basbousa bestellt hatte, wurde er ihr merklich sympathischer. Tatsächlich sprach er die Sprache genauso fließend wie sie, aber seiner Erfahrung nach bezauberte einen Einheimischen nichts so sehr wie ein Tourist, der sich bemühte. In solchen Momenten, wenn er nur ein oder zwei Minuten Zeit hatte, um auf eine Person einzuwirken, war es nützlich, sich auch von seinen Pheromonen ein wenig helfen zu lassen. Nach einem Monat konnte er einen eingeschworenen Feind um den Finger wickeln. Aber er musste nur an jemandem vorbeigehen, um einen Fremden in eine empfänglichere Stimmung zu versetzen oder jemanden, der bereits wütend war, zu offener Gewalt zu bewegen. Wie in Chicago. Es half, dass er ein gut aussehender, gut gekleideter Mann war, der seinen Charme wie einen Wasserkocher ein- und ausschalten konnte.

»Der Palästinenser?«, antwortete sie auf seine Frage und eine Dampfwolke rahmte ihre nun lächelnden Gesichtszüge ein, während sie ihre Bohnenpfanne umrührte. »Ja, der war hier. Hashim sagten Sie? Er hat seinen Namen nicht genannt, aber wenn er Ausländer ist, dann wohnt er in einem der Hotels am Strand.« Während Daken langsam seine Sambusa, ein knuspriges, mit gewürztem Gemüse gefülltes Gebäck, aß, bediente sie einen anderen Kunden und dachte unter dem subtilen Drängen seiner Pheromone noch ein wenig nach. »Jetzt, wo ich darüber nachdenke, glaube ich, ich habe ihn heute früh gesehen.« Sie nickte, als würde sie mit sich selbst sprechen. »Ja. Ich habe gesehen, wie er in eine Limousine gestiegen ist.«

»Eine Limousine? Ist das ungewöhnlich?«

Wieder ein Nicken. Dann ein Kopfschütteln. »In den letzten Tagen sind ein paar durch Bosaso gefahren. Richtung Westen.« Sie deutete mit dem Kopf in eine Richtung. »Auf der Straße nach Mareero, an der Küste entlang. Ich weiß nicht, wo die hinwollten. Da draußen ist nichts als Wüste, bis man nach Bacaad kommt.«

Daken bedankte sich bei ihr, indem er zwei weitere Basbousa kaufte und in amerikanischen Dollar bezahlte. Karla und Lester konnten beide eine süße, iranisch inspirierte Leckerei gebrauchen, um ihre Laune etwas zu heben.

Er biss in seine eigene, als er wieder mit der Menge verschmolz.

Er hatte es nicht eilig.

KAPITEL 19

Eine ein kleines bisschen bessere Welt

Die Limousine hielt am Ende der staubigen Einfahrt an. Navid Hashim stieg aus. Nach der zweistündigen, klimatisierten Fahrt von Bosaso aus legte sich die Wüstenhitze wie ein Saunahandtuch um ihn. Er lehnte sich wieder hinein und holte den Aktenkoffer von der Rückbank, der mit Handschellen an seinem Handgelenk befestigt war. Der Inhalt wog weniger als der Koffer selbst: zwei Dutzend Plastikumschläge, die jeweils ein paar Seiten juristischer Papiere enthielten. Mit einer Hand zog er seinen Pferdeschwanz über die Schulter und schloss die Tür der Limousine mit dem Knie. Sofort fuhr der Fahrer los, zog das Fahrzeug um den Wendepunkt und rauschte dann mit einer Staubwolke im Schlepptau zurück auf die Autobahn.

Er zögerte einen Moment, dann ging er die Auffahrt hinauf zum Kontrollpunkt.

Die Wachen winkten ihn durch.

Man erwartete ihn.

Die Villa im italienischen Kolonialstil lag inmitten der Dünen und überblickte das brodelnde blaue Wasser des Golfs von Aden. Die Wände waren sauber und weiß, zwischen toskanischen Fenstern mit schildpattgrünen Fensterläden klammerten sich Orangen- und Maracuja-Ranken an die Wände. Eine sandgelbe Mauer umgab das Gelände, gut bewacht von

Soldaten in staubigen Uniformen und mit Sonnenbrillen. Es sah aus wie aus einer Geschichte aus *Tausendundeiner Nacht.*

Oder schlimmer. Wie die Wüstenfestung eines Drogenbosses aus einem Hollywood-Actionfilm.

Ein paar der Soldaten hatten mal zu S.H.I.E.L.D. gehört, aber die Taschen der Contessa waren tief und – wie Hashim allmählich feststellte – sie hatte wenig Skrupel. Zudem waren die meisten der Kämpfer, die er hier sah, Söldner und Angehörige lokaler Milizen. Die Männer und Frauen von S.H.I.E.L.D., die an etwas geglaubt hatten, waren mit Dugan und Fury gegangen. Diejenigen, die Geld und Rache wollten, hatten sich mit der Contessa eingelassen.

Hashim hatte nicht gedacht, dass er an etwas glaubte. Er hatte gesehen, wohin die falsche Überzeugung ansonsten gute Menschen führen konnte.

Aber dann war New York passiert.

Seit seiner Flucht hatte es keinen ruhigen Moment gegeben, in dem er sich nicht gefragt hatte, wie viele Unschuldige während seines Kampfs mit Ares ihr Leben verloren hatten. Wahrscheinlich waren es wesentlich mehr als die Zahlen, die von den Amerikanern in Umlauf gebracht worden waren. Immerhin hatte H.A.M.M.E.R. die Suche und Bergung übernommen, und von ihnen stammten auch die Zahlen. Wenn er die Augen schloss, sah er die Gesichter derjenigen, an denen er auf seiner Flucht vorbeigekommen war. Er erinnerte sich an die junge Frau, die er auf dem Bürgersteig umgestoßen hatte, deretwegen er stehen geblieben war, um ihr wieder aufzuhelfen. War sie verletzt? Tot? Wäre sie unverletzt davongekommen, wenn er einfach weitergelaufen wäre, anstatt ihr zu helfen? Hätte er noch etwas sagen oder tun können, um Ares davon abzuhalten, sein Schwert in die Hand zu nehmen?

Mit dieser Schuld hätte er umgehen können, dachte er.

Aber die Contessa hatte so … zufrieden gewirkt.

Er und Raazer waren dort gewesen, um die Reporter des *New York Bulletin* zu schützen, aber bis auf das Sicherheitspersonal war das Gebäude geräumt gewesen und er hatte das Gefühl, dass Valentina von Anfang an die Absicht gehabt hatte, ein Blutbad zu provozieren. Er war wütend, fühlte sich ausgenutzt, aber bei so viel Blut, das seine Seele befleckte, sah er keinen anderen Ausweg als den nach vorn.

Hashim schauderte, als ihn plötzlich die andere wiederkehrende Erkenntnis überkam.

Er hatte gegen den Gott des Krieges gekämpft.

Innerhalb der Mauern lag ein Garten. Er war nicht groß, da der Aufwand der Pflege einer grünen Oase inmitten der Wüste nichts Üppigeres zuließ, trotzdem war er vor der trockenen Kulisse wunderschön. Wacholder-, Tamarinden- und Kapkastanienbäume säumten den gewundenen Weg zur Villa und erfüllten die Luft des späten Nachmittags mit ihrem Duft. Im Schatten der Bäume lungerten Soldaten mit Sturmgewehren auf dem Schoß herum oder sie saßen auf den Trittbrettern gepanzerter Lastwagen mit Klimaanlage, während BBC Arabic durch die offenen Türen drang.

Hashim beachtete ihre gelangweilten Blicke nicht, stattdessen versuchte er, so zu tun, als würden ihn die Söldner nicht weiter stören.

Über einer mit Steinen ausgelegten Säulenhalle hingen schlaff die Flaggen von Somalia und Puntland.

Mit einem Kopfschütteln verdrängte er sein Selbstmitleid, trat auf die Veranda und schob die Eingangstür auf.

Ein wie ein Butler gekleideter Somalier empfing ihn in der Vorhalle.

Hashim trat sich den Sand von den Stiefeln, um ihn nicht auf den makellosen Mosaikfliesen zu verteilen.

»As-salaam alaikum«, begrüßte er den Mann mit einer leichten Verbeugung.

»Wa alaikum as-salaam«, erwiderte der Butler.

»Ich möchte mit Anisah Majid sprechen. Sie erwartet mich.«

Der Butler nickte, drehte sich um, ohne anzudeuten, ob Hashim ihm folgen sollte oder nicht, und verließ die Vorhalle durch die Tür auf der gegenüberliegenden Seite.

Hashim zuckte mit den Schultern und ging ihm nach.

Die Vorhalle führte zu einem römischen Peristyl, einem Säulenweg, der einen prächtigen Hain aus Zitronen- und Orangenbäumen umgab. Im Schatten arbeiteten Einheimische in Dienstbotenkleidung, die jeder sofort erkannte, der schon einmal ein internationales Hotel betreten hatte. Auf einer Seite hatte man bereits eine Bühne aufgebaut und Elektriker waren damit beschäftigt, ein Mikrofon anzuschließen und die Beleuchtung einzurichten. Andere stellten Tische und Stühle auf, legten Namensschilder aus, bereiteten ein Buffet vor und bestückten sogar eine Bar, wovon Hashim nicht unbedingt begeistert war.

Es war geplant gewesen, dass die Contessa den Abend persönlich moderieren sollte, doch die Ergreifung von Misses Lee-Reynolds hatte eine Planänderung erforderlich gemacht. Ganz bestimmt würden ihre Gäste die Abwesenheit der Contessa als Grund zur Sorge betrachten. Sie könnten sogar Verrat vermuten, weshalb man für Hashim am Flughafen Sheik Saad äußerst kurzfristig einen Privatjet organisiert hatte. Die Anwesenheit der beiden ranghöchsten Befehlshaber der Gräfin würde die Gäste davon überzeugen, dass alles in bester Ordnung war.

Er beobachtete die Vorbereitungen, während ihn der Butler den langen Weg um das Peristyl herumführte.

Sah so ihre Zukunft aus?

Entführer von Frauen?

Spießgesellen von Kriminellen und Terroristen?

Wenn die Schurken der Welt zu Helden wurden, waren die Helden dann gezwungen, zu Schurken zu werden, damit das Gleichgewicht gewahrt blieb?

Die Contessa hatte ihm eine unblutige Revolution versprochen, allerdings herrschte der Iron Patriot mit der Macht eines absoluten Monarchen über das mächtigste Militärregime, das es je auf der Erde gegeben hatte. Diese Macht würde er nicht freiwillig aufgeben, nicht einmal dann, wenn sein letzter Ausweg der Tod wäre. Hashim wusste nicht, warum ihm das nicht bereits klar gewesen war, als sich die Contessa zum ersten Mal mit ihm in Verbindung gesetzt hatte. Damals war alles einfacher gewesen. Das Böse von Osborns Avengers war für alle deutlich zu sehen gewesen, die es sehen wollten, dasselbe galt für die *Rechtschaffenheit* der Contessa. Damals war seine einzige Sünde gewesen, von einer besseren Welt zu träumen.

Seine Schritte und die des Butlers hallten von den Bodenfliesen wider und mischten sich mit dem Gluckern und Plätschern von etwas, das wie fließendes Wasser klang.

Die Steine strahlten eine Kühle aus, subtiler und angenehmer als das trockene Gebläse der Klimaanlage der Limousine. Als er vorbeikam, raschelten Affen verspielt durch die Obstbäume. Wilde Vögel zwitscherten und zankten miteinander, ohne sich um Hashim oder die Männer und Frauen zu kümmern, die unter ihnen arbeiteten. Verzierte Säulen und spiralförmige Mosaike – durch die dicken Mauern der Villa vor Sonne, Wind, Sand und Zeit geschützt – versuchten, ihn in ihren Bann zu ziehen.

Hashim hatte in Riad und Medina und sogar während seines kurzen Einsatzes für die Contessa in London prachtvollere Häuser gesehen. Doch sein *Zuhause* würde immer die Hütte mit dem Blechdach sein, in der er mit seinen Eltern und Geschwistern in Gaza gelebt hatte. Der Anblick solch sorgloser Dekadenz machte ihn immer wütend. Dieselbe Wut hatte ihn als jungen Mann angetrieben. Und ja, wenn er so darüber nachdachte, genau diese Wut auf die Ungerechtigkeit in der Welt hatte seine Entscheidung beeinflusst, Desert Sword wieder ins Leben zu rufen und für die Contessa zu arbeiten.

S.H.I.E.L.D. war nicht perfekt gewesen. Sie hatten es nicht geschafft, den Teilen der Welt Frieden und Gerechtigkeit zu bringen, die diese Dinge am dringendsten benötigten. Aber sie hatten sich zumindest bemüht. Unter der Kontrolle von H.A.M.M.E.R. wuchsen zu viele Kinder genau wie er als Kriegsflüchtlinge in Lagern auf. Zu viele junge Männer hatten gute Gründe, wütend zu sein, und jede Menge Gelegenheiten, die Fehler zu machen, denen er glücklicherweise entgangen war.

Er verlangte keine perfekte Welt. Er wäre schon mit einer etwas besseren zufrieden.

Die Welt, wie sie immer gewesen war.

An der Rückseite des Peristyls befand sich eine offene Tür, die auf einen Gartenweg hinausführte. Er verlief an der Seite des Hauptgebäudes entlang zum etwa fünfhundert Meter entfernten Sandstrand. An einem privaten Steg dümpelten ein Schnellboot, ein hölzernes Beiboot und ein paar Jetskis. Das Schnellboot war bewaffnet. Zusätzlich befand sich am Ufer ein flacher Bunker, auch Pillbox genannt, in dem ein Maschinengewehr untergebracht war, mit dem man die Umgebung unter Beschuss nehmen konnte. Der Golf von Aden war ein viel befahrener Hafen, in dem mehrere Marinen patrouillierten, darunter auch H.A.M.M.E.R. Trotzdem wagten sich somalische Piraten gelegentlich in den Indischen Ozean, wenn die Beute vielversprechend war.

Das Plätschern, das Hashim im Haus gehört hatte, stammte nicht vom Meer. Das war weit genug entfernt, dass man nur das leise Murmeln der Wellen auf dem Sand hörte. Stattdessen stammte das Geräusch von einem Swimmingpool, den man aus dem Wüstensand ausgehoben und dann mit hübschen Fliesen ausgekleidet hatte.

»Ma'a al salama«, sagte der Butler, wobei er es mit einer leichten Verbeugung vermied, den Pool direkt anzusehen, dann zog er sich wieder ins Haus zurück und ließ Hashim allein auf dem Pfad stehen.

Hashim ging weiter, parallel zum Schwimmbecken, während Obax Majid, die als Lightbright bekannte Mutantin, ihre Bahnen beendete und sich auf dem Beckenrand abstützte. Keuchen zog sie sich die Schwimmbrille vom Gesicht, um Hashim anzusehen.

Sie war Somalierin mit entsprechend dunkler Haut, das lange Haar floss ihr in Dreadlocks über die Schultern. Ihre Augen waren so weiß wie eine Schleierwolke an einem sonnigen Tag, das Fehlen von Iris und Pupille machte es schwierig, zu erkennen, was sie ansah oder wirklich dachte. Ihrer Mutation verdankte sie Superkraft und erhöhte körperliche Ausdauer, sie konnte fliegen und aus ihren Händen Energiestrahlen abfeuern. Ihre Nahkampfausbildung stammte von Silver Sable. Ihr Körper strahlte ein sanftes Licht aus, das gleichzeitig beruhigend wirkte und ablenkte.

Es dauerte keine Sekunde, bis sich Hashim unter ihrem Blick unwohl fühlte.

Sie tauchte den Kopf unter Wasser, spülte sich das Gesicht ab, blies das Wasser aus Nase und Mund und wischte sich dann das Gesicht am Oberarm ab. »Du musst Navid Hashim sein.« Sie stemmte sich aus dem Pool und ignorierte das Handtuch, das man ihr auf einem Liegestuhl bereitgelegt hatte. Stattdessen strich sie sich die nassen Dreadlocks von der Brust und über die Schulter. Ihre Fußabdrücke trockneten bereits in der Sonne.

Lightbright reichte ihm die Hand.

Obwohl sie nichts außer einem gelben Badeanzug trug, strahlte sie die Kraft einer Löwin aus. Es war Selbstvertrauen.

Es war Macht. Es war Rücksichtslosigkeit. Sie verkörperte eine Autorität, die durch Kleidung in keiner Weise verändert oder gemindert wurde. Es stand Hashim frei, den Blick aus Sittsamkeit abzuwenden, allerdings konnte er dann damit rechnen, dass sie ihm dieselbe Verachtung entgegenbringen würde wie dem Butler und den anderen Bediensteten.

Er zögerte nur einen Moment lang, bevor er ihre Hand ergriff.

Ihr Griff war kräftig, überhaupt nicht feucht und etwas wärmer als seiner.

»Freut mich, dich endlich persönlich kennenzulernen.«

»Danke. Du hast ein schönes Haus.«

Lightbrights Miene verfinsterte sich und sie ließ seine Hand los. »Es gehört der Contessa. Bezahlt durch die Verwüstung meines Landes. Sobald wir unsere gemeinsamen Ziele erreicht haben, werde ich es mit einem Bulldozer im Meer versenken.«

Wütende junge Frauen. Wütende junge Männer.

Das war die Gesellschaft, die Hashim stets gepflegt hatte, die er verstand und in der er sich seltsamerweise wohlfühlte.

Und vielleicht war genau das der Grund, warum er sich mit Valentina zusammengetan hatte.

Damit er nicht allein wütend sein musste.

Als würde sie es zu schätzen wissen, dass er nicht viel redete, nickte Lightbright zu dem an sein Handgelenk geketteten Aktenkoffer.

»Ist alles da?«

»Ausdrucke aller Dateien, die beim Überfall auf den Avengers Tower erbeutet wurden.«

»Und die Originale?«

»Gelöscht, die Datenträger wurden danach vernichtet.«

»Gut. Sonst sind sie für ihre potenziellen Käufer weniger wert.«

»Wir machen das wirklich?«

Lightbright hob eine Augenbraue. Bei ihren Augen war es unmöglich zu sagen, ob sie seine Zweifel nachvollziehen konnte oder nicht. »Das war immer das Ziel.«

Das wusste Hashim. Vielleicht war es dasselbe, als würde man ein Hühnchen essen, ohne es selbst zu schlachten. Das war die Aufgabe der Contessa.

»Ich habe gehört, was du in New York gemacht hast«, sagte sie.

Erneut blitzte vor Hashims Augen das Gesicht der Amerikanerin auf. Ihre erschrockene Miene, kurz bevor er gegen sie geprallt war.

»Es wurde ... blutiger, als ich erwartet hatte.«

Lightbright lächelte säuerlich. »Es hat Osborn dazu gebracht, die Stadt zu verlassen, also war es, was das angeht, gerade blutig genug. Wir kämpfen für die Freiheit, Hashim, für den Sturz eines Tyrannen. Entweder ist das Ziel seinen Preis wert oder nicht. Wenn nicht, dann hättest du dich nicht mit der Contessa einlassen sollen.«

Hashim fragte sich, ob das nicht besser gewesen wäre.

Aber der Preis sah immer akzeptabel aus, bis es Zeit zum Zahlen war.

»Ich werde dir für heute Nacht ein paar Wachen zuteilen«, verkündete Lightbright. Hashim bekam den deutlichen Eindruck, dass es weniger zu seinem Schutz gedacht war, vielmehr würde sie sich sicherer fühlen, wenn noch ein paar Augen mehr auf die Unterlagen aufpassten. »Ich habe in der Villa ein Zimmer für dich vorbereiten lassen. Dort wirst du bleiben, bis man dich im Atrium braucht.«

»Kann ich irgendwie bei den Vorbereitungen helfen?«

Lightbright musterte ihn von Kopf bis Fuß. Sie schenkte ihm ein humorloses Lächeln. »Du kannst dir was Förmlicheres anziehen.«

KAPITEL 20
Direktorin Sofen

Der Soldat leuchtete mit seiner Taschenlampe durch das Beifahrerfenster des Taxis. Das unschuldige Gesicht einer Kriminalpsychiaterin lächelte zurück ins Licht. Ein großer Deutscher Schäferhund bellte wie wild an der Beifahrertür, allerdings ohne erkennbaren Grund oder böse Absicht. Dann glitt das Licht der Taschenlampe in die Nacht, als die Soldaten weitergingen, um die Insassen des nächsten Fahrzeugs zu belästigen. Der Taxifahrer murmelte etwas zu Daken, der vorne auf dem Beifahrersitz saß, woraufhin dieser desinteressiert lächelte und nickte. Moonstone hingegen war der Inbegriff einer Amerikanerin im Ausland und stolz darauf. Sie schaffte es nicht einmal, halbherziges Interesse zu heucheln.

»Der bewaffnete Kontrollpunkt da vorne macht ihn nervös«, übersetzte Daken, wobei er das Gesagte rücksichtslos zusammenfasste, da der Fahrer immer noch vor sich hinplapperte.

»Ja.« Bullseye lehnte sich etwas aus seinem offenen Fenster. Wie ein Hund, der zu lange in einem heißen Auto eingesperrt war. »Ich glaub, das geht uns allen so.«

Vor ihnen wartete eine lange Reihe Autos im Leerlauf. Die meisten von ihnen, wenn nicht sogar alle, waren wesentlich größer und sahen teurer aus als das sandgelbe Stadttaxi, mit dem sie Bosaso voller Hoffnung verlassen hatten. Während ihrer Zeit auf der von Sand umgebenen Straße näherte sich die Sonne dem Horizont. Sie senkte sich über die Wüste von Bari, wobei sie den Himmel über den Dünen in ein dämmeriges Rosa tauchte. Die starken Flutlichter an den massiv aussehenden Hauswänden verhinderten, dass die Sterne zu sehen waren. Stattdessen erstrahlten immer mehr Lichter rund um den Golf von Aden, die fahrenden Schiffe und die kleinen jemenitischen Städte glitzerten wie Diamanten auf dem Wasser.

Moonstone stützte sich mit dem Arm auf der Lehne des Beifahrersitzes ab, um einen Blick auf den Kontrollpunkt vor ihnen zu werfen. Das Kunstleder knarrte, schaler Tabakgeruch breitete sich aus und Daken beschwerte sich entsprechend.

Sie war sich nicht sicher, was sie erwartet hatte, hier, mitten im Nirgendwo, zu finden. Vielleicht einen Bunker. Oder eine alte Festung. Wie das Alamo. Wie auch immer sie sich Arabian Knights Wüstenversteck vorgestellt hatte, sie war sich ziemlich sicher, nicht so. Es sah aus wie die Privatparty eines exzentrischen Milliardärs.

Während sie zusah, oder es zumindest versuchte, verließen die Soldaten des Kontrollpunkts die Einfahrt und hoben die Schranke. Der große schwarze Land Rover an der Spitze der Schlange rollte vorwärts. Dann kamen die Soldaten zurück auf die Straße, um das nächste Fahrzeug in der Schlange anzuhalten, während die Schranke wieder gesenkt wurde. Moonstone fluchte leise vor sich hin. Sie hatte gehofft, einen Blick auf die aussteigenden Passagiere werfen zu können, aber die Fahrzeuge parkten innerhalb der Privatsphäre der Mauern des Geländes. Die Reihe aus Autos knirschte vorwärts. Auf eindringliches Drängen von Daken hin und gegen seinen Willen tat ihr Fahrer dasselbe.

»Arabian Knight ist da drin.« Daken hob die Nase leicht an und saugte die Luft aus den Lüftungsschlitzen des Armaturenbretts ein. »Ich kann ihn ganz deutlich riechen.«

Bullseye verzog das Gesicht. »Es ist, als wär er grad *in* dir.«
Daken drehte den Kopf ganz langsam zu ihm um.
Bullseye grinste ihn an. »Das ist irgendwie pervers.«
Seufzend sah Daken zurück nach vorne.
Moonstone beachtete die beiden Streithähne nicht weiter, jeder ging auf seine Art damit um, in einem heißen Auto eingesperrt und von somalischen Soldaten umgeben zu sein. Stattdessen sah sie stirnrunzelnd zum Wachposten. Sie zählte etwa zehn Soldaten und den großen Hund, aber auf den Mauern, in der Deckung des Scheinwerferlichts, waren noch mehr Männer, die sie nicht sehen konnte. Und im Gebäude gab es garantiert noch mehr. Ganz zu schweigen von Arabian Knight selbst und einer unbekannten Anzahl von Gegnern mit supermenschlichen Kräften des Superteams Desert Sword. Genauso wenig wusste sie, wer sich in den anderen Wagen befand. Moonstone war nicht unbesiegbar. Solange sie körperliche Form hatte, konnten Kugeln sie verletzen. Aber mit ein paar Dutzend normalen Typen mit Waffen konnte sie umgehen. Daken und Bullseye waren nur Verstärkung. Für ihren Geschmack gab es in dieser Situation einfach zu viele Unbekannte, und sollte es hier auf der Auffahrt zu einem Kampf kommen, egal wie kurz, würde das Arabian Knight und seinen Kameraden genug Zeit für eine Flucht geben.
Sie drückte den Kopf gegen das Wagendach und überlegte, zumindest ein *wenig* körperlos zu werden, um über die größeren Autos vor ihnen hinweg einen besseren Blick auf den Kontrollpunkt zu erhaschen.
Lester litt vielleicht zu sehr an seiner zwanghaften Persönlichkeit, um aus dem Filmmaterial, das sich im *New York Bulletin* kurz in seinem Besitz befunden hatte, irgendeinen langfristigen Vorteil zu ziehen. Moonstone hingegen hatte Pläne. Sie hatte eigene Ambitionen, die nicht zwangsläufig etwas damit zu tun hatten, für immer Norman Osborns Lieblingslakai zu sein.

Direktorin Sofen klang irgendwie hübsch.

Als Teamleiterin der Thunderbolts war sie eine Figur des öffentlichen Lebens gewesen. Man kannte sie. Und eine Welt, die Norman Osborn als ihren obersten Beschützer akzeptierte, konnte man dazu bringen, auch Karla Sofen ins Herz zu schließen. Wenn nötig, würde sie sogar einen Hauch Captain-America-Cosplay in ihr Kostüm einbauen. Sie wartete nur auf dieses bestimmte *Etwas*. Dieses Druckmittel. Diese Erkenntnis. Was auch immer Desert Sword hatte, es war wichtig genug, um es zu stehlen, und für Norman Osborn und Victoria Hand wichtig genug, um es zurück zu wollen.

Das reichte Moonstone als Grund, um das Abschlachten ihrer kleinen Helfer zu vertagen.

»Ist die Frau aus dem Avengers Tower auch da drin?«, fragte Bullseye. In seinem Blick lag etwas Begieriges.

»Ich war damals nicht im Gebäude. Ich war nicht mal im selben Staat.« Daken zuckte mit den Schultern. »Ich bin gut, aber nicht so gut.«

»Und Raazer?«, fragte Moonstone. Sie dachte an das einzige Foto des Zauberers in der S.H.I.E.L.D.-Akte – als hätte man das leibhaftige Böse auf Film gebannt. Irgendwie hatte der Effekt sogar die Digitalisierung überstanden. Wenn es eine Person gab, gegen die sie ohne Rückendeckung durch Ares oder Sentry nicht kämpfen wollte – und ja, sie würde sogar Iron Patriot akzeptieren –, dann war es Black Raazer.

»Er riecht wie Staub, Sand und Tod.« Daken schüttelte den Kopf und deutete auf die sie umgebende Wüste.

Moonstone verstand.

»Was ist da drin los?«, murmelte Bullseye und lehnte sich aus dem gegenüberliegenden Seitenfenster, ohne sich darum zu kümmern, ob er dadurch auffiel. »Erst verpassen sie den Avengers 'ne Klatsche und jetzt feiern sie mit all ihren Freunden?«

»Wir müssen da rein und es rausfinden«, murmelte Moonstone.

»Wir können nicht einfach in einem Taxi vorfahren und verlangen, dass man uns durchlässt«, widersprach Daken.

Moonstone runzelte die Stirn. »Können wir nicht?«

»Wir wissen, wo sich Arabian Knight versteckt«, sagte Bullseye. »Ich sag, wir rufen Sentry, damit er diesen Ort plattmacht, dann können wir alle nach Hause.«

»Sentry Dinge zerstören lassen ist deine Lösung für alles«, kommentierte Daken erschöpft.

»Ich hab noch kein Problem gefunden, das dadurch nicht gelöst worden wär.«

»Wir *könnten* einfach darum bitten, dass man uns reinlässt«, schlug Moonstone vor, während sie weiter über die Idee nachdachte. »Desert Sword weiß nicht, wer wir sind.«

»Und ob die wissen, wer wir sind«, widersprach Daken.

»Sie wussten, wer Venom ist«, korrigierte ihn Moonstone. »Victoria ist davon überzeugt, dass das auf ein ungezwungenes Gespräch unter den Mitarbeitern der medizinischen Forschung zurückzuführen war.«

»Na, wenn die überbezahlte Buchhalterin das so genau weiß …«

»Als Raazer mit dir gesprochen hat, hat er dich Wolverine genannt, richtig?«

Daken nickte zögernd. »Richtig.«

Sie sah Lester an. »Und die Agentin, mit der du im Avengers Tower gekämpft hast: Hat sie dich als Bullseye oder Hawkeye bezeichnet?«

»Hawkeye. Glaub ich.«

Bevor einer der beiden Männer weiter darüber diskutieren konnte, kräuselte sich ihre alltägliche Touristenkleidung. Mit der Macht ihres Mondsteins kontrollierte sie ihre Oberflächenmoleküle und ordnete sie als hautenges silbernes Kostüm, das ihr bis zu den Knöcheln reichte, neu an. Der der amerikanischen Flagge nachempfundene Hijab, den sie erschaffen hatte, um ihr blondes Haar zu bedecken, verlor seine Farbe und verhärtete sich zu einer kristallenen Maske über ihren Augen. Auch ihr Gesichtsausdruck veränderte sich. Ihr Lächeln wurde ein wenig verkniffener, ihr Blick ein wenig härter. Selbst Norman hätte eventuell zweimal hinsehen müssen, um sicher zu sein, dass es sich um dieselbe Frau handelte. Sie sah die großen Augen des Fahrers, der sie durch den Rückspiegel anstarrte, als sie es sich auf der Rückbank bequem machte. Sie schwelgte förmlich darin, dieses Kostüm zu tragen. Als wäre das Rot, Schwarz und Gold von Miss Marvel eher eine Zwangsjacke als eine Verkleidung.

Der Fahrer platzte mit etwas heraus, das Daken lächeln ließ. Er hielt es nicht für wichtig genug, um es zu übersetzen, und Moonstone fragte nicht nach.

Sie wollte nicht darüber nachdenken, was Daken zum Lächeln bringen könnte, und immerhin hatte sie in einem anderen Leben als Gefängnispsychiaterin gearbeitet. »Kannst du dir drei Personen vorstellen, die bei einem zwielichtigen Treffen von internationalen Kriminellen und Terroristen weniger fehl am Platz wären als Moonstone, Daken und Bullseye?«

»Was is mit ihm?« Bullseye deutete mit dem Kinn auf den Fahrer, der vor ihm saß. »Er sieht verdammt schuldig aus.«

»Ja …« Moonstone seufzte. »Kann einer von euch beiden mit einem Schaltgetriebe umgehen, ohne dabei wie ein Schwachkopf auszusehen?«

Daken hob die Hand.

Mit einem Nicken sah Moonstone wieder aus dem Beifahrerfenster und zu dem, was sie von dem Kontrollpunkt erkennen konnte, während ein grinsender Bullseye seinen Sicherheitsgurt löste und ihn wie eine Garrotte um seine Faust wickelte.

Moonstone durfte ein Monster sein. Moonstone durfte sich damit wohlfühlen. Aber aus irgendeinem Grund wollte sie nicht zusehen.

Als wäre da noch ein winziges Stückchen Miss Marvel in ihr.

Zu tief verborgen, als dass ihre Kree-Kraft es ohne Weiteres ausgraben konnte.

KAPITEL 21
In Japan angesagt

»Ich bin nicht angemessen angezogen.«

Sie waren gerade erst aus der Vorhalle ins Atrium getreten und Bullseye beschwerte sich schon.

Und damit lag er nicht mal falsch.

Etwa hundert Leute in Smoking und Abendgarderobe tummelten sich unter dem hübschen, duftenden Baldachin der Zitronenbäume. Die Tische waren eingedeckt und vorbereitet, doch soweit Moonstone das beurteilen konnte, interessierte sich kaum jemand dafür. Und dafür war sie dankbar. In einem Raum, in dem alle in Abendgarderobe an den Tischen saßen, würden sie, Bullseye und Daken wie bunte Hunde auffallen. So aber sammelten sich die Gäste in diskreten kleinen Gruppen von fünf bis acht Personen um den Buffettisch und an der Bar.

Karla dachte an die Forschungskonferenzen und die Sommerkurse, die sie als Studentin besucht hatte. Die Treffen der American Psychiatric Association, bei denen sich jeder in seinen eigenen kleinen Gruppen traf, die er ohnehin bereits kannte, wobei man langsam immer betrunkener wurde und gelegentlich so betrunken, dass man einen der anderen in Richtung des Plenarredners trieb, um ihn oder sie mit der einstudierten Frage zu beeindrucken, die man sich am Abend zuvor zurechtgelegt hatte.

Das hier waren zwar andere Leute, trotzdem war es eine ähnliche soziale Dynamik von *wir* und *die.*

Jeder starrte auf das verwaiste Mikrofon auf der Bühne.

Seine Wirkung war elektrisierend. Innerhalb der Menge staute sich dermaßen viel Energie auf, dass Karla sie hätte greifen und formen können.

»Ich könnte 'nen Kellner umlegen oder so ...«

»Ah ja«, erwiderte Moonstone, ohne wirklich darauf zu achten.

Ein paar der Anwesenden trugen wie sie ein Kostüm. Dank ihrer Zeit in der Abteilung für Außergewöhnliche Auslieferung der CSA und als Profilerin für Osborns Thunderbolts kannte sie sogar ein paar Namen, die zu den Kostümen gehörten.

»Das ist ja gerade mal die Z-Liste«, murmelte sie.

Als wollte sie sich physisch von jeder Andeutung einer Zugehörigkeit distanzieren, zog sie sich an einen Ecktisch zurück. Er war rund, mit einem makellosen weißen Tuch bedeckt und bot Platz für zwölf Personen. Der Zitronenbaum, unter dessen Blätterdach sie sich befand, raschelte und schimmerte. Im Licht der Bühne sahen seine Blätter wie handgefertigte Formen aus Metallfolie aus und klangen auch so. Unter dem Laub lugte eine geschnitzte Säule mit dem Abbild des römischen Pantheons hervor, als wären es die echten Götter. Moonstone lächelte säuerlich. Vermutlich musste man regelmäßig ein Mitglied des römischen Pantheons beim Pizzaessen sehen, um zu erkennen, wie lustig das war.

»Ich hätte einfach so kommen sollen, wie ich war«, grummelte sie unzufrieden vor sich hin.

Das wäre besser gewesen, als mit diesen Leuten gesehen und erkannt zu werden.

Keiner der anwesenden mittelmäßigen Handlanger war wirklich Avengers-Klasse. Bestenfalls waren sie regionale Akteure. Vermutlich waren sie in Japan angesagt. Vor ein paar Minuten hatte sie noch davon geträumt, Norman Osborn als Direktor von H.A.M.M.E.R. zu ersetzen. Teamleiterin der Thunderbolts. Weltbekannt. Nun, sollte sie jemals vorhaben, die Rolle der Miss Marvel an den Nagel zu hängen, war das Letzte, was ihr Ruf brauchen konnte, mit diesem Haufen gesehen zu werden.

Sie beugte sich über den Tisch, um sich eine der gefalteten Sitzplatzkarten zu nehmen. Sie war funktionaler als die, die man auf einer Hochzeit sah, nur ein Name in einfacher Schrift. Sie las ihn laut vor, kannte ihn jedoch nicht. Sie war sich nicht sicher, ob sie deswegen überrascht sein sollte. Selbst sie konnte nicht jeden kennen. Sie klappte die Karte auf und drehte sie in der Hoffnung um, irgendeinen Hinweis auf den Träger des Namens zu finden, wie auf den Karten bei den APA-Treffen. *Dr. K. Sofen, UCLA.* Aber da war nichts. Nicht die geringste Information. Abgesehen vom Namen war es nur eine leere gefaltete Karte.

Angewidert schnippte sie sie weg und hielt dann einen vorbeikommenden Kellner an.

Er trug hohe Gläser mit sprudelndem Schaumwein auf einem silbernen Tablett.

»Geben Sie mir ein Glas von diesem Champagner«, bat sie.

»Das ist Franciacorta«, antwortete er mit einem gequälten Seufzer und einem leichten italienischen Akzent.

»Was auch immer«, schnaubte sie und nahm zwei.

Sie nippte an einem, während sie den Kellner mit ihrem Blick wissen ließ, dass er gehen konnte. Der Sekt sprudelte so kräftig, dass er fast ihr Stirnrunzeln vertrieb. Sie hielt sich das Glas vors Gesicht, als wäre es Teil ihrer Maske, und beobachtete die zehn oder elf kostümierten Schurken, die sich unter die einzelnen Gruppen mischten. Aber das machte das traurige Schauspiel auch nicht viel besser. Sie waren Söldner. Geborene Handlanger. Nicht moralisch oder intelligent genug, um eigene Ziele zu verfolgen. Sie arbeiteten für jeden, der ihren Preis zahlte, was im Allgemeinen bedeutete, für niemand Gutes. Unabhängig von den Gruppen, für die sie vermutlich arbeiteten, gesellten sich diese Individuen gelegentlich auch zu anderen und begegneten einander auf dem Weg zum Buffet oder der Bar, wo sie ein paar Scherze und Höflichkeiten austauschten. Unter den billigen Mietschurken herrschte ein kameradschaftliches Verhältnis. Sie hatten mehr miteinander gemein als mit denen, die sie anheuerten, oder denen, für deren Tod sie bezahlt wurden. Selbst vermeintliche Erzrivalen beschimpften sich im Kampf gegenseitig mit ihren richtigen Namen und nicht mit denen ihrer kostümierten Persönlichkeiten.

Und das, dachte Moonstone unerwartet nostalgisch, *ist echte Verbundenheit.*

Die kostümierten Gefolgsleute sprachen miteinander in der unter Söldnern üblichen Sprache, Englisch, nichtsdestotrotz hätte Moonstone geschworen, um sich herum zwanzig verschiedene Sprachen gleichzeitig zu hören.

Sie wünschte sich, Ares wäre hier.

Entspannt drehte sie der Menge im Atrium den Rücken zu und sah hinauf in die Zweige des Zitronenbaums, als hätte einer der bunten Vögel gerade ihr Interesse geweckt. Während sie ihr Haar zurückstrich, tippte sie auf den Kommunikator in ihrem Ohr. »Daken«, murmelte sie, wobei die Vibrationen der Worte durch ihre Gesichtsknochen ausreichten, um den Empfänger in ihrem Ohr zu aktivieren. »Ich könnte dich hier gebrauchen.«

»Die Soldaten halten alle Fahrer draußen fest«, kam die verzerrte Antwort.

Moonstone klopfte sich mit dem Sektglas verärgert gegen die Lippen. Sie wäre jede Wette eingegangen, dass sich Norman nie mit so einem Mist herumschlagen musste. Er leitete nur noch selten persönlich einen Einsatz. Es sei denn, es waren Kameras zu erwarten. »Willst du mir sagen, dass du nicht wegkommst?«

»Ich sage dir, dass ich hier nicht wegkomme, ohne drei Wachen und zwanzig Zeugen zu beseitigen.«

»Soll ich Bullseye rausschicken?«

Ein Seufzen. *»Gib mir fünf Minuten.«*

Daken unterbrach die Verbindung, bevor Moonstone Gelegenheit hatte, es selbst zu tun.

Sie ärgerte sich ein oder zwei Sekunden lang über Wolverines Unfähigkeit, dann atmete sie tief durch und riss sich zusammen. Sie nahm einen weiteren Schluck Sekt. Telefonieren machte den Umgang mit Daken so viel einfacher. Wenn sie mit ihm persönlich sprach, überkam sie ein fast unwiderstehlicher Drang, ihm ins Gesicht zu schlagen oder ihn in den nächsten Wandschrank zu zerren, sodass sie sich hinterher nie ganz sicher sein konnte, was sie gesagt hatte. Manchmal machte sie sich Sorgen, dass es an ihr lag, aber auf Mac, Lester und Ares hatte er im Großen und Ganzen eine ähnliche Wirkung.

Manche Leute waren einfach nur nervtötend.

»Hast du 'ne Ahnung, wie das geht?«

Moonstone drehte sich um.

Bullseye stand mit einer ungebundenen Fliege zwischen den Fingern hinter einem der Stühle am Tisch. Sie schürzte die Lippen und musterte ihn von Kopf bis Fuß. Er trug einen Smoking. Sie hatte gar nicht bemerkt, dass er gegangen war, aber wenn sie während ihrer Zeit als Anführerin der Thunderbolts etwas gelernt hatte, dann, dass man sich nicht über jede Kleinigkeit den Kopf zerbrechen sollte.

»Du hast da einen Blutfleck«, sagte sie.

Bullseye schielte auf den Smoking. »Oh, stimmt.«

Sie nahm ihm die Fliege ab und schob sie in die Brusttasche seines Jacketts. Dann öffnete sie den Kragenknopf seines weißen Hemds und tupfte sein Jackett ab. »So sieht's besser aus. Du willst doch nicht mit einem Kellner verwechselt werden.«

Bullseye grinste zu ihr hinunter.

Moonstone verzog das Gesicht. »Zwing mich nicht, dich aus zwölftausend Metern über dem Indischen Ozean abzuwerfen.« Mit ihren Händen, die noch immer auf seiner Brust lagen und etwa zwanzigmal stärker waren als sein gesamter Oberkörper, schob sie ihn bestimmt weg. »Denn das werde ich.« Ohne sich um seine Reaktion zu kümmern, drehte sie sich wieder zu der Menge um, die sich im Atrium herumtrieb.

Eine kleine Menschenansammlung zog ihre Aufmerksamkeit auf sich.

Durch einen der Seiteneingänge war eine Afrikanerin in einem leuchtend gelben, bodenlangen Kleid hereingekommen und ging weiter zur Bühne. Einige Gäste versuchten, sie abzufangen, und fragten nach jemandem namens Valentina. Doch kaum, dass sie sich ihr näherten, beeilten sie sich, ihr, verwirrt und beschämt darüber, so grob versucht zu haben, sie aufzuhalten, aus dem Weg zu gehen, und verschwanden wieder in der Menge. Die Frau bahnte sich ihren Weg zwischen ihnen hindurch wie das Sonnenlicht durch den Nebel. Moonstone bemerkte mit beruflicher Anerkennung, dass ihr langes Kleid einen Beinschlitz hatte, um den Nahkampf zu erleichtern. Die komplizierten Bänder, die es am offenen Rücken und an den Oberschenkeln zusammenhielten, eigneten sich hervorragend, um eine kleine Handfeuerwaffe oder ein Messer zu verbergen. Ihr Haar hing in Dreadlocks über die Schultern des Kleides und reichte ihr bis zur Taille. Ihre Augen waren wirbelnde leuchtend weiße Teiche.

Moonstone trank einen weiteren Schluck Schaumwein. »Obax Majid.«

»Du kennst sie?«, fragte Bullseye.

»Während des Bürgerkriegs war sie eine Terroristin, die sich offen gegen die Registrierung gestellt hat. Bevor sie von

Iron Man den Hintern versohlt bekam und in einem CSA-Gefängnis eingebuchtet wurde. Ich habe alle Akten gelesen.«

»Jemand hat sie rausgelassen?«

»Das muss vor Normans Zeit passiert sein.«

Norman hätte das nie zugelassen.

Er ließ niemanden wieder raus.

»War sie bei Desert Sword?«, fragte Lester.

Sie zuckte mit den Schultern. »Die gab es damals noch nicht. Die Frage hat sich nie gestellt. Aber wenn sie nur halb so schnell wie die Avengers ihre Mitglieder austauschen, dann stehen die Chancen ziemlich gut.«

»Ist sie gefährlich?«

Moonstone beobachtete, wie Lightbright die Bühne betrat und ans Mikrofon ging. Sie musterte ihr Publikum mit dem harten, unergründlichen Lächeln eines Engels. Moonstone spürte, wie ein Schauer vollkommener Gelassenheit sie überkam. Am liebsten hätte sie sich hingesetzt, gelächelt, einen Stift gezückt und Herzchen auf die Rückseiten der Sitzplatzkarten gemalt, während sie an den Lippen der Frau hing. Obwohl sie sich auf die hundert Personen, auf die sie wirken musste, verteilte, war Lightbrights Mutantenkraft unwiderstehlich.

Das Publikum verstummte.

Sogar die Kellner wurden still und blieben stehen, um zur Bühne zu sehen.

»Ja.« Moonstone presste das Wort mit enormer Anstrengung hervor. »Sie ist gefährlich.«

»Gut.«

Moonstone hob den Blick.

Sie nahm an, dass mehr nötig war als ein beiläufiger Kontakt mit der Kraft eines Mutanten, um *ihn* ruhigzustellen.

»Hast du im Tower gegen sie gekämpft?«

Bullseye wirkte bei der Frage kurz verärgert, antwortete aber nicht.

Moonstone nahm das als ein Nein.

Lester war ein vorbildlicher Mörder und ein erstklassiger Rüpel. Aber der Tag, an dem sich Bullseye mit einem supermenschlichen Gegner wie Lightbright anlegte, war der Tag, an dem Norman endlich das Vergnügen hätte, ihn vom Bürgersteig zu kratzen und seine Leiche dem *Daily Bugle* für die Titelseite zu schicken. Und tief im Inneren wusste er das auch. Moonstone hatte schon immer vermutet, dass das der Grund für sein Verhalten war. Es war der klassische Napoleon-Komplex. Warum sonst sollte sich ein Killer mit einer so hohen Opferzahl immer wieder mit gewöhnlichen Typen und eher schwächlichen Trotteln wie Daredevil anlegen?

Sie sah wieder zur Bühne.

Fast wäre sie aufgesprungen, als ihr Ohrhörer trillerte.

Ohne den Blick von Majid abzuwenden, nahm sie den eingehenden Anruf entgegen.

Vermutlich nur Daken, der sich meldete.

Als sie stattdessen Victorias Stimme hörte, runzelte sie verwirrt die Stirn.

»Bericht …«

War ja klar.

Norman und der Rest der Avengers hielten sich auf dem Luftwaffenstützpunkt Al Anad im Jemen in Bereitschaft und warteten auf Karlas Anruf.

Moonstone räusperte sich und nahm einen großen Schluck Sekt, als könnte man die Kräfte eines Mutanten mit einem lächerlich teuren italienischen Schaumwein überwinden. Damit verbarg sie ihre Lippen, während sie antwortete. »Hawkeye und ich sind im Haus. Wolverine ist auf dem Gelände. Bisher keine Spur von Arabian Knight oder anderen bekannten Mitgliedern von Desert Sword, aber …« Sie sah erneut zur Bühne und kämpfte gegen den Wunsch an, sich nicht länger zu wehren und die Verbindung zu unterbrechen. »Aber gerade ist Obax Majid reingekommen. Es sieht so aus, als hätte sie das Sagen.« Sie ließ den Blick ein weiteres Mal durch das Atrium schweifen. »Ich zähle außer ihr elf Supermenschen. Genug, um eine Herausforderung darzustellen, wenn ich gleichzeitig gegen sie alle kämpfen müsste.« Wieder einmal hatte es sich ausgezahlt, nicht kopflos durch die Vordertür zu stürmen.

»Gute Arbeit. Wir kommen jetzt rein. Tut nichts, bis wir da sind …«

Karla hörte nicht länger auf die Stimme in ihrem Ohr.

Sie sah wieder zur Bühne.

Lightbright hatte gesprochen.

»Norman Osborn.« Die Mutantin sprach jede Silbe so deutlich aus, als wäre sie von Bedeutung. »Norman Osborn.« Dieses Mal spuckte sie den Namen förmlich aus. Durch die Zuhörer ging ein Nicken und Raunen. »Keiner von uns ist heute Abend hier, weil wir Freunde sind, sondern wegen Norman Osborn, und solange wir hier zusammen sind, sind wir Verbündete.« Ihre Miene war geradezu glückselig, so ausdrucksstark wie eine Statue, ihre Stimme hingegen wurde kalt. »Ihr seid weit gereist, um in mein Land zu kommen, weil eure eigenen Hochburgen nicht mehr sicher sind. Dort spürt man den Griff des Tyrannen.« Sie lächelte. Das Licht flackerte um ihre Augen. »Aber jetzt seid ihr in meinem Land. Und ich habe mich mein ganzes Leben lang gegen Fremdherrschaft aufgelehnt.«

Bullseye seufzte so laut, dass Moonstone davon überzeugt war, dass man ihn noch auf der anderen Seite des Hauses hörte. »Kann ich sie jetzt einfach abknallen?«

»Warum?«

»Keine Ahnung. Sie hat einfach was an sich, das mich dazu anstachelt.«

»Komm damit klar. Wir werden bekommen, weswegen wir hier sind.«

Er wirkte mürrisch. »Pfadfinderin.«

Moonstone zischte leise, als sie wieder zur Bühne sah: »Verschwinde nach draußen.«

»Warum?«

»Keine Ahnung. Geh einfach. Hilf Daken oder so.«

Bullseye grinste, ging dann aber, ohne sich weiter zu beschweren.

In der Zwischenzeit hatte Lightbright ihre Einführung beendet und die Kellner begannen unter ihrer stillschweigenden Anweisung damit, Papierrollen zu verteilen. Karla nahm sich eine. Sie zog die Schleife ab und entrollte sie. Es sah wie die Speisekarte eines New Yorker Restaurants aus, das versuchte, authentisch ostafrikanisch zu wirken, mit etwa dreißig Gerichten im Angebot und ohne Preise. Sie ging die Liste durch.

Überläufer von Hydra, die jetzt für H.A.M.M.E.R. tätig waren. Kriminelle, die neue Identitäten und Begnadigungen bekommen hatten und nun im Austausch für Norman Osborn arbeiteten.

Das war es, was Arabian Knight und Desert Sword aus dem Avengers Tower gestohlen hatten.

Eine Liste von allen, deren Identität Osborn und sie alle gefährden könnte, sollte jemand die Namen erfahren. Karla glaubte nicht, dass sie jemals auch nur darüber nachgedacht hatte, wie weitreichend und umfassend Normans Organisation war, bis sie die Liste zur Hälfte durchgelesen hatte. Als Blaupause für den Weltfrieden war sie auf alle Fälle bahnbrechend. Welchen Zweck hatten Hydra, A.I.M. und all die anderen, wenn H.A.M.M.E.R. heimlich, still und leise weitestgehend dieselben Ziele verfolgte? Garantiert waren das die Gruppen, aus denen sich Lightbrights Publikum zusammensetzte. Hydra. A.I.M. Roxxon. Die Maggia-Familien. Alle, die Mitglieder und Geld an Osborns Regime verloren hatten. Vielleicht sogar ein paar kleptokratische Regierungen, die Teile ihrer Einnahmen an die weitaus besser organisierte und ausgerüstete Organisation H.A.M.M.E.R. verloren hatten.

Desert Sword versteigerte die Daten *für Geld.*

Moonstone fühlte sich tatsächlich ein wenig schmutzig. Natürlich hatte sie den Job bei den Thunderbolts des Geldes wegen angenommen, aber von anderen Leuten erwartete sie mehr. Auch wenn sie die Begründung dafür nicht in Worte fassen konnte, wollte sie glauben, dass es da draußen bessere Menschen als sie gab.

Sie spürte, wie ihr Glaube an die Menschheit ins Wanken geriet.

Am Ende der Liste stockte sie.

Sie las den letzten Punkt noch einmal.

Die Patriotenliste.

Sie griff nach ihrem Ohrhörer und schaltete Victoria ohne Vorwarnung ab.

Als sie den erklärenden Text unter dem Untertitel las, durchfuhr sie ein Schauder.

Die vollständige Liste aller Kandidaten für Norman Osborns Dark Avengers, hieß es da, komplett mit Kontaktmöglichkeiten und den nötigen Erpressungsmitteln, die man gegen sie einsetzen konnte.

Norman Osborn. So vorhersehbar pedantisch. Sie hatte es immer gewusst. Sie hatte *gewusst,* dass es irgendwo eine solche Liste geben musste, und jetzt hielt sie sie in Händen.

Eine elegante Frau in einem gelben Anzug trat auf die Bühne und nahm Majid das Mikrofon ab. »Wir werden mit Posten Nummer eins beginnen«, sagte sie, während Lightbright zurücktrat. Moonstone behielt die Mutantin eine Weile im Auge, verlor sie aber bald zwischen den Zitrusblüten, den Statuen und der schieren Masse an Menschen aus dem Blick. »Die Identitäten aller Agenten der Power Broker Inc., die derzeit in Oscorp-Niederlassungen in Nordafrika beschäftigt sind. Wir eröffnen die Versteigerung bei zehn Millionen Dollar.«

Sah so aus, als wollte jemand aufräumen.

Aber es war schlimmer als das.

Sie wollten in *ihrem* Haus aufräumen.

Es ging hier nicht ums Geld. Majid oder der, für wen auch immer sie arbeitete, hatte es auf die obersten Posten abgesehen. Dazu gehörte auch *ihrer.* Ja, mit diesen Daten konnten sie eine Menge Geld verdienen, doch genauso konnten sie damit die H.A.M.M.E.R.-Elemente beseitigen, die Osborn gegenüber am loyalsten waren und sich am heftigsten gegen einen Regimewechsel wehren würden, ohne sich selbst die Hände schmutzig zu machen. Wenn man diese Arbeit den interessiertesten Parteien überließ, könnte sie über Nacht erledigt werden. Die Namen auf diesen Listen könnten schon morgen in den Todesanzeigen zu finden sein, und es waren viel zu viele, um rechtzeitig für Schutz zu sorgen oder notfalls Ersatz für sie zu finden.

Und wer auch immer die Patriotenliste besaß, konnte die Avengers besitzen.

Darum ging es also. Sie wusste es. Jemand anders bildete sich ein, Direktor von H.A.M.M.E.R. werden zu können. Man musste nur Norman Osborn loswerden. Karla trug weder ein Handy noch eine Uhr bei sich, aber nach ihrer Schätzung blieben ihr dreißig Minuten, bevor Norman mit der Kavallerie eintraf. Dreißig Minuten, in denen sie die Daten selbst in die Hände bekommen oder zumindest dafür sorgen konnte, dass Norman die Ersatz-Miss-Marvels ausgingen.

Und überhaupt, welchen Eindruck würde sie hinterlassen, wenn sie nicht allein mit einem Haufen Möchtegerns fertigwürde?

Sie tippte wieder auf den Ohrhörer. »Daken. Wegen der Soldaten, die du loswerden müsstest.« Sie lächelte verkniffen. »Bullseye ist auf dem Weg zu dir.«

KAPITEL 22

Den Eintrittspreis wert

Der letzte Soldat auf dem abgesperrten Parkplatz zuckte und brach im Blumenbeet neben der Schotterauffahrt zu einem erfreulich ordentlichen Haufen zusammen. Bullseye zog das Wurfmesser aus dem Ohr des Söldners und wischte es an der Wüstenkombi des Toten ab. Er nahm die Sonnenbrille des Mannes an sich – Sonnenbrille bei Nacht, wie cool war der Typ bitte? –, um sie selbst aufzusetzen. Er drehte sich zu Daken um, der gerade mit den Fahrern fertig wurde, was, wenn man bedachte, für wen sie arbeiteten, schwieriger war, als es klang. Mit den Soldaten hatte Bullseye eindeutig den längeren Strohhalm gezogen.

»Wie seh ich aus?«

»Wie ein grinsender Idiot mit Sonnenbrille.«

Bullseye hob die Schultern.

Er behielt die Brille trotzdem auf und durchsuchte die Leiche nach ihrer Waffe. Eine Makarow PM 9 mm. Ein Klassiker. Er warf das Zwölf-Schuss-Magazin aus, prüfte, ob es voll war – was es war –, und schob es mit einem beruhigenden Klicken zurück in den Griff. Eine weitere Suche brachte drei Ersatzmagazine zum Vorschein.

Achtundvierzig tote Soldaten, alle fein säuberlich aufgereiht.

»Karla will, dass wir Arabian Knight finden und die Daten besorgen, bevor der Tanz losgeht.«

»Warum?«, fragte Daken.

»Interessiert dich das?«

»Nicht wirklich, nein.«

»Also, wohin?«

Der Mutant zog ein Taschentuch hervor, um sich das Blut von der Nase zu wischen. Er schnupperte, dann zeigte er auf einen Gartenweg, der an der Villa entlang in die Dunkelheit führte. »Da lang.«

Bullseye folgte Daken, der sich auf den Weg zubewegte. Er schlängelte sich gemächlich an jungen Baumstämmen und stacheligen Büschen vorbei, die in der Dunkelheit zwischen der Hauswand und der Außenmauer gediehen und einen schwachen Geruch nach New Yorker Cocktails von sich gaben. Nach hundert Metern mündete der Weg in eine Terrasse und die Seitenwand knickte ab. Daken ließ sich lautlos in einen Busch fallen und verschwand praktisch von der Bildfläche. *Angeber.* Mit seiner drahtigen Beweglichkeit und dem Körperbau einer Bohnenstange zog Bullseye seine Pistole an die Brust, bevor er sich an einen schmalen Kumquatstamm drückte.

Die nächsten hundert Meter in Richtung Strand nahm ein Steingarten ein. Ein kleiner Steg mit einer Handvoll angelegter Boote brach die Wellen. In der Nähe des Gebäudes patrouillierten Soldaten mit kugelsicheren Westen und AK-47 um eine steinerne Veranda und einen Swimmingpool herum. Bullseye zählte sechs. Zwei weitere bemannten ein Maschinengewehr am Strand.

Bullseye warf einen Blick zur Seite.

Mit der Sonnenbrille konnte er Daken kaum sehen.

Aber er sah gut aus.

Willst du sehen, wie man richtig angibt?

Er schwang sich aus seinem Versteck, hob die Makarow PM und feuerte ...

Eins. Zwei. Drei. Vier. Fünf. Sechs.

Die Soldaten, die auf der Veranda patrouillierten, fielen einer nach dem anderen wie Dominosteine um, wobei der letzte mit dem Gesicht voran in den Pool platschte. Dank der Polsterung seiner taktischen Weste dümpelte er in einer dunkler werdenden Wolke an der Oberfläche. Ohne sich für seine eigene Kunstfertigkeit selbst zu loben, zielte Bullseye auf den Wachposten am Steg. Mit einem Feixen, das den unmöglichen Schuss wie ein Kinderspiel erscheinen ließ, drückte er zwei weitere Male ab. Es gab eine Verzögerung von etwa einer Sekunde, in der die beiden Maschinengewehrschützen technisch gesehen noch am Leben waren, dann zuckten beide Männer einmal heftig, bevor sie hinter der hüfthohen Verkleidung ihres Geschütznests verschwanden.

Ich zeig dir, wie man angibt.

»Ja. Ich bin wirklich so gut.«

»Aber nicht gerade subtil oder leise«, entgegnete Daken und tauchte mit tigerhafter Lautlosigkeit und Anmut aus dem Gebüsch auf. »Aber ziemlich gut.« Ohne sich zu vergewissern, ob die Luft rein war – anders als Bullseye wusste er, dass sie es war –, ging der Mutant die Stufen zur Veranda hinauf und riss das Schloss aus der Hintertür.

•

Karla hörte den Einbruch an ihrem Ecktisch. Sie hustete laut, um die Geräusche zu übertönen, die ihrer Meinung nach von Daken und Bullseye stammten, die sich gerade Zugang durch die Hintertür verschafften. Sie täuschte ein Kratzen im Hals vor, wozu sie praktischerweise und ziemlich glaubhaft ein zweites Glas sprudelnden Franciacorta leerte. Sie sah sich hastig im überfüllten Atrium um, aber niemand schien den Lärm bemerkt zu haben. Zwischen vier oder fünf kriminellen Gruppierungen war ein Bieterkrieg um die Identitäten ehemaliger Maggia-Sträflinge ausgebrochen, die man dazu gezwungen hatte, als Handlanger zwischen Osborn und Hood zu arbeiten. Derzeit stand das Höchstgebot bei fünfzehn Millionen Dollar und der Wettstreit zog alle in ihren Bann. Normalerweise wäre das allein schon den Eintrittspreis wert, aber sie war zu abgelenkt, um die Vorstellung zu genießen.

Wie lange lag ihr letzter Kontakt mit Daken zurück? Zehn Minuten? Norman und der Rest der Verstärkung mussten bereits auf halbem Weg über den Golf sein. Sie trug keine Uhr, hatte kein Handy bei sich: der Nachteil des figurbetonten Kostüms.

Sie seufzte. Probleme, die die Welt bewegten.

Als sie das zweite leere Sektglas zu dem ersten auf den Tisch stellte, wandte sie sich von der Auktionsbühne ab und sah zwei bewaffnete Silhouetten, die hinter dem Schirm der Orangenblätter um das Peristyl herum zum aufgebrochenen Hintereingang gingen. Noch schienen sie es nicht eilig zu haben, aber Karla hörte, wie sie versuchten, jemanden anzufunken, der offensichtlich nicht antwortete.

Sie konnte das Atrium nicht einfach verlassen, um sie abzufangen, ohne dass es jemand mitbekam, aber vielleicht konnte sie die Soldaten für einen Moment ablenken. Karla war außergewöhnlich gut im Ablenken von Soldaten.

Sie wandte sich wieder dem Atrium zu und machte sich auf den Weg.

Lightbright tauchte flankiert von zwei elegant gekleideten und diskret bewaffneten Leibwächtern vor ihr auf. Sie leuchtete, ein Effekt, der wenig mit ihrem schillernden gelben Kleid zu tun hatte, auch wenn es die Wirkung enorm verstärkte. Karla spürte, wie ihr Wunsch zu gehen schwand und der Grund dafür immer mehr verblasste. In der Nähe dieses warmen, beruhigenden Lichts schien alles geradezu lächerlich unwichtig. *Deshalb*, sagte sich Karla, während sie sich mit eiskaltem Griff an ihre Klarheit klammerte, *hassen normale*

Menschen Mutanten. Die X-Men und ihre Verbündeten mit ihrem ständigen Flehen nach mehr Rechten hatten genauso viel zu Osborns Machterhalt beigetragen wie die Skrull, derentwegen er diese Macht überhaupt erst erlangt hatte.

In Lightbrights perlmuttfarbenen Augen war nicht die geringste Gefühlsregung zu entdecken, trotzdem schenkte sie ihr ein hohles Lächeln. »Willst du irgendwohin, Moonstone?«

•

Bullseye sah die beiden Söldner etwa zur gleichen Zeit wie sie ihn. Sie kamen mit ihren Kalaschnikows in den Händen aus Richtung des Vordereingangs um die Ecke. Sie sahen nicht so aus, als wären sie hier, um jemanden zu erschießen. Allerdings konnte Bullseye deutlich erkennen, wie sich das änderte, als sie den Mutanten mit dem dreißig Zentimeter hohen Irokesenschnitt und den blutigen Klauen in der zerstörten Tür entdeckten.

Bullseye schwenkte die Makarow PM herum.

»Nicht.«

Daken drängte sich vor ihn, als könnte das Bullseye vom Schießen abhalten, und fing den ersten Söldner mit einem Schlag gegen die Brust ab. Seine Klauen glitten durch Kevlar wie ein gutes Messer durch menschliche Muskeln, während die überlegene Kraft des Mutanten seinen Gegner von den Füßen hob. Die Wucht trug ihn bereits von Daken weg, als dieser seine Klauen herausriss und ihm zusätzlich einem Tritt verpasste. Der zweite Soldat eröffnete mit seiner AK das Feuer. Dass die Leiche seines Kameraden im selben Moment auf seine Mündung stürzte, als er den Abzug betätigte, machte die Schüsse praktisch lautlos. Daken überbrückte die Distanz mit einem einzigen Satz. Der verbliebene Söldner schaffte es, seinen toten Kameraden wegzuschieben, verlor dabei sein Gewehr, zog aber ein Messer. Daken wich lächelnd seinen verzweifelten Hieben aus. Er war, als würden sie tanzen, und sollte ihn sein Partner schlecht aussehen lassen, würde er ihn töten.

Während er einem letzten, waghalsigen Angriff entging, trat Daken um den um sich schlagenden Soldaten herum, um seine Klauen durch das Handgelenk des Mannes zu treiben. Als er seine Hand an die Steinwand genagelt sah, schrie er den Bruchteil einer Sekunde lang, bis ihm Daken die Kehle aufschlitzte. Blut spritzte in das tätowierte Gesicht des Mutanten.

Punkte für Stil.

»Gut, dass ich sie nicht abgeknallt hab«, spottete Bullseye. »Das war wirklich leise.«

Daken zerrte seine Klauen aus der Mauer. Ohne diesen Halt sackte die Leiche zu Boden. Bullseye fragte sich, wie ein Mensch mit so viel Blut im Gesicht so viel lächeln und trotzdem so emotionslos wirken konnte. Seine Tätowierungen zeigten mehr Gefühl. »Keiner hat was gehört«, sagte Daken, als er über die Leiche trat und sich zu Bullseye umdrehte. »Komm.«

Daken bildete die Vorhut, als sie den Flur entlang in Richtung des größeren Hauptgebäudes hinter dem Atrium rannten. Sie hörten, wie links von ihnen die Auktion fortgesetzt wurde. Nicht einmal eine Wand trennte sie, nur ein paar süßlich duftende Pflanzen und ein paar Statuen. Der voyeuristische Nervenkitzel, zwei Männer in unmittelbarer Nähe von Publikum zu ermorden, zauberte ein Lächeln auf Bullseyes eingefallene Wangen und ließ sein Herz vor Aufregung schneller schlagen. Momente wie dieser machten es lohnenswert, für Osborn zu arbeiten. Er rannte hinter Daken her. Die Frauenstimme auf der Bühne rief fünfunddreißig Millionen Dollar auf. Ein New Yorker mit italienischem Akzent im Publikum akzeptierte das Gebot. Bullseye schüttelte reumütig den Kopf. Hätte er geahnt, dass er an seinem freien Abend so viel Geld verdienen könnte, hätte Desert Sword gar nicht erst in den Avengers

Tower einbrechen müssen. Er hätte die Daten gestohlen und sie persönlich an Don Karnelli weiterverkauft.

An einer Tür auf der rechten Seite der Wand beschleunigte Daken zu einem fast geräuschlosen Sturmangriff.

Sie waren schon an anderen Türen vorbeigekommen, diese hier jedoch stach durch die bewaffneten Wachen auf beiden Seiten hervor. Daken rammte seine Klauen in die Kehle des näheren Wächters, während Bullseye den anderen erledigte, indem er ihm die Makarow PM zielsicher an die Schläfe warf.

Beide gingen zeitgleich auf beiden Seiten der Tür zu Boden.

Bullseye hob die Pistole auf und lächelte anerkennend, während er sie überprüfte. Solche Waffen wurden nicht mehr hergestellt. Niemand stellte Pistolen her, die man einem Kerl aus fünfzehn Metern Entfernung an den Kopf werfen konnte und die danach noch funktionierten. Gutes altes Mütterchen Russland.

»Da drin?«, fragte er unvorsichtig laut, was Daken zusammenzucken ließ, und deutete mit dem Kopf in Richtung der Tür.

Der Mutant nickte.

»Gut. Ich will sagen können, dass ich den Kerl erwischt hab, der Ares fertiggemacht hat.«

»Er hat Ares nicht fertiggemacht. Er ist nur weggelaufen.«

Lester grinste und spürte, wie sich die Muskeln um das Zielscheiben-Symbol auf seiner Stirn anspannten. »Spielverderber.«

Daken versuchte, die Tür zu öffnen.

•

Lightbright und ihre beiden Wachen standen zwischen Moonstone und dem Rest des Atriums. »Willst du irgendwohin?«, fragte die Mutantin erneut.

»Toilette?«

Karla wünschte sich, ihr wäre etwas Besseres eingefallen, doch der Einfluss der Mutantin machte es schwierig, sich eine glaubhaftere Lüge auszudenken.

Lightbright betrachtete die leeren Sektgläser auf dem Tisch, als würde sie Karlas gesamte Schmutzwäsche begutachten. »Du wirkst nervös.«

»Es geht hier um hohe Summen.«

Lightbright erwiderte ihr falsches Lächeln mit einer teilnahmslosen Miene. »Trotzdem hast du nicht ein einziges Mal geboten.«

»Mein Posten war noch nicht dran.«

Die Mutantin ließ ihre Wachen einen Schritt hinter sich, ihre kalten, nebelverhüllten Augen wirkten plötzlich bedrohlich. »Ich kenne dich, Doktor Karla Sofen. *Moonstone.* Als ich vor der CSA auf der Flucht war, warst du die Anführerin der Thunderbolts.« Die Verfinsterung ihrer Miene ging einem härteren Tonfall voraus. »Du hast für Osborn gearbeitet.«

Karla zuckte unverbindlich mit den Schultern. »Sogar Norman hat damals für Iron Man gearbeitet.«

»Ich sehe dich nicht mehr im Fernsehen«, fuhr Lightbright fort. »Warum? Früher warst du ständig zu sehen.«

»Zu alt?«

»Ich war mal in einem Ausbeuterbetrieb in Burao, in dem fünfjährige Kinder Moonstone-Actionfiguren für den amerikanischen Markt herstellen mussten. Ich habe ihn niedergebrannt. Und die amerikanischen Manager getötet.«

Während Karla versuchte, sich zusammenzureimen, warum sie gerade zusammengestaucht wurde, wich sie zum Tisch zurück. Wurde sie verdächtigt, noch immer für Osborn zu arbeiten, oder ging es darum, dass sie früher für Stark gearbeitet hatte? Wäre *das* nicht geradezu köstlich ironisch? Wie auch immer, sie bezweifelte, dass diese Begegnung höflich enden würde, und ihre Verstärkung konnte nicht mehr als zehn Minuten entfernt sein.

War sie jetzt die Anführerin der Avengers oder nicht?

Mit den Händen auf dem Tisch hinter sich zog sie sich nicht weiter zurück, stattdessen sah sie der Mutantin in die rauchfarbenen Augen. »Hör mal, Obax – und ja, ich habe deine CSA-Akte gelesen, ich weiß auch, wer du bist –, letztendlich interessiert sich kein Schwein für die Kinderarbeit in den ärmeren Ländern.«

Gegen die Tischkante gestemmt schlug sie mit der offenen Hand zu, wobei ein leuchtend gelber Strahl aus Mondsteinkraft Lightbright quer durch das Atrium schleuderte. Unterwegs zertrümmerte sie die Marsstatue hinter sich, was in vielerlei Hinsicht befriedigend war, und riss mehrere in Smoking gekleidete Besucher um, bevor sie schließlich auf die Hauptbühne krachte.

Ihre beiden Wachen zogen ihre Waffen.

Sie eröffneten aus kürzester Entfernung das Feuer.

•

Daken stellte fest, dass die Tür verschlossen war.

Noch bevor er seine Klauen heben konnte, um sie aufzubrechen, passierten mehrere Dinge gleichzeitig. Aus beiden Richtungen stürmten zwanzig Soldaten in sandfarbener Uniform und schusssicherer Weste den Flur entlang. Eine Explosion überirdischer Energie, die verdächtige Ähnlichkeit mit Moonstones hatte, blitzte wie die Lichtquelle eines Chiaroscuro-Films durch die Blätterwand, dann fingen viele Leute gleichzeitig an, aufeinander zu schießen.

Daken zerlegte die Ereignisse in Gedanken in ihre Einzelteile, dabei zog er Bullseye dicht an sich heran, während der Feuersturm die hauchdünne Wand aus Orangenblättern zwischen ihm und dem Großteil der Schützen im Atrium zerfetzte.

Er mochte seinen Avenger-Kollegen nicht besonders, doch dank seines mit Adamantium überzogenen Skeletts war er ein brauchbarer menschlicher Schutzschild.

Bullseye beschimpfte ihn mit blutigem Ächzen und starren Augen, während die Kugeln in seinen Rücken einschlugen und die Soldaten niedermähten, die sich von links und rechts genähert hatten. Als der anfängliche Kugelhagel abebbte, rollte Daken den wütenden Attentäter von sich und ließ ihn liegen.

»Ich ... werd ... dich umbringen«, keuchte Bullseye. »Und du wirst ... es nicht mal ... kommen sehen ...«

»Danke«, erwiderte Daken.

Und dann passierte das Nächste.

Die Tür wurde aufgesperrt.

Sie öffnete sich und der einen Meter neunzig große und achtzig Kilo schwere Arabian Knight stand von dem weiß getünchten Holz eingerahmt in der Tür. Er hatte dunkle Haut, langes schwarzes Haar, das zu einem Pferdeschwanz zurückgebunden war, und einen kurzen, ordentlich gestutzten Bart. Er trug eine ärmellose, farbenprächtige Jacke und hatte einen mit einem Vorhängeschloss gesicherten Aktenkoffer an sein Handgelenk gekettet.

Nach wochenlanger Suche hatten sie ihn: den Mann, der Midtown East in die Luft gesprengt und Ares besiegt hatte.

»Hallo, groß, dunkel und gut aussehend«, lächelte Daken, als er ihn zurückdrängte.

KAPITEL 23
Etwas, das anderen Leuten widerfährt

Kugeln zischten wie Mikrowellenpopcorn, dessen Tüte geplatzt war, durch die Luft. Sie zerfetzten Blätter, fraßen sich durch Holz, bohrten sich in Wände. Plasmablitze und exotische Partikelstrahlen tauchten das Atrium in einen sirupartigen Ton, indem sie die Luft mit dem karamellisierten Zucker von Pflanzensaft und verbranntem Fleisch braun färbten. Von denjenigen, die mit der Schießerei angefangen hatten, waren die meisten inzwischen tot, die Leichen lagen um die Bühne herum verstreut. Doch die Söldner, die aus allen Richtungen aus den angrenzenden Räumen herbeiströmten, machten die Verluste wett und trugen mehr als ihren Teil dazu bei, das Feuergefecht fortzusetzen. Die Überlebenden und ihr Gefolge hatten Deckung gesucht und feuerten hinter Wandfriesen vom Olymp und umgestürzten Tischen hervor in alle Richtungen. Abgesehen von einer Handvoll Schlägertypen mit Superkräften, die während einer wilden Schießerei im Nahkampf aufeinander losgingen.

Moonstone bewunderte ihre Hingabe, gleichzeitig bedauerte sie ihren Mangel an Intelligenz.

Lightbrights Leibwächter ließen die Maschinenpistolen fallen und zückten dafür Schlagstöcke. Hätte sie bei ihrem Angriff auf Lightbright nicht zu ihrer körperlosen Form gewechselt, wäre sie jetzt um ein paar beeindruckende Löcher reicher.

Stattdessen hatte der Geschosshagel die Söldnertruppe hinter ihr niedergemäht. Einer der Querschläger hatte die gepanzerte Exorüstung des ostafrikanischen Hydra-Kommandanten getroffen und damit dieses ganze Pulverfass erst entzündet.

Aber diese Erkenntnis nützte jetzt auch nichts mehr.

Mit einer schnellen Bewegung fuhren die Wachen ihre Schlagstöcke zu voller Länge aus und drückten gleichzeitig auf die Aktivierungsknöpfe, was die Schäfte der Waffen unter Strom setzte. Sie nahmen geschmeidig eine aufeinander abgestimmte Haltung ein, der Wächter zu ihrer Linken streckte ihr den Schlagstock tief entgegen, der zu ihrer Rechten hielt seinen in der Rückhand erhoben. Moonstone hatte sich nie die Mühe gemacht, ihre Kampffähigkeiten zu verbessern. Ares hatte ihr oft Training angeboten, aber sie konnte sich angenehmere Wochenenden vorstellen, als sich verschwitzt vom Gott des Krieges immer wieder ins Gesicht schlagen zu lassen. Sie war stark und schnell genug, dass das nur selten ein Problem darstellte.

Diese beiden hatten jedoch eindeutig die Trainingsstunden investiert, die sie sich gespart hatte.

Mit einem Schrei sprangen beide Männer los, trennten sich und kamen gleichzeitig von links und rechts, hoch und tief, auf sie zu.

Bevor er überhaupt bemerkte, dass sie sich bewegt hatte, packte sie das Handgelenk des Mannes zu ihrer Linken. Er ließ seinen Schlagstock fallen und sackte schreiend auf die Knie. Der Grund war Moonstone, die alle acht Knochen seines Handgelenks zermalmte. Gleichzeitig wechselte sie in ihren körperlosen Zustand, wobei die physische Verbindung ihrer Hand mit dem schlaffen Handgelenk des Mannes dafür sorgte, dass er mit in die Antigravitationsphase gezogen wurde. Der Schlagstock des zweiten Kämpfers ging durch sie hindurch. Dasselbe galt für seinen unglückseligen Kameraden.

Soweit es ihre Moleküle betraf, war der Rest des Universums etwas, das anderen Leuten widerfuhr.

Der Kämpfer wirbelte aus dem Gleichgewicht gebracht zu ihr herum und Moonstone brachte sich wieder in die richtige Phase. Sie schwang den verkrüppelten Wächter wie einen Baseballschläger durch den Tisch.

Das war eindeutig nicht sein Tag, dachte sie ohne ein Fünkchen Mitleid.

Der zweite Kämpfer erholte sich und holte zu einem Tritt in Kopfhöhe über den zerstörten Tisch aus. Karla blockte ihn mühelos mit einem Finger ab. Der Wachmann wollte nicht aufgeben. »Ihr macht euch nur lächerlich.« Sie schlug ihn mit der Rückhand, woraufhin er bewusstlos mitten in die Schießerei schlitterte.

Sie drehte sich gerade kurz um, als die traurigen Überreste der Auktionsbühne in Tausende Splitter explodierten.

Die Wucht schleuderte sie von dem zertrümmerten Tisch weg, sie landete auf der Seite, bevor Holzstaub auf sie und die letzten Kontrahenten niederrieselte. Aus dem Dunst tauchte Lightbright auf. Sie schwebte in eine glühende Korona aus weißem Licht gehüllt einen Meter über dem Boden. Ihre Augen, die vorher glasig gewesen waren, brannten jetzt wie gefangene Sterne. Zornige Energien umhüllten ihre geballten Fäuste und ihre Dreadlocks schimmerten in ihrem Licht wie Eisenketten.

»Verzogenes, arrogantes kleines Mädchen. Du glaubst, weil du in Osborns Amerika ungestraft davonkommst, kommst du auch hier ungestraft davon. Du hast dich noch nie so gründlich geirrt.«

Moonstone griff nach ihrer eigenen Kraftquelle, doch ihr fehlte einfach der Wille, sie zu benutzen.

In Majids Glanz gebadet, erschien ihr jede Begründung für ihr Hiersein so erbärmlich durchschaubar.

Sie hatte das Kommando über die Thunderbolts übernommen.

War ein Avenger geworden.

Sie versuchte so sehr, einem Mann zu gefallen, den sie verhöhnte und verabscheute.

Sie versuchte wirklich, Sentry zu helfen.

Sie wollte eine Heldin sein. Eine echte, nicht nur eine vorgetäuschte. Aber es war zu spät für sie und das wusste sie. Es war an dem Tag zu spät gewesen, an dem sie in den Spiegel geblickt und erkannt hatte, was sie wirklich war. Der Tag, an dem sie nach oben gegangen war, ihre Mutter in ihrer eigenen Badewanne ertränkt und danach die ganze Wohnung angezündet hatte, damit sie niemals das erkennen musste, was Karla bereits wusste.

Dass sie ein Ungeheuer war.

Sie könnte nie eine Heldin sein. Osborns Posten als Direktor zu übernehmen wäre nur ein schwacher Trost. Sie ließ die Schultern hängen.

Sie kämpfte für *nichts.*

Niemand würde sie vermissen, wenn sie nicht mehr da war.

Sie hob nicht einmal die Fäuste, um sich zu verteidigen, als ihr Lightbrights Schlag den Kiefer brach.

•

Hashims Augen weiteten sich vor Schreck. Er duckte sich zurück in seine Suite, zog die Tür hinter sich zu und knallte sie gegen Dakens Schulter. Die Tür zerbrach dabei in zwei Hälften. Dakens Muskeln waren fester als die eines normalen Menschen, seine Knochen härter, seine Haut heilte die erlittenen Schnitte und Verletzungen schneller. *Sehr* viel schneller, trotzdem tat es immer noch weh, und der Schmerz machte ihn wütend. Er schüttelte den Aufprall von zwanzig Kilo massiver italienischer Eiche ab, fletschte knurrend die Zähne und stürmte durch die Überreste der Tür.

Das Zimmer war luxuriös. Ein Himmelbett beherrschte den Raum und die Seidenvorhänge bewegten sich im schwülen Hauch des Golfs von Aden, der durch die offenen Fenster drang. Unbezahlbare, mit arabischen Mustern verzierte Teppiche bedeckten den Steinboden. Schnittblumen, Wüstenblumen aus dem Garten draußen, füllten Vasen auf jedem Regal, jedem Podest und jedem Tisch.

Während er von der Tür wegstolperte, zog Arabian Knight einhändig seinen goldenen Shamshir. Daken folgte ihm und wehrte den ersten ungeschickten Schlag Hashims ab. Knochenklauen schabten rau über mystisches Metall, als Hashim sein Schwert zurückzog. Auf einem erlesenen Perserteppich stehend, schlug er weit ausholend mit seinem Aktenkoffer aus Metall zu. Dakens Klauen schnitten durch die Kette und die Zentrifugalkraft schleuderte den Aktenkoffer vom Handgelenk des Mannes und weit über den Kopf des Mutanten hinweg. Er prallte gegen die Wand und platzte in einer Wolke aus flatternden Papieren auf.

Die Daten.

Daken wollte gerade nach Bullseye rufen, als er das unverwechselbare *Plopp-plopp-plopp* der Pistole des Attentäters hörte. Größere Waffen erwiderten ihr Feuer. Mit seinen geschärften Mutantensinnen hörte Daken jede einzelne der zweitausend Kugeln, die sich in die dicke Steinwand hinter ihm bohrten. Er seufzte. Er hatte keine Ahnung, was Bullseye als Deckung benutzte, aber er hatte aufgehört, Daken Drohungen hinterherzuschreien, und schien seinen Spaß zu haben.

Daken sah wieder zu Arabian Knight.

Allem Anschein nach musste er sich hier um alles selbst kümmern.

Offenbar war Hashim zu einem ähnlichen Schluss gekommen, mit dem traurigen Unterschied, dass Daken gewinnen und Arabian Knight verlieren würde, und das haushoch.

Hashim riss seinen Shamshir in die Höhe, brüllte einen Kriegsschrei in seiner arabischen Muttersprache und stürmte auf Daken zu, wobei sein Pferdeschwanz hinter ihm herwehte. Daken kreuzte seine Krallen, blockte den Angriff ab und setzte dann seine wesentlich größere Kraft ein, um den Mann in Richtung Bett zu stoßen. Hashim sprang über den Teppich zurück, wirbelte sein Schwert in komplizierten Mustern herum und wechselte die Waffe von einer Hand in die andere. Wie ein Shamshir-Tänzer auf einer Hochzeit. Es sollte beeindrucken, ablenken, einen unerfahrenen oder weniger geübten Gegner dazu zu verleiten, das Schwert statt des Mannes zu beobachten.

Arabian Knight war geschickt, doch Daken war alles andere als unerfahren und auch nicht weniger geschickt. Er war mindestens dreimal so alt wie Hashim und der einzige Kämpfer, den er jemals als ihm überlegen betrachten würde, war der Gott des Krieges.

Und selbst das würde er nur sich selbst gegenüber eingestehen.

Ohne irgendeinen Hinweis, was Daken ein wenig beeindruckte, brach Hashim die Bewegung ab und griff stattdessen an.

Daken neigte sich zurück. Er war stärker, schneller, wendiger: Um es ganz offen zu sagen, er war einfach besser. Der schwerfällige Shamshir schnitt tief in den Perserteppich. Daken schlug mit seinen Klauen nach Hashims Brust. Arabian Knight brachte sein Schwert rechtzeitig hoch, um sie mit dem Spiegel der Klinge beiseitezudrücken und dann mit dem Knauf nach Dakens Kiefer zu schlagen.

Daken wirbelte wie eine Mischung aus einem Kreisel und einem Sensenwagen davon.

Arabian Knight setzte mit einem Schrei nach, sein Schwert zerfetzte den Seidenbaldachin des Himmelbetts, schnitt durch die Matratze, den Holzrahmen und grub sich schließlich in den Stein darunter. Die goldene Klinge war mehr als scharf genug, um die Fliesen zu durchtrennen, aber nicht so scharf, um beim Herausziehen keinen Widerstand zu leisten. Daken nutzte diesen Sekundenbruchteil des Vorteils und ergriff ihn mit beiden Händen, holte aus und schlug seine Klauen in Hashims Seite. Irgendetwas fühlte sich sofort falsch an, doch Arabian Knight schrie, wie zu erwarten, bevor er durch den zerfetzten Vorhang fiel, ihn von seinem Gestell riss und sich auf der gegenüberliegenden Seite des zerstörten Betts in einem Seidenbündel zusammenrollte.

Er rührte sich nicht.

Daken reckte sich. Er knackte mit den Fingerknöcheln.

Es gab keinen Grund zur Eile.

Navid Hashim war tot.

Stöhnend und sich die Seite haltend, taumelte Arabian Knight benommen auf die Beine. Er strich sich die zerrissene Seide von den Armen und hob erneut sein Schwert.

Daken starrte ihn durch die Überreste des Himmelbetts an. Der Boden zitterte, als jemand sehr Starkes auf etwas sehr Hartes einschlug. Die Schießerei zwischen Bullseye und der Söldnerarmee von Desert Sword war ein anhaltender Lärm im Hintergrund.

Arabian Knight keuchte.

Daken begutachtete seine Verletzungen und seinen Erschöpfungszustand und spürte das schmerzhafte Zwicken, als sich seine eigenen kleinen Wunden schlossen und seine blauen Flecken verblassten. Zum wiederholten Mal kam er zu dem Schluss, dass an diesem Mann absolut nichts Besonderes war.

Dass er sich nach wie vor weigerte zu sterben, wurde von Sekunde zu Sekunde weniger amüsant.

»Meine Kleidung ist aus dem unzerstörbaren Faden des fliegenden Teppichs meines Vorgängers gewebt«, erklärte Hashim schnaufend. »Nichts kann ihr etwas anhaben.«

»So hast du Ares also überlebt. Er wird sich freuen zu hören, dass du das Problem warst und nicht er.«

»Warum kämpfst du mit diesen Avengers?«, fauchte Hashim plötzlich und ließ sein Schwert ein wenig sinken.

»Die Bezahlung ist unglaublich gut.«

»Aber du bist ein Mutant. Osborn verfolgt deinesgleichen. Er bekämpft euch auf den Straßen eurer eigenen Städte. Er fördert Gesetze, die euch verbieten, Kinder zu bekommen. Er schürt die Angst eurer amerikanischen Mitbürger vor euch.«

Daken grinste.

Norman verfolgte nicht *alle* seine Artgenossen, sondern nur die, die ihm egal waren, also alle Mutanten, die nicht Daken hießen.

»Ich bin kein Amerikaner.«

Arabian Knight schüttelte verzweifelt den Kopf.

»Was ist mit dir?«, fragte Daken. »Du scheinst dich ja brennend für das amerikanische Volk und meine Rechte als Mutant zu interessieren. Wie stehst du dann zum Tod von hundert New Yorkern, die bei dem Versuch, dich rechtmäßig zu verhaften, gestorben sind?« Hashim ließ die Schultern sacken, als wäre sein Schwert mit einem Mal zu schwer für ihn. Daken stieß das Messer tiefer in die Wunde und drehte es. »Oder dazu, Venom im Avengers Tower freizulassen?«

Hashim sah tatsächlich verletzt und von dieser Information überrascht aus. In diesem Gesicht war nur wenig Arglist zu erkennen. »Davon weiß ich nichts. Was ist passiert?«

»Er hat nur ein halbes Secret-Service-Team und etwa fünfzig H.A.M.M.E.R.-Soldaten getötet, bevor Ares und ich ihn zur Strecke gebracht haben.«

»Das … tut mir leid.«

»Das soll dir nur klarmachen, dass ich schon gegen größere und stärkere Gegner als dich gekämpft und gewonnen habe. Du bist nur ein Mensch. Willst du wissen, was mit Frank Castle passiert ist, als er versucht hat, es mit mir aufzunehmen, anstatt wegzulaufen? Gib auf. Gib mir die Daten. Dann erzähle ich dir auf unserem Flug zurück in die Vereinigten Staaten davon, wie ich ihn in Einzelteile zerlegt habe.«

»Nimm die Unterlagen«, hauchte Hashim, als wäre es eine Erleichterung, die Worte ausgesprochen zu haben. Er ließ sein Schwert vollends sinken, dann zog er sich vom Bett zurück. »Ich werde den Tod jener, deren Namen sich darin finden, nicht der Bürde hinzufügen, die mein Gewissen bereits belastet. Und die Contessa braucht das Geld dieser Verbrecher nicht. Nimm sie. *Bitte.*«

Daken drehte sich um und warf einen Blick auf den zerstörten Aktenkoffer, der mitten zwischen Papieren und Teilen des Türrahmens verstreut an der rissigen Wand lag. In dem Moment, als er den Kopf drehte, sah er aus dem Augenwinkel eine Bewegung: Arabian Knight wirbelte auf dem Absatz herum und rannte los. Daken machte sich bereit, doch Hashim rannte nicht auf ihn zu. Stattdessen warf er sich gegen das nächstgelegene Fenster, krachte durch die halb geöffneten Fensterläden und landete mit einem schmerzhaften Knirschen im Steingarten draußen.

»Du elender ...«

Hin- und hergerissen zwischen dem Mann und den Daten knurrte Daken.

Folge niemals dem Schwert.

Folge immer dem Mann.

Und er wollte nicht derjenige sein, der Ares erklärte, wie ihnen Arabian Knight zum zweiten Mal entkommen war. »Bullseye!«, rief er. »Schnapp dir die Daten für Karla. Ich kümmere mich um den Knight.«

KAPITEL 24
Dreißig Minuten

Moonstone taumelte rückwärts durch das Atrium, sie hob nicht mal die Hände, um sich zu verteidigen. Lightbright setzte mit Schlägen gegen Wange, Kinn und Bauch nach. Karla stolperte und ging zu Boden, als Lightbright eine Faust hob, um ihr einen Schlag auf den Kopf zu versetzen. Sie brachte die Kraft zum Ausweichen auf, bevor sie versuchte, Lightbright die Faust in den Bauch zu rammen. Die andere Frau wehrte den Angriff mit verächtlicher Leichtigkeit ab, nur um ihr dann einen Kopfstoß ins Gesicht zu verpassen. Mit dem Geschmack von Blut im Mund taumelte Moonstone von ihr weg. Lightbright wischte sich die roten Flecken von der Stirn.

»Erbärmlich. Du schlägst zu wie eine Therapeutin.«

Lightbright nutzte den Schlitz an der Seite ihres langen gelben Kleides, um Karla einen Butterfly-Kick zu verpassen, der sie gegen eine Steinsäule schleuderte.

Sie stellte fest, dass man sie buchstäblich von einer Seite des Atriums zur anderen geprügelt hatte.

Das verletzte ihren Stolz.

Lightbright schlug Karla mitten ins Gesicht, um ihren Hinterkopf gegen die Säule hinter ihr zu schmettern. Inzwischen war Moonstone wütend genug, um den beruhigenden Einfluss der Mutantin ein wenig zu verdrängen und körperlos zu werden. Lightbrights Faust knirschte auf dem Stein, ihre Knöchel bluteten. Sie brüllte vor Schmerz auf, Karla stieß sie wie ein wütendes Kind auf dem Schulhof von sich. Lightbright reagierte mit einem weiß-goldenen Energiestoß, der die Säule pulverisierte und Moonstone zwischen die Trümmer schickte.

Sie lag auf dem Rücken, sah im in der Luft hängenden Steinstaub über ihr funkelnde Sterne und bemühte sich verbissen, den Willen zum Aufstehen zu finden, um den Kampf fortzusetzen. Die Energie des Kree-Gravitationssteins, dem sie ihre Fähigkeiten verdankte, war praktisch unerschöpflich, allerdings war die nutzlos, solange sie sich nicht dazu überwinden konnte, die auch einzusetzen.

Lightbright war so schnell wie Moonstone.

Sie war so stark wie Moonstone.

Sie konnte fliegen, sie konnte Energieblitze verschießen und sie konnte tatsächlich kämpfen.

Aber es war ihr seelenzermarterndes Glühen, das Karla den Rest gab.

Durch Rauch und Nebel drang Bullseyes kugelhagelartiges Lachen zu ihr durch. Sie suchte nach der Quelle und erinnerte sich daran, dass Lightbrights Aura kaum eine Wirkung auf ihn gehabt hatte. Zum ersten Mal in ihrem Leben war sie enttäuscht, dass er nicht in ihrer Nähe war.

Lightbright setzte einen Fuß auf ihre Brust und drückte sie zurück auf den Boden.

Karla fügte sich.

»Du denkst, zu wissen, was Wut ist?«, fragte Lightbright. »Versuch mal, mit den Folgen der Taten deines Volkes zu leben, so wie ich es muss. Dann wirst du ein wenig verstehen, was ich jeden Tag empfinde. *Dann* wirst du wissen, was Wut ist. Osborn ist ein Scharlatan und ein Ungeheuer. Du siehst ihn jeden Tag. Du weißt es. Und trotzdem unterstützt du ihn. Früher oder später wird seine Maske Risse bekommen und die Welt wird in Blut ertrinken, aber es werden Regionen wie diese sein, die zuerst sterben, so wie immer.« Abschätzig blickte sie durch den Rauch und die Glut ihrer Revolution auf Moonstone hinunter. »Vielleicht glaubst du, deine Privilegien und deine Macht werden dich vor seinem Untergang schützen. Vielleicht glaubst du, dass du ihn nutzen kannst, um deine eigene Position zu stärken. Ich verspreche dir …« Sie hielt eine Hand über Karla und spreizte die Finger, in ihrer Handfläche sammelte sich Energie. Ihre Augen leuchteten und Karla sah darin dieselbe Abscheu, die sie in den Augen ihrer Mutter befürchtet hatte. Abscheu vor dem Monster, das Karla war, und vor der Leere, die sie anstelle einer Seele in sich trug. »… dazu wird es nicht kommen.«

Moonstone blickte hinauf, doch sie sah nicht Lightbright an. Ihr Blick war auf das gigantische Objekt gerichtet, das eineinhalb Kilometer über ihrem Kopf schwebte. Sie hörte verzerrt das schwere Wummern von Hubschrauberrotoren.

Trotz allem lächelte sie die über ihr aufragende Mutantin an.

Ihre dreißig Minuten waren um.

•

Ares stand am Rand des Hauptflugdecks des Helicarriers und starrte auf die abgestoßenen Kappen seiner Stiefel. Kalte Wolkenfetzen strichen über seine massigen Unterarme, ihre Feuchtigkeit hatte sich auf der Axt in seiner Faust abgesetzt. Dreißig Soldaten der zweiten Inkarnation seiner Spezialeinheit, der Shades, standen hinter ihm bereit. Und im Hintergrund warteten die stromlinienförmigen, regennassen Umrisse der lila lackierten F/A-18 Super Hornets in gestaffelten Reihen auf der Startbahn. Sie waren das Beste, was H.A.M.M.E.R. zu bieten hatte. Das machte sie zu den Besten der Welt. Ihre Ausrüstung entsprach ihrem Status als Elitesoldaten und das harsche Kommando des Gotts des Krieges spornte sie an, noch besser zu werden.

Ihre Loyalität galt ihm und nur ihm allein.

Kein Sterblicher oder Gott konnte etwas anderes behaupten.

Die Soldaten trugen klobige HALO-Rüstungen. Dicke, gummierte Masken bedeckten ihre Gesichter. Sie trugen Handschuhe und Stiefel. Die ausladenden Außenschichten ihrer Kampfausrüstung bestanden aus robustem Gurtzeug für Sauerstoffflaschen, Isolierung, dem Gleitschirm und natürlich den Waffen, die sie nach dem Abwurf aus großer Höhe für den chirurgisch präzisen Militärschlag benötigten.

Ares trug zerrissene Jeans und eine Weste.

»Dort gibt es keine Zivilisten«, sagte er, wobei seine Stimme genauso knochentrocken knurrte wie die vier riesigen Rotoren des Helicarriers. »Es gibt keine Genfer Konvention. Keine Allgemeine Erklärung der Menschenrechte. Im Krieg gelten einzig und allein meine Regeln, und solange ich, und nur ich allein, nichts anderes befehle, ist jeder Mann, jede Frau, jedes Kind und jedes Tier, das momentan dort unten lebt, zu töten.«

»ARES, SIR!«, brüllten die Soldaten.

Oberst Li, die menschliche Befehlshaberin der Shades, gesellte sich zu ihm an den Abgrund.

Obwohl Osborn mehr Augenmerk auf die USA legte als sein Vorgänger, stammten die Mitglieder von H.A.M.M.E.R. immer noch aus allen Nationen der Welt. Vor ihrer Rekrutierung im H.A.M.M.E.R.-Stützpunkt in Fujian war Bo Li Major in der Volksbefreiungsarmee gewesen. Irgendwann war sie Ares schließlich durch ihre gnadenlose Effizienz aufgefallen. Es kam häufig vor, dass ein Agent seine gesamte Dienstzeit in seinem Herkunftsland oder seiner Herkunftsregion absolvierte, ohne jemals einen Einsatz im Ausland zu erleben oder mit anderen Nationalitäten zusammenzukommen. Das galt für alle Einheiten außer den Shades. Ares hieß alle Völker willkommen. Viele teilten nicht einmal eine gemeinsame Sprache. Seine Beherrschung der Allzunge ermöglichte es dieser einzigartigen

Allianz der skrupellosesten Soldaten der Welt, gemeinsam zu operieren.

»Die stellvertretende Direktorin Hand sagte, sie will Gefangene, Sir«, erinnerte sie ihn. Das benötigte Atemgerät samt Maske dämpfte ihre Stimme.

Ares sah über den Rand nach unten. »Dann hätte sie zum Olymp reisen und meinen Vater bitten sollen, Norman Osborn, den anderen Gott des Krieges, zu schicken.«

Er trat einen Schritt vor.

Augenblicklich schlug Aiolos, der Gott der Winde, mit einer Reihe mächtiger Hiebe nach ihm, und Ares lachte dem Anemoi ins Gesicht, während ihn die Schwerkraft nach unten zog.

Die Wolken lichteten sich.

Direkt unter sich konnte er das Zielgebiet als kleines Quadrat zwischen seinen Stiefeln erkennen. Es war eine Villa im klassischen, ihm wohlvertrauten Stil. Sie brannte. Auch das war ein Anblick, den er sehr gut kannte. Das Quadrat wurde größer. Punktgenau und mit perfektem Timing, ohne dafür irgendwelche Instrumente zu brauchen, würde Ares genau in der Mitte landen. Er nahm bereits das Knistern und Knacken der Schüsse wahr, die die Umrisse der Villa wie die Anfluglichter einer Landebahn erhellten. Mit Aiolos' Pfeifen, das an seinen Ohren vorbeirauschte, hörte er zwar nichts, trotzdem *spürte* er die Intensität des Konflikts unter ihm.

Es war ein Salut aus zweihundertzehn Kanonen zu seinen Ehren.

Es war eine gebrüllte Huldigung seines Namens.

Unbewusst nahm er die Schwingungen in sich auf und erwiderte sie leicht verändert. Auf sein stilles Geheiß hin erfasste ein Blutrausch die Gangster und Söldner, sie verließen ihre Deckung, um sich gegenseitig mit Gewehrkolben zu erschlagen. Kämpfer, winzig wie Ameisen, schwärmten im Atrium aus, um die Schlacht zu beginnen.

Das machte es Ares und seinen Shades einfacher, sie alle zu erschlagen.

Er war die gepanzerte Faust des Olymps.

Der Boden kam näher und wirkte, als wollte er ihn verschlingen.

Ares schlug wie ein Asteroid ein.

Der Boden bäumte sich auf, als wollte er ihm trotzen, bevor ihn die Wucht seines Aufpralls auseinandersprengte. Zersplitterte Ziegel und Gesteinsbrocken zerfetzten verbrannte Bäume, stürzten Steinsäulen um und zerstörten nur augenscheinlich uralte Mauern. Männer und Frauen wurden zu Boden geschleudert, die meisten würden nie wieder aufstehen.

Mit einem Knurren erhob sich Ares aus dem sechs Meter durchmessenden Krater, den er in die Mitte des ehemaligen Atriums der Villa gerissen hatte, und hob seine Axt.

Er sah Moonstone.

Sie lag wie tot auf einem großen Trümmerstück, auf das Ares sie bei seiner Ankunft unbeabsichtigt geschleudert hatte. Wer auch immer sie vorher geschlagen hatte, hatte ihr schwer zugesetzt. Ein paar Meter von Moonstone entfernt stand eine Ares unbekannte Afrikanerin. Sie krümmte sich leicht zusammen. Trümmerteile hatten sie verletzt. Ihr gelbes Kleid war zerrissen. Sie taumelte und hob eine Hand, als wollte sie ihn davor warnen, näher zu kommen.

»Zurück.« Von der ausgestreckten Hand der Frau ging ein grimmiges Strahlen aus, das immer intensiver wurde, bis das Licht seine Augen erfüllte und ihn mit seiner Wärme umschmeichelte.

Für einen Moment befand er sich bei einem Gelage in den Hallen des Olymps, feierte mit seinem Vater, seiner Mutter und seinem Halbbruder, bevor die Jahrhunderte der Feindseligkeit und der Kriege sie alle ins Elend gestürzt hatten.

Er wiegte sein Neugeborenes in seinen riesigen Armen und versprach dem halbsterblichen Kind ein menschliches Leben.

»Zurück, sage ich«, fauchte die Frau, wobei sie jedes Wort so bedeutungsschwanger wie ein Orakel aussprach, während das Licht noch intensiver wurde. »Nimm deine Soldaten und geh nach Hause. Hier wird nicht mehr gekämpft.«

Ares knurrte.

Er blinzelte eine Träne weg.

Und dann verpasste er ihr einen dermaßen kräftigen Rückhandschlag, dass sie eine fünfzig Meter lange Furche durch die gekachelte Ruine des Atriums pflügte, den Nordflügel der Villa einriss und das, was davon übrig war, über ihr zusammenbrach.

Mit dem Rascheln hochmoderner Plastikflügel trafen die ersten Shades ein.

Die Fallschirmjäger landeten mit der von Ares geforderten Perfektion. Jeder einzelne Mann und jede einzelne Frau kam im Atrium auf. Sie lösten ihre Fallschirme, um dann demoralisierte Kämpfer und Verwundete erbarmungslos niederzuschießen. Colonel Li war sofort in Bewegung, warf ihren Fallschirm ab, hob ihr Gewehr und sah zu Ares.

»Sir?«

Ares rieb sich die feuchten Augen, dann drückte er sich mit dem Daumen ein Nasenloch zu und blies einen Schwall Rotz aus. »Ich bin der Gott des Krieges«, murmelte er in Richtung der Trümmer. »In mir ist nichts als Zorn.« Er schüttelte den Kopf, um ihn vom Einfluss der Mutantin zu klären, und gestikulierte vage über das Schlachtfeld, wobei er zähneknirschend die bewusstlose Moonstone in seine Zusammenfassung der noch zu erledigenden Arbeit mit einbezog.

»Räumen Sie hier auf, Colonel.«

KAPITEL 25

Nah genug, um sie fluchen zu hören

Arabian Knight sprintete über die Holzbretter des Privatstegs und stürzte sich kopfüber in das am Ende vertäute Schnellboot. Während er den Motor startete, hielt er den Kopf unten. Er richtete sich nur ein wenig auf, um mit seinem Schwert die Ankerkette zu durchtrennen. Daken knurrte durch zusammengebissene Zähne und sprintete los, um ihn noch einzuholen. Der unebene Boden des Steingartens bot alles andere als sicheren Halt. Er rutschte und kämpfte um sein Gleichgewicht, doch es war fast, als hätte der Kies beschlossen, vor dem wütenden Ares in der Villa ins Meer zu flüchten.

Hinter ihm ertönte ein scharfes Krachen, dann loderte Schmerz zwischen seinen Schultern auf.

Er knurrte und rannte mit Blut im Mund weiter, während ihm Soldaten etwas hinterherriefen. Auf der Flucht vor Ares und seinen Shades strömten sie durch die Hinterausgänge in den Garten, so wie Ameisen aus einem Bau, den man mit kochendem Wasser flutete. Automatisches Feuer pfiff über den Strand. Weitere Schüsse schlugen in Dakens Rücken ein. Er erreichte stolpernd den Steg, als der Motor des Schnellboots aufheulte, Wasser spritzte und das Gefährt einen Satz in Richtung des Golfs von Aden machte.

Daken sah sich hastig um. Abgesehen von dem sich schnell entfernenden Schnellboot waren hier noch ein hölzernes Ruderboot und ein paar Jetskis festgemacht.

Mit verzerrtem Gesicht, während seine Heilkräfte ein halbes Dutzend Kugeln aus seinem Rücken drückten und die kleinen Wunden schlossen, sprang er auf den Sitz eines der Jetskis.

Es schwankte unter ihm, kenterte fast, aber er richtete es geschickt aus und hielt den Kopf unten, während die Kugeln an ihm vorbeizischten.

Er konnte sich von fast jeder Verletzung erholen, bis hin zum Verlust einer ganzen Gliedmaße, doch der Schmerz war derselbe wie bei jedem ohne seine Heilkräfte, und das machte es schwer, einen klaren Gedanken zu fassen.

So gründlich, wie es ihm auf die Schnelle möglich war, machte er sich mit der Steuerung vertraut.

Sah eigentlich ganz einfach aus.

Von der Zündung baumelte ein Schlüsselband herab. Das andere Ende war dafür vorgesehen, dass es sich der Fahrer am Handgelenk befestigte, damit der Motor automatisch abgeschaltet wurde, sollte er herunterfallen. Daken ließ es hängen und drückte stattdessen auf den großen grünen START-Knopf.

Der Motor dröhnte.

Daken gab mit dem kleinen Hebel am rechten Griff Gas. Der plötzliche Schub warf ihn auf den Sitz, die Maschine jagte wie ein Tier, das seit Tagen kein Wasser gesehen hatte, von Wellenkamm zu Wellenkamm.

Er hielt sich fest, die Gischt nahm ihm fast völlig die Sicht. Daken schüttelte den Kopf, um ihn zu klären, und blickte über seine Schulter zurück.

Nach fünfzehn Minuten Moonstone und fünf Sekunden Ares lag die Villa in Trümmern und stand in Flammen. Daken war sich ziemlich sicher, dass es hier eine Parallele zu Norman Osborns brutaler Herangehensweise, um den Frieden zu wahren, gab: Ob sie es wollte oder nicht, morgen würde in der Wüste von Bari Frieden herrschen. Es war weder besser noch schlechter als die Methode seines Vaters, allerdings erforderte es davor und danach weniger Händeringen.

In dem kurzen Moment, in dem er hinsah, begann ein Geschwader F/A-18 von Normans Helicarrier damit, die Nebengebäude, Gärten und Straßen mit einem Bombenteppich zu überziehen.

Daken wandte den Blick ab, als eine Super Hornet im Tiefflug fast direkt über ihn hinwegflog. Dem Dröhnen der Triebwerke folgte eine Sekunde später ein Feuersturm, der den Steg, die beiden Boote, das Maschinengewehrnest, die verfolgenden Soldaten und den Großteil des Strands in Schutt und Asche legte.

Die Männer hatten nicht mal Zeit zu schreien.

Das Wasser wurde in den Strudel gesogen, den die Fünfhundertpfundbombe verursacht hatte. Daken spürte, wie sich sein Motor abmühte, während der Jetski drohte von den Fluten verschlungen zu werden. Er zog den Gashebel voll durch und raste vor dem sich ausdehnenden Feuerball auf das offene Meer hinaus.

In einiger Entfernung waren die Positionslichter dickbäuchiger Containerschiffe zu erkennen. Daken zählte Hunderte. Sie bildeten eine Kette schwacher Lichter, die von Patrouillenbooten von Privatarmeen und einer Handvoll Korvetten mit den Flaggen der örtlichen Marinen in die wenigen sicheren Fahrrinnen durch den Golf von Aden geführt wurden. Eins dieser bewaffneten Schiffe würde schon bald Kurs in Dakens Richtung setzen, um die Explosionen zu untersuchen. Sobald sie untereinander geklärt hatten, wer dafür zuständig war. Es sei denn, Norman hatte im Außenministerium und bei den führenden Militärs in Ostafrika und den Golfstaaten bereits genug Druck gemacht. Doch selbst dann würde irgendwann jemand kommen, um nachzusehen. So wie man irgendwann eine dieser F/A-18 losschicken würde, um festzustellen, was es mit den beiden Wasserfahrzeugen auf sich hatte, die sich auf dem Seeweg von der Villa entfernten.

Doch über Irgendwann machte sich Daken keinerlei Gedanken.

Im Moment gab es nur ihn und Hashim: so wie er es mochte.

Arabian Knight hatte mit seinem Schnellboot ein paar Hundert Meter Vorsprung und raste auf die jemenitische Küste zu, die im Licht der Mondsichel kaum mehr als ein unregelmäßiger Umriss war, doch Dakens leichtere Maschine verringerte den Abstand mit jeder Sekunde.

Er beugte sich vor, als könnte er dadurch noch mehr beschleunigen.

Für Daken machte das den Reiz aus, ein Avenger zu sein.

Seine Mutantenkraft ermöglichte es ihm, andere zu manipulieren, allerdings suchte er keine Freundschaften und verabscheute die Gesellschaft anderer, mit Ausnahme der flüchtigsten und unmoralischsten Arten. Er brauchte weder Normans Geld noch sein Penthouse. Jemand wie Daken landete immer auf seinen Füßen. Er würde immer irgendwen zum Ausnutzen finden und irgendwie über die Runden kommen. Doch durch die Welt zu reisen und sich zu verhalten, als wäre er der Thronfolger eines Gottkönigs, mit der Lizenz, sich jeder sadistischen Laune hinzugeben, die ihm gefiel, einfach aufgrund der Tatsache, wer er war und für wen er arbeitete – das war unvergleichliche Macht und eine Freiheit, die man mit Geld allein nicht kaufen konnte.

Arabian Knight drehte sich auf dem Fahrersitz seines Boots um.

Er rief etwas, das im Dröhnen von zwei Motoren im Golf von Aden unterging. Daken ignorierte es, stattdessen holte er weiter auf.

Das goldene Schwert blitzte in der Nacht auf.

Daken schlug die Lenkung ein und zog seinen Jetski nach rechts, während gleißendes Licht links von ihm einen Kanal durch das Wasser schnitt. Der superheiße Strahl ließ eine steile Dampfwand emporschießen, die ihn traf, obwohl er dem Angriff selbst ausgewichen war. Daken knurrte, seine Haut kochte schneller, als sie heilen konnte. Der Motor gurgelte, als er siedendes Wasser anstatt Luft einsaugte. Mit Brandblasen an den Fingern hielt Daken den Gashebel fest umklammert und zog die Lenkstange instinktiv nach links zurück, als ein zweiter brennender Blitz aufflammte.

Während er die zweite Dampfwand durchbrach und sich seine Netzhaut von der Blendung regenerierte, bemerkte er, dass Hashim bei dem Versuch, ihn in die Luft zu jagen, seinen Vorsprung eingebüßt hatte. Er war nah genug, dass Daken ihn fluchen hören konnte. Die ohnmächtige Wut des Mannes ließ den Mutanten lachen.

Das Schnellboot war zwanzig Meter vor ihm, nicht ganz fünf Meter lang und oben offen. Auf dem blau und weiß lackierten Bug prangte ein verblasstes S.H.I.E.L.D.-Abzeichen. Arabian Knight nahm die Hände von den Kontrollen und feuerte einen weiteren Schuss ab. Der Strahl fuhr über Dakens Schulter hinweg und verwandelte das Wasser um ihn herum in einen Geysir, während er seinen Jetski mit hoher Geschwindigkeit an Hashims Boot heransteuerte.

Er zog den rechten Fuß auf den Sitz und überwand die letzten paar Meter zum rasenden Boot mit einem Sprung.

Da er das Schlüsselband hatte hängen lassen, fuhr der Jetski ohne ihn weiter, während Daken mit voller Wucht auf das Deck des Boots prallte. Sein Aufschlag brachte es ins Wanken und schleuderte Hashim hart gegen das Dollbord, was Daken Zeit gab, wieder auf die Beine zu kommen.

Sie waren zur selben Zeit wieder bereit.

Arabian Knights Schwert beschrieb einen goldenen Bogen. Da auf dem Boot kein Platz war, fing Daken es mit einer Hand ab, anstatt auszuweichen, und ließ einen linken Haken folgen. Arabian Knight drehte sich mit dem Schlag, Dakens Klauen bohrten drei Löcher in seinen Bischt. Der Krieger versuchte, wieder eine stabile Haltung einzunehmen, doch das schmale Boot ließ keine geschickte Fußarbeit oder ausgefeilte Schwertkunst zu. Daken blockte, parierte und ließ Arabian Knight einen Hieb nach dem anderen ausführen. Die Gischt spritzte über die Bordwand, als das Schnellboot unkontrolliert quer zu den Wellen fuhr, durchnässte das lange Haar und den Bart von Arabian Knight und verwandelte seinen Gesichtsausdruck in eine salzige, frustrierte Grimasse. Er war erschöpft und verfügte über kein Adrenalin mehr, um weiterzumachen, während Daken noch genauso ausgeruht war wie zu dem Zeitpunkt, als er, Moonstone und Bullseye an diesem Abend im Taxi vorgefahren waren.

»Bist du jetzt bereit, dich zu ergeben?«

Arabian Knight schüttelte müde den durchnässten Kopf. »Warum bist du mir überhaupt gefolgt? Ich habe dir die Daten überlassen.«

»Denkst du, ich interessiere mich für Osborns Geheimnisse? Hättest du sie jetzt bei dir, würde ich deine Leiche damit beschweren, dich über Bord werfen und Osborn sagen, du wärst entkommen. Dann würde ich mich zurücklehnen und zusehen, wie er die Welt in Stücke reißt, um den Felsen zu finden, unter dem du dich verkriechst, nur um sie zurückzubekommen. Aber so ...« Daken zuckte mit den Schultern. Es machte für ihn wirklich keinen großen Unterschied. »Ich kann dich genauso gut lebendig zurückbringen. Es zahlt sich aus, wenn man Gelegenheiten nutzt und Punkte sammelt.«

Hashim fletschte die Zähne und kämpfte sich bis zum Bugspriet vor, während ihm Daken in aller Ruhe folgte. Schließlich konnte er nirgendwo mehr hin. »Ich habe mich Ares nicht ergeben«, sagte er. »Und er hat wenigstens einen Sinn für Ehre. Warum sollte ich mich dir ergeben?«

Daken schüttelte den Kopf. »Wenn dir selbst schon kein ausreichender Grund einfällt, dann werde ich bestimmt nicht hier stehen und versuchen, dich zu überzeugen. Es macht mir nichts aus, dich endgültig zu erledigen.«

Er hob seine Faust. Meerwasser glitzerte im Mondlicht auf seinen Klauen.

Arabian Knights Schwert befand sich zwischen ihnen, doch er war zu erschöpft, um es zu heben und sich zu verteidigen.

Daken rechnete damit, dass er im letzten Moment klein beigeben und darum betteln würde, sich ergeben zu dürfen. Er war enttäuscht, dass der Mann es nicht tat.

Das rasende Schnellboot bockte plötzlich im Wasser, als wäre gerade ein Flugzeug über sie hinweggeflogen. Daken hob den Blick und erwartete, eine der Super Hornets von H.A.M.M.E.R. oder vielleicht einen jemenitischen Jäger zu sehen, der nach dem Rechten sehen wollte, doch der Himmel war leer. Er runzelte die Stirn, ließ die Klauen sinken und wandte sich wieder Arabian Knight zu. Er starrte schockiert über den Mann hinweg, als ein Deltaflügel-Flugzeug unbekannter Bauart direkt vor dem Schnellboot seine Tarnung fallen ließ. Sein Profil glich dem einer Schlange: niedrig, unauffällig und tödlich, in verblasstem Grün gestrichen, und es war schwer bewaffnet.

Die Läufe von zwei Gatling-Geschützen fingen an zu rotieren.

Bevor Daken etwas Sinnvolleres tun konnte, als zu fluchen, spuckten sie bereits Kugeln.

Die schiere Menge der Geschosse überwältigte seine Heilkräfte, jede Kugel war stark genug, um sein gehärtetes Skelett zu durchschlagen. Zweihundert Treffer pro Sekunde ließen ihn über die gesamte Länge des Boots taumeln, während jede einzelne ihn für den jeweils eine Mikrosekunde später folgenden nächsten Einschlag aufrecht hielt. Ohne die Blutfontänen, die aus seinem Rücken spritzten, hätte man meinen können, ein unsichtbarer Angreifer würde wiederholt auf ihn einschlagen, während er ihn am Genick festhielt.

Sein Absatz blieb am Heck des Boots hängen und er kippte hintenüber, wobei er mit den Armen ruderte, nur um noch mehr Kugeln abzukriegen. Das Wasser war eiskalt.

Über das dumpfe Rauschen des Wassers in seinen Ohren hörte er, wie die Gatling-Geschütze das Feuer einstellten, Soldaten aus der hinteren Luke des Flugzeugs stiegen und Arabian Knight an Bord holten. Die Triebwerke des Flugzeugs schalteten auf vertikalen Auftrieb um und drückten Daken nach unten.

Sein Skelett war superhart, seine Muskulatur unnatürlich verstärkt.

Er war zu schwer, um vom Wasser getragen zu werden.

Hilflos griff er nach dem Flugzeug, als es sich erneut tarnte und abdrehte. Dann versank er.

KAPITEL 26
So sieht ein Erfolg aus

Victoria Hand hatte sich freiwillig bereit erklärt, den Helicarrier während der Nachtschicht zu kommandieren. Da sich die Operation dem Ende zuneigte, gab es nicht mehr viel zu tun, und wenn sie auf die sich ab und zu aktualisierenden Bildschirme sah, dem friedlichen Gemurmel der Brückenbesatzung bei der Arbeit lauschte und gelegentlich den besorgten Anruf eines Diplomaten aus einer angenehmeren Zeitzone entgegennahm, kam sie dem Gefühl tatsächlicher Ruhe so nah wie nie zuvor. Sie nippte an einem Instantkaffee aus dem Automaten auf dem Aussichtsdeck, ließ die duftende Wolke, die aus dem Plastikbecher aufstieg, über ihr Gesicht streichen und konzentrierte sich auf die Missionsberichte, die auf ihrem persönlichen Bildschirm angezeigt wurden.

Jedes gesicherte Ziel, jeder getötete oder festgenommene Verdächtige, jedes beschlagnahmte Fahrzeug und jedes zerstörte Gebäude bekam eine eigene, triumphale Textzeile.

Man hatte Daken aus dem Meer gefischt. Seine Heilkraft war mühelos in der Lage, das Trauma, von einem Kampfflugzeug zerfetzt und dann ertränkt zu werden, zu bewältigen. Aber die Ärzte wollten ihn unter Beobachtung halten, bis die schlimmsten Verletzungen verheilt waren. Karla lag im Bett. So wie sie ausgesehen hatte, als das H.A.M.M.E.R.-Rettungsteam sie auf einer Bahre aus dem Rettungshubschrauber gezogen hatte, hatte sie sich das verdient. Ares hatte keine ausgebildeten Sanitäter in seinem Team. Er sagte immer wieder, die Möglichkeit, sich von einem Sanitäter behandeln zu lassen, würde seine Leute nur dazu ermutigen, sich zu verletzen.

Verletzungen waren an der Tagesordnung und es fiel ihr schwer, mit Kriminellen Mitleid zu haben. Die konnten das aushalten. Was Victoria anging, sah so ein Erfolg aus.

Sie hatten all ihre Hauptziele erreicht. Lester und Ares waren mit den vermissten Personalakten zurückgekommen und die H.A.M.M.E.R.-Kräfte hatten einige Personen festgenommen, um sie anschließend zu verhören – wenn auch nicht annähernd so viele, wie Victoria erwartet hatte. Aber das Beste daran war, ohne die allgegenwärtige Videoüberwachung, die vierundzwanzigstündigen Nachrichtensendungen und die Anwesenheit zuverlässiger Zeugen, die eine Säuberung immer erschwerten, hatte sich die gesamte Angelegenheit bereits in Wohlgefallen aufgelöst. Ein bedauerliches Problem der modernen Kriegsführung war, wie eine Mission im Nachhinein aussah, entschied genauso über den Erfolg wie die erreichten Ziele. Manchmal war die Arbeit von H.A.M.M.E.R. hässlich. Frieden war schmutzig, viel schmutziger als Krieg, aber er war es wert.

Sie musste daran glauben, dass er es wert war.

Wenn sie das nicht tat …

Sie blinzelte hastig, da sie befürchtete, sie könnte sonst an ihrem Arbeitsplatz einnicken, und nahm einen Schluck von ihrem Kaffee. Wo war der lästige Anruf des Vertreters der Afrikanischen Union in Washington, wenn sie ihn brauchte? Während der frühen Morgenstunden, wenn ihr Verstand müde und die Welt still war, fiel es ihr viel zu leicht, Fragen zu stellen, die ihre Moral nur schwer beantworten konnte. Aber die Welt war jetzt sicherer. Colonel Fury war auf der Flucht und stand in zweihundert Ländern ganz oben auf der Liste der meistgesuchten Verbrecher. Tony Stark wurde wegen Verbrechen gegen die Menschlichkeit in Den Haag in Abwesenheit der Prozess gemacht.

Ihr Gewissen war rein.

Was sie tat, war notwendig, um die Welt zu einem sichereren Ort zu machen.

Um sie herum arbeitete an den Navigations-, Radar- und Kommunikationsstationen eine Notbesatzung in fast völliger Stille. Die vordere Wand des Aussichtsdecks bestand aus einer Reihe riesiger, gepanzerter Fenster, von denen aus man die Stille des Golfs von Aden überblicken konnte, die nur gelegentlich durch das Blinken eines Patrouillenhubschraubers unterbrochen wurde. An der hinteren Wand, hinter den Arbeitsstationen und dem Kommandosessel mit ihren schwach beleuchteten Bildschirmen, befand sich eine riesige Karte der Erde und des Mondes. Lichter umrissen die Landmassen der Ersteren und die besiedelten Gebiete des Letzteren. H.A.M.M.E.R.-Stützpunkte, nationale Hauptstädte und orbitale Einrichtungen waren jeweils in verschiedenen Farben dargestellt. Große Analoguhren teilten die Erde in Zeitzonen ein.

Es war 4:30 Uhr, ostafrikanische Zeit.

Damit war es in New York etwa 20:30 Uhr.

Victoria fragte sich, in welcher Zeitzone sich ihr Körper gerade befand.

Direktor Osborn war der am härtesten arbeitende Mann des Planeten, doch ungeachtet dessen, wie viele Stunden er auch in seinen Job steckte, Victoria steckte mehr hinein, indem sie seine Exzesse während der Planungsphase eindämmte und danach die Trümmer aufräumte. Sie störte sich nicht daran. Die Arbeit war notwendig und wichtig. Trotzdem vermisste es ein Teil von ihr, nach einem Achtstundentag in der Buchhaltungsabteilung von S.H.I.E.L.D. unter Direktor Fury auszustempeln und die Freiheit New Yorks zu genießen, um sich zu entspannen. Seufzend rieb sie sich den Kaffeedampf in die Augen und ließ sich für einen Moment vom hypnotischen Surren des Radargeräts, dem gleichmäßigen Dröhnen der Rotoren, die ihre fliegende Festung über dem Horn von Afrika vor Anker hielten, und dem zweifelhaften Komfort des Kommandosessels auf der Brücke einlullen.

Sie dachte an ihren ersten Tag als Osborns Stellvertreterin.

Direktor Osborn hatte den Helicarrier als Furys weißen Elefanten bezeichnet und die Abwrackung der gesamten Flotte angeordnet. Sein Plan hatte vorgesehen, die horrenden Summen, die der Unterhalt einer stets einsatzbereiten globalen Kampftruppe kostete, anderweitig zu nutzen. Nämlich für die Modernisierung der neu gegründeten »H.A.M.M.E.R.«-Organisation mit mehr Soldaten, besserer Ausrüstung und intelligenterer IT, die sie zu einer friedenserhaltenden Truppe für das einundzwanzigste Jahrhundert machen sollte. Später hatte er es sich anders überlegt und den Auftrag zurückgezogen. Sie glaubte zu verstehen, warum. Der Helicarrier war ein beeindruckendes Machtsymbol. Er war vielleicht nicht so zerstörerisch wie beispielsweise Sentry, aber dafür war er am Himmel tausendmal besser sichtbar, was wohl eine weitaus bessere Abschreckung darstellte.

Sie lehnte sich in ihrem Sessel zurück und trommelte mit den Fingern auf den gepolsterten Armlehnen.

Hätte sie damals, als Osborn sie zum ersten Mal in den Avengers Tower eingeladen hatte, gewusst, was sie jetzt wusste, dann hätte sie die Kehrtwende des Direktors in Bezug auf die Helicarrier vielleicht doch genauer unter die Lupe genommen.

Sie ertappte sich immer häufiger dabei, wie sie daran zurückdachte.

Waren die widersprüchlichen Befehle von zwei verschiedenen Norman Osborns gekommen? War er damals, ganz am Anfang, so labil gewesen, wie er jetzt allmählich wurde? Es fiel ihm schwer, seine Termine einzuhalten, er vergaß seine Medikamente. Unbeabsichtigt, das wusste sie, er wollte gesund sein, aber die Anforderungen des Jobs machten es ihm schwer. War sie damals einfach zu ehrgeizig und naiv gewesen, um das zu erkennen? Sie wollte nicht glauben, dass sie sich bewusst dafür entschieden hatte, für ein Monster zu arbeiten.

Sie schüttelte den Kopf.

Das war die frühe Morgenstunde, die da aus ihr sprach.

Sie leerte ihre Tasse und sah noch eine Weile auf die Bildschirme, bis die Textzeilen verschwammen, dann stand sie aus dem Kommandosessel auf und streckte sich.

Lieutenant-Colonel Martha Brown schlenderte untätig um den zentralen Arbeitsplatz herum.

Im Gegensatz zu Maria Hill und den anderen stellvertretenden Direktoren vor ihr bekleidete Victoria keinen militärischen Rang. Sie wusste, viele hochrangige Militärs, die zuvor unter Fury gedient hatten, lehnten ihre Beförderung ab. Insbesondere, da Direktor Osborn ebenfalls Zivilist war. Brown hatte ihr zumindest von Anfang an Respekt entgegengebracht und Victoria die Möglichkeit gegeben, ihn einzubüßen. Sie glaubte nicht, dass das bislang geschehen war.

»Ich vertrete mir etwas die Beine«, sagte sie. »Bis ich wieder da bin, gehört die Brücke Ihnen.«

»Jawohl, Sir.«

»Sagen Sie mir Bescheid, wenn der Präsident wieder anruft und den Direktor sprechen will. Ich nehme ihn entgegen, egal wo ich bin.«

»Jawohl, Sir.«

Victoria verließ die Brücke. Die schweren Stahltüren schlossen sich zischend hinter ihr. Der einsame Wachmann salutierte, als sie an ihm vorbeiging.

Seit ihrem Abflug aus den Staaten war Direktor Osborn praktisch zum Einsiedler geworden. Er hatte es gezielt vermieden, Anrufe entgegenzunehmen, und sich immer ausgeklügeltere und unglaubwürdigere Ausreden einfallen lassen, um sich während des Flugs vor seinen Verwaltungsaufgaben zu drücken. Victoria machte sich Sorgen um ihn. Sich um Norman Osborn zu sorgen machte die Hälfte ihrer Arbeit aus. Doch so hatte sie ihn seit dem Vorfall in Colorado nicht mehr erlebt, bei dem Molecule Man ihn gefangen genommen und sein Gehirn durcheinandergebracht hatte. Er stand unter immensem Druck. Victoria wusste das besser als jeder andere. Die Sicherheit der Erde hing von seinen Entscheidungen ab, von seinem Handeln, von ihm allein. Victoria wusste, was für ein strenger Richter das eigene Gewissen sein konnte. Aber das hier ging über die üblichen Belastungen hinaus. Die Schwierigkeiten mit Venom und die anhaltenden politischen Auswirkungen schienen ihn an eine unsichtbare Grenze zu bringen. Er war aggressiv, reaktiv und viel zu nachlässig in Bezug auf die Imagepflege geworden, mit der sich jemand mit seiner Vergangenheit befassen musste.

Am anderen Ende des Korridors öffneten sich die Türen zum Besprechungsraum.

Sie ging hinein.

Er war wesentlich beengter als sein Gegenstück im Avengers Tower und bestand aus einem vergleichsweise großen Tisch mit einem Dutzend Stühlen und etwas Platz zwischen den Stühlen und den Wänden. Am Schott hinter dem gegenüberliegenden Ende des Schreibtischs hatte man einen Bildschirm installiert, der etwa so groß wie der Fernseher in der Wohnung war, die Victoria seit sechs Monaten nicht mehr gesehen hatte.

Sentry, unermüdlich und zeitlos, war bereits dort.

Er saß mit dem Rücken zur Tür auf einem der Metallstühle und reagierte nicht mal, als Victoria zu ihrem eigenen Stuhl auf der gegenüberliegenden Seite des Tischs ging. Mit seinem Supergehör hatte er sie vermutlich bereits bemerkt, als sie noch den Korridor hinuntergegangen war. Genauso hätte er ihre Unterhaltung mit Lieutenant-Colonel Brown belauschen können. Wenn er gewollt hätte. Wenn seine Kräfte in seinem derzeitigen Zustand auch nur annähernd zuverlässig waren.

Er ignorierte sie, stattdessen kaute er auf seinen Fingernägeln, während er das Verhör auf dem kleinen Bildschirm verfolgte.

»Für wen arbeitest du?«, kam Lesters trockene, gereizte Stimme von irgendwo jenseits des Kameraerfassungsbereiches.

Die Mutantenterroristin Obax Majid, Lightbright, starrte glasig aus dem Bildschirm heraus. Sie war mit Handschellen an einen Stuhl gefesselt, der seinerseits mit dem Deck verschraubt war. Sie hatte zwei blaue Augen, ihr Haar war zerzaust, ihre Lippen aufgeplatzt. Der fehlende Schneidezahn sprang einem förmlich ins Auge. Victoria hatte sie gesehen, als die Rettungsteams sie in Gewahrsam genommen hatten. Die Verletzungen stammten nicht von ihrem Kampf mit Moonstone und Ares. Die RNAi-Unterdrückung ihrer Kräfte, eine Therapie, die während der alten Tage der CSA entwickelt worden war, bevor die UNO sie als unethisch eingestuft und verboten hatte, sorgte dafür, dass ihre Augen lustlos und blass wirkten.

Sie gab keine Antwort.

Lester schlug ihr ins Gesicht.

Ihr Kopf ruckte zurück, sonst erfolgte keine Reaktion.

Sentry murmelte etwas vor sich hin.

Sein Blick drängte Lester, noch härter zuzuschlagen, während sich die Muskeln seines Halses und seines Gesichts gleichzeitig anspannten, um wegzusehen.

»Hat dein Gesicht schon genug? Meine Faust kann den ganzen Tag so weitermachen.«

»Hat sie schon was gesagt?«, fragte Victoria.

»Nein.« Sentry würdigte sie noch immer keines Blickes. »Ich sehe schon die ganze Nacht zu. Sie hat nur gesprochen, um ihren Namen zu bestätigen. Und um Norman zu beschimpfen.« Er neigte den Kopf leicht zur Seite, während er ein Stück Daumennagel löste, das sich zwischen seinen perfekten Zähnen verfangen hatte.

Hätte sich Victoria jemals erlaubt, darüber nachzudenken, hätte sie vor Sentry Angst gehabt. Er war eine wandelnde, denkende, emotional instabile Massenvernichtungswaffe, die sie und den Kontinent, auf dem sie sich gerade befand, verdampfen konnte und dabei so viel Mühe und Weitsicht aufbringen würde wie sie, wenn sie eine Fliege erschlug. Karla hatte es unter den H.A.M.M.E.R.-Mitarbeitern auf dem Helicarrier zu einer Art Währung gemacht, dass sie sich von Sentry verprügeln ließ, aber selbst an seinen schlechtesten Tagen war er mächtig genug, um das gesamte Avengers-Team ganz nebenbei zu vernichten.

Also vermied sie es, darüber nachzudenken.

»Sie hat nichts darüber gesagt, wo ihre Komplizen Lindy festhalten.« Sentry stützte den Kopf in seine Hände. »Ich glaube nicht, dass sie es weiß.«

»Wie kommst du darauf?«

Er sah sie an und seine leicht goldenen Augen schimmerten feucht.

Natürlich hatte Victoria seine Akte gelesen. Sentry verfügte nicht nur über die Macht, sie alle zu vernichten, sondern auch über schwache übersinnliche Kräfte.

»Was auch immer sie weiß oder nicht weiß, irgendwann wird sie reden.« Victoria sah zum Bildschirm. Lester ging auf sie los und dank seiner mit Adamantium überzogenen Knochen machte er seiner Drohung alle Ehre und hielt sich nicht zurück.

Sentry konnte sich den Luxus leisten, sich deswegen schrecklich zu fühlen.

Aber Frieden war hässlich.

Er war schmutzig.

Wenn es einfach wäre, würden kaltblütige Mörder wie Bullseye nicht auf freiem Fuß von einem Gehaltsscheck der Regierung leben, nur damit sich die Welt weiterdrehen konnte.

»Hab Geduld. Wenn Lester nichts aus ihr rausbekommt, übernimmt morgen früh Ares.«

Sentry nickte.

Einen Moment lang befürchtete sie, sie wäre gezwungen, ihm auszureden, in den Verhörraum hinunterzugehen und die Befragung der Mutantin selbst zu übernehmen. Er könnte sie mit Leichtigkeit töten. Gefesselt oder nicht, das würde keinen Unterschied machen. Aber ein Verhör hatte nichts mit roher Gewalt zu tun, und zum Glück war er in diesem Moment klar genug, das zu erkennen, und schlug es nicht vor.

Er verfügte weder über die Fähigkeiten noch den Mut dazu.

Im Gegensatz zu Lester.

Ares, Daken, Gargan, Karla, Osborn: Sie alle hatten das Zeug dazu.

Die Türen hinter ihnen öffneten sich.

Victoria drehte sich um, erwartete, einen neugierigen Wachmann oder eine Reinigungskraft wegschicken zu müssen, und war überrascht, als Direktor Osborn hereinkam.

Er trug einen maßgeschneiderten kleeblattgrünen Anzug mit Krawatte, ein lila Hemd und silberne Manschettenknöpfe. Obwohl er nach dem, was man hinter seiner Tür gehört hatte, und den vor seinem Quartier installierten Bewegungsmeldern zufolge anscheinend bis weit nach Mitternacht hart gearbeitet hatte, sah er nicht im Geringsten müde aus. Er wirkte frisch, aufgeweckt, voller pulsierender Energie und – wagte sie zu denken – manischer Intensität.

»Sir, sollten Sie nicht im Bett sein?«

»Sollten Sie nicht auf der Brücke sein?«, erwiderte der Direktor mit einem Lächeln, das wahrscheinlich ungezwungen wirken sollte, aber viel zu ausgeprägt war, viel zu viel Zähne zeigte und Victoria zusammenzucken ließ.

»Sie hat noch nichts gesagt«, teilte ihm Sentry mit, der sich bereits wieder dem Bildschirm und seinen Fingernägeln zuwandte.

Er hatte keine Angst vor Norman Osborn.

Er war einer der wenigen Menschen auf der Welt, die sich das leisten konnten.

Osborn sah zum Bildschirm und sein Lächeln verwandelte sich augenblicklich in ein höhnisches Grinsen von so ungezügelter Abscheu, dass Victoria einen weiteren Schritt um den Besprechungstisch machte, um einen zusätzlichen Stuhl zwischen sich und den Mann zu bringen.

»Sieht so aus, als müsste ich runtergehen und mich selbst darum kümmern, oder? Die Geschichte meines verdammten Lebens. Ja, ich würde gern verhindern, dass Außerirdische die Welt übernehmen, Mister Osborn, Sir. Ich verstehe, dass Sie als Direktor der Thunderbolts viel zu tun haben, aber ich bin einfach ein zu armseliger Vertreter der menschlichen Spezies, um diese Waffe aus meiner Tasche zu ziehen. Könnten Sie sich bitte für mich darum kümmern? Ganz ehrlich, man sollte doch wohl annehmen, wenn es eine Sache gibt, die Lester richtig machen kann, dann wäre das doch wohl, eine Ausländerin zu verprügeln, während sie bis obenhin mit illegalen Drogen vollgepumpt und an einen Stuhl gefesselt ist, oder? Aber nein, nicht mal das kriegt er auf die Reihe, ohne dass ich ihm das Händchen halte. Und was macht Ares im Moment? Arbeitet er an seinen Bauchmuskeln? Er sollte sich darum kümmern.«

»Er ist der Gott des Krieges, Sir«, wandte Victoria ein. »Ich kann ihm nicht sagen, was er tun soll.«

»Sie brauchen nur den richtigen Ton, Miss Hand. Alles eine Frage der Einstellung.«

»Haben Sie ihn mit dem Befehl, alle zu töten, in die Einrichtung der Aufständischen geschickt, Sir?«

Im Handumdrehen verwandelte sich Osborns Grinsen in ein strahlendes Lächeln. In seinem teuren Anzug, in Begleitung seines mächtigsten Avengers, wäre es dasselbe, das er auch auf dem Titelblatt der *TIME 100*-Ausgabe des *Time*-Magazins präsentiert hätte. »Ich muss Ares selten sagen, was er tun soll, Miss Hand. Wir haben eine besondere Beziehung, bei der ich weiß, dass er weiß, was ich will.«

»Wir hätten Gefangene gebraucht, Sir. Wir haben Glück, dass Lightbright zäh genug ist, um einen Schlag von Ares einzustecken. Was, wenn sie nicht redet?«

»Oh, sie wird reden. Wenn sich Ares nur zehn Minuten davon losreißen könnte, sich grimmig und Furcht einflößend zu geben, würden wir sie bereits anflehen, endlich die Klappe zu halten.«

»Er ist in seinem Zimmer und schreibt an seinem Computer einen Brief für seinen Sohn. Ich kann ihn hören. Er denkt laut.« Sentrys Augen waren inzwischen golden und distanziert, auf etwas weit Entferntes konzentriert. »Soll ich ihn holen?«

Osborn schien darüber nachzudenken.

»Nein«, warf Victoria hastig ein. Ares war sehr verschlossen. Das Letzte, womit sie sich jetzt beschäftigen wollte, war, dass die beiden mächtigsten Avengers an Bord des Helicarriers aufeinander losgingen. Der Ausgang stünde bereits fest, aber der Kampf würde dermaßen heftig ausfallen, dass den Rest von ihnen nur noch ein Absturz erwarten würde. »Wir haben sie erst seit ein paar Stunden in Gewahrsam, Sir. Lassen Sie Lester seine Arbeit machen.«

Osborn grummelte, aber er hatte den Gedanken bereits wieder verworfen und Sentry, der darauf vertraute, dass der

Direktor nur sein Bestes im Sinn hatte, ging nicht weiter darauf ein.

Victoria atmete erleichtert auf.

»Sobald sie was sagt, werde ich Sie rufen lassen, Sir. Aber da Sie wach sind, sollten Sie zurück in Ihr Quartier gehen und Washington anrufen. Seit unserer Mobilmachung von der Basis Al Anad haben sie jede halbe Stunde angerufen, um mit Ihnen zu sprechen.«

»Irgendwann kandidiere ich noch selbst für das Amt des Präsidenten«, erklärte Osborn gerade laut genug, dass Victoria ihn hören konnte. »Scheint doch gar nicht so schwer zu sein. Immerhin habe ich bereits die Hälfte der Legislaturperiode bezahlt und nehme trotzdem noch immer Befehle von diesem Schwachkopf entgegen. Und das alles nur, weil siebzig Millionen Menschen entschieden haben, dass er im Fernsehen etwas weniger schwachsinnig aussah als der andere Typ? Ich bin ein Genie. Ich bin ein Milliardär. Ich bin ein waschechter amerikanischer *Held.* Das Volk würde mich im Handumdrehen wählen. Wussten Sie, dass der Iron Patriot die zweitmeistverkaufte Actionfigur in neunundvierzig Staaten ist? In New York ist Spider-Man nach wie vor unerklärlich beliebt, obwohl er jetzt Menschen frisst. Landesweit bin ich nach Miss Marvel die zweitbeliebteste Figur, aber vierunddreißig Prozent des Markts sind Jungs im Teenageralter und deren Geschmack ist nun mal klar ausgerichtet, nicht wahr, Miss Hand? Und ich bezweifle, dass einer von denen sie als Präsidentin will.« Er schwieg gerade lange genug, um durchzuatmen.

»Der Mann, der diese Informationen zufällig in Händen hält, ist nicht nur beliebt, er weiß auch über alles Bescheid. Das Volk verlangt das. Nein, es verdient es. Und wenn ich ins Weiße Haus gewählt werde, verspreche ich Ihnen feierlich, Miss Hand, dass Sie als Direktorin von H.A.M.M.E.R. nie am Telefon sitzen müssen, nur weil der Präsident einen

Albtraum hat und seine Mami nicht erreichen kann. Eine Interessengruppe mit Superkräften will ihre eigene Insel? Von mir aus. Nehmt euch eure eigene Insel. Nehmt eine von den kleinen vor der kalifornischen Küste. Nein, ernsthaft. Ich werde ein paar Freunde einladen, um zusammen auf dem Rasen vor dem Weißen Haus ein paar Bier zu trinken, während Sentry euch alle in die Sonne wirft. Wie geht's meiner Miss Marvel?«

Der plötzliche Themenwechsel erwischte Victoria, die die Tirade mit immer größerer Fassungslosigkeit verfolgt hatte, auf dem falschen Fuß.

»Sir?«

»Erwarten die Ärzte, dass ihr Gesicht heilen wird?«

»Ich habe nicht gefragt, Sir. Es schien mir zu diesem Zeitpunkt nicht die wichtigste Frage zu sein.«

»Tja, da haben Sie falsch gedacht, Miss Hand. Sie wissen, dass sie teilweise wegen ihres Aussehens Teil der Truppe ist.«

»Sir!«

Osborn schenkte ihr ein mitleidiges Grinsen, als wäre sein Gesicht so formbar wie Ton und könnte jede Gestalt annehmen, jede Emotion ausdrücken, in allen Abstufungen. Dieses war über alle Maßen herablassend. »Ich weiß, das ist nicht fair. Ares sieht aus wie das uneheliche Kind von Man-Ape und Thing, dem jemand mit einem Bus den Kopf eingeschlagen hat, und niemanden interessiert es. Packt den Trottel auf eine Müslipackung.« Ihre Miene ließ ihn schnauben. »Kommen Sie mir nicht mit Ihrem ›Wie können Sie nur?‹-Blick, Miss Hand. Die Welt ist aus den Fugen geraten und steht kopf. Das wissen wir beide. Deshalb haben Sie diesen Job angenommen.«

»Sir«, sagte Victoria ernst. So hatte sie den Direktor noch nie erlebt und es machte ihr allmählich Angst. »Jetzt, da wir die Patriotenliste und die anderen gestohlenen Dokumente zurückhaben, können Sie sich endlich einen Abend freinehmen.

Ich bringe Sie zurück in Ihr Quartier und wir können einige der Übungen machen, von denen ich weiß, dass Sie sie aufgeschoben haben.«

»Nein, Miss Hand.« Osborn schüttelte heftig den Kopf und wies Victorias Hand zurück, als diese nach ihm griff, um ihn zu beruhigen. »Noch nicht. Arabian Knight ist wieder entkommen. Lightbright ist nichts weiter als ein hochrangiger Lakai. Der Drahtzieher des Komplotts gegen mich ist immer noch auf freiem Fuß und das Originalmaterial, das man an das *Bulletin* weitergegeben hat, ist immer noch da draußen. Und es fehlt eine Seite der Patriotenliste.«

»Das Bergungsteam hat die Dokumente aus den Trümmern der Villa geborgen, Sir. Es ist nur eine Seite. Wahrscheinlich ist sie beim Angriff verbrannt oder wurde ins Meer geweht.«

»Dann will ich, dass der Meeresgrund durchkämmt wird. Ich will, dass die Asche durchgesiebt wird. Ich will *alles* zurück, Miss Hand.« Er drehte sich zum Fernsehbildschirm um, sein Gesicht eine Fratze von übermenschlicher Wut. Mit zitterndem Finger zeigte er nach oben. »Und ich will die Mutantin selbst befragen. Ich bringe sie zum Reden. Sie wird mir verraten, wer hinter diesem Angriff auf mich steckt.«

»Sir«, sagte Victoria, so sanft sie konnte, und hob die Hände, um nicht bedrohlich zu wirken, »da Moonstone nicht verfügbar ist, Ares sich selbst für die Nacht beurlaubt hat und Daken noch immer operiert wird, sind die Avengers ein bisschen dünn besetzt. Vielleicht ist es an der Zeit, Venom von der Ersatzbank zu holen.«

»Spider-Man ist erledigt«, knurrte Osborn. »Haben Sie verstanden, Miss Hand? Erledigt! Und meine erste Amtshandlung als Präsident der Vereinigten Staaten von Amerika wird sein, die Forschung an radioaktiven Spinnen jeglicher Art rückwirkend und sofort zu verbieten. Notieren Sie das, Miss Hand.«

»Zerbrechen Sie sich darüber nicht den Kopf, Sir. Ich rufe Ihren Therapeuten an. Es ist erst Abend an der Ostküste. Er ist bestimmt noch in seiner Praxis.«

»Na schön. Rufen Sie ihn an. Sie können ihn auf Lautsprecher stellen und den Hörer für mich halten, während ich diese Mutantin mit bloßen Händen totschlage. Denn das, Leute, passiert, wenn man sich mit Präsident Norman V. Osborn anlegt.« Er warf lachend den Kopf in den Nacken.

Victoria merkte, dass ihr der Mund offen stand.

Sentry räusperte sich in seiner üblichen, leicht nachdenklichen Art, als wäre das alles vollkommen normal und Victoria die Einzige hier, die an ihrem Verstand zweifelte. Er drehte sich mit fragendem Blick zu ihnen um und hob die Hand, um auf den Bildschirm zu zeigen.

»Was ist los?« Victoria war für die Unterbrechung dankbar.

»Ist es schon Morgen?«

»Technisch gesehen«, sagte Norman.

Victoria sah ihn besorgt an. »Warum?«

»Sie haben doch gesagt, dass Ares am Morgen übernimmt.« Sentry sah wieder zum Fernseher. »Und gerade hat jemand Lester rausgeholt.«

KAPITEL 27
Guter Bulle

Der Befrager ließ sich steif auf dem Stuhl nieder.
Die Mutantin Lightbright starrte ihn ein oder zwei Sekunden lang ausdruckslos an, bevor ihr Blick wieder zu der an der Decke installierten Kamera zurückwanderte. Als er sich vorbeugte, zuckte er zusammen. Seine Brust schmerzte. Seine Seiten schmerzten. Er fühlte sich, als hätte ihn ein Team wohlmeinender, aber ahnungsloser Amateuranatomen seziert.

Um ehrlich zu sein, er hatte einen sehr miesen Tag.

Die Mutantin wandte den Blick von der Kamera ab.

Sie war bei klarem Verstand, das wusste er. Es war die Wirkung der Chemotherapie auf ihren mutierten Phänotyp, die den Glanz ihrer Augen trübte, sie benommen erscheinen ließ.

»Bist du hier, um den guten Bullen zu spielen?«, fragte sie. »So läuft das hier nicht.«

Sein Lächeln wurde breiter, egal wie schwer er verletzt war, er konnte noch immer lächeln. Das war es, was ihn über einen kaltblütigen Standardpsychopathen wie Bullseye stellte.

»Wie kommst du also darauf, dass ich mit dir reden werde?«

»Weil du es willst.«

»Ach, wirklich?«

Er nickte.

Die Frau öffnete ihren blutverschmierten Mund, um etwas zu erwidern, zögerte allerdings. Er spürte, wie ihre Körpersprache kaum merklich mehr Zugänglichkeit ausdrückte. Sie schob sich ein wenig auf ihren Stuhl zurück, entspannte die Hände und sah ihn direkt an. Als er sich verschwörerisch über den Tisch beugte, imitierte sie unbewusst seine Haltung, so weit es ihre Fesseln zuließen.

Er starrte ihr in die Augen, sie waren sich so nah wie ein Pärchen, das sich im Auto über die Mittelkonsole hinweg ansah.

»Ich bin nicht unbedingt das, was man als Teamplayer bezeichnen würde, und dein Fehler war, mir genug Kugeln verpassen zu lassen, dass es mich ernsthaft belastet.« Mit einem dumpfen Laut durchstießen seine Knochenklauen die metallene Tischplatte. »Dass du mich gerade unwiderstehlich findest«, murmelte er zu leise, als dass es die Kamera auffangen konnte. »Ich fürchte, das ist mein kleines Geheimnis. Auch wenn du mir alles erzählst, in sämtlichen Einzelheiten«, Daken ließ die Klauen der anderen Hand hervortreten, um damit auf die Kamera über ihnen zu zeigen, »fürchte ich, ich muss das hier glaubwürdig aussehen lassen.«

•

Norman Osborns Augen zuckten, während er das Verhör beobachtete. Er war beeindruckt. In Anbetracht seiner abgrundtief schlechten Meinung von seinen Angestellten sollte die bescheidene Leistung, die kaum vorhandenen Erwartungen zu übertreffen, keine Überraschung sein, dennoch war sie willkommen.

Nach nur wenigen Minuten sinnloser Befragung hatte Lightbright bereits trotzig geschrien, dass sie für eine von Fury und Dugan unabhängige Splittergruppe von S.H.I.E.L.D. arbeitete. Dass sie Teil eines reformierten pannationalen Desert Sword sei, das sich gegen jede Form von Interventionismus unter amerikanischer Führung im Nahen Osten und in Ostafrika stellte. Sie hatte sogar bereitwillig zugegeben, dass ihre Gruppe hinter den jüngsten Unruhen und Anti-H.A.M.M.E.R.-Protesten in diesem Teil der Welt steckte. Die daraus folgenden Gewalttaten und Plünderungen hatten sie als Deckung benutzt, um die für den Überfall auf den Avengers Tower erforderlichen Sicherheitscodes und Ausrüstungen zu beschaffen.

Er lachte.

Es fühlte sich gut an, befreiend.

Daken war gar nicht mal schlecht.

Eine der Bürden, derjenige zu sein, der alles wissen musste, war, dass solche Kleinigkeiten die Fähigkeit verloren, einen zu überraschen. Er würde diesen Moment auf jeden Fall in das Dankbarkeitstagebuch eintragen, auf dem sein Therapeut bestand. Sobald er sich dazu aufraffen konnte, Victoria darum zu bitten, ihm ein leeres Buch zu kaufen und für ihn die ersten Einträge zu schreiben.

»Frag sie nach Lindy«, murmelte Sentry vor sich hin, als hätte er Angst davor, es laut auszusprechen. Er griff nach der Tischkante. Die weiche Legierung bog sich unter seinem Griff, das Metall warf Blasen und zischte, als es zwischen seinen Fingern hindurch auf den Boden tropfte.

Victoria hob die Hand, um so um Geduld zu bitten. »Sie redet nur noch. Daken stellt ihr nicht mal mehr Fragen. Lass sie reden. Wenn sie was weiß, werden wir es bald erfahren.«

Sentry lehnte sich auf seinem Stuhl zurück, hinterließ einen halb geschmolzenen Handabdruck auf dem Tisch, strich sich das lange Haar aus dem Gesicht und biss sich auf die Unterlippe. Norman sah wieder zum Fernseher. Im selben Moment betrat Lester den Besprechungsraum.

Er stieß die Tür auf, die laut gegen das Schott knallte, sah, dass Norman und Victoria bereits anwesend waren, und blickte finster drein. Er kam wie ein Wutausbruch auf Beinen herein. In der einen Hand hielt er ein zusammengerolltes, zerknittertes Stück Papier. Norman hatte Männer schon aus geringeren Gründen mit Kürbisbomben in die Luft gesprengt.

»Du wolltest mich durch Fred Myers ersetzen? Boomerang? Das is ja 'n Riesenhaufen gequirlter Sch...«

»Miss Hand.« Norman hob einen Finger, woraufhin Bullseye mitten in seinem Ausbruch stockte und stattdessen schweigend vor sich hin kochte. »Sie können die Taucher zurückrufen. Sieht so aus, als hätten wir unsere vermisste Seite gefunden.«

»Myers?«, tobte Lester mit blutunterlaufenen Augen weiter. »Diese australische Witzfigur? Der kann nicht mal die Hälfte von dem, was ich für dich mach.« Er schwenkte das zusammengerollte Papier wie einen Baseballschläger einen Zentimeter vor Normans Nase herum. »Du denkst, halbwegs gut zielen zu können reicht aus, um Bullseye zu sein?«

»Du hast es noch immer nicht kapiert, oder, Lester?« Norman schob das Papier mit einem Finger beiseite. »Du bist nicht Bullseye. Du bist *Hawkeye.* Neunzig Prozent deines Jobs ist es, entsprechend *auszusehen.* Die anderen zehn Prozent bestehen darin, mir genau das zu geben, was ich will. Dass du tust, was man dir verdammt noch mal sagt, und dass du weißt, wann es Zeit ist, die Klappe zu halten, bevor dein Gejammer meine Migräne explodieren lässt.« Er wackelte mit dem Zeigefinger, um Bullseye das Grinsen aus dem Gesicht zu wischen. »Wenn du das mit einem gewissen Grad an Kompetenz hinbekommst, ist doch egal, wer dein Nachfolger ist, oder etwa nicht? Du willst im Team bleiben? Du willst weiterhin einen Scheck von der Regierung einstreichen und dass die Trottel vom NYPD die Leichen, die sie immer finden, sobald ich dich rauslasse, als Selbstmorde zu den Akten legen? Na schön. Vielleicht hilft es dir in Zukunft, wenn du weißt, die Tatsache, dass du atmest, ist ein Privileg, kein Recht.«

»Ja. Also.« Lester wich zurück und Norman lachte, als er ihn klein beigeben sah. Er trat gegen das Bein eines Stuhls und schob ihn so unter dem Tisch hervor. »Is trotzdem bekloppt.« Er setzte sich. »Ich bin um Längen besser als Myers.«

»Da wäre noch was, Lester.«

Bullseye sah ihn mürrisch an. »Was?«

Norman klopfte ihm auf den Rücken. Victoria verzog das Gesicht, als hätte er seinen Arm gerade in eine Toilette geschoben. »Du *bist* besser als Myers. Du hast heute gute Arbeit geleistet. Du bist reingegangen und hast einen kühlen Kopf bewahrt. Du hast meine Daten bekommen und bist wieder rausgekommen. Und du hast dabei eine Menge Leute erschossen. Betrachte das als meine Art, Danke zu sagen. Deshalb bist du ein Avenger, während Myers nur kleine Brötchen backt.«

»Verdammt richtig.« Bullseye starrte auf den Tisch, als wüsste er nicht, wie er damit umgehen sollte. Er schlug die Beine übereinander und murmelte dann unbehaglich: »Sir.«

Und so, meine Damen und Herren, sieht Menschenführung aus. Deshalb bin ich in der Wirtschaft, in der Politik und auch im Leben so erfolgreich.

Während sich Lester dem Fernseher zuwandte, um nicht Normans wohlwollendes Lächeln sehen zu müssen, stürmte Victoria zu ihm und nahm ihm das letzte fehlende Blatt der Patriotenliste aus der Hand. Gute Victoria. Wunderbare Victoria. Die Tochter, die er nie gehabt hatte und die sich nicht nach Frankreich absetzen würde. Sie starrte ihn noch immer auf eine Weise an, als würde er in Iron-Man-Hosen Rad schlagen, und dennoch. Victoria. Die einzige Person, bei der er sich stets darauf verlassen konnte, dass sie keinen Mist bauen würde.

Als er ein Summen in seiner Hosentasche hörte, sah Norman nach unten.

Er zog sein Telefon heraus.

Der Anrufer wurde als unbekannt angezeigt. Das war ungewöhnlich genug, um sofort sein Interesse zu wecken. Er war Norman Osborn, Direktor von H.A.M.M.E.R., König der Welt, und nicht der Pizzabote. Er hing nicht am normalen Telefonnetz. Ein Anruf an seine Nummer wurde durch Oscorps eigenes sicheres Netz von Sendemasten geleitet, das immer strengeren Sicherheitsvorkehrungen und Datenauswertungen unterzogen wurde, um alle Informationen über das anrufende Gerät in Erfahrung zu bringen, bevor es überhaupt zu einer Verbindung kam.

»Wenn das der Präsident ist, dann schwöre ich bei Gott ...«

Er wischte über das ANRUF ANNEHMEN-Symbol und hielt das Gerät an sein Ohr, während er weiter Lightbrights Geständnis verfolgte.

»Direktor Osborn.«

»Norman«, grüßte ihn die Stimme am anderen Ende der Leitung. Sie war weiblich und hatte einen Akzent. Italienisch, nahm er an, obwohl er nur schwach war. Was das anging, war seine eigene Stimme ähnlich. Man hatte ihm beigebracht, im Fernsehen authentischer amerikanisch zu klingen, aber sein natürlicher Akzent war der eines Menschen, der nie lange Zeit in einem bestimmten Teil der Welt verbracht hatte. *»Ich war mir nicht sicher, ob Sie den Anruf annehmen würden, aber ich musste das Risiko eingehen. Manche Menschen können einem klingelnden Telefon einfach nicht widerstehen, selbst wenn sie wissen, dass sie es eigentlich tun sollten.«*

Victoria sah ihn über den Tisch hinweg fragend an.

Er drehte ihr den Rücken zu und neigte den Kopf zur Wand.

»Wer sind Sie?«

»Natürlich. Ich habe Sie im letzten Jahr so oft im Fernsehen gesehen, dass ich manchmal vergesse, dass wir uns nie begegnet sind. Mein Name ist Contessa Valentina Allegra de Fontaine. Sie haben eine von meinen Leuten in Ihrer Gewalt. Und ich glaube, Sie haben gerade mein Haus bombardiert.«

»Geben Sie mir zwölf Stunden und ich werde noch viel mehr tun, als nur Ihr Haus zu bombardieren.«

»Sir, mit wem sprechen Sie?«, fragte Victoria.

Norman ignorierte sie. »Ihre Agentin, die Ares festgenommen hat, singt wie ein Vögelchen. Wir werden sie gleich dazu bringen, lange genug die Klappe zu halten, damit wir sie fragen können, wo Sie sich verstecken, und dann ist Ihr kleines Spielchen vorbei. Ich habe gewonnen. Wenn ich Sentry von Ihnen wegzerre, wird nicht mehr genug von Ihnen übrig sein, um in einem Teilchenbeschleuniger aufgespürt zu werden. Ganz unter uns, seine Frau zu entführen? Schlechte Idee. Ich meine, ernsthaft. Da gibt es den Kapitän der *Titanic*, König Priamos, der dieses lächerliche Pferd in seine Stadt holt, Hitler, der in Russland einmarschiert, und *dann* wären da Sie. Ich selbst habe nie eine besondere Beziehung zu den Müttern meiner Kinder gehabt. Ich würde ihre Namen vergessen, würde Victoria sie nicht für mich notieren. Aber deshalb darf ich am Tisch bei den anderen Erwachsenen sitzen, während der Goldene Wächter des Guten seinen Freunden dabei zusehen darf, wie sie eine Mutantin verprügeln. Und dabei blickt er mich unentwegt bewundernd an.«

»Ich könnte Ihnen den ganzen Tag beim Schimpfen zuhören, Norman. Wirklich, das könnte ich. Das ist eine vergessene Kunst. Aber Sie sollten wissen, dass ich dieses Gespräch aufzeichne.«

Er knurrte in den Hörer. »Glauben Sie, das interessiert jemanden? Ich habe schon Schlimmeres gesagt. Ich habe schon Schlimmeres getan. Solange ich für ihre Sicherheit sorge, könnte ich für eine Reality-TV-Show Mutantenbabys aus den Armen ihrer Mütter reißen und sie in den Atlantik werfen und niemand würde sich daran stören.«

»Ich rufe zum Teil aus Höflichkeit an, Norman, und zum Teil, so ehrlich muss ich sein, aus morbider Faszination. Ich weiß, dass Sie Obax haben, und ich weiß, dass sie redet. Das alles weiß

ich, weil ich einen Magier in meinem Team habe und Sie nicht.« Norman knirschte mit den Zähnen, als sie geringschätzig mit der Zunge schnalzte. *»Sie haben da was übersehen, Norman. Sie haben New York etwas überhastet verlassen. Während ich Nicholas' Stellvertreterin war, hat er sich vor seiner Abreise immer vergewissert, dass sein Transportmittel vollständig gegen psychische und arkane Eindringlinge geschützt war.«*

»Soweit ich weiß, waren Sie viel mehr als Furys Stellvertreterin.«

Die Stimme klang amüsiert. *»Ein Angriff auf meine Tugend, Norman? Ich bitte Sie. Das haben wir beide nicht nötig.«*

Norman fuhr herum.

Er hob den Blick und sah Victoria in die Augen.

»Darf ich dann annehmen, Miss Fontaine, dass wir Ihnen die Kugeln verdanken, die wir aus Hawkeyes Bauch geholt haben? Und Spider-Mans unglückliche Reaktion auf seine letzte Chemotherapie?«

Victoria holte das Tablet heraus, das sie immer bei sich trug.

»Sag ihr, dass ich die Kugeln noch hab, nur für sie«, knurrte Lester.

»Es geht ihm übrigens gut«, fuhr Norman fort. »Er kann es gar nicht erwarten, wieder in den Einsatz zu dürfen. Aber die Typen, die Spider-Man in die Quere gekommen sind? Denen geht es weniger gut. Also, lassen Sie Ihren Drohungen freien Lauf, während Miss Hand Ihren Anruf zurückverfolgt, dann kann ich die beiden auf Sie hetzen.«

»Ich habe Sie nicht angerufen, um Ihnen zu drohen, Norman. Ganz im Gegenteil, ich möchte Ihnen alles erzählen. Also, nehmen Sie Ihren Wolverine an die Leine, übergeben Sie Obax den jemenitischen Behörden, von denen ich weiß, dass Sie mit ihnen in Verbindung stehen, und lassen Sie uns reden.«

Norman stutzte.

Er sah sich im Besprechungsraum um.

Bullseye starrte ihn aufmerksam an, als wollte er die Anruferin durch das Telefon hindurch mit Blicken töten. Victoria hatte ihr Tablet auf dem Tisch liegen und war damit beschäftigt, Daten über die Contessa aufzurufen. Die Mühe hätte sie sich sparen können. Es gab nur eine Handvoll Menschen auf der Welt, die wichtig genug waren oder gewesen waren, um die Ehre zu verdienen, dass sich Norman Osborn ihre S.H.I.E.L.D.-Akten einprägte, und Valentina Allegra de Fontaine war eine davon.

Tochter von antikommunistischen Terroristen. Kleines europäisches Königshaus. Mehrere Jahre als internationale Dilettantin mit verdächtig weitreichenden Geheimdienstverbindungen und beeindruckenden Nahkampffähigkeiten. Timothy Dugan hatte sie für S.H.I.E.L.D. rekrutiert. Aufstieg zur stellvertretenden Direktorin, bevor sie einen neuen Auftrag als S.H.I.E.L.D.-Sonderbeauftragte für die britische Regierung und den MI-13 bekommen hatte.

Und danach ...

Nach der Zerschlagung von S.H.I.E.L.D. war die Contessa wie vom Erdboden verschluckt gewesen.

Ansonsten hätte Norman sie genauso gnadenlos verfolgt wie Fury, Hill und Stark.

Anders als bei Bullseye und Victoria bohrte sich Sentrys Blick direkt in ihn hinein. Das Selbstmitleid der letzten Tage war verschwunden, stattdessen strahlte er eine glühende Intensität aus, die ein Loch in eine Vibraniumwand hätte schmelzen können.

Es war ein Blick, der genau wusste, wofür er da war.

Selbstverständlich.

Supergehör.

Norman kicherte und spürte, wie die Bedrohung nuklearer Vernichtung seine Gedanken in ein seltsames Gleichgewicht brachte. Vielleicht sollte er das seinem Therapeuten vorschlagen, sobald er das nächste Mal in New York war.

»Natürlich, Contessa. Was immer Sie sagen.« Er ging um den Besprechungstisch herum zum Fernseher. An der Wand daneben war eine Schalttafel angebracht. Darauf befand sich ein Knopf für die Gegensprechanlage. Er hielt das Telefon an sein Ohr, sodass die Contessa ihn hören konnte, und aktivierte die Sprechanlage. »Wolverine. Hier ist Direktor Osborn. Das reicht.«

Auf dem Fernsehbildschirm drehte sich Daken zur Kamera um.

Lightbright schimpfte im Hintergrund weiter und erzählte, wie Arabian Knight von einem alten S.H.I.E.L.D.-Kameraden die Überwachungsaufnahmen aus dem Avengers Tower erhalten hatte und sie dann an einen ehemaligen Nahost-Korrespondenten weitergegeben hatte, der jetzt für das *Bulletin* arbeitete. Dakens Knurren übertönte den Monolog. *»Wir sind noch nicht mal bei den wirklichen Informationen.«*

»Ich sagte, es reicht. Zwing mich nicht, zu dir runterzukommen. Übergib sie den Wachen und komm rauf. Oh, und wisch dir die Krallen ab. Ich will nicht, dass du meinen Helicarrier mit Blut versaust.«

Er fluchte, wie es klang, in äußerst unflätigem Japanisch. Wolverine stand steif von seinem Stuhl auf und verließ die Aufnahme. Die Kamera nahm stapfende Schritte sowie das Schlagen einer Tür auf.

Norman schüttelte den Kopf. Er befehligte das großartigste Team mürrischer Teenager der Welt.

Den Blick weiter auf den Bildschirm gerichtet, wandte er seine Aufmerksamkeit wieder dem Telefon zu. »Erledigt. Victoria wird jetzt die Übergabe an die jemenitische Marine veranlassen.« Er nickte Victoria zu, dass er der Contessa nicht nur etwas vormachen wollte. Da ihr Tablet bereits eingeschaltet war, machte sie sich an die Arbeit. »Aber ich behalte mir das Recht vor, jederzeit von dieser Vereinbarung zurückzutreten und die Jemeniten in die Luft zu jagen, sollte ich den Verdacht haben, dass Sie mir etwas vorenthalten.«

»Davon gehe ich aus, Norman.«

»Dann raus mit der Sprache. Wo sind Sie?«

»Nur einen Augenblick. Da Sie gerade neben einem Fernseher stehen, schalten Sie auf BBC World News um.«

Norman zögerte mit der Hand am Gerät und fragte sich, ob es eine weitere List sein könnte, ein Trick, damit die Contessa und ihre Mitarbeiter irgendwie Zugriff auf die Systeme des Helicarriers bekamen.

Er war immerhin felsenfest davon überzeugt, dass er nur Idioten eingestellt hatte.

»Tun Sie mir den Gefallen, Norman. Ich verspreche Ihnen, dass ich Sie nicht reinlegen will. Es gibt da etwas, das Sie sehen müssen, bevor ich Ihnen sage, was Sie wissen wollen. Und da es sich um eine Liveübertragung handelt, eilt es ein wenig.«

»Na schön.«

Mit einem Schnauben schaltete er den Fernseher auf Satellitenempfang um und suchte dann den von der Contessa genannten Kanal. Er trat vom Fernseher zurück, während der Livebericht lief.

Zuerst war ihm kalt.

Dann wurde ihm heiß.

In seinem Kopf schrien tausend Stimmen gleichzeitig, und alle waren seine eigene.

Auf dem Fernsehbildschirm sprach ein Reporter in einem langweiligen Anzug und mit einem glasklaren britischen Akzent über Videomaterial, das angeblich von einer der Überwachungskameras in der Cafeteria des Avengers Tower stammte. Es handelte sich um eine Zone mittlerer Sicherheitsstufe, sodass die Aufnahmen der Kameras nicht routinemäßig innerhalb von zwölf Stunden vernichtet wurden. Die Farbe war in 4K High Definition. Die Tonqualität war hervorragend.

Man konnte nicht abstreiten, dass Norman Osborn das Zentrum der Aufmerksamkeit war.

Er schrie einer Hotdog-Bedienung ins Gesicht, während eine Meute verängstigter H.A.M.M.E.R.-Angestellter zusah: eine ausgereifte, spuckende, rotgesichtige Tirade gegen den Präsidenten der Vereinigten Staaten, seinen Vizepräsidenten, die Generalstabschefs, das Verteidigungsministerium, den Überwachungsausschuss des Repräsentantenhauses, das Finanzministerium, die ganze Scharade der demokratischen Gewaltenteilung im Allgemeinen. Und das alles in den persönlichsten und beleidigendsten Ausdrücken, die dem Mann, dessen Aufgabe es war, die schmutzigen Geheimnisse jedes Einzelnen zu kennen, aus dem Stegreif einfielen. Norman erinnerte sich daran. Seit Victoria mit dem Anruf von Miss Greene vom *Bulletin* in seine Suite gekommen war, hatte er es immer wieder durchlebt. Er war damals gerade aus einer Besprechung mit seinem Beschaffungsoffizier gekommen, bei der er erfahren hatte, dass das Weiße Haus die längst überfällige Fusion von S.W.O.R.D., der Verteidigungsorganisation gegen außerirdische Bedrohungen, mit H.A.M.M.E.R. abgelehnt hatte. Das hatte Norman Verträge in Milliardenhöhe gekostet, ganz zu schweigen von den verschwendeten Monaten Arbeit, die in den Papierkram geflossen waren. Da hätte jeder vernünftige menschliche Fußabtreter in seiner Position die Beherrschung verloren.

Der Nachrichtensprecher fuhr fort.

Der Zeitstempel des Videos tickte über die Zehnminutenmarke hinaus, während Norman Osborn weiterhin die Regierung der Vereinigten Staaten beschimpfte, selbst als der Betreiber des Hotdog-Stands versuchte, ihn zu beruhigen.

Ja, er beschrieb den Mann, dem er unterstand, mit Worten, die normalerweise den neuen Liebhabern von Ex-Frauen vorbehalten waren, doch das war nicht das Schlimmste.

Das Schlimmste war, dass er dabei wie ein Verrückter aussah.

Wenn man die Augen schloss, konnte man ohne Weiteres den Goblin vor sich sehen.

Schließ deine Augen.

Er schloss seine Augen.

Ha ha ha ha!

»Darum ging es?«, hörte er Lester. Norman öffnete die Augen.

Bullseye beugte sich über den Tisch und gestikulierte in Richtung des Fernsehers. »Darum ging es? Deshalb sind wir in New York rumgerannt und haben uns den Arsch aufgerissen? Weil du den Präsidenten beschimpft und das Hotdog-Mädchen angebrüllt hast?«

»Sir ...«

»Ernsthaft, wen kratzt das?«

Victoria sah von ihrem Tablet auf. »Sir.«

Norman hob den Blick.

Die Nachrichtensendung hatte zu einem Videoausschnitt gewechselt, der Hawkeye beim Betreten des *New York Bulletin* zeigte. Diese Aufnahme stammte von der Dashcam eines vorbeifahrenden Fahrzeugs. Es folgten späteres Bildmaterial des brennenden Gebäudes und Luftaufnahmen eines verwüsteten Wohnkomplexes in East Midtown.

Bullseye pfiff leise. »Okay, ja gut. Wenn man es so zusammenschneidet, sieht es schon schlimm aus.«

Norman umklammerte sein Telefon so fest, dass die Blutzufuhr in seine Finger abgeschnitten wurde.

»Ich weiß, dass Sie fast alles tolerieren, Norman«, sagte Valentina. *»Alles außer einem Angriff auf Ihr Image. Und vielleicht lieben die Leute Sie danach noch immer. Vielleicht finden Sie eine gute Ausrede, um bei der Verfolgung eines Flüchtigen durch New York zu wüten. Aber letztendlich sind Sie dem kleinen Mann von*

der Straße keine Rechenschaft schuldig, oder? Sie müssen sich nur vor dem Mann verantworten, der gerade zugesehen hat, wie Sie ihn vor der ganzen Welt lächerlich gemacht haben. Ich bin nicht Fury. Ich bin nicht Dugan. Ich will nicht, dass die Welt wieder so wird, wie sie war. Ich bin wie Sie, Norman. Ich werde die Welt verbessern und die Welt wird mich akzeptieren, so wie sie Sie nie wirklich akzeptiert hat. Ich will Ihren Job, Norman, und wenn Sie mich aufhalten wollen, dann müssen Sie das tun, bevor jemand den Präsidenten weckt und er Sie feuert.«

In Normans Augen leuchteten die Feuer des brennenden New Yorks, der knappe Bannertext und der gewissenhaft neutrale BBC-Kommentar verurteilten ihn auf jedem Fernseher überall auf der Welt. Er wollte schreien und toben, aber außer einem Lachen bekam er nichts heraus. Dieses Lachen wurde immer ausgelassener, er konnte nicht aufhören, selbst als seine Brust zu schmerzen begann und seine Sicht verschwamm. Es war einfach so *lustig*. Wie wollte die Welt ohne Norman Osborn zurechtkommen, wenn er nicht jede halbe Stunde unter ihrem Bett nach Monstern suchte und ihr den Kopf tätschelte? Absurder war nur, dass er als Einziger lachte.

Er wischte sich eine Träne aus dem Auge. »Klar, warum nicht? Ich könnte einen freien Tag gebrauchen.«

»Das werden wir sehen, Norman. Sie finden mich und den Rest von Desert Sword in der Fury-Geheimbasis Iceberg in Kuwait-Stadt. Lindy ist hier b...«

Bevor die Contessa ihren Satz beenden konnte, spürte Norman auf dem Stuhl hinter sich eine Implosion. Er wirbelte herum und ächzte, während das Blitzlicht des plötzlichen Verschwindens Sentrys auf seinen Netzhäuten verblasste. Dann sah er, wie der Superheld verschwunden war – durch ein schwelendes Loch, das er in das Schott hinter seinem Stuhl und durch jedes weitere Schott bis zur Außenhülle getrieben hatte.

Durch die Öffnung pfiff Luft.

Norman betrachtete das Loch und spürte den blubbernden Drang, wieder loszulachen, als hätte er Kohlensäure im Kopf.

»Sir?« Victoria schrie, ihr gefärbtes Haar peitschte im Luftstrom des Hüllenbruchs. »Sir, wo ist Sentry gerade hin?«

»Ich warte auf Sie, Norman. Die Welt sieht zu.« Die Contessa legte auf.

»Sir!«

Norman starrte auf das Telefon. »Bringen Sie dieses Schiff nach Kuwait.«

»Was ist mit Sentry, Sir?«

»Er ist schon dorthin unterwegs und ich will die Show nicht verpassen.«

»Selbst wenn Moonstone einsatzbereit wäre, hätten wir niemanden, der vor ihm ankommen könnte.«

Norman wischte mit dem Finger über den Bildschirm seines Handys und tippte eine Nummer ein. Er legte es ans Ohr und grinste, als er dem Klingeln lauschte. »Sehen Sie dem Gob... ich meine, *einem Genie* bei der Arbeit zu, Miss Hand.«

TEIL DREI

KUWAIT

KAPITEL 28
Nicht wahnsinnig

Die Stadt war wunderschön in ihrer Friedlichkeit: ein helles, funkelndes Neonjuwel, das von allen Seiten von der absoluten Dunkelheit der Wüste und des Meeres eingefasst wurde. Sie war eine Kugel aus Glas, Stahl und Beton, ein Kleinod, das ein unvorsichtiger Gott mit einer unbedachten Geste oder einem geflüsterten Wort zermalmen könnte. Die Wolkenkratzer streckten sich nach den dunklen Wolken, die schimmernden Finger der Sterblichen griffen nach dem flatternden blauen Umhang ihres Erlösers – und ihres Zerstörers. Wie einst Babylon hatten sie durch Versagen Demut gelernt. Die Stadt murmelte in ihrem Schlaf. Ihre Straßen. Ihre Einkaufszentren. Ihr Flughafen. Ihre Docks. Eine einzige Stimme, die verzweifelte Gebete hauchte. Im Osten zeigte sich am Horizont die erste Spur der Morgendämmerung. Das frühe Sonnenlicht färbte den Persischen Golf zinnfarben. Es spielte um die Stahlmasten der Brücken, die sich nach Norden und Westen erstreckten, verwandelte sie in blutige Stacheln und machte aus den emaillierten Kugeln der Kuwait Towers Miniaturerden, die von der Morgendämmerung in zwei Hemisphären geteilt wurden.

So sah Sentry die Welt: Sie war eine Kugel, die er jederzeit zerstören konnte, und jeden Tag, jede Sekunde eines jeden Tages, entschied er sich bewusst dagegen.

Weil er gut war.

In frustrierter Allmacht schwebte er über Kuwait-Stadt, ein gefallener Engel, der in sein irrendes Reich zurückkehrte. Der trockene Wind bauschte seinen Umhang auf. Er spürte ihn kaum.

Jedes der Millionen Fahrzeuge auf den Straßen unter ihm hatte eine Stimme, die für seine Ohren erkennbar und unterscheidbar war. Jede schläfrige Äußerung eines Mannes zu seiner Frau oder umgekehrt, während die Familien aufwachten, um ihren Tag anzugehen, war so klar wie eine Glocke. Er konnte jede sich öffnende Tür hören und zuordnen, jeden Schuh, der über den Bürgersteig schlurfte, jedes Sandkorn, das gegen eine Windschutzscheibe prallte. Er konnte hören, wie die anderen Avengers, Osborn, Bullseye und Hand zweitausendfünfhundert Kilometer entfernt miteinander darüber stritten, wie man ihn am besten aufhalten könnte. Er hörte CLOC, zehntausendvierhundertsechzig Kilometer entfernt, wie er sich leise durch die selbstreparierenden Flure des Watchtowers bewegte.

Doch trotz all seiner geschärften Sinne, trotz all seiner Macht konnte er Lindy nicht hören.

Er griff sich an den Kopf, die Finger verhedderten sich im windgepeitschten Haar und sein Gesicht verzerrte sich zu einem stummen Schrei. Er wusste nicht, was er noch versuchen sollte.

Vor langer Zeit hatte Robert Sentrys Kräfte aufgegeben, um die Welt vor Void zu retten. Er konnte sich noch an den Mann erinnern, zu dem er ohne die Kräfte geworden war. Denn tief in seinem Inneren wusste er, er würde immer dieser Mann sein. Ohne Lindy wäre er wahrscheinlich der Sucht erlegen, Jahre bevor er die Chance bekommen hatte, seine Erinnerungen und Kräfte zurückzubekommen. Und sie hatte ihm vergeben. Sie vergab ihm alles. Jetzt war es seine Aufgabe, für sie da zu sein, und trotz seiner Macht war er nicht dazu in der Lage. Seine abgekauten Fingernägel gruben sich in seine Kopfhaut. Es tat weh, da nur er selbst körperlich die Macht besaß, sich Schaden zuzufügen. Wäre er nur halb der Held, den Lindy verdiente, wäre er zu Reed gegangen anstatt zu Norman Osborn, als er Voids Stimme wieder in seinem Kopf gehört hatte.

Aber er fürchtete sich.

Er war der mächtigste Mann des Universums und er fürchtete sich davor, wieder dieser Kerl zu werden. Diese Enttäuschung. Doch wenn man hinter die Macht blickte, hinter das goldene Kostüm und den Umhang, war er noch immer derselbe erbärmliche, faule Süchtige. Sonst erkannte es nur niemand.

Niemand sah es, weil es unmöglich war, nicht von so viel Macht geblendet zu sein.

Manchmal vergaß das sogar Sentry.

Jetzt wurde er damit konfrontiert und konnte nicht mehr wegsehen. Mit den Händen am Kopf betrachtete er die Stadt, die unbekümmert und unschuldig unter ihm erwachte.

Die Contessa und Desert Sword mussten Lindy irgendwo im Untergrund festhalten. In einem Hotelparkhaus oder in einem Untergeschoss. Oder in einem Bunker. Schallisoliert. Abseits von neugierigen Blicken. Ja, er lobte sich im Stillen. So dachte man nach. Dasselbe würde sein Freund Reed machen. Jetzt musste er sich nur noch in die Lage von Colonel Fury versetzen und sich vorstellen, dass er unter einer der bevölkerungsreichsten Städte am Golf eine geheime Militärbasis errichten wollte.

Wo wäre ein geeigneter Standort?

Wo?

Sein Blick glitt über zweihundertfünfzig Quadratkilometer hochmoderner Hochhaussiedlungen, die fünf Millionen Seelen über die Wüste erhoben, und spürte, wie die goldenen Hoffnungsschimmer in die Dunkelheit des Sandes hinabrieselten.

Mit der Selbstbeherrschung eines Süchtigen eilte er zurück in die beruhigende Umarmung seiner Kräfte, obwohl er genau wusste, sie würden ihm nichts nutzen, selbst wenn er so lange angestrengt lauschte, bis seine Ohren bluteten. Er neigte viel zu leicht dazu, Gedanken in Handlungen umzusetzen, so auch jetzt, als er die Stadt mit seinen Sinnen nach der geringsten Spur ihrer Aura durchkämmte. Sie war seine Frau. Er kannte ihren Geist besser als seinen eigenen. Wenn sie jemals in dieser Stadt gewesen war, dann hätte er es spüren müssen: die Berührung ihrer Hand an der Kleidung eines Fremden, den Druck ihres Fingers auf den Knopf einer Ampel, ihren Atem in der milden Morgenluft. Doch da war nichts. Er spürte nichts. Er spielte aus dreihundert Metern Entfernung »Steck den Schwanz an den Esel« und hatte nicht einmal eine Stecknadel. Schlimmer noch, jedes Mal, wenn er glaubte, etwas zu spüren, Lindy, die mit einer eleganten Frau in einem blauen S.H.I.E.L.D.-Overall einen Korridor entlangging, war es, als würde etwas seinen Verstand wegschieben. Als würde ihn irgendeine Macht absichtlich in die Irre führen und sich dabei über sein anhaltendes Versagen amüsieren.

Er konnte fast die kalte, tote Berührung von Händen auf seinen Schultern spüren.

Er wirbelte herum, das Lachen rauschte in seinen Ohren und verschwand in der Brise.

Da war nichts.

»LINDY!«

Seine goldene Aura verflüchtigte sich.

Obwohl er es nicht bemerkte, unterbrach die Sonne für einen Moment ihren Aufgang und sank zurück zum östlichen Horizont. Dunkle Wolken wanden sich wie Tentakel aus demselben verborgenen Abgrund in die Höhe, aus dem sich auch stets der würdevolle Void erhob, gleich hinter der nächsten Erdkrümmung.

Trotz all seiner Macht, trotz der Wut, mit der sie in ihm explodierte, spürte er in diesem Augenblick dieselbe Angst, in deren Griff er sich auf Lindys Couch in den Schlaf geweint hatte.

Dass er sie verlieren würde.

»Du wirst die Stadt niederreißen müssen, um sie zu finden«, flüsterte ihm Void ins Ohr. »Das ist der einzige Weg.«

Sentry schüttelte heftig den Kopf. »Nein. Das werde ich nicht tun.«

»Du kannst Osborn und die anderen genauso gut hören wie ich. Was sie von dir erwarten, und das sind deine Freunde. Sie kennen dich genauso gut wie ich.«

Sentry ließ verzweifelt den Blick über die Stadt unter ihm schweifen.

Seine Freunde. Diese Ungeheuer waren seine Freunde.

Was war er dann?

»Nein. Die anderen ... die anderen werden sie finden. Wir sind ein Team. Teams machen so was.«

»Und du willst einfach nur warten und hoffen? Kannst du dir vorstellen, was Desert Sword gerade mit deiner Frau anstellt? Ich kann es.«

Sentry schloss die Augen, ballte die Hand zur Faust und schrie, während er sich gegen den Kopf schlug. »Norman wird mir helfen. Er hat es versprochen. Er ist klug.«

»Nicht so klug wie Richards. Oder Strange. Sie waren auch deine Freunde und sie haben dich in die Gosse geworfen und vergessen. Er ist nicht mal so klug wie du früher. Ich würde mein Vertrauen nicht in Osborn setzen. Nicht, wenn wir diese Stadt Block für Block auseinandernehmen können, bis sie rauskommen, um sie zu verteidigen, oder wie Feiglinge in ihrem Bunker verbrennen.«

»Nein. Ein Held sollte so was nicht machen.«

Void lachte höhnisch.

Er schwebte in einen schattenhaften Mantel gehüllt und mit einem nachtschwarzen, tief ins Gesicht gezogenen Filzhut vor Sentry in der Luft.

»Hör dir nur selbst zu. Du redest wie Captain America in den Comics, die du so gern gelesen hast. Aber du bist nicht Captain America. Jeder, wirklich jeder, hätte Sentry werden können. Du bist nur der glückliche Trottel, der auf der Suche nach Drogen in das Labor seines Chemieprofessors eingebrochen ist, ein geheimnisvolles Fläschchen gefunden hat und blöd genug war, es zu trinken. Du redest dir ein, du wärst krank, aber es gibt viele Leute mit Schizophrenie, die ganz gut zurechtkommen, ohne zu versuchen, das Universum zu zerstören.

Du hast dich zu dem gemacht, was du bist, genau wie Osborn. Du redest dir ein, du wärst ein Held, obwohl du weißt, dass ich für jedes Leben, das du aus einem Feuer rettest, ein anderes vor einen Bus stoße. Du rettest eine schwangere Frau in Dallas vor einem bewaffneten Räuber? Ich sorge dafür, dass ein Kind in Bangkok an Krebs stirbt. Du rettest die Welt …« Er ließ den Rest seiner Drohung unausgesprochen in der Luft hängen. »So läuft diese Abmachung zwischen uns.«

»Halt die Klappe!« Sentry zerrte an seinen Haaren. »Du bist nicht echt. Norman hat mir versprochen, dass du nicht echt bist.«

»Dann führst du gerade Selbstgespräche, und du weißt, was das bedeutet.«

»ICH BIN NICHT WAHNSINNIG!«

Void stand nicht mehr vor ihm. Er *war* er. Schwarze unendliche Tentakel legten sich um seine Unterarme, erstickten sein goldenes Licht. Zwei perfekt ausbalancierte Mächte kämpften um den einen Körper, den sie sich teilten, und der arme Robert Reynolds war hilflos zwischen ihnen gefangen. Anderthalb Kilometer unter ihnen spiegelte sich ihr Kampf in Autoalarmen und Erdbebenfrühwarnsystemen, die in ganz Kuwait-Stadt ausgelöst wurden.

Sentry spürte ein Summen im Ohr.

Er fletschte die Zähne und schmeckte Blut im Mund, während er verbissen versuchte, Voids unendlichen Tentakel von seiner Brust zu reißen.

Das Summen wurde immer eindringlicher.

Natürlich. Das war der Kommunikator, den er immer bei sich trug, damit ihn CLOC jederzeit kontaktieren und über die dringendsten Notfälle informieren konnte. Er war sich nicht sicher, warum er ihn noch trug, außer vielleicht, weil er sich dadurch wie ein echter Held fühlte, der auf den Hilferuf wartete, der niemals kommen würde.

Er tippte an sein rechtes Ohr.

Void an sein linkes.

»CLOC?«, fragten beide.

»Tut mir leid, nein.« Ein leises Lachen knisterte durch die Verbindung. Es war Normans Stimme, aber mit einer erzwungenen Ungezwungenheit, die weder Sentry noch Void je zuvor von ihm gehört hatten. *»CLOC hat Moonstone diese Nummer für psychiatrische Notfälle gegeben. Und da sie von Natur aus nicht vertrauenswürdig ist, habe ich sie auch.«*

Sentry hielt Void davon ab, zu antworten. »Ich glaube ... ich glaube, ich würde jetzt gern mit Karla sprechen.«

»Tut mir leid, Bob, das kann ich leider nicht zulassen. Aber das ist schon in Ordnung, Bob. Wie wäre es, wenn wir das hier und jetzt unter uns klären?«

Sentry und Void kämpften um die Kontrolle über den Kommunikator. Weit unten stolperten Fußgänger auf den Bürgersteigen. Sie hielten sich die Köpfe, der plötzliche Druck ließ ihre Ohren bluten und der Staub der langsam zersplitternden Wolkenkratzer rieselte auf sie herab.

»Geht es dir ... geht es dir gut, Norman?«

»Mir? Ging mir nie besser. Und ich will jetzt dir helfen, Bob. Du leidest. Du bist wütend. Diese Typen haben dir etwas weggenommen und du willst sie dafür bezahlen lassen. Mehr noch, als Lindy zurückzubekommen, willst du es ihnen heimzahlen, weil sie dir das Gefühl gegeben haben, schwach zu sein. Stimmt doch, oder?«

»Nein. J… Ja. Aber …«

»Ein Teil von dir will fast Void rauslassen. Weil er das für dich tun wird, Bob. Er wird die Leute bezahlen lassen, die dir wehgetan haben. Und du musst dir danach nicht mal Vorwürfe machen. Denn das warst ja nicht du. Glaub mir, Bob, ich verstehe das. Ich verstehe das besser, als es irgendjemand sonst je könnte.«

Eine Träne lief langsam seine Wange hinab.

Diese Erleichterung.

Reed hatte das nie wirklich verstanden.

»Was soll ich machen, Norman? Sag mir, was ich machen soll. Void wird die Stadt zerstören.«

»Dann brauche ich jetzt vielleicht Void in meinem Team.«

»Wa… Was?« Sentry schüttelte den Kopf. Das war nicht richtig. Norman hatte versprochen, ihm zu helfen. »Nein.«

»Erinnerst du dich daran, wie du mir erklärt hast, dass Void für jeden Menschen, den Sentry rettet, die Waagschalen ausgleicht, indem er einen anderen tötet? Ich schätze, was ich dir zu sagen versuche, ist, dass du es zur Abwechslung mal von der anderen Seite betrachten solltest.«

Sentry spürte, dass er keine Luft bekam. Voids unendliche Tentakel lagen um seine Kehle. Die Hände, mit denen er an ihnen zerrte, waren dunkel.

Alles wurde dunkel.

Am anderen Ende der Leitung hörte er etwas, das wie ein Streit klang, aber er war zu abgelenkt, um darauf zu achten, und schließlich sagte Normans gedämpfte Stimme: *»Halten Sie die Klappe, Miss Hand. Sehen Sie nicht, dass ich hier einen wichtigen Anruf habe?«*

»Wie ... wie meinst du das?«, fragte Sentry.

»Denk mal nach, Bob. Du lässt zu, dass Void all diese armen, hilflosen, unschuldigen kleinen Menschen dort unten abmurkst. Du lässt ihn einfach machen. Nur dieses eine Mal. Nur heute. Was denkst du, was als Nächstes passiert, Bob?«

Seine Stimme war nur ein Krächzen. »Was passiert als Nächstes?«

»Was als Nächstes passiert, ist, dass er dir gehört. Du hast Void in der Hand. *Das sind viereinhalb Millionen Menschen, die du retten kannst, ohne ihm irgendwas zu schulden. Du wärst frei, Bob. Frei, um der Held zu sein. Ist das nicht, was du schon immer wirklich wolltest?«*

Sentry zögerte.

Er war am Ertrinken. Aber das *war*, was er wollte.

»Aber ... Lindy.«

Norman seufzte. Das Rauschen seiner erschöpften Enttäuschung knisterte in Sentrys Ohren. *»Ich verstehe das, Bob. Wirklich. Ich weiß, wie es ist, Menschen zu verletzen. Menschen, die ich hasse, Menschen, die ich vielleicht geliebt hätte, wenn ich es wirklich gewollt hätte. Zufällige Fremde. Versehentlich, aber auch mit absolut voller Absicht. Ich weiß und ich ... Bob? Bob?«* Sentry keuchte schwer und tastete nach dem Schatten, der sich um seinen Hals gelegt hatte, während ihn die Dunkelheit vollständig verschlang. *»Sentry. Bist du noch da?«*

Der trockene Wind rauschte durch den schweren Mantel von Void.

Er spürte ihn kaum.

»Nein, Norman. Er ist nicht da.«

»Gut. Denn ich glaube, was ich damit sagen will, ist: Du kannst drüber wegkommen.«

KAPITEL 29

Kryptisch und eigenartig

Karla Sofen erwachte aus einem Ort der Schreie und des Feuers und kehrte zu den Schmerzen ihres eigenen Körpers zurück, die sie begrüßten. Ächzend rollte sie sich auf die Seite und hielt sich den Kopf. Das massive Rumpeln der Motoren des Helicarriers vibrierte durch die Koje und durch sie hindurch, aber mit den Brüchen, Prellungen und Haarrissen, die sie Lightbright verdankte, ähnelte es eher einer eisernen Jungfrau als einem Massagesessel. Als sie benommen die Augen öffnete, griff sie nach der Mischung aus Schlaftabletten und Schmerzmitteln, die auf ihrem Nachttisch verstreut lagen, und hob die halb leere Weinflasche auf, um die leere Flasche dahinter zu entdecken. Sie stellte sie ab und rollte sich zurück ins Bett.

Was war nötig, um eine ganze Nacht ohne Träume durchzuschlafen?

Wieder mit geschlossenen Augen, dafür inzwischen hellwach, versuchte sie, den Traum noch einmal Revue passieren zu lassen. Sie erinnerte sich an Schüsse, Schreie und Rauch. Das musste ihr Kampf mit Lightbright auf dem Gelände von Desert Sword gewesen sein. Der Kampf hatte Spuren an ihrem Körper hinterlassen und es war nur logisch, dass dasselbe für ihr Unterbewusstsein galt. Ihrer Meinung nach hatten Träume nicht annähernd die Bedeutung, die Doktor Freud ihnen zugeschrieben hatte. Aber wenn sie darüber nachdachte, war sie sich nicht mehr ganz so sicher, ob die Bilder aus ihrem Traum wirklich mit ihrem Kampf in der Villa zusammenhingen. Sie schauderte, als etwas sie durchdrang, ein Echo einer fast vergessenen Erinnerung, ein mitfühlendes Vibrieren in der Magengrube, als ihr Mondstein darauf reagierte.

Ihre Lippen zuckten, während sie sich auf sich selbst konzentrierte.

Der Gravitationsstein reagierte auf eine gewaltige Freisetzung von Energie irgendwo in der Nähe.

Sie kannte nur eine Person, die so mächtig war.

Sie stieß die Flaschen vom Nachttisch auf das mit Teppichboden ausgekleidete Deck und drückte den Knopf der Gegensprechanlage an der Wand.

Victoria antwortete.

Sie war jetzt wach, stand aber noch immer unter dem Resteinfluss von zu vielen verschreibungspflichtigen Medikamenten und einer Menge Alkohol. Trotzdem fragte sich Karla, warum sie nicht mit Norman sprach.

»Miss Marvel, bist du wach?«

»Ich glaube, ich habe gerade gespürt, wie Sentry Energie sammelt. Was ist los? Werden wir angegriffen?«

»Der Helicarrier fliegt gerade in den kuwaitischen Luftraum ein, um ihn zu verfolgen. Bist du kräftig genug, um zu fliegen?«

Karla setzte sich versuchsweise im Bett auf und verzog das Gesicht. »Ich bin kräftig genug, um abzustürzen.«

Victorias Stimme wurde leiser. *»Dann werde ich dir nicht sagen, dass du dich jetzt umziehen und vorbereiten sollst.«*

»Es dämmert noch nicht mal und du bist schon so kryptisch und eigenartig.«

»Ich würde dir nicht sagen, dass du das tun sollst, weil Direktor Osborn den Avengers befohlen hat, an Bord des Helicarriers zu bleiben. Und schon gar nicht würde ich dir sagen, dass er Sentry

damit beauftragt hat, die Stadt unter uns zu zerstören, und dass du die einzige andere Person an Bord bist, auf die Robert hören könnte. Gibt es sonst noch was, das ich dir nicht sagen soll?«

Karla schwirrte der Kopf. Es war noch zu früh, um sich mit Victoria Hand zu befassen. »Nein, ich ... ich glaube, ich habe verstanden.«

Sie nahm den Finger vom Knopf.

Vor Steifheit und Schmerzen stöhnend schwang sie die Beine aus dem Bett, wobei sie die Bettlaken um sich herum mit hochzog und unbeabsichtigt schläfrigen Protest von der anderen Seite ihres Betts auslöste.

Sie drehte sich um und musterte stirnrunzelnd das, was wie ein nackter H.A.M.M.E.R.-Soldat in ihrem Bett aussah. Sie konnte sich weder an seine Ankunft noch an die Zeit dazwischen erinnern. Sie konnte nur vermuten, was auch immer vorgefallen war, hatte ihre Träume auch nicht zur Ruhe gebracht.

»Wach auf«, murmelte sie, während sie ein Bein zurück auf das Bett zog, um ihn mit einer Zehe in die Rippen zu stoßen.

Seine Augen flatterten schläfrig auf. Er schenkte ihr ein dermaßen verliebtes Lächeln, dass sich ihr die Zehennägel aufrollten.

»Mor...«

»Hör mal, ich hab nicht den geringsten Schimmer, wer du bist. Ich muss in etwa zehn Sekunden los und ich lass dich nicht allein in meinem Quartier.«

»Aber ...«

»Zehn Sekunden. Du hast drei, bevor ich dich rauswerfe. Ganz im Ernst. Ich mach vorher nicht mal das Fenster auf.«

»Warte d...«

»Eins.«

Der Typ fiel aus dem Bett, schnappte sich seine Kampfhose und versuchte, sie auf einem Bein hüpfend anzuziehen.

»Zwei.«

Er griff sich den Rest seiner verstreuten Kleidung und hetzte mit einem Bein in der Hose zur Tür.

»Ich schick dir ein paar Blumen oder so«, rief ihm Karla nach. Die Wache vor ihrer Tür beobachtete nur amüsiert, wie der Soldat, so schnell er konnte, davonstolperte. »Sobald ich rausgefunden hab, wer du überhaupt bist.«

Die Tür schloss sich hinter ihm.

Mit einem schweren Seufzer stieg sie vollends aus dem Bett.

Das Bettlaken fiel zu Boden und gab den Blick auf das makellose Schwarz und Rot von Miss Marvel frei. Sie strich sich das ungekämmte Haar aus dem Gesicht und zog sich bewusst die schwarze Maske ihres Alter Egos über die Augen. Sie sah durch das Panzerglas des Bullauges ihrer Kabine in die nachtschwarzen Wolken dahinter und betrachtete ihr Spiegelbild. Lightbright hatte ihr nicht nur gezeigt, wie dringend sie eine Kampfausbildung benötigte, sie hatte sie gezwungen, einige ihrer Prioritäten neu zu überdenken. Sie hatte erkannt, dass es ihr nicht mehr genügte, nur so zu tun, als wäre sie Miss Marvel.

Sie wollte Miss Marvel *sein*.

Und das hasste sie über alle Maßen.

»Zeit, wie eine Heldin auszusehen, Doktor Sofen«, murmelte sie mit Blick zur Tür.

Die Wache im Korridor diente nicht ihrem Schutz. Sie war ein Avenger, aber sie war *Normans* Avenger, und solange das der Fall war, würde sie niemals frei sein.

Mit einem Schimmern wurde sie körperlos und trat zum Fenster zurück und hindurch. Sie verließ den Helicarrier zu ihren eigenen Bedingungen, um die Heldin oder Schurkin zu sein, die sie sein wollte.

•

Der Helicarrier ging in Position und wechselte anderthalbtausend Meter über dem südlichen Stadtrand von Kuwait-Stadt, wo die Vororte in die offene Wüste übergingen und der

Kuwait International Airport und der Luftwaffenstützpunkt Abdullah al-Mubarak geometrisch perfekte Linien durch die letzten Ausläufer des Ballungsgebiets und den unsteten Sand zogen, in einen stabilen Schwebeflug. Mit dem Rappeln von Panzerplatten und Eisenketten brachte der Helicarrier seine Geschütze in Stellung. Primäre und sekundäre Flugdecks schleuderten F-22-Jäger und Kampfhubschrauber in den unmittelbaren Luftraum. H.A.M.M.E.R.-Marines in klappernder Feldpanzerung stürmten zu den Rändern der Decks, um hypothetische Eindringlinge abzuwehren. Korridore wurden abgeriegelt, Schotten versiegelt. Doch das war unnötig. Sentry kümmerte sich selbst um hypothetische Feinde.

Und als sich die schweren Türen der Brücke öffneten, um Victoria Hand und ihre Eskorte hereinzulassen, war der Lärm mit dem in einem Footballstadion vergleichbar.

Von ihren Kopfhörern an ihre Arbeitsstationen gefesselte Mitarbeiter versuchten, sich gegenseitig mit den neuesten Informationen über zerstörte Gebäude, mobilisierte Militärtruppen und eliminierte Einheiten zu übertönen. Beobachter standen mit Hochleistungsferngläsern und speziell angepasster Ausrüstung auf dem Aussichtsdeck und meldeten die letzten bekannten Koordinaten von Sentry, wobei die Informationen fast schon veraltet waren, sobald sie ihren Mund verließen, um sich mit dem restlichen Lärm zu vermischen.

Sie verdrängte einen Nachwuchsoffizier, schüttelte den Kopf über die lächerliche, so leicht vermeidbare Krise, mit der sie nun alle zu tun hatten, und setzte sich an den zentralen Arbeitsplatz. Sie griff auf einen Computer zu und autorisierte die Aufforderung, Daten von ihrer Smartbrille an die größere Konsole zu übertragen.

Schon als sie noch in der New Yorker S.H.I.E.L.D.-Station als Buchhalterin gearbeitet hatte, waren Gerüchte über ein geheimes Basisprogramm im Umlauf gewesen. Da ihre

Nachforschungen, trotz vollem Zugang zu allen Akten von Fury, nichts ergeben hatten, hatte sie es als einen weiteren Mythos abgetan. Alle Organisationen mit einem gewissen Maß an Geheimhaltung neigten dazu, das Ergebnis waren dann die Aliens von Roswell, Area 51 und der Schatz von Montezuma.

Man musste nicht erst erwähnen, dass weder Norman Osborn noch Sentry eine Ahnung hatten, wo Iceberg lag. Aber da sie jetzt den Beweis hatte, dass die Basis existierte, wollte Victoria Hand sie auch finden. Schließlich war sie eine Buchhalterin von S.H.I.E.L.D. Normalerweise wurde ihr das als Beleidigung oder Scherz ausgelegt.

Nun, heute würde es eine Stadt retten.

Und möglicherweise ihren Job.

Sie hob den Blick, als einer der Radaroffiziere ein weiteres zerstörtes Gebäude meldete. Sie hatten Glück, dass Sentry im Stadtzentrum angefangen hatte. Die Gebäude dort waren höher und dichter beieinander gebaut, aber um diese Zeit befanden sich wahrscheinlich noch nicht so viele Menschen darin. Hätte er nur zwei Stunden später angegriffen, während alle bei der Arbeit waren, hätte Victoria ein Massaker miterlebt. »Wir sollten Ares und Hawkeye reinschicken«, rief sie über den Lärm hinweg. Sie ahnte, dass es sinnlos war, trotzdem musste sie es versuchen. »Mit einer kompletten H.A.M.M.E.R.-Division und dem Helicarrier als Unterstützung.«

»Erwarten Sie wirklich, dass irgendwas davon auch nur das Geringste gegen Sentry ausrichten würde, Miss Hand?«

Norman Osborn stolzierte mit den Händen in den Taschen und einem Lächeln auf den Lippen über das Hauptdeck. Wie ein Präsident während seiner zweiten Amtszeit, auf dem Höhepunkt seiner Macht, der all seine Feinde aus dem Weg geräumt hatte und dem die Bühne auf jedem Parteitag gehörte.

»Wir sind dafür verantwortlich, Sir. Wir müssen etwas *tun*!«

»Wonach sieht es denn aus, Miss Hand?« Er winkte großspurig in Richtung des Aussichtsfensters. »Sentry kümmert sich für uns um den Müll. Und sobald er sich ein bisschen ausgetobt hat, lassen wir Ares von der Leine und holen ihn zurück. Wir sagen allen, dass er den Verstand verloren und sich gegen uns gestellt hat. Jeder wird es uns abkaufen. Ich meine, ist ja nicht so, als hätte Stark nie die Kontrolle über Scarlet Witch verloren und die Welt verlassen, nur damit dieselbe Welt mit Eric Lehnsherr als König aufwacht, nicht wahr?« Sein Lachen bereitete Victoria Zahnschmerzen. Das Brückenpersonal tat inmitten des Chaos so, als würde es nichts hören. »Können Sie sich das vorstellen, Miss Hand? Einem *solchen* machtbesessenen Fanatiker die Verantwortung für irgendwas zu überlassen? Sentry auf den Nahen Osten loszulassen ist nichts im Vergleich zu dem, auf was sich die Menschen der Welt unbewusst vorbereiten. Wir könnten es sogar der Contessa und Desert Sword in die Schuhe schieben. Wir sagen, dass es Raazer war, der Sentry mit einer Art magischem Einfluss korrumpiert hat. Buchen Sie uns einen Experten für schwarze Magie, der heute Abend in den Nachrichten etwas in dieser Richtung sagt, Miss Hand. Kennen wir da jemanden?«

»Sir.« Victoria versuchte ein weiteres Mal, zu ihm durchzudringen. »Momentan steht mehr auf dem Spiel als die Abendnachrichten.«

»Ich werde so tun, als hätte ich das nicht gehört, Miss Hand.«

»Und wenn Void sich nicht damit zufriedengibt, Kuwait-Stadt zu zerstören? Wenn Ares ihn nicht aufhalten kann?«

Norman dachte eine halbe Sekunde lang über dieses Untergangsszenario nach. »Sie machen sich zu viele Gedanken, Miss Hand. Aber ich nehme an, deshalb habe ich Sie überhaupt erst eingestellt.«

Das war tatsächlich genau der Grund, warum der Direktor sie eingestellt hatte.

Sie schob ihre Brille wieder ihren Nasenrücken hoch und fand sich damit ab, dass der Direktor im Moment nicht vernünftig mit sich reden ließ. Sie ignorierte die Ablenkungen auf der Brücke, um sich stattdessen auf ihren Computer zu konzentrieren.

Sie hatte verschiedene Tabellen vor sich, die sie vom Display ihrer Brille hochgeladen hatte, S.H.I.E.L.D.-Liefermanifeste, Rechnungen, Beschaffungsaufträge. Wenn man wusste, wie, und über die erforderlichen Mittel verfügte, konnte man den Bau mehrerer geheimer Stützpunkte durch Scheinfirmen und Auftragnehmer verschleiern, aber vollständig verbergen ließ es sich nicht. Angesichts eines begrenzten geografischen Suchgebiets und einer endlichen Anzahl möglicher Standorte innerhalb dieses Areals war es letztendlich gar nicht so schwer, Iceberg ausfindig zu machen. Sie blinzelte methodisch, während sie die Daten sichtete, wobei die kleinen Bewegungen ihrer Augenlider zusammen mit der Position ihrer Iris die Spalten auf dem Bildschirm steuerten.

»Was machen Sie da eigentlich, Miss Hand?« Der Direktor ging über das belebte Deck auf sie zu und die Offiziere machten ihm den Weg frei. »Ihre Miene verrät mir, dass es wichtig ist.«

»Iceberg, Sir. Wenn ich die Basis finden kann … Wenn ich Lindy finden kann, dann …«

»Es ist eine *geheime* Basis, Miss Hand. Vermutlich befindet sie sich unter dem Swimmingpool des Emirs.«

Ein Symbol blinkte auf dem Overlay von Victorias Brille auf. »Washington ruft wieder für Sie an, Sir.«

Osborn seufzte. »Habe ich etwa eine dieser Nummern, die man versehentlich in der Tasche wählen kann? Überprüfen Sie das bitte für mich, Miss Hand.«

»Sir. Wahrscheinlich will man nur wissen, warum Sie einen Helicarrier in eine verbündete Hauptstadt beordert haben und was die Stadt angreift.« Sie wartete stumm flehend auf eine Antwort. »Sir?«

Der Direktor wirbelte von ihr weg, bevor er die Arme in Richtung der Fenster des Aussichtsdecks ausbreitete. Die Rauchwolke der städtischen Zerstörung begann gerade erst, die dünne Luft in ihrer Flughöhe zu trüben. »Lassen Sie den Anrufbeantworter rangehen, Miss Hand. Wir haben doch einen, oder? Natürlich könnte ich dem Präsidenten genau sagen, worum es sich handelt, aber ich denke, die Botschaft wird viel klarer sein, wenn er wenigstens versuchen darf, selbst drauf zu kommen. Das ist, was passiert, Miss Hand. Wenn man mir öffentlich in die Quere kommt, wenn man versucht, mich zu Fall zu bringen, dann wird das passieren.«

Victoria wusste nicht, was ihr mehr Angst machte: dass ihr Chef völlig verrückt war oder dass er jedes Wort ernst meinte. Oder dass sie es selbst nicht wusste.

Sie überprüfte ein letztes Mal die verfügbaren Informationen, bevor sie den Bildschirm ausschaltete. Es gab ein paar Fakten, die sie vor Ort bestätigen musste, wofür sie Verstärkung brauchte, allerdings wurde deutlich, dass sie sich in dieser Angelegenheit nicht auf die Unterstützung von Direktor Osborn verlassen konnte. Wenn er wirklich die Stadt zerstören wollte, um seinen Widersachern eins auszuwischen, dann standen die Chancen, dass er sie ausschaltete, bevor sie das Schlimmste verhindern konnte, genauso hoch wie die, dass er ihr half. Sie konnte es sich nicht leisten, dieses Risiko einzugehen. Moonstone war bereits auf dem Weg in die Stadt, allerdings gab es keine Garantie, dass sie erfolgreich sein würde. Lindy wiederzufinden war immer noch ihre beste Option. Die Verantwortung lag bei Victoria, aber sie konnte das nicht allein tun. Sie brauchte Hilfe.

Sie brauchte die Avengers.

Ihr kam ein Gedanke.

Vielleicht *gab* es da jemanden, den der Direktor nicht vermissen würde.

Sie stand von ihrem Arbeitsplatz auf. »Bitte um Erlaubnis, die Brücke zu verlassen, Sir.«

Der Direktor sah über seine Schulter zu ihr und schenkte ihr ein schiefes, spitzbübisches Lächeln. »Gewährt. Seien Sie nur rechtzeitig zur Pressekonferenz zurück. Ich habe sie für elf Uhr angesetzt.« Er wandte sich wieder dem Aussichtsdeck zu.

KAPITEL 30

Desert Sword, versammelt euch

Valentina Allegra de Fontaine drückte sich das Gewehr an die Brust, als sie den Hauptkorridor von Perimeter C hinunter zur Wohnzone A sprintete. Iceberg war die am besten verteidigte S.H.I.E.L.D.-Einrichtung im Nahen Osten. Der Hauptbunker lag tief unter der Wüste vergraben. Seine harte Außenhaut aus Stahlbeton umhüllte ein Skelett aus gehärtetem Stahl. Zusätzlich verstärkten Vibraniumträger die kritische Infrastruktur, während Notkraftfelder geduldig summend auf ihren Einsatz warteten. Man hatte sie dafür entworfen, einer Wasserstoffbombe eines feindlichen Staats oder einem Laserangriff eines Kree-Schlachtschiffs im Orbit standzuhalten. Das gesamte Programm der Geheimbasen, von denen Iceberg nur eine war, war Furys Vorsorge im Falle des Weltuntergangs gewesen. Man hatte sie gebaut, um das Letzte zu sein, was noch stand, nachdem der Rest Südasiens in eine Wolke radioaktiver Asche verwandelt worden war.

Das hatte ihr an Nicholas immer so gut gefallen.

Er war so wundervoll vorbereitet gewesen.

Iceberg konnte einer Wasserstoffbombe standhalten. Sie hätte einen Laserangriff eines Kree-Schlachtschiffs im Orbit überstanden. Valentina war sich nicht sicher, ob sie Sentry überleben würde.

Glühbirnen flackerten in den schwankenden Fassungen an der Decke, wodurch sie die Schatten taumelnder S.H.I.E.L.D.-Soldaten wild über die Wände und den Boden jagten. Die durch die Decke verlaufenden Kabelbäume und freiliegenden Rohrleitungen übertrugen das Ächzen der Außenhaut in jeden Korridor.

Es war eine Sache, ein geheimes Dossier zu lesen und zu verstehen, dass Sentry mächtig war. Diese Macht zu spüren, wenn sie sich in vollem Umfang gegen einen richtete, war etwas völlig anderes. Valentina war sich nicht sicher, ob sie die Schlussfolgerungen in dem S.H.I.E.L.D.-Bericht, dass Sentry praktisch unbesiegbar war, wirklich geglaubt hatte – bis jetzt. Tatsächlich hatte sie das Gefühl, dass es den Verfassern ganz ähnlich gegangen war.

Wenn überhaupt, bekam sie das Gefühl, dass sie seine Macht unterschätzt hatten.

»Allah, er greift die Stadt an.«

Navid Hashim rannte neben ihr her, wobei er die bebende Decke im Auge behielt, während er ihr Tempo mühelos hielt. So jung und robust, wie er war, sah man ihm kaum an, was er am Golf von Aden mitgemacht hatte. Sein Überleben war zum Großteil Arabian Knights unverwüstlicher Uniform zu verdanken. Sein Gesicht und seine Arme wiesen zwar die eine oder andere Schramme auf, doch der Glanz seiner Kleidung aus Smaragden, Türkisen und Gold hatte durch Wolverines Angriffe keinen Schaden genommen. Valentina fragte sich unwillkürlich, was sie wohl bei einer Auktion einbringen würde, und lächelte, als sie zu dem Ergebnis kam, dass sie als Teppich vermutlich mehr wert gewesen war.

»Ich verstehe nicht, wie du so ruhig bleiben kannst.« Er sah sie unter seinen dichten Augenbrauen heraus wütend an. Valentina gefiel dieser Blick nicht. Er war seit seiner Rückkehr aus Afrika wütend, und sie nahm an, dass sich dieser Blick ebenso sehr gegen sie wie gegen Norman Osborn richtete. Doch kaum, dass er diesen Blick aufgesetzt hatte, war er auch schon wieder verschwunden, um mit einem heftigen Kopfschütteln dem stärkeren Gefühl seiner Nervosität Platz zu machen. »Ihr haltet mich alle für naiv, weil ich hoffe, dass wir Ares für unsere Sache gewinnen können. Das weiß ich. Aber von allen Helden Norman Osborns hatte ich geglaubt, dass zumindest Sentry letztendlich dem Bösen abschwören würde. Schon Iron Man hat ihn zu einem Avenger gemacht. Er hat die Welt an der Seite von Captain America und Luke Cage gerettet, oder nicht? Oder ist auch er nur ein Schurke, der sich hinter einer Heldenmaske versteckt?«

Valentina hielt den Blick geradeaus gerichtet. »Nicht mal Norman könnte einen Schurken finden, der mächtig genug ist, um sich als Sentry auszugeben.«

An der Tür zur Wohnzone A schob sie sich durch den Spalt hinein. Im selben Moment stürzte die Decke über dem Türsturz ein und bedeckte Hashim mit kalkweißem Staub. Während sich Arabian Knight hustend über die Haare strich, gingen sie weiter.

Wohnzone A war grau und größtenteils kahl: ein zweckmäßiger Lebensraum, in dem noch nie jemand wirklich gelebt hatte.

Iceberg war als Teil eines Netzwerks von Ausweichpositionen für den Fall einer globalen Katastrophe oder des völligen Zerfalls von S.H.I.E.L.D. als funktionierende Friedenstruppe gedacht gewesen und beherbergte Kasernen für mehrere Hundert Soldaten und Unterkünfte für die gesamte regionale Kommandostruktur. Um ein Höchstmaß an Geheimhaltung zu gewährleisten, bestand die Besatzung vor der Aktivierung aus sechs Life Model Decoys, die sich alle noch in kryogenem Zustand befanden, während Valentina kaum ein Viertel der Truppenzahlen mitgebracht hatte, die die Basis bequem beherbergen konnte.

Black Raazer hatte Wohnzone A ganz für sich allein.

Der Zauberer war eine bedrohliche, murmelnde Wolkengestalt von einem Mann, der im Schneidersitz über einem freien Platz in der Mitte des Raums schwebte. Man hatte Metallstühle und Kojen an die kahlen Betonwände geschoben, um Platz für ein zoroastrisches Faravahar zu schaffen, das mit schwarzer Kreide auf den Boden gezeichnet worden war und das nun vor arkaner Statik knisterte. Die Gesichtszüge des Zauberers waren durch Zauber verborgen, einer dunkler als der andere, doch er war dermaßen konzentriert, dass Valentina fast spüren konnte, wie ihre Haut austrocknete und mumifizierte. Auf den Betten hatten Matratzen gelegen. Kissen auf den Stühlen. An die Wände waren Zettel geheftet gewesen.

All das war in sich zusammengefallen oder zu Staub geworden.

Es war noch eine weitere Person im Raum, und die drückte sich so weit wie möglich in eine Ecke. Einer von Valentinas Söldnern hatte ihr einen fast passenden Overall besorgt, der wie ein blauer Schlafanzug mit einem auf die Brusttasche genähten S.H.I.E.L.D.-Abzeichen an ihr hing. Sie saß auf der anderen Seite des Raums mit den Knien schützend ans Kinn gezogen auf einer ausgetrockneten Matratze und beobachtete Black Raazer mit einer Mischung aus Faszination und Furcht. Valentina hatte Mitleid mit ihr. Sie würde auch nicht mit Raazer ein Zimmer teilen wollen, aber da die Zaubersprüche des Hexers derzeit alles waren, was sie vor Sentry verbarg, war das für Lindy Lee-Reynolds der sicherste Ort der Welt.

Hashim kämpfte noch immer mit dem Staub in seinem Haar, als er auf Raazer zuging. Seine Zehen streiften die Kreideumrisse der mystischen Faravahar-Zeichnung, bevor Valentina ihn mit einer Berührung an der Schulter und einem missbilligenden Kopfschütteln davon abhielt. Arabian Knight lenkte ein, wenn auch nur widerwillig, und zeigte mit dem

Finger über die Barriere hinweg auf den schwebenden Zauberer.

»Du solltest ihn aufhalten!«

Der Zauberer hob den Blick.

Er murmelte weiter seine Beschwörungsformeln.

Seine roten Augen waren Brandblasen des Schmerzes.

In der Zimmerecke streckte Lindy die Beine aus und schob sich zur Bettkante. »Ich wollte das nicht. Als ich Sie gebeten habe, mich mitzunehmen, habe ich ... nicht erwartet, dass die ganze Welt darunter leiden muss.« Sie schüttelte den Kopf und wischte sich mit dem Handrücken die Tränen aus den Augen. »Bitte. Bringen Sie mich einfach zurück, bevor noch mehr Menschen darunter leiden müssen. Wenn er mich gefunden hat, wird er Sie in Ruhe lassen. Ich weiß, dass er das tun wird.« Sie schniefte. »Wenn irgendjemand Void für eine Weile wegschicken und Robert zurückbringen kann, dann ich.«

Valentina schüttelte den Kopf. Dazu würde es nicht kommen.

Doch mit dem Geräusch alter Zähne, die in vergilbten Schädeln klapperten, regte sich Raazer und unterbrach seinen Gesang. »Ja. Wir sollten sie ihrem Mann zurückgeben.«

»Wir sind nicht mehr im zehnten Jahrhundert, Raazer«, widersprach Hashim und entfernte sich dank Valentinas sanftem Nachdruck widerwillig von dem mystischen Bannkreis des Zauberers. »Wir können sie ihm nicht einfach überlassen.«

»Um dies zu beenden, bevor es wahrlich beginnt, und das Leben von Millionen zu retten?«, erwiderte Raazer. »Einschließlich uns allen und der Frau selbst?«

Hashims Blick wirkte gequält.

»Das ist meine Entscheidung«, verkündete Lindy mit Blick zu den beiden an. »Ich will gehen.«

»Tut mir leid, Lindy«, widersprach Valentina. »Aber das können wir nicht zulassen.«

Die Frau schlurfte zurück zu der Matratze, zog die Knie wieder an und begann leise zu weinen. Sie hatte all ihren Mut bei diesem Versuch, sich durchzusetzen, aufgebraucht.

Wenn sie keine andere Wahl hätte, würde Valentina sie Void opfern. Wenn es ihrem Zweck diente und es absolut keinen anderen Weg gab, dann würde sie die Frau eigenhändig erschießen. Aber im Moment war es für alle Beteiligten besser, Lindy in der Nähe zu behalten. Solange Sentry nichts von dem Bunker wusste, der einen halben Kilometer unter den Vororten der Stadt lag, war sie zuversichtlich, dass Iceberg es überstehen konnte.

»Wenn Black Raazers Magie Sentry nicht mehr davon abhalten kann, die Stadt anzugreifen, haben wir keine andere Wahl«, stellte Hashim fest. »Wir müssen an die Oberfläche und uns ihm stellen.«

»Das ist aussichtslos. Du kannst nicht gewinnen«, stellte Valentina mit Engelsgeduld klar. »Nicht gegen Sentry.«

Hashim seufzte. »Das spielt keine Rolle.«

Wahrer Glaube, so hatte Valentina immer gedacht, ob jetzt an einen Gott oder eine Sache, war eine bewundernswerte Eigenschaft für einen Fußsoldaten und eine äußerst notwendige Eigenschaft für einen Revolutionär. Bei einer Person, mit der man gezwungen war, einen Bunker zu teilen, war sie weit weniger wünschenswert. »Sentry zeigt der Welt jetzt sein wahres Gesicht und das von Norman«, erklärte sie. »Die Menschen werden keine andere Wahl haben, als ihren Helden in die Augen zu sehen und sie als die Monster zu erkennen, die sie sind.«

Valentina hatte gelernt, ihre Miene wie ihre Waffen auszuwählen, sich ihren Favoriten auszusuchen und ihn beizubehalten. Im Vergleich zu ihrer geübten Gelassenheit war Hashim geradezu lächerlich leicht zu lesen.

Sein Gesichtsausdruck wandelte sich von Trotz zu Entsetzen.

»Du hast das geplant. Oder etwa nicht? Von Anfang an, so wie du auch die Ereignisse in New York geplant hast. Ist das der wahre Grund, warum du mich nach Somalia geschickt hast, anstatt selbst zu gehen? War es immer dein Plan, dass mir die Avengers dorthin folgen?«

»Nein«, antwortete Valentina entschlossen. »Nein.«

Sie hatte den Posten als Direktorin nie gewollt. Nicht einmal, als man ihn ihr als Nicholas' Stellvertreterin angeboten hatte. Sie war immer der Meinung gewesen, es sei zu viel Verantwortung mit zu wenig Gegenleistung. Doch jetzt, wo Nicholas aus dem Rennen war und Norman darauf bestand, die Welt gegen die Wand zu fahren, hatte es Valentina satt, anderen beim Scheitern zuzusehen. Es war an der Zeit, sich einzumischen und die Initiative zu ergreifen. Norman hatte mit einigen seiner Ideen nicht ganz danebengelegen, beispielsweise den zugänglicheren Teilen von Hydra und anderen Organisationen Friedensangebote zu unterbreiten. Allerdings fehlten ihm Valentinas Kontakte und Elan: Man hatte sie als Doppel- oder Dreifachagentin für mehr Organisationen enttarnt, als der arme Norman überhaupt kannte.

Irgendjemand musste die schwierigen Entscheidungen treffen.

Da alle anderen gescheitert waren, konnte dieser Jemand genauso gut sie sein.

»Der Plan war immer gewesen, die Daten weiterzuverkaufen und H.A.M.M.E.R. aus tausend kleinen Wunden ausbluten zu lassen, während wir warten und mit dem Rest der Welt zusehen, wie Norman strauchelt und seine Organisation geschwächt wird. Aber das Ende hat immer festgestanden, Hashim. Norman wäre niemals einfach von der Bildfläche verschwunden. Es hätte *immer* den Moment gegeben, in dem er mit dem Rücken zur Wand steht und beschließt, hart zurückzuschlagen. Ja, da oben sind fünf Millionen Menschen, aber sieben Milliarden verlassen sich darauf, dass wir sie nicht umsonst opfern. Wenn man das Gesicht der Revolution sein will, muss man in der Lage sein, so zu denken.«

Sie erwiderte Hashims Blick.

Es war deutlich, dass er nur noch wegsehen wollte.

»Die einzige Frage, die du dir stellen musst, ist folgende, Hashim: Glaubst du, dass die Welt mit mir besser dran wäre oder mit Norman Osborn?«

»Ich ... Verzeih mir, das weiß ich selbst nicht mehr.«

Valentina nickte. Sie war weder enttäuscht noch überrascht. »Majid würde es verstehen. Wenn sie hier wäre.«

Diese Bemerkung schien Hashim zu einer Entscheidung zu bringen.

Er zog sein Schwert.

Eine beeindruckend heroische Geste, wenn man bedachte, dass sie ein halber Kilometer Felsgestein von ihrem allmächtigen Feind trennte.

»Jeder ihrer Kämpfe war für ihr Volk und ihre Heimat. Die Menschen da oben.« Er hob den Blick. »Die gehören zu mir. Ich denke, wäre es in Somalia Sentry gewesen und nicht Miss Marvel, dann hätte sie trotzdem gegen ihn gekämpft. Ich werde mit dem Aufzug in Perimeter C an die Oberfläche fahren, und ich werde kämpfen.«

Er streckte Raazer die Hand entgegen.

Der Zauberer schüttelte den Kopf, die Bewegung war so schwach wie die eines dunklen Tuchs, das im Sand wehte. »Nach zweitausend Jahren Untod habe ich keine Lust, ausgerechnet jetzt zu sterben.«

»Kannst du überhaupt sterben?«

»Ich fürchte, Sentry wird es uns zeigen.«

»Bitte, Raazer.« Hashim entfernte sich von Valentina und machte einen weiteren Schritt auf das Faravahar zu. »Du hast dich uns schon einmal angeschlossen, um das Reich deines alten Königs von den Amerikanern zu befreien. Damals waren die Chancen gegen euch und ihr habt gekämpft. Kämpfe jetzt wieder mit uns. Das ist dein Land, Raazer. Wir werden sehen, ob ihn die Schwarze Klinge von Bagdad besiegen kann. Wenn sich Desert Sword versammelt, können wir ihn vielleicht sogar besiegen.«

Valentina bemerkte den subtilen Appell an den Stolz des alten Mannes. Hashim war vielleicht rauer als die Wüste, aber sie hatte eine gute Wahl getroffen, als sie ihn als ihren Stellvertreter rekrutiert hatte.

Raazer schwieg lange genug, dass sie sich fragte, ob ihn alles Leben endgültig verlassen hatte und er in sein Gefängnis in der Schwarzen Klinge zurückgekehrt war.

»Ich kann nicht glauben, dass du überhaupt darüber nachdenkst«, sagte Valentina. »Das ist nicht der Raazer, den ich in den Bergen gefunden habe, wo er kurdischen Hirten nachstellte, während um ihn herum die Welt zusammenbrach.«

»Ich war einst ein Held«, widersprach Raazer, seine Stimme war das atemlose Krächzen eines Untoten. »Ich besaß den Glanz von Ahura Mazda. Ich strahlte mit der Erhabenheit von Königen.« Plötzlich lag sein Schwert flach in seinen mumifizierten Händen. »Bevor ich die Kraft und das lange Leben dieses verfluchten Schwertes suchte.« Seine Stimme wurde leiser als ein Flüstern. »Ich sehne mich danach, den Ruhm zurückzuerlangen, der mir einst gehörte, so wie das Schwert nach dem Geschmack der goldenen Seele Sentrys giert.«

Valentina spürte, wie die elektrische Spannung, die permanent in ihrem Zahnfleisch und unter ihrer Haut gepocht hatte, nachließ. Dass sie fehlte, bedeutete jedoch nicht, dass sie sich deswegen besser fühlte.

Es war das Gefühl, dass sich ihr Schutz vor Sentry im Äther auflöste.

Hashim trat über das Faravahar.

Es gab eine geisterhafte Bewegung, als sich Raazer aufrichtete. Er legte Hashim eine Hand auf die Schulter, weder der Lebende noch der Tote schreckten vor der kurzen Anerkennung ihrer Verbrüderung zurück. Seine Augen leuchteten hellrot im Schwarz seiner Kapuze. »Ich werde dich zumindest schneller zu deinem Grabe tragen. Mehr verspreche ich nicht.«

»Raazer!«, schrie Valentina, doch bevor sie das Wort ausgesprochen hatte, waren die beiden Männer bereits verschwunden, als wären sie nie mehr als Schattenspiele der schwankenden Glühbirnen oder unstete Erinnerungen gewesen.

Sie fluchte, wobei sie sich wieder einmal ihrer bevorzugten Sprache bediente.

Auch damit hatte Norman recht gehabt.

Helden enttäuschten einen letztendlich immer.

Im hinteren Teil des plötzlich leeren Raums schniefte Lindy. »Wenn er weg ist ...«

»Dann schirmt er uns nicht mehr vor Ihrem Mann ab«, beendete Valentina ihren Satz. Als ein weiterer erderschütternder Schlag durch Icebergs protestierende Gerippe fuhr, hob sie den Blick und traf eine weitere schwere Entscheidung.

Sie glaubte nicht einen Moment daran, dass Desert Sword Sentry besiegen konnte.

Aber vielleicht konnten sie ihn lange genug ablenken.

»Ich hoffe, Sie haben sich nicht zu sehr an diesen Ort gewöhnt«, sagte sie und drehte sich wieder zu Lindy um. »Wir machen, dass wir hier wegkommen.«

KAPITEL 31
Berufliche Höflichkeit

Victoria Hand ging mit ihrem Hoverbike über einer Industriebrache im äußersten Nordwesten von Kuwait-Stadt, am Rand der Stadt Al Jahra, tiefer. Nach den von ihr zusammengestellten Informationen hatte hier ein Unternehmen namens Sans Petro nach Öl gebohrt, ohne vorher jemals auf diesem Gebiet tätig gewesen zu sein, nur um das Gelände danach ordnungsgemäß zu verlassen und bald darauf Konkurs anzumelden. Das gesamte Areal war noch immer von rostigen Maschendrahtzäunen und einschüchternden Schrottplatzmauern umgeben. Regelmäßige Schilder auf Arabisch und Englisch warnten vor den chemischen Gefahren und den empfindlichen Strafen, die auf unbefugtes Betreten standen.

Der Wachmann am Tor war ein weiterer Hinweis darauf, dass sie an der richtigen Adresse war. Er trug unauffällige schwarze Lederkleidung über einfacher Schutzkleidung, zusätzlich schützten Kevlarplatten seine Unterarme und Brust. Victoria betäubte ihn. Von den Entladungen zuckend fiel er nach hinten gegen das Tor. Ein zweiter kam angerannt, um sie noch während ihres Landeanflugs abzufangen. Während er durch das Niemandsland aus Probebohrungskratern und verrosteten Maschinen stürmte, zog er seine Handfeuerwaffe. Victoria betäubte ihn genau wie seinen Kollegen. Er stolperte noch einen Meter weiter, bevor sein Nervensystem das Handtuch warf und seine Beine versagten.

Als sie zur Landung ansetzte, ließ ein kräftiger Triebwerksschub des Hoverbikes Sand in alle Richtungen spritzen. Dreißig Zentimeter über dem Boden legte sie den Schalter für die Antischwerkraft am Gashebel um, woraufhin die schwere Maschine auf den Boden krachte, was das beeindruckende Waffenarsenal in den Staufächern klappern ließ. Vom Flug noch ganz steif und von der Landung benommen stieg Victoria ab.

Die Morgendämmerung brach an, Sentrys Angriff nur wenige Kilometer weiter östlich erhellte den Himmel. Um den verlassenen Bohrschacht herum war es jedoch dunkel genug, dass sie die an ihrem Gewehr montierte Lampe einschaltete.

Ihre Hand schwebte über dem Munitionswahlschalter auf dem Hartplastik des Gehäuses. Der Regler war noch immer auf Betäubung gestellt.

Sie war Buchhalterin, keine Soldatin. Bei den Leuten, die für die Contessa tätig waren, handelte es sich um dieselben, mit denen sie noch vor nicht allzu langer Zeit zusammengearbeitet hatte. Vielleicht nicht im selben Gebäude oder im selben Staat, aber für dieselbe Organisation aus denselben Gründen. Globale Sicherheit. Weltfrieden. Niemand bestritt, dass es lobenswerte Ziele waren, die es wert waren, danach zu streben. Neunzig Prozent der weltweiten Probleme rührten allerdings von Meinungsverschiedenheiten darüber her, wie weit die verschiedenen Parteien bereit waren, für diese Ziele zu gehen. Da sie sich weigerte, zu akzeptieren, dass Norman Osborn diesen Streit gewonnen hatte, würde Victoria alles dafür tun, damit ihre ehemaligen Kollegen einen fairen Prozess bekamen und für immer hinter Gitter kamen. Aber sie würde sie nicht töten. Es sei denn, ihr blieb keine andere Wahl.

Sie folgte dem Lichtstrahl ihrer Taschenlampe und sah sich auf dem Gelände um.

Verfallene Bohrausrüstungen und alte Lastwagen saugten mürrisch das künstliche Licht auf, während sie dort verrosteten, wo man sie stehen gelassen hatte. Am westlichen Rand des Areals stand eine Reihe baufälliger Hütten, deren weiße Plastikwände hinter den daneben gestapelten Wellblechplatten und verrotteten Paletten kaum zu erkennen waren. Das Gelände wurde von einer etwa neun Meter hohen braunen Stahlkonstruktion dominiert, die wie mit gespreizten Beinen über einem sonnengebleichten Büro mit vergitterten Fenstern stand.

Ohne die Wachen wäre es als eine beliebige verlassene Baustelle durchgegangen.

Araber in schlichter Sicherheitskleidung und mit in der Gegend erhältlichen Waffen ausgestattet konnte man problemlos für örtliche Sicherheitskräfte halten. Das war bestimmt auch die Absicht, doch da Sentry nur ein paar Kilometer entfernt Wolkenkratzer aus dem Boden riss und den Himmel mit seinem Donner zerfetzte, sie aber trotzdem noch immer hier waren, durfte man vermutlich berechtigte Zweifel hegen.

Niemand zeigte so viel Einsatz für einen lausigen Gehaltsscheck.

Sobald sie überzeugt war, richtigzuliegen, zog sie den Lauf des Gewehrs zurück, schaltete die Lampe ab und aktivierte das im Steuerblock des Hoverbikes integrierte Funkgerät, um Verstärkung zu rufen. Noch bevor sie ein Wort sagen konnte, flogen die rostigen Stahltüren des zwischen den Beinen des Bohrturms gelegenen Büros auf und ein Trupp S.H.I.E.L.D.-Soldaten kam herausgerannt.

Möglicherweise hätten sich ihre ziviler gekleideten Kameraden zu einem vereinbarten Zeitpunkt melden sollen. Es bestand auch die Möglichkeit, dass die Geheimbasis über Sensoren verfügte, von denen Victoria nichts gewusst hatte und die das Tarnsystem des Hoverbikes nicht täuschen konnte. Sie könnten die Triebwerksemissionen oder den Druck bei ihrer Landung registriert haben, die Entladungen ihrer Schüsse. Oder sie waren gar nicht ihretwegen hier. Möglicherweise waren die Contessa und ihre Untergebenen einfach nur dumm und redeten sich ein, sie könnten ihr Geheimversteck vor Sentry verteidigen.

Was auch immer der Grund war, es spielte keine Rolle.

Fünf Soldaten in klobigen taktischen S.H.I.E.L.D.-Körperpanzern und mit schweren Sturmgewehren, deren Kaliber und Modell dem von Victoria ähnelten, kamen durch die Bürotür und bemerkten sofort das lila H.A.M.M.E.R.-Hoverbike, das in der Mitte ihres Standorts geparkt war. Sie gingen in die Hocke, nutzten die reichlich vorhandene Deckung, die die aufgegebenen Maschinen und der aufgerissene Boden boten, und eröffneten das Feuer.

Victoria warf sich hinter die stabilste verfügbare Deckung – das Bike selbst. Entworfen, um H.A.M.M.E.R.-Truppen zur Unterstützung supermenschlicher Agenten in Kampfgebiete zu transportieren, war es ein Panzer, den man gerade leicht genug gemacht hatte, um von einem einzelnen Piloten bedient zu werden. Geschützfeuer trommelte gegen die Seitenpanzerung, als ihr ihre Kollegen nicht annähernd mit derselben beruflichen Höflichkeit begegneten, die sie ihren betäubten Kameraden entgegengebracht hatte.

Erneut haderte sie mit der Munitionswahl. Wenn es jemals eine Zeit geben sollte, in der eine erhöhte Feuerrate und ein kürzerer Nachladezyklus sinnvoll waren, dann jetzt. Sie schob die Hand am Gehäuse entlang zum Handschutz und packte ihn fest. Das war keine Entscheidung, die sie jemals in der Hitze des Gefechts hatte treffen wollen.

Ohne darauf zu warten, dass die Vernunft sie vielleicht doch noch einholte, kam sie aus der Deckung hervor, feuerte zwei kurze elektrische Entladungen ab und ließ sich wieder fallen. Mit dem Rücken am von den Kugeln durchgeschüttelten Bike atmete sie kurz und schnell, ihr Herzschlag stellte ihren Brustpanzer auf eine harte Probe. Sie bezweifelte, dass sie etwas getroffen hatte. Sie hatte nicht genug Zeit gehabt, um ein Ziel zu finden, bevor sie gezwungen gewesen war, wieder in Deckung zu gehen. Wofür es allerdings gereicht hatte, war, zu sehen, dass zwei der fünf Soldaten auf sie zukamen und versuchten, sie in die Zange zu nehmen. Mit der Feuerkraft, sie festzunageln, und jeder Menge Deckung zwischen ihnen und ihr konnten sie es sich leisten, das Risiko einzugehen.

Sie rollte sich zum hinteren Kotflügel und schwenkte den Lauf ihrer Waffe um das Heck des Hoverbikes. Sie drückte den Abzug, bereit, den rechts von ihr vorrückenden Soldaten zu erschießen, doch dieser taumelte, bevor das Gewehr auf den Druck am Abzug reagierte und auslöste. Er stolperte, warf sich instinktiv in die Deckung einiger ausrangierter Bohrköpfe und kratzte sich mit der Hand am Gesicht, wo etwas Schwarzes und Teerartiges sein Helmvisier verschmierte.

Victoria nahm den Finger vom Abzug, zog ihr Gewehr zurück und hob den Blick.

Sie hatte sich noch nie so sehr darüber gefreut, jemanden zu sehen.

Venom hockte auf der Bohrlochabdeckung des Bohrturms. Er konnte nicht fliegen, daher hatte ihn Victoria einen Teil des Weges auf ihrem Hoverbike mitgenommen und ihn erst kurz vor der Landung abgesetzt, damit er bei Bedarf einen Überraschungsangriff starten konnte. Sie hatte ihn für alle Fälle nach Kuwait mitgebracht, und jetzt war sie froh, es getan zu haben.

Abgesehen von dem weißen Spinnenemblem auf seiner Brust und dem leeren Glanz seiner maskierten Augen war er vollkommen schwarz, als hätte er sich mit Öl eingerieben. Ein Ruck an dem seilartigen Strang des Symbiontennetzes, das an der Gesichtsplatte des Soldaten klebte, zog den Mann schreiend in die Luft. Ein weiteres Netz ließ den Soldaten kopfüber in sechs Metern Höhe über dem Boden baumeln. Dann sprang Venom herunter.

Er landete zwischen den drei Soldaten vor dem Büro.

Einer schwang den Kolben seines Gewehrs. Der zweite versuchte, seine Arme um Venoms Brust zu legen und ihn zu Boden zu ringen. Der dritte zog ein Messer. Zwei Sekunden voller Symbiontennetze und herumwirbelnder Gliedmaßen später lagen drei S.H.I.E.L.D.-Soldaten mit abgetrennten Armen oder Beinen um ihn herum auf dem Boden. Der fünfte und letzte Soldat, der sich Victorias Hoverbike von links genähert hatte, bemerkte, dass die zahlenmäßige Überlegenheit nun gegen ihn stand, fuhr herum und feuerte. Nur ein bellender Schuss seiner Salve wurde tatsächlich abgefeuert, bevor Victoria hunderttausend Volt gepulsten Gleichstrom durch sein peripheres Nervensystem schickte.

Venom ließ den Blick schweifen, seine teerige Maske wurde von einem kränklichen, unregelmäßigen Lächeln in zwei Hälften gespaltet.

»Ich dachte, du hast einen Spinnensinn«, rief Victoria über das Echo der Schüsse hinweg, wobei ihr von der kurzen Euphorie, nicht tot zu sein, schwindlig war. Sie schnappte nach Luft.

»Hab ich auch. Ich hab gespürt, dass du ihn erschießen wirst.«

Während sie sich aus der Deckung hochstemmte und ihre Knieschützer auf abgefeuerten Patronenhülsen knirschten, strich Victoria mit der Hand über die Verkleidung ihres demolierten Hoverbikes. Damit konnte sie Lindy nicht mehr zum Helicarrier evakuieren. Aber jetzt gab es kein Zurück mehr, auch wenn sie am liebsten aufgegeben und nach Hause gegangen wäre. Sie öffnete nur noch die Stauräume des Bikes, um sich mit Ersatzmagazinen und Granaten einzudecken, dann ließ sie das Fahrzeug auf dem Maschinenfriedhof zurück und ging zu Venom.

Sein Hunger war kaum zu zügeln, jedes Molekül des Symbionten verzehrte sich danach, aus seiner aufgezwungenen humanoiden Form auszubrechen und die besiegten Soldaten zu verschlingen. Aber er *war* gezügelt. Victoria wusste, das würde nicht von Dauer sein. Der Symbiont passte sich immer an, doch zumindest für kurze Zeit sah es danach aus, als hätte Doktor Fiennes endlich einen Behandlungsplan ausgearbeitet, der wie vorgesehen funktionierte.

Sie richtete ihre Waffe auf das Büro. Der untätige Bohrer, der darüber thronte, stöhnte im warmen, nach Asche riechenden Wind, den Sentry durch seine Metallgerippe wehen ließ. »Meinen Informationen zufolge hat eine Tochtergesellschaft von Worthington Industries mehrere Millionen Tonnen Beton importiert, um ein unterirdisches Lager für chemische Abfälle anzulegen.«

»Ein geeigneter Ort für eine geheime Basis.«

»Bereit, den Helden zu spielen?«

Ein Blick voller seltsamer und beunruhigender Sehnsucht huschte über Venoms unstete Gesichtszüge. Er seufzte und sagte schlicht: *»Ja.«*

KAPITEL 32

Alles andere als heldenhaft

Navid Hashim hatte bereits in Städten gekämpft. Viele Male. Manche würden vielleicht sagen, zu oft, aber nicht Hashim. Er akzeptierte, was ihm Allah aufbürdete, und noch mehr. Einmal hatte er eine mit brennenden Reifen verbarrikadierte Straße gegen eine Brigade iranischer Karrar-Panzer gehalten. Er hatte mit nichts anderem als unzerstörbarer Kleidung und einem Zauberschwert an seiner Seite eine Welle von US-Marschflugkörpern nach der anderen abgewehrt. Seine Arbeit für die Saudi-Dynastie hatte ihn genauso oft auf die andere Seite geführt. Er wusste, was es hieß, um jede Straße, jedes Haus und jeden einzelnen Raum zu kämpfen. Er war allen voran durch auf Kinderspielplätzen angelegte Minenfelder gestürmt. Er hatte in der Angst vor der Kugel eines Scharfschützen oder einer improvisierten Bombe gelebt. Er kannte den seltsamen Wahnsinn, den ein Stadtkampf mit sich brachte.

Doch keine dieser Schlachten ließ sich mit dem bizarren Schrecken vergleichen, den er in Kuwait-Stadt erlebte.

Er hatte noch nie vor der Aufgabe gestanden, eine Stadt gegen eine Armee zu verteidigen, die nur aus einem einzigen Mann bestand.

Black Raazer setzte ihn im Hawalli-Viertel südlich des Stadtzentrums ab, in der relativen Ruhe des Sportplatzes der Kuwait-Universität. Die modernistische Architektur des Jabriya-Campus war auf allen Seiten von zerklüfteten, felsenhohen Wänden aus Glas und Beton umgeben, deren glänzende Spitzen mit den arabischen Namen internationaler Technologiekonzerne und Banken geschmückt waren. Die imposante Skyline wurde bereits durch einen giftigen Fleck aus Rauch und Asche verunstaltet. Die blinkenden roten und blauen Lichter der Rettungsfahrzeuge zerfielen durch den Staub in eine Million Lichtfragmente. Sirenen heulten. Eine Stadt schrie, und ihre Stimme setzte sich aus Fleisch, Stahl, Stein und jeder Note im Spektrum des elektronischen Schmerzes zusammen.

Es waren diese Schreie, mehr noch als der Feind, die diese Schlacht so surreal machten. Eine Gräueltat, die man wie einen Albtraum erlebte.

Wenn konventionelle Streitkräfte in eine Stadt einmarschierten, gab es eine Vorwarnung. In den Monaten davor machten Gerüchte die Runde. Es wurde darüber gesprochen und an einer echten oder eingebildeten Grenze sammelten sich die Truppen. Es wurden Flugblätter abgeworfen, die die Zivilbevölkerung zur Flucht aufforderten, dann folgten Luftangriffe und Artilleriebeschuss, die sich über Tage, Wochen oder sogar Monate hinziehen konnten. Frische Lebensmittel und sauberes Wasser gingen zur Neige und immer mehr Menschen ergriffen die Flucht. Und wenn es endlich so weit war, dass die von den feindlichen Panzern aufgewirbelte Staubwolke den Horizont verdunkelte, waren bis auf eine Handvoll der hartnäckigsten oder trotzigsten Kämpfer längst alle verschwunden. Wenn der Todesstoß erfolgte, traf er eine Geisterstadt, die nicht schrie.

Kuwait-Stadt hatte keine Vorwarnung erhalten.

Nur Sentry.

Raazer machte eine komplizierte Geste und neigte sein vermummtes Haupt, seine roten Augen blickten böse, als er wieder in die Dunkelheit verschwand und Hashim allein in der Mitte des Fußballplatzes zurückließ, im Herzen einer schreienden Stadt.

Hashim konnte nur darauf vertrauen, dass der Zauberer vorhatte, zurückzukommen.

Er packte sein Schwert mit beiden Händen, ließ sich vom vertrauten Gewicht beruhigen und suchte den Himmel ab. Er rechnete damit, einen Schimmer des goldenen Lichts Sentrys zu entdecken, doch er sah nur Dunkelheit vor noch mehr Dunkelheit. Hashim ließ sich allein von der Dichte des Rauchs und der Intensität der blinkenden Lichter leiten, wählte fast willkürlich eine Richtung und begann zu rennen.

Er hatte etwa die Hälfte des Feldes hinter sich, als die Zerstörung real wurde.

Eins nach dem anderen begannen die Hochhäuser, die sich über dem Jabriya-Campus erhoben, zu vergehen.

Verheerende Strahlen schwarzer Energie schnitten durch die Wolkenkratzer wie ein Fabriklaser durch Gipsmodelle und schwängerten die Luft mit Glassplittern und vulkanischen Schwaden aus verdampftem Beton.

Der erste von ihnen stürzte ein.

Er fiel nicht wie bei einer vorbereiteten Sprengung, sondern wie ein ungeschickt gefällter Baum, der aus hundertfünfzig Metern Höhe mit voller Wucht in das danebenliegende Gebäude krachte und Hunderttausende Tonnen Schutt über die überfüllte Ost-West-Autobahn von Shari' Bayrout regnen ließ.

Hashim hatte noch nie eine solche Zerstörung gesehen.

Er betete, dass es nie wieder dazu kommen möge, doch als würde eine höhere Macht diese Gebete ignorieren, setzte Sentry sein Werk fort. Ein weiteres Gebäude stürzte ein. Dann noch eins.

Und noch eins.

Hashim war dankbar, dass es noch früh war und die Tausende, die ansonsten zusammen mit den Wolkenkratzern ihr

Ende gefunden hätten, noch zu Hause waren. In diesem Moment kam er zu dem Schluss, wenn die Welt unterging, dann würde es wie Glas klingen, das vom Himmel stürzte.

Ein tiefes Grollen ertönte am neu gestalteten Himmel. Hashim sah hinauf und blinzelte sich den Staub aus den Augen, als mehrere Staffeln kuwaitischer F/A-18 durch die rauchenden Ruinen von Hawalli schossen. Während er zusah, näherten sie sich Sentry, Sidewinder-Raketen sprangen von ihren Halterungen unter den Tragflächen in Richtung ihres Ziels, Gatling-Geschütze zermahlten Zwanzig-Millimeter-Munition wie Kaffee in einer Mühle und sprühten Geschosse in die Luft. Im Vergleich zu der der USA oder sogar ihrer Nachbarn am Golf war die kuwaitische Luftwaffe winzig, dafür genoss sie die Unterstützung der Amerikaner und war bestens ausgestattet. Sie verfügte über eine Flotte von achtundzwanzig hochleistungsfähigen F/A-18 Super Hornets, wie sie auch H.A.M.M.E.R. benutzte.

Zumindest war es so gewesen.

Achtundzwanzig flammende Wracks stürzten aus dem Himmel und krachten wie die Trümmer eines nicht vollständig zerstörten Asteroiden in das Geschäftsviertel von Hawalli. Die von ihnen ausgelöste Vernichtung war jedoch so etwas wie eine Atempause, da Sentry seine Kräfte und Aufmerksamkeit für einen kurzen Moment auf die Vernichtung von etwas anderem richtete. Hashim hätte die Piloten für ihr Opfer betrauern können, doch stattdessen empfand er nur Stolz. Sie hatten ihrer Stadt wertvolle Sekunden verschafft, in denen Hunderte von Bürgern vor der Zerstörung des Stadtzentrums in die sichereren Vororte fliehen konnten. Von irgendwo inmitten der schwelenden Gerippe Hawallis schoss eine Stinger-Rakete auf Sentry zu. Sie stammte entweder von einem kuwaitischen Soldaten oder vielleicht einem der Söldner der Contessa. Sie stieg mit mehr als doppelter Schallgeschwindigkeit in die Luft, trotzdem reichte das nicht, um ihr Ziel zu treffen. Die Rakete explodierte mitten zwischen den Trümmern, die die Zerstörung der kuwaitischen Luftwaffe am Himmel hinterlassen hatte. Sentry nahm sich einen Moment Zeit, um den Block, aus dem sie gekommen war, einzuebnen.

Damit gab er Hashim ein Ziel.

Und selbst Sentry würde nicht schnell genug sein, um auszuweichen.

Er richtete sein Schwert nach oben und spürte den vertrauten Ruck auf seine Schultermuskeln und Brust, als das mystische Licht aus der goldenen Klinge schoss. Die Morgendämmerung brach erneut herein, endlich erreichte sie den kleinen grünen Platz in Kuwait-Stadt, als das Licht die Wolkendecke durchstieß und weiter hinaufschoss. Sentry war eine sich windende Schwärze im Herzen des Strahls, und Hashim freute sich, ihn getroffen zu haben.

Den Gegenschlag sah er nicht kommen.

In der einen Sekunde war Sentry mehrere Hundert Meter über ihm und anderthalb Kilometer entfernt, in der nächsten trieb er seine Faust in Hashims Bauch. Hätte er auf den Kopf oder eine Gliedmaße gezielt, hätte er diesen Körperteil glatt abgetrennt, doch Sentry hatte sich auf Hashims Körpermitte konzentriert und das Kostüm hatte den Schlag gerade noch abgefangen. Trotzdem war er eine Million Mal härter, als Arabian Knight jemals zuvor getroffen worden war. Die Luft wurde aus Hashims Lunge gepresst. Er raste so blitzschnell rückwärts durch die Luft, dass er nicht einmal bemerkte, durch was er krachte, bis er wieder zu sich kam, Blut hustete, sich aufrichtete und durch einen Korridor aus modernistischen Trümmern auf einen Fleck unscharfen, brennenden Grüns zurückblickte.

Sentry sank herab, seine dunklen Stiefel knirschten auf dem Boden der mit Schutt übersäten Eingangshalle des Campus.

Hashim zuckte vor Schmerzen, als er sein Schwert hob. Es fühlte sich wie mehrere gebrochene Rippen und gerissene Muskeln an. Da er nicht einmal annähernd mit der Schnelligkeit und Kraft Sentrys mithalten konnte, war es eine sinnlose Geste, aber trotzdem eine, die ihm wichtig war. Er träumte nicht länger von einem mitfühlenderen S.H.I.E.L.D. oder davon, der Captain America der World Avengers der Contessa zu werden. Er wollte der Stadt nur noch eine Minute schenken. Wenn er Sentry nur so lange trotzen könnte, wäre das in seinen Augen schon ein lohnenswertes Opfer.

Sentry ging auf ihn zu, ein Dämon, entschlossen, sich Zeit lassen. Nun, da der goldene Held nah genug war, um ihn zu *spüren*, befand sich Hashim in der unwahrscheinlichen Lage, sich zu fragen, ob die Contessa sich geirrt hatte und es vielleicht doch einen Betrüger gab, der Sentrys Platz eingenommen hatte. Wenn es sich um einen weiteren von Osborns Ersatzleuten handelte, war er jedoch schlecht gewählt und gab sich keinerlei Mühe, der Rolle gerecht zu werden. Die goldene Uniform und der himmelblaue Umhang fehlten gänzlich, stattdessen trug er einen schweren Mantel, der jegliches Licht schluckte, und einen Hut, der seine Gesichtszüge trotz der schmalen Krempe vollkommen in Schatten tauchte. Doch wenn Hashim lange und konzentriert in diese Dunkelheit starrte, dann musste er zugeben, er sah in das Gesicht von Sentry.

»Sentry?«, flüsterte er hinter seinem schwankenden Schwert.

Die Dunkelheit lächelte ihn an.

Sogar die Zähne waren schwarz.

Hashim spürte, wie ihm ein Schauer über den Rücken lief. Seine Haltung geriet ins Wanken.

Lindy hatte sie vor Void gewarnt.

Sentry, *Void*, hob eine Faust, als wollte er ihn auf der Stelle erschlagen, doch stattdessen knurrte er frustriert und schien seinen Arm nicht mehr bewegen zu können.

Fesseln aus dichter medeischer Keilschrift schlangen sich um Voids Unterarm und versprühten die rote Glut magischer Energien, während sie sich dem Schurken widersetzten. Hashim bemerkte links von sich einen stechenden Geruch und rasselnden Gesang. Er drehte sich um und sah, wie Black Raazer eine schattenumhüllte Klaue nach Sentry ausstreckte. Jede gesprochene trockene Silbe von ihm wurde ein Glied in der sich ständig erneuernden Kette, die Sentrys Arm fesselte. Mit jedem wütenden Versuch, sein Handgelenk von Raazers Fessel zu befreien, verlor Void etwas von seiner Form. Stattdessen wurde er zu einer Silhouette einer zuvor deutlichen Gestalt, die durch das Medea-Brandzeichen in ihrem Zentrum festgehalten wurde, aber zu viel Macht besaß, um von ihr vollständig gebunden zu werden. Seine menschliche Gestalt zerfloss mit jedem Zug an dem gefesselten Arm und sein Oberkörper löste sich vor Hashims Augen in einen giftigen Haufen aus Tentakeln auf.

»Du denkst, du kannst mich aufhalten, Zauberer?«, fragte Void mit einer Stimme, die aus hundert Richtungen kam und im Einklang wieder erstarb. »Ich bin Void. Ich bin das Ende allen Lebens.«

»Ich bin nicht lebendig«, erwiderte Raazer während einer Pause in seinem Gesang.

Ein Kichern erklang. »Lebendig genug.«

Raazer fauchte, als Void brüllte, und die medeischen Ketten loderten auf so rot wie die Feuer von Jahannam. Der Boden unter ihnen erbebte. Die letzten noch stehenden Mauern des Campus-Foyers bröckelten langsam während des Verfalls des monströsen Wesens. Der Wind frischte auf und raste kreischend durch die Ruine. Hashims erste Vermutung war, dass es die Macht war, die Void verließ. Oder vielleicht war es das Geräusch der sterbenden Welt, ein Loch in der Hülle der Atmosphäre, durch das die gesamte Luft in den Weltraum gesogen wurde. Hashim spürte, wie der Wind an seiner Kleidung zerrte. Er strich über jede Prellung, drückte in jede Schramme, er fuhr durch sein langes Haar, durch Raazers ätherischen Körper und peitschte sich selbst wie Ton auf einer Töpferscheibe in die Form eines Wirbelwinds, der zu Hashims Rechten den Boden berührte.

Zurück blieb ein vom Sand gezeichneter älterer Mann mit Kinnbart in einer abgewetzten Rüstung und mit einem beduinischen Shemagh-Kopftuch um das Gesicht.

Von der Anstrengung erschöpft, einen Sturm heraufzubeschwören, der mächtig genug war, um Sentry zu bezwingen, sprengte der Neuankömmling die sich ausbreitenden Tentakel und drängte Void zurück in seine eingeschränkte, magisch gebändigte menschliche Gestalt.

Hashim kannte ihn als Sirocco. Der Beduine hatte ihm nie seinen richtigen Namen verraten, aber im Arabischen bedeutete er Ostwind. Neben dem untoten Raazer war er das letzte ursprüngliche Mitglied von Desert Sword. Hashim wünschte, er könnte sich mehr über dieses Wiedersehen freuen.

»Es ist gut, wieder vereint zu sein«, sagte Sirocco mit knirschenden Zähnen und sandbedeckten Lippen. »Es ist schon zu lange her.«

»Wir sind gesegnet«, verkündete Raazer hörbar angestrengt und deutlich ironisch.

»Schade, dass Aminedi, Veil und Qamar nicht mehr am Leben sind, um das hier mitzuerleben. Sobald das hier vollbracht ist, werden wir ein Gebet für unsere gefallenen Brüder und Schwestern sprechen.«

»Du warst schon immer ein erbärmlicher Optimist, Sirocco.«

»Das erhält mich so jung.«

Mit einem Geräusch, das an ein brennendes Flugzeug in einem aktiven Windkanal erinnerte, machte Void einen Schritt auf sie zu, wobei Black Raazers Brandzeichen rot um seinen Arm glühte.

»Ich kann ihn nicht halten«, zischte Raazer.

»Ich auch nicht«, warnte Sirocco.

Hashim packte sein Shamshir fester.

Seiner Meinung nach gab es eindeutig schlechtere Arten, das nahende Ende des eigenen Lebens zu begehen. Er hätte allein und unbemerkt sterben können, stattdessen wurde ihm die Chance gewährt, an der Seite seines Teams zu fallen. Sie hatten der Stadt bereits mehr als die eine erhoffte Minute verschafft. Er konnte sich kein würdigeres Ende für seine Karriere als Arabian Knight vorstellen.

Void kämpfte sich einen zweiten Schritt auf sie zu, gerade als eine Ansammlung sengender gelber Strahlen von oben ihn dazu brachte, seinen freien Arm zu heben, um sich zu schützen und einen Schritt zurückzuweichen.

Sirocco und Raazer waren zu sehr damit beschäftigt, Void festzuhalten, um nach dem Ursprung zu suchen. Hashim hingegen konnte sich diesen Luxus erlauben, er hob den Blick und ein unerwarteter Hoffnungsschimmer ließ sein Herz höherschlagen.

Lightbright!

Das vierte Mitglied ihres Teams musste ihren jemenitischen Kerkermeistern entkommen sein und war dann nach Kuwait gekommen.

Er schirmte seine Augen gegen die unglaubliche Ausstrahlung der Frau ab und widerstand dem Drang, verdutzt erneut hinzusehen, als die Superheldin mit flatterndem rotem Umhang durch das zerstörte Dach sank und neben Sirocco landete. Er gaffte sie mit klopfendem Herzen an, als die Schurkin, die eindeutig nicht Obax Majid war, ihr blondes Haar aus dem Gesicht strich und außerirdische Energie ihre Fäuste umspielte. Das Grinsen, das Miss Marvel Hashim zeigte, bevor sie Void ansah, war alles andere als heldenhaft.

»Sieht so aus, als hättest du seit unserer letzten Sitzung einen Rückfall erlitten, Bob«, rief sie streng. »Willst du darüber reden?«

»Sie wagen es, mich anzugreifen, Frau Doktor?«, tobte Void, wobei seine Stimme durch die rasende Wut von Siroccos Wirbelsturm verzerrt wurde. »Nach dem letzten Mal?«

»Ich habe dich das letzte Mal besiegt. Erinnerst du dich? Du hast drei Tage weinend im Bett verbracht, während ich mit den Jungs in den Urlaub gefahren bin.«

Void warf den Kopf herum und seine Nackenmuskeln traten hervor, als er ein weiteres Mal versuchte, Siroccos Wind zu durchdringen und Raazers Zauber zu brechen.

Miss Marvel hob ihre energiegeladene Hand.

»Das reicht, Bob. Wirklich, du kannst jetzt aufhören. Sieh dich um. Beruhige dich einen Moment und sieh dich um.« Sie warf einen abschätzigen Blick auf Sirocco, Hashim und Raazer. »Alle von Desert Sword sind hier. Die Leute, die deine Frau entführt haben. Du hast sie alle gezwungen, sich dir zu stellen. Du kannst jetzt also aufhören. Void kann aufhören und dann können wir gehen und Lindy gemeinsam zurückholen. Wie hört sich das an, Bob? Klingt das gut?«

»Nein, Frau Doktor.«

Miss Marvel wirkte verblüfft. »Wie bitte?«

»Ich sagte nein. Lindy macht uns alle drei schwach. Sentry macht sich Sorgen, Robert schmachtet und keiner von beiden will mich tun lassen, was getan werden muss. Ohne sie sind wir alle besser dran.« Durch den schneidenden Wind war ein schemenhaftes Grinsen zu erkennen. »Norman hat sein Versprechen gehalten, Frau Doktor, er hat uns wirklich geholfen: Er hat Robert davon überzeugt, mich das für ihn tun zu lassen. Er wird weinen, sich einreden, dass es nicht seine Schuld war, dass er krank ist, aber insgeheim wird er mir danken, und wir alle werden Norman danken.« Er kicherte, während Tentakel seine freie Faust gegen den Wind schlugen. »Glauben Sie mir, Frau Doktor, niemand wird von dieser besonderen Dankbarkeit mehr überrascht sein als ich. Ich habe ihn immer für völlig nutzlos gehalten.«

»Hört mir Bob jetzt überhaupt zu?«

»Er gibt sich die größte Mühe, es nicht zu tun, Frau Doktor.«

»Ich weiß, dass er noch da drin ist.«

Void lachte.

Hashim packte sein Schwert fester. »Das wird nichts!«

»Du verschwendest deine Zeit«, zischte Raazer aus dem Mundwinkel seiner ausgedörrten Lippen.

»Also bitte.« Miss Marvel wechselte zu hochmütiger Verachtung. »Ich glaube, ich weiß genau, was ich tue.«

»Er bestand aus zwei gegensätzlichen Gesinnungen«, fuhr Raazer fort. »Deshalb waren meine Zaubersprüche gegen ihn auch so wirksam. Jetzt ist da nur noch einer. Sentry ist nicht mehr hier. Wir haben es nur noch mit Void zu tun.«

Hinter der Wand aus Siroccos Wind grinste Void.

Hashim sah Miss Marvel an. Er hoffte auf ein paar inspirierende Worte von der weltberühmten Heldin, etwas Trotziges, das ihre Herzen entflammen und sie trotz der widrigen Umstände in ihre letzte Schlacht tragen würde. Das würde sicherlich jeder Held in seinem bittersten Moment tun. Stattdessen ließ sie ihre leuchtende Hand sinken. Ihre Fassade der absoluten Gleichgültigkeit fiel von ihr ab, und was Hashim darunter sah, war nicht das Gesicht einer trotzigen Heldin, sondern das einer Frau, die sich fragte, was in aller Welt sie sich dabei gedacht hatte.

»Ach, Scheiße«, sagte sie.

Und mit diesen aufrüttelnden Worten in den Ohren riss Arabian Knight seinen goldenen Shamshir hoch und stürmte in sein Verderben.

KAPITEL 33

Eine nachtragende Buchhalterin

Schüsse aus einem Dutzend schwerer Sturmgewehre peitschten durch den Korridor. Victoria Hand versteckte sich hinter einer leichten Stahltür, die sich zum Flur hin öffnete. Sie hörte nichts außer dem anhaltenden Trommeln der Kugeln auf Metall. Die S.H.I.E.L.D.-Söldner am anderen Ende des Korridors schienen kein Interesse daran zu haben, vorzurücken – was angesichts ihrer kolossal überlegenen Feuerkraft kein Problem gewesen wäre – oder sie mit Granaten aus der Deckung zu treiben. Das verriet Victoria, dass sie wahrscheinlich mit einem zweiten Trupp in Funkkontakt standen und sie einfach festsetzen wollten, bis man sie in die Zange nehmen konnte.

Aus diesem Grund hatte sie entschieden, dass sie Hilfe brauchen würde. Manche Aufgaben waren es nicht wert, ohne die richtige supermenschliche Unterstützung angegangen zu werden.

»Du bist dran.«

Sie hielt ihr OS-11-Gewehr so weit wie möglich von sich, stieß die Mündung um den zerfetzten Rest der Tür und feuerte. Der eines Broncos würdige Rückstoß hätte ihr fast den Arm ausgekugelt, und wahrscheinlich wäre ohne die stoßdämpfende Polsterung der H.A.M.M.E.R.-Schutzweste auch genau das passiert. Sie war sich nicht mal sicher, wann sie von

Betäubung auf Vollmantelgeschosse gewechselt hatte. Wahrscheinlich als sie nicht mehr damit gerechnet hatte, lange genug zu leben, um sich wegen Schuldgefühlen Gedanken zu machen.

»Können Sie noch eine Sekunde warten?«, grollte Venom, der bereits an den freiliegenden Deckenrohren entlangkletterte. *»Vielleicht auch zwei.«*

»Mach einfach den Weg frei!«, schrie sie ihm hinterher, ohne ihn zu sehen, während das Sperrfeuer sie hinter ihre protestierende Tür zurücktrieb. »Wir schnappen uns Lindy und dann verschwinden wir.«

Seine Antwort, natürlich unter der Annahme, dass er sie überhaupt gehört hatte, war das Geräusch einer Faust, die sich knirschend durch Keramikpanzerung bohrte, ein Schrei und das plötzliche Verstummen der Kugeln, die gegen Victorias Deckung hämmerten.

Sie verließ ihre Deckung, zog ihr Gewehr hinter sich her und stürmte auf die Geräusche des Nahkampfs zu. Venom war zäh, das wusste sie, aber er konnte es nicht allein mit einer ganzen S.H.I.E.L.D.-Basis aufnehmen.

Als sie ihn erreichte, war Venom von einer nicht näher definierbaren Anzahl Leichen umgeben. Die wahllos herumliegenden Körperteile machte eine genaue Zählung schwierig, besonders da Venom immer mehr hinzufügte. Ihr war das mittlerweile vollkommen egal.

Er wehrte den Schlag eines Gewehrkolbens mit dem Handgelenk ab, legte den Arm der Soldatin um seinen eigenen und übte Druck aus, bis der Ellbogen der Söldnerin auch in die andere Richtung funktionierte und sie schrie. Venom konnte über einen solchen Mangel an Beweglichkeit nur lachen und zeigte ihr, was man ohne Knochen alles konnte. Er benutzte sie als Stütze, um herumzuwirbeln und mit einem Tritt den Helm eines zweiten Agenten zu zertrümmern, was diesen hart gegen die Betonwand schleuderte, bevor er kampfunfähig zu Boden ging. Da er sich nun auf der gegenüberliegenden Seite der immer noch schreienden Söldnerin befand, verdrehte er ihr erneut den Arm und zwang sie, sich aufzurichten, um ihr einen harten Schlag ins Gesicht zu verpassen, der ihr Visier zerschmetterte. Der letzte Soldat rannte davon.

Fast wie eine nachträgliche Idee drehte sich Venom in seine Richtung, schoss dem Soldaten eine Ladung Netz an den Hinterkopf und zog. Der Mann wurde von den Beinen gerissen.

Victoria hörte das Brechen seines Genicks noch in sechs Metern Entfernung.

»Mein Gott.«

Sie betrachtete die Leichen.

War es seltsam, dass Venom sie regelrecht in Angst und Schrecken versetzte, während Sentry, der mit einem Bruchteil der Anstrengung tausendmal so viele töten konnte, das nicht tat? Lag es daran, dass ihr Venom ähnlicher war, während die Furcht vor Sentry ein Maß an Verständnis erforderte, über das niemand auf der Erde verfügte?

»Wenn das hier vorbei ist, werde ich Judith Fiennes küssen. Direkt auf die Lippen.«

Venom antwortete nicht. Er wandte knurrend den Blick ab.

»Wo ist Lindy?«

»Ganz in der Nähe. Sie kamen direkt auf uns zu, bevor sie der Schießerei ausgewichen sind.«

»Bist du dir sicher?«

Venom sah sie an und präsentierte ihr ein Lächeln, wie es eine Spinne einer Fliege schenken würde. Wenn sie fingerlange Zähne hätte, ein Gesicht, das sich in jede beliebige schreckliche Form dehnen konnte, und nicht den geringsten Sinn für Humor. *»Mein Geruchssinn ist vielleicht nicht so gut wie Dakens, aber er ist gut genug.«*

»Wolverines.«

Sie deutete an die Decke. Eine kleine Überwachungskamera war auf sie gerichtet, das rote Licht an der Seite des Gehäuses blinkte. Das war von Anfang an der Plan der Contessa gewesen: Norman Osborns dunkelste Seite zum Vorschein zu bringen und sie dann der Welt zu präsentieren, als ob man Leute nur nach den Dämonen beurteilen sollte, die sie plagten. Sie schwor sich: Sobald diese Krise bewältigt war, die Contessa in einem orangen Overall im Hochsicherheitstrakt des Rafts saß und Sentry in der Obhut der besten Psychologen der Welt war, würde Norman dieselbe Hilfe erhalten. Und wenn sie ihn dafür höchstpersönlich im Sessel seines Therapeuten festschnallen musste.

»Ich will, dass du dich von deiner besten Seite zeigst.«

»Das tue ich doch immer.«

»Dann sag es.«

»Mein Geruchssinn ist vielleicht nicht so gut wie Wolverines«, knurrte Venom, *»aber sie sind in die Richtung unterwegs.«* Er deutete auf die Wand.

»Nach Westen. Raus aus der Stadt. Denkst du, es gibt da einen anderen Ausgang?«

Venom zuckte mit den Schultern. *»Ich arbeite hier nicht.«*

»Wie viele begleiten sie?«

»Nur eine.«

•

Valentina Allegra de Fontaine hielt die Tür auf, während Lindy Lee-Reynolds an ihr vorbei und in den Fahrstuhlraum rannte. Während sie sich darüber amüsierte, dass die königliche Contessa de Fontaine irgendjemandem die Tür aufhielt, und dann auch noch einer niederen *Americana*, behielt sie den Korridor im Auge.

Der Gang war pfeilgerade und leer, aber die sporadischen Schreie, Schüsse und das Knurren von etwas Bestialischem klangen mit jedem Echo näher.

Sobald Lindy drinnen war, folgte sie ihr rückwärts, dann trat sie die Tür zu.

Mit dem Gewehr in der einen Hand zog sie einen Ausweis für diese Basis heraus und führte den Magnetstreifen über das Lesegerät neben der Tür. Die Konsole trillerte. Die Tür klackte beim Einrasten der schweren Schlösser. Die Kontrollleuchte auf dem Bedienfeld wechselte von Grün zu Rot.

Sie küsste das auf der Vorderseite der Karte aufgedruckte Foto von Nicholas Fury, bevor sie sie zurück in ihre Brusttasche schob.

Die Fahrstuhlkabine ruhte in einem nackten Stahlrahmen auf einer Betonplattform. Der begrenzte Platz darum herum wurde von großen Maschinen erfüllt, die für den Betrieb benötigt wurden. Ein einzelner vertikaler Schacht führte an die Oberfläche. Seile aus massiv verarbeitetem Stahl verschwanden in der Dunkelheit und vibrierten wie die tiefe E-Saite einer Gitarre in der frischen Brise von der Oberfläche. Seit der Entscheidung von Desert Sword, sich Sentry zu stellen, waren die Auswirkungen seines Amoklaufs kaum noch zu spüren. Valentina hätte nicht erwartet, dass ihm Hashim und die anderen irgendetwas entgegenzusetzen hätten. Erst recht hätte sie nicht erwartet, dass sie ihn so lange beschäftigen würden.

Sie ignorierte die Schuldgefühle, als wären sie die Aufmerksamkeit eines unwillkommenen Verehrers, und ging zum wartenden Fahrstuhlkäfig.

Während sich Lindy abmühte, die beiden Türen zuzuziehen, ging Valentina zu den Kontrollen. Sie waren nicht kompliziert. Es gab nicht viel, was man von einem Fahrstuhl erwartete. Ein kleiner grüner Knopf ließ ihn losfahren, ein größerer, rot beleuchteter ließ ihn anhalten. Lindy rüttelte an den Türen, um sicherzugehen, dass sie fest verschlossen waren. Valentina drückte den grünen Knopf.

Mit dem Rattern alter, selten gewarteter Maschinen setzte sich die Kabine in Bewegung.

Erschöpft sackte Lindy mit dem Rücken an den Gitterstäben auf den Drahtboden des Fahrstuhlkäfigs. Valentina stützte sich mit einer Hand auf die Kontrolltafel, um das Gleichgewicht zu halten, und sah in der Hoffnung nach oben, etwas Tageslicht zu sehen. Iceberg lag in einem halben Kilometer Tiefe. Bei der derzeitigen Geschwindigkeit des Fahrstuhls würden sie mehrere Minuten bis nach oben brauchen. Die langsamen Fahrstühle waren jedoch eher ein Sicherheitsmerkmal von Iceberg als ein Fehler. Sie garantierten, dass keine feindliche Macht die Zugänge an der Oberfläche stürmen und erwarten konnte, die Hauptgarnison mit runtergelassenen Hosen zu erwischen.

Sobald sie auf der irakischen Seite des Highway 80 und auf halbem Weg zu ihrem Unterschlupf in Basra war, würde sie sich mit Vergnügen den Kopf darüber zerbrechen, wie es den H.A.M.M.E.R.-Agenten gelungen war, den Zugang im Ölfeld oberhalb von Perimeter C einzunehmen und den Fahrstuhlraum einzunehmen, ohne die Sicherheitskräfte zu alarmieren.

Die Kabine erbebte und Valentina spannte sich an. Sie zitterte erneut und ratterte über die in gleichmäßigen Abständen an der Schachtwand befestigten Führungsschienen.

Sie zwang sich zur Ruhe.

Zumindest wollte sie den Eindruck erwecken.

Als sie nach oben sah, strich sich Lindy das Haar aus dem Gesicht, wobei der Ärmel ihres zu großen S.H.I.E.L.D.-Overalls an ihrem Arm herunterglitt. Sie wirkte, als hätte sie jedes Interesse an ihrem Schicksal verloren. »Was machen wir jetzt?«

»Soweit wir wissen, gab es nur den einen Durchbruch. Der Ausgang in Perimeter J sollte mit einem kompletten Trupp S.H.I.E.L.D.-Wachen besetzt sein. Danach ein großer klimatisierter Lastwagen und eine hundertsechzig Kilometer lange

Fahrt zu einem Palast in Südbasra, den Scheich Abbas mich von Zeit zu Zeit nutzen lässt. Dort werden wir sicher sein.«

»Vor Void?«

Valentina stockte. Die Dauer ihres Schweigens verriet mehr, als sie freiwillig zugegeben hätte. »Nach dem heutigen Tag wird Ihnen Void nichts mehr tun können, Lindy. Selbst wenn Desert Sword bei ihrem Versuch, ihn zu besiegen, scheitert und Norman ihn nicht unter Kontrolle bringen kann, wird man ihn aufhalten. Die Fantastic Four werden ihn aufhalten. Oder Nicholas. Die Welt wird sich erneut vereinen, um ihn aufzuhalten. Was auch immer passiert, sobald wir Basra erreichen, werden Sie frei sein. Das verspreche ich Ihnen.«

Die Frau wirkte einen Moment lang zögerlich, dann nickte sie.

Valentina ließ zu, dass sie vor Erleichterung beruhigend lächelte.

Im Moment war der sicherste Ort in Kuwait-Stadt in unmittelbarer Nähe von Lindy Lee-Reynolds. Jetzt, da die Patriotenliste wieder in Normans Händen war und das *Bulletin*-Video in der Welt die Runden machte, blieb nur noch Lindy, um Valentinas sichere Flucht zu gewährleisten. Sollten Normans Agenten oder sogar Void selbst ihren Konvoi abfangen, könnte Lindy entweder als Druckmittel oder als Geisel nützlich sein. Je nachdem, wie die andere Seite an die Sache herangehen wollte. Valentina konnte H.A.M.M.E.R. schließlich nicht von Grund auf neu aufbauen, wenn sie in irgendeinem geheimen Gefängnis im Nahen Osten festsaß oder tot war.

Valentina war eine hervorragende Lügnerin.

Der Trick dabei war, nie die eigenen Lügen zu glauben und immer darauf zu achten, dass jede Lüge einen Funken Wahrheit enthielt.

Sie *hatte* die Absicht, Lindy mit nach Basra zu nehmen. Sie *hatte* vollauf die Absicht, sie in die USA zurückzubringen, sobald die Anhörungen für ihre Einsetzung als Direktorin von

H.A.M.M.E.R. im Gange waren. Sie erlaubte sich lediglich eine gewisse Flexibilität bei der Frage, ob sie das auch tun würde oder nicht.

»Wissen Sie, Robert war nicht immer so«, sagte Lindy leise, während die Fahrstuhlkabine ratternd die Markierung für die Hälfte der Strecke passierte. »Als ich ihn das erste Mal traf, bevor er das Goldene Serum nahm, war er so nett und so unerträglich schüchtern. Es dauerte unser ganzes erstes Semester am College, bis er den Mut aufbrachte, mich um eine Verabredung zu bitten. Und selbst nach unserer Heirat hat er nie wirklich geglaubt, dass er gut genug wäre. Das fehlt mir an ihm.« Ihr Lächeln basierte auf glücklichen Erinnerungen, war aber von so viel Trauer gefärbt, dass es kaum noch als solches zu erkennen war. »Ich vermisse die Unsicherheiten meines Mannes. Wie schrecklich macht mich das?«

»Sie sind kein schrecklicher Mensch«, widersprach Valentina. »Ich kannte schreckliche Menschen.«

»Robert hatte keinen Funken Ehrgeiz in sich. Wenn er nicht das Gefühl gehabt hätte, sich ändern zu müssen ... Aber ich war gern die Frau eines Avengers. Ich *mochte* es, mit Captain America auf demselben Stockwerk zu wohnen.«

»Er ist ein Süchtiger mit einer Persönlichkeitsstörung, der unter den Einfluss eines manipulativen Mannes geraten ist. Sie haben ihn nicht gezwungen, das Serum zu nehmen. Oder?«

Lindy schüttelte den Kopf.

»Oder Osborn zu unterstützen?«

»Nein.«

»Dann ist das nicht Ihre Schuld.«

Lindy schniefte und wollte gerade noch etwas sagen, als ein heftiger Ruck durch die Fahrstuhlkabine ging, der sie auf den Boden warf und Valentina gegen die Gitterstäbe stolpern ließ.

Ihr Aufstieg wurde merklich langsamer. Das Kabel ächzte, als sich die daran hängende Masse mehr als verdoppelte. Die

Seiten der Kabine schleiften über die Schachtwände, Funken flogen.

Lindy sah nach unten und stieß einen ohrenbetäubenden Schrei aus.

Ein maskierter Kopf, mehr oder weniger menschlich, aber mit sehr überproportionierten Zähnen, lugte zwischen den Gitterstäben zu ihr hinauf. Lange Klauen und mit Haken versehene Tentakel krallten sich in den Drahtboden, tintenschwarze Muskeln wölbten sich in der Dunkelheit des unter ihnen liegenden Schachts, während sich das Monster gegen die mechanische Kraft des Flaschenzugsystems gerade mal einen viertel Kilometer über ihnen stemmte.

»Venom!«, kreischte Lindy.

Das Maul der Kreatur wurde zu einem Riss voller Piratensilber. *»Ich war mir nicht sicher, ob du dich an mich erinnern würdest.«*

»Aus dem Weg!«, rief Valentina.

Sie zielte mit ihrem Sturmgewehr nach unten und feuerte direkt durch den Drahtboden der Kabine.

Venom schien zu reagieren, noch bevor das erste Mündungsfeuer aufblitzte. Die Kugeln rasten durch den Boden und ratterten den Schacht hinunter. Venom krabbelte über die Unterseite des Bodens und schleuderte den Fahrstuhlkäfig gegen die Schachtwand, was Lindy in Richtung der Kontrolltafel stolpern ließ. Valentina hatte einen festen Stand und feuerte in jede Richtung, in die man eine Waffe halten konnte. Nicht kopflos panisch, sondern absolut zielgerichtet. Wenn man einen Supermenschen bekämpfte, war es das Beste, einen anderen Supermenschen dazu zu bringen, einem zur Hand zu gehen. Wenn das nicht möglich war, war totale und rücksichtslose Gewalt die einzige andere Lösung.

Lindy zog sich an der Kante der Kontrolltafel hoch und hämmerte mit der Faust auf den Notausschalter.

Mit einem arthritischen Zittern kam der Fahrstuhl zum Stillstand. Er hatte sich vorher bereits so langsam bewegt, dass Valentina ein Ausgleichsschritt reichte, um auf den Beinen zu bleiben.

»Warum haben Sie das getan?«

»Ich kenne ihn besser als Sie. Er hätte so lange gezerrt, bis das Kabel gerissen wäre.«

»Bleiben Sie hinter mir!«, blaffte Valentina, als Venom zwei der seitlichen Gitterstäbe herausriss und sich mit der Schulter hineinzwängte. Sein Gewicht an der blockierten Kabine ließ sie kippen und Lindy in seine Arme stolpern, bevor Valentina sie auffangen konnte. »Lindy!«, schrie sie. Venom klebte sich die kreischende Frau mit einem Netz aus seinem knochenlosen Arm auf den Rücken, um dann Valentina anzusehen und einen teerigen Klumpen schwarzen Schleims auf sie abzuschießen. Das Projektil schlug ihr das Gewehr aus den Händen, verklebte es sicher an den Gitterstäben hinter ihr und riss sie von den Füßen.

»Niedlich.«

»Bring Lindy an die Oberfläche«, befahl die Frau, die Valentina jetzt erst bemerkte. Sie trug einen klobigen H.A.M.M.E.R.-Körperpanzer und ihr dunkles Haar war vom Staub grau gepudert, was die farbigen Strähnen in ihrem Pony rosa färbte. Ihre Brille flackerte und auf der Innenseite der Gläser war vage eine taktische Anzeige zu erkennen. Sie richtete ein schweres automatisches Gewehr mit violetter Plastikummantelung auf Valentinas Brust. Für sein Gewicht bot ein S.H.I.E.L.D.-Overall hervorragenden Schutz und er konnte eine kleinkalibrige Kugel oder ein Messer abhalten. Aber gegen ein militärisches Sturmgewehr aus nächster Nähe hätte sie genauso gut ein T-Shirt tragen können. »Tu, was immer nötig ist, um das hier zu Ende zu bringen. Ich kümmere mich um die Contessa.«

Mit einem bestätigenden Schniefen zog Venom Lindy aus dem Fahrstuhlkäfig und sprang auf das Dach, das unter der Belastung protestierend quietschte, um sich mithilfe seiner Netze nach oben zu hangeln.

Valentina überspielte ihre Frustration mit einem gleichgültigen Seufzen.

Damit war ein Teil ihres Plans gescheitert. Wahrscheinlich waren die beiden bereits an der Oberfläche.

»So sind Sie also in die Basis eingedrungen, ohne den Aufzug zu benutzen und damit die Garnison zu alarmieren. Ich hätte es wissen sollen, aber ich dachte, Venom wäre bereits aus dem Spiel. Bravo, Miss Hand.«

Die Frau kam einen Schritt näher. »Es heißt *stellvertretende Direktorin* Hand.«

Valentina lächelte. »Nicht dass das jetzt noch wichtig wäre, versteht sich. Selbst wenn Sie Lindy zurückbringen und mich festnehmen, ist es vorbei. Ich werde keine Woche im Gefängnis verbringen, bevor Sie für mich arbeiten.«

Die stellvertretende Direktorin Hand bemühte sich, ihre Miene neutral zu halten. »Sie haben die Geisteskrankheit eines Mannes ausgenutzt, um ihn dazu zu bringen, eine Stadt zu zerstören. Nur für Ihre Karriere. Ob Sie es glauben oder nicht, Sie sind hier nicht die Gute.«

»Touché, aber was ich getan habe, habe ich für S.H.I.E.L.D. getan.«

»Also bitte. Ich habe gehört, dass Sie bereits für die Russen spioniert haben, bevor Sie bei S.H.I.E.L.D. anfingen.«

»Schätzchen, *jeder*, der bei S.H.I.E.L.D. was zu sagen hat, hat für die Russen gearbeitet.«

»Wir werden sehen, was das Militärgericht dazu sagt.« Während sie Valentina mit dem Gewehr in einer Hand in Schach hielt, ging Victoria zum Kontrollpult. »Sie sind technisch gesehen noch immer eine Agentin, was bedeutet, dass wir Sie wegen Verrats anklagen können.« Sie drückte den grünen Knopf.

Das war der Startschuss, auf den Valentina gewartet hatte.

Der Fahrstuhl kreischte, als der Motor erneut zu ziehen begann, das Kabel straffte und die Kabine von der Wand löste. Der schräge Boden kippte unvermittelt in die andere Richtung, was Victoria Hand aus dem Gleichgewicht brachte und Valentina die halbe Sekunde Ablenkung verschaffte, die sie brauchte, um die Beretta aus ihrem Seitenholster zu ziehen. Sie gab zwei Schüsse ab, mehr Zeit blieb ihr nicht, bevor der schwingende Käfig gegen die andere Wand prallte und Victoria Hand auf sie zuschleuderte. Anstatt ihren Schädel zu durchlöchern, zertrümmerten die Kugeln die Keramikplatten der H.A.M.M.E.R.-Schutzweste. Die Frau stolperte über Valentinas Füße und riss sie mit sich um. Ihre Waffen klapperten über den wippenden Boden.

Die beiden Frauen rangen einen Moment lang miteinander.

Victoria war eine gute Kämpferin, aber Valentina war überragend.

Sie schlang ihre Beine um die Taille der stellvertretenden Direktorin und verschaffte sich mit einer Hand um den Hals der Frau zusätzliche Hebelwirkung, warf sie zu Boden und rollte sich auf sie. Victoria griff nach der Beretta. Valentina schlug ihr ins Gesicht, wobei ein Glas ihrer Brille zersplitterte. Das Gestell wurde verbogen und sie knallte mit dem Hinterkopf auf den Boden. Sie versuchte weiter, die Waffe zu fassen zu bekommen.

»Lassen Sie das.« Valentina stieß die Pistole mit der Handkante weg und schlug Victoria dann mit der Faust auf den Mund. »Sie sind keine stellvertretende Direktorin. Sie sind eine nachtragende Buchhalterin.«

Victoria spuckte etwas Blut aus. »Was ich getan habe … habe ich … für Amerika getan.«

»Sie sind Norman Osborns nützlicher Idiot. Ich wurde nach dem Krieg in Europa geboren. Ich habe gesehen, was Leute wie Sie dem Land antun, das Sie angeblich lieben.«

Sie schlug Victoria noch einmal mit voller Kraft. Sie lag bewusstlos da, als Valentina durch den sich allmählich beruhigenden Fahrstuhlkäfig kroch und die Beretta einsammelte. Sie versuchte erst gar nicht, das Gewehr zu bergen. Sie stand auf und sammelte sich gerade, als die Kabine mit einem Scheppern oben ankam, das fast so erleichtert klang, wie sie sich fühlte. Valentina ignorierte die Tür, immerhin hatte Venom in den Gittern einen Spalt hinterlassen, der mehr als breit genug für sie war.

Ausgang J war ein fensterloser Schuppen voller Winden und Flaschenzüge, fast das Spiegelbild des Aufbaus am anderen Ende des Schachts. Eine unverschlossene Doppeltür führte in ein Industriegebiet am nördlichen Stadtrand von Al Jahra, wo ein Dutzend S.H.I.E.L.D.-Agenten und ein Konvoi gepanzerter Lastwagen darauf warteten, sie über die irakische Grenze zu bringen.

Als sie die Türen aufriss, stolperte sie in eine von Hubschraubern erschaffene Welt aus dröhnenden Sturmböen und blinzelte in eine natriumhelle Flut aus Lichtern.

<<*Contessa Valentina Allegra de Fontaine*>>, ertönte die helmverzerrte Stimme aus dem grellen Licht. Mit einer Hand schirmte sie ihre Augen ab, die andere umklammerte eisern den Griff ihrer Beretta, als sie einen Blitz aus Rot, Weiß und Blau wahrnahm. Das Surren der Rüstung war zu hören. <<*Sie sind verhaftet.*>>

Sie blinzelte gegen das grelle Licht an und feuerte.

Die ersten Kugeln verpufften an den Kraftfeldern ihres Ziels. Das nächste Dutzend prallte harmlos an der harten Nickel-Titan-Panzerung ab, da ihr Gegner offensichtlich beschlossen hatte, gegen Ende etwas anzugeben, indem er seine Schilde deaktivierte und sie schießen ließ.

Sie verschoss jede einzelne Kugel.

<<*Sind Sie fertig?* >>

Der Iron Patriot stand ihr mit in die Hüften gestemmten Händen und von hinten und oben von tausend Lichtquellen beleuchtet in der Mitte des riesigen Lkw-Parkplatzes gegenüber. Hinter ihm stand Ares. Der Gott des Krieges wartete in einen dunklen Brustpanzer aus Bronze gekleidet, mit einem Hoplitenhelm auf dem Kopf und seiner Axt auf seiner haarigen Schulter geduldig wie ein Stier. Wolverine lehnte unbekümmert an einem von Valentinas Lastwagen. Hawkeye starrte sie über den Schaft eines Pfeils hinweg mit toten Augen an und wartete darauf, dass sein Anführer den Befehl gab, zu schießen. Hinter *ihnen* sicherte ein ganzer Zug von H.A.M.M.E.R.-Spezialkräften das Industriegebiet. Valentinas entwaffnete Truppen knieten mit Gewehren am Hinterkopf vor einem ihrer Lastwagen. Das unerträgliche Dröhnen, das selbst die Schlacht um die Innenstadt von Kuwait übertönte, stammte von einem Helicarrier im niedrigen Schwebeflug ein paar Hundert Meter über ihren Köpfen.

Er verfügte über solch gewaltige Macht, doch anstatt sie zur Verteidigung der Stadt gegen Void einzusetzen, hatte er sich dafür entschieden, Valentina Allegra de Fontaine dingfest zu machen.

So war Norman Osborn.

<<*Bevor sie meine Brücke verlassen hat, ließ ich einen Peilsender an Miss Hand anbringen*>>, erklärte der Iron Patriot. <<*Sie ist sehr gut in dem, was sie tut. Sogar so gut, dass sie manchmal vergisst, dass ich besser bin.*>>

»Sie haben bereits verloren, Norman.« Anders als der Iron Patriot, der von den leistungsstarken Lautsprechern in seiner Rüstung unterstützt wurde, musste sie schreien, um gehört zu werden. »Sie sind nicht Steve Rogers. Sie können nicht in den Farben der amerikanischen Flagge durch den Nahen Osten fliegen und erwarten, dass es niemanden stört.«

<<*Wir werden sehen. Also, kommen Sie freiwillig mit, Contessa?*>> Der Iron Patriot hob eine Hand, das höllische Glühen des Repulsor-Emitters färbte das reflektierende Metall orange. <<*Oder muss ich auf legitime Selbstverteidigung zurückgreifen?*>>

Valentina wandte den Blick ab und sah aus irgendeinem Grund zu Ares, einem von Tonys mächtigen Avengers, obwohl sie sich nicht sicher war, welche Hilfe sie sich von ihm erhoffte. Er erwiderte ihren Blick, doch kein Gott hatte jemals weniger Interesse gezeigt.

Was für eine Verschwendung.

Sie warf ihre nutzlose Pistole weg und hob die Arme, als würde man an ihr Maß für ein neues Kleid nehmen, dann verschränkte sie die Hände hinter dem Kopf.

KAPITEL 34

Wie es sich anfühlt

Der kürzeste Weg in den Süden der Stadt führte theoretisch mitten durch das Stadtzentrum, aber Void hatte so wenig davon übrig gelassen, dass die im Morgengrauen aufsteigenden Rauchsäulen wie die Geister toter Wolkenkratzer wirkten. Mac Gargan ließ sich Zeit und schwang zwischen ausgebrannten Hochhäusern und den lädierten goldenen Kuppeln von gesprengten Moscheen hindurch. Staub, Splitter und ganze Metallstücke trafen seine Haut, als würde man in der Mückensaison mit offenem Mund über den Hudson springen, aber er spürte es kaum. Die Haut des Symbionten gab ein peristaltisches Gurgeln von sich, während sie die Trümmer in sich aufnahm und verdaute.

»Es sind immer die Ruhigen«, murmelte er vor sich hin, während er tiefer ging, um unter einer besonders dichten Rauchschwade hindurchzuschwingen.

Von einer Kolonne aus ausgebrannten Panzern und gepanzerten Fahrzeugen auf der rechten Fahrbahn stieg giftiger Rauch auf. Sie waren in dieselbe Richtung unterwegs gewesen, in der auch Macs Ziel lag. Er wusste nicht, wie die kuwaitische Flagge aussah, vermutlich war es die verbrannte Trikolore auf den Geschütztürmen der Panzer.

Männer, Frauen und Kinder strömten zwischen den Wracks in die entgegengesetzte Richtung. Die erbärmlichen Geräusche ihrer Panik drohten in seinen Gedanken etwas zu wecken, dessen Namen er vergessen hatte.

Er versuchte, sich auf dieses Gefühl zu konzentrieren, aber es fiel ihm schwer, diese Teile seines Gehirns zu benutzen. Der Symbiont labte sich schon zu lange an seiner Persönlichkeit. Wenn der Mann an etwas anderes dachte als die Befriedigung seines außerirdischen Hungers oder das Töten der Menschen, die er verabscheute, war Mac verwirrt und noch anfälliger für den Willen des Monsters. Doch jenseits dieses Albtraums war er noch immer ein Mensch.

Er war mehr als nur Osborns gruseliger Kannibale.

Er konnte mehr sein.

Töte Norman Osborn, brabbelte der Symbiont in seinem Batrachotoxin-Rausch.

Mac ignorierte ihn und warf einen Blick über seine Schulter, wobei sich sein Hals weiter drehte, als es bei einem Menschen hätte möglich sein sollen. Lindy starrte mit einem stummen Schrei in sein maskiertes Gesicht. Nur ihre weit aufgerissenen Augen waren noch über dem Netz aus Symbiontengewebe auf ihrem Mund sichtbar. Er lächelt sie beruhigend an. Aus irgendeinem Grund führte das nur dazu, dass sie sich noch heftiger schreiend gegen das Netz stemmte, das sie auf seinem Rücken festhielt. Er wandte den Blick ab und ein flatterndes Gefühl von etwas, das nur Stolz sein konnte, machte sich in seiner missgestalteten Brust breit.

Zeit, den Helden zu spielen.

Am Höhepunkt seines Schwungs zerrte er an seinem Netz, woraufhin er es wieder in seine zweite Haut aufnahm und einen etwa ein Dutzend Meter langen freien Fall zurücklegte, bevor er ausgestreckt auf der keramikweißen Schräge eines Dachs landete. Das Wohnhaus bebte, ein Erdbeben jagte das nächste und gewann jedes Mal eine Dezimalstelle auf der Richterskala. Die festen Trümmer, die Macs Kostüm aufnahm, rieben über seine Knochen. Er klammerte sich an den Dachvorsprung und hielt sich mit allen vieren fest, um den Blick über den Süden von Kuwait-Stadt schweifen zu lassen.

Das Wohnhaus gehörte zur letzten intakten Häuserzeile mit Blick auf einen Vergnügungspark der urbanen Kriegsführung aus halb zerstörten Gebäuden, brennenden Autos und von Trümmern übersäten Straßen. Er spürte dasselbe klebrige Gefühl in seinem präfrontalen Kortex, das er beim Anblick der fliehenden Zivilisten empfunden hatte, und erinnerte sich, was es war.

New York.

Er sah New York nach der Skrull-Invasion: das letzte Mal, dass er etwas wirklich Selbstloses und Gutes getan hatte.

Void stand buchstäblich bis zu den Knien in der Zerstörung, doch das Ausmaß täuschte. Macs angeblicher Freund hatte gigantische Ausmaße angenommen. Er war zu einer wütenden, tintenschwarzen Medusa aus unzähligen Tentakeln geworden, die aus einem unerschöpflichen Hauptkörper sprossen. Er war fast so groß wie die weiß getünchte Ziegelsteinruine, durch die er anscheinend gebrochen war.

Geile Scheiße, murmelte der Symbiont verträumt.

Der Kampf lief nicht besonders gut.

Die Wracks kuwaitischer Kampfhubschrauber und Truppentransporter säumten neben denen von Bussen und Autos die Straßenränder und zeigten jede vorstellbare Art der Zerstörung. Von umgestürzt, zermalmt oder von Tentakeln durch Gebäude geschleudert bis hin zu von Sonnenenergie verbrannt.

Moonstone und ein Typ mit einem goldenen Schwert kämpften Seite an Seite zu Voids »Füßen«, um einen alten Mann in blutigen weißen Gewändern zu schützen, obwohl der schon ziemlich tot roch.

Mehrere pechschwarze Tentakel waren um Moonstones Gliedmaßen und ihren Körper gewickelt, aber sie hatte einen

Arm frei und mit dem schickte sie gelbe Strahlen durch Voids Tentakel zu der schwarzen Gestalt in ihrem Zentrum. Der Schwertträger hackte auf die Tentakel um Moonstone ein und mühte sich bis zur Erschöpfung ab, nur um zu verhindern, dass Void die freie Hand in seine Klauen bekam. Mac sah nach oben. Weit nach oben. Über der grässlich entstellten Skyline von Kuwait-Stadt fand ein zweiter Kampf statt. Mac erkannte den Kämpfer von ihrer Begegnung im *New York Bulletin* wieder und zuckte jedes Mal mitleidig zusammen, wenn sein schwarzes Schwert einen der Tentakel von Void durchtrennte.

Mac fragte sich, ob es für den Ausgang des Kampfs einen Unterschied machen würde, wenn Norman, Vicky, Bullseye, Daken oder sogar Ares und die gesamte Macht von H.A.M.M.E.R. hier wären, wo sie sein sollten, anstatt auf einem Parkplatz am anderen Ende der Stadt.

Vermutlich nicht, entschied er und beobachtete mit einer gewissen Genugtuung, wie Black Raazer von wogenden Tentakeln umhüllt in einem Ätherstoß und mit einem Kreischen verschwand. Der Schrei jagte durch die psionischen Verbindungen, die seinen Verstand mit dem von Venom verbanden, und weckte die Bestie fast aus ihrem Drogenrausch.

Mac drängte sie zurück.

Jetzt waren alle auf ihn angewiesen. Vicky zählte auf ihn.

Lindy versuchte erneut, etwas zu sagen, und zappelte in ihrem Netzsack, als er sich von der Dachkante stürzte, ein Netz nach der Spitze eines schief stehenden Laternenpfahls warf und auf den Kampf zuschwang.

Ein drängendes, fremdartiges Gefühl des Unbehagens stieg aus seinem Bauch nach oben. Er hatte eine kurze, lebhafte Vorahnung, wie er bei lebendigem Leibe verbrannte, und warf sofort ein weiteres Netz aus, an dem er sich zur Seite zog, als eine Explosion aus kränklichem Licht über ihn hinwegbrannte und das Wohnhaus, auf dem er eben noch gehockt hatte, zerstörte. Mit einem weiteren Netzschuss korrigierte er seinen Kurs und schwang tief genug über den Boden, um eine Staubwolke aufzuwirbeln.

Void war schnell. Aber wie schnell musste man sein, um etwas zu treffen, das auf einen Angriff reagieren konnte, bevor man ihn ausführte?

Er schwang sich um, unter und durch eine Reihe von sengenden Energiestößen und nach ihm greifenden Tentakeln und landete gehockt auf einem mit Schutt bedeckten Fleckchen Erde etwa dreißig Meter von der Stelle entfernt, wo Moonstone und der Schwertknilch kämpften. Keiner von ihnen bemerkte seine Ankunft, und falls doch, sagten sie nichts. Er war nur ein weiterer Tropfen flüssiges Schwarz in einer von Schwarz verdorbenen Welt.

Void jedoch streckte seinen skelettierten, krokodilförmigen Kopf auf einem sehr langen Hals aus und stieß ein Gebrüll aus, das die Skyline einer weiteren Handvoll verwüsteter Gebäude erschütterte.

»DU KANNST NICHT GEGEN MICH KÄMPFEN, KÄFER. SELBST WAHRE GÖTTER KÖNNTEN SICH NICHT MIT MIR MESSEN.«

Mac taumelte vor dem akustischen Ansturm der Stimme von Void zurück. Sie verfügte zwar nicht über die Feinjustierung von Doktor Fiennes' Foltergerät, das genau auf die Frequenz des Symbionten eingestellt war, dafür war sie aber etwa eine Million Mal stärker. Er spürte, wie Lindy versuchte, sich zu befreien, während der Symbiont durch den Angriff in sich zusammenfiel und die Bänder, die sie festhielten, schwächer wurden. Um sie zu sichern, opferte er mehrere Schichten seines eigenen Schutzes durch den Symbionten, was zu haarigen Flecken nackter Haut auf den Unterarmen und Oberschenkeln führte. Er musste sie zu Void bringen. Niemand hatte ihm jemals direkt *erklärt*, was es mit Sentry und Void auf sich hatte.

Er war ein zu dämliches Monster, um es zu begreifen, zumindest dachten sie das. Allerdings war er auch im Raum gewesen, als Osborn, Moonstone und Vicky darüber gesprochen hatten, und weder Mac Gargan noch Venom waren so dumm, wie alle zu glauben schienen.

Beispielsweise wusste er, dass sein eigenes Leben nicht viel wert sein würde, wenn er Sentry nicht dazu bringen konnte, wieder die Kontrolle zu übernehmen und Void zu verdrängen.

Mit Lindy, die er auf Kosten seines eigenen Schutzes festhielt, auf dem Rücken senkte Mac den Kopf, als würde er sich gegen einen tosenden Sturm stemmen.

Eine Masse von Tentakeln schoss durch die Luft auf ihn zu.

Venoms übersinnliche Wahrnehmung spürte sie schon aus einem Kilometer Entfernung kommen. Er sah, dass ihn die Hälfte auf jeden Fall treffen würde, trotzdem versuchte er es. Das war, was Helden machten. Das hinderte ihn jedoch nicht daran, protestierend aufzuschreien, als sich die Tentakel um seine Knöchel, Handgelenke, Taille und Kehle wanden und ihn wie ein Stück Leder auf einem Gerbergestell vom Boden hoben. Seine Knochen knirschten, die Symbiontenhaut kräuselte und spannte sich, als er sich mit seiner eigenen gegen die schreckliche, grenzenlose Kraft von Void stemmte. Unter dem unvorstellbaren Druck würgte der Symbiont Lindy hervor.

Sie landete feucht auf dem rissigen Boden und wischte sich den schwarzen Symbiontenschleim mit einem fast genauso schmutzigen Ärmel vom Mund. Sie schnappte nach Luft und schrie dann: »Ich sagte, lass mich mit ihm reden!«

Mac ächzte vor Schmerz, als sich die unzähligen, ihn haltenden Tentakel anspannten. Aus der schmutzigen Masse tauchte ein monströser Kopf auf, als würden sich die Wolken teilen, um nicht die Sonne, sondern das Gesicht von Galactus, dem Weltenverschlinger, mit weit aufgerissenem Mund zu offenbaren.

»L… LINDY?«, fragte er.

»DAS IST UNWICHTIG«, sagte derselbe Kopf mit grausamerer Stimme. »VERNICHTE SIE ALLE. VERNICHTE ALLES.«

»LINDY.«

»OSBORN HAT VERSPROCHEN, UNS ZU HELFEN.«

»LINDY!«

Mac spürte, wie sich der Griff der Tentakel lockerte, sie lösten sich von seinen Armen und Beinen, während mehrere von ihnen zaghaft, fast schüchtern, nach Lindy griffen. Venom konnte ihre Angst riechen, sie in ihrem Gesicht sehen, während sie sich zwang, mutig zu sein und sich dem riesigen, unmenschlichen Blick ihres Mannes zu stellen.

»ICH BIN GEKOMMEN, UM DICH ZU RETTEN!«

»Ich brauchte keine Rettung. Ich bin hier, um von dir wegzukommen. Von *ihm*.«

»TÖTE SIE!«, brüllte die zweite Stimme, aber sie klang jetzt schwächer, als würde sie die Auseinandersetzung verlieren.

Ein Zittern ging durch die gallertartige Masse der tintenschwarzen Muskulatur des verwandelten Void. Weniger neue Tentakel wanden sich aus dem gelartigen schwarzen Kern, während diejenigen, die sich bereits manifestiert hatten, orientierungslos um sich peitschten oder sich sogar zurückzogen, um aufeinander loszugehen, während zwei Persönlichkeiten um die Kontrolle rangen. Aus dem Augenwinkel sah Mac, dass der Schwertknilch die Kraft fand, die herumpeitschenden Tentakel zurückzudrängen, was Moonstone einen triumphierenden, rachsüchtigen Schrei entlockte, als sie endlich wieder frei war.

»KOMM MIT MIR ZURÜCK NACH NEW YORK.«

Lindy lehnte sich zurück, um den Tentakeln auszuweichen, aber sie behielt die Nerven. Mac wünschte sich, er hätte auch so eine Frau kennengelernt. »Nein«, sagte sie.

Sentry und Void schrien gemeinsam gequält auf. Die verbliebenen Tentakel begannen sich zurückzuziehen, doch anstatt durch die zunehmende Masse größer zu werden, schrumpfte das Monster. Es schrumpfte wie ein kollabierender Stern und die ersten Strahlen eines neuen, goldenen Lichts pulsierten durch Void, bis der Symbiont gezwungen war, Macs Augen zu verkleben, um seinen Wirt davor zu schützen, geblendet zu werden.

»Sei nett zu ihm!«, brüllte Mac.

»Nein«, rief Lindy irgendwo aus der Schwärze hinter Venoms undurchdringlichen Augenlidern zurück. »Ich habe es satt, Angst zu haben. Ich will meinen Mann zurück.« Und dann an Void gewandt: »Wir gehen zurück nach New York, aber nicht zusammen. Du wirst zum Watchtower zurückkehren und wieder der Held sein, der du mal warst. Oder du wirst dich ganz zurückziehen. Es liegt an dir. Du fängst wieder an, mit Reed und Sue zu reden, und hörst nicht mehr auf Norman. Du wirst Void für immer besiegen. Bis du das machst, werde ich in unsere alte Wohnung in Queens zurückgehen. Wenn du willst, dass ich jemals zu dir zurückkomme, dann tust du das.«

Sogar durch den schwarzen Schorf auf seinen Augen sah Mac die menschliche Gestalt, die aus dem grellen Licht hervortrat. Sie brachte das Strahlen mit. Das Symbiontengewebe, das noch an ihr klebte, verdampfte wie schwarzes Eis unter einem Flammenwerfer.

»Es tut mir leid«, flüsterte er, als er mit ausgestreckten Armen auf sie zuging. »Es tut mir so unendlich leid.« Lindy stieß ihn von sich, eine Sterbliche, die ihre Kraft gegen das mächtigste Wesen im bekannten Universum einsetzte und es schluchzend auf dem Boden kauernd zurückließ.

Mac wandte den Blick ab. Ihm war die Demütigung des allmächtigen Helden auf unerklärliche Weise unangenehm. Dass Sentry wieder die Kontrolle hatte und der gottgleiche Held auf den Knien wegen seines gebrochenen Herzens weinte, verschlimmerte die Stille nur noch, die nach der Zerstörung des Stadtzentrums von Kuwait-Stadt hereingebrochen war. Moonstone und der Schwertknilch sahen Mac an, verwirrt, aber zu erschöpft, um zu fragen, was los war. Das war seltsam erleichternd, da Mac wirklich keine Ahnung hatte.

Ich versteh das nicht, murmelte der Symbiont. *Warum frisst er sie nicht einfach?*

Mac schüttelte fassungslos den Kopf, als Lindy ihren Mann als Häufchen Elend zurückließ und ihm eine Hand auf die Schulter legte. Dass sie ihn berührte, ohne zu befürchten, dass er ihr die Hand abbiss, war seltsam ermutigend. Selbst Vicky hatte Angst vor ihm. Er fragte sich, ob es sich so anfühlte, der Gute zu sein: gute Dinge zu tun und von den Leuten gemocht zu werden.

Daran könnte er sich gewöhnen.

Sofern der Symbiont das zuließ.

Sofern Norman das zuließ.

Töte Norman Osborn ...

»Bring mich nach Hause«, bat Lindy.

EPILOG

Der Mann auf dem riesigen Fernsehbildschirm sah aus, als hätte er den Gipfel der Welt erklommen und die Aussicht genossen.

»... kann ich hocherfreut berichten, dass die kriminelle Terroristin Valentina Allegra de Fontaine, eine bekannte Verbündete des gesuchten Nick Fury, heute nach einem langen Gefecht in Kuwait-Stadt um etwa neun Uhr morgens Ortszeit festgenommen wurde. Bedauerlicherweise gab es einige Sachschäden und Todesopfer, aber ich kann Ihnen versichern, dass Sie ohne ein wenig Glück und das furchtlose Eingreifen meiner Avengers an diesem Morgen über eine weitaus größere Tragödie berichten würden.«

Der Mann lächelte: ehrlich, verständnisvoll und offen, als er Fragen aus dem Publikum entgegennahm.

»Ich bin froh, dass Sie mich das fragen, Jennifer, denn so kann ich einige Unwahrheiten richtigstellen, die bereits in den Morgensendungen der Region kursieren. Es ist natürlich absurd, Sentry in irgendeiner Weise für die Zerstörung des Stadtzentrums von Kuwait-Stadt verantwortlich zu machen. Wie die wenigen Aufnahmen, die den Vorfall überlebt haben, deutlich zeigen, sind unsere Miss Marvel und New Yorks Lieblingsheld, mein Freund Spider-Man, im Kampf gegen ein schattenhaftes Ungetüm zu

sehen, das, und da werden Sie mir bestimmt zustimmen, nicht die geringste Ähnlichkeit mit dem goldenen Wächter des Guten hat, den wir alle kennen und lieben. Ich habe erste Informationen von den paranormalen Ermittlern von H.A.M.M.E.R., die den fraglichen Bösewicht eindeutig als Black Raazer identifizieren, ein langjähriger antiamerikanischer Unruhestifter und hochrangiger Untergebener von Miss Allegra. Man geht davon aus, dass Raazer für den Angriff auf New York vor einer Woche verantwortlich ist, ebenso wie für Spider-Mans mentale Verletzungen und den daraus resultierenden Vorfall im Avengers Tower, von dem einige von Ihnen bereits gehört haben. Raazer ist leider nach wie vor auf freiem Fuß. Ich bin jedoch sehr zuversichtlich, dass sich die Contessa und ein weiterer ihrer Mitarbeiter, der sich jetzt im Gewahrsam von H.A.M.M.E.R. befindet, Navid Hashim, auch bekannt als Arabian Knight, bei ihrer Befragung als kooperativ erweisen werden, um ähnliche Angriffe auf unsere Lebensweise in Zukunft zu verhindern.«

Seine gebräunte Haut schimmerte unter den unerbittlichen Kamerablitzen der weltweiten Medien.

»Wir untersuchen auch mögliche Absprachen innerhalb der US-Regierung, des Militärs und anderer Weltregierungen in einem von Miss Allegra angezettelten Komplott, um mich als demokratisch beauftragten Direktor von H.A.M.M.E.R. abzusetzen: ein Staatsstreich, der nicht nur illegitim und unmoralisch wäre, sondern auch unamerikanisch.«

Er packte die Seiten des Rednerpults und starrte fast schon schmerzhaft aufrichtig direkt in die Kamera.

»Da ich nie ein Geheimnis aus meinem Zustand gemacht habe, wird jeder, der gerade zusieht, wissen, dass ich die meiste Zeit meines Lebens an einer Geisteskrankheit gelitten habe. Das ist etwas, wofür ich Hilfe gesucht habe und wofür ich weiterhin in Behandlung bin. Und ich denke, wie bestimmt auch die meisten anständigen Menschen da draußen, dass es

beschämend ist, wenn ein mit öffentlichen Mitteln finanzierter staatlicher Sender gestohlene Aufnahmen eines privaten Zusammenbruchs zu kommerziellen oder politischen Zwecken ausschlachtet.«

Er nickte, als wäre er von diesem Geständnis erschöpft, als weitere Fragen gestellt wurden.

»Derzeit werden alle möglichen Sanktionen gegen die britische Regierung und die BBC in Betracht gezogen. Wie Sie sicher wissen, Brandon, erstreckt sich die Autorität von H.A.M.M.E.R., und damit auch meine Autorität, auf jede nationale Gerichtsbarkeit dieses Planeten ...«

Norman Osborn nahm die Fernbedienung von seinem Schreibtisch und richtete sie auf die riesige Bildschirmwand. Er drückte auf Pause, spulte zurück und spielte es erneut ab.

»... jede nationale Gerichtsbarkeit dieses Planeten ...«

Grinsend nahm er das halbe Dutzend verschiedenfarbiger Tabletten in die Hand. Karla und Victoria bestanden darauf, dass er sie nahm, genauso wie auf der aggressiven Gesprächstherapie. Er schluckte sie mit einem Macallan-Whiskey im Wert von fünfhundert Dollar aus einer beschädigten Tasse und stellte diese dann neben der Fernsehfernbedienung auf den Schreibtisch. Das auf die Tasse gemalte goblinartige Gesicht lugte unter den kindlich gezeichneten Buchstaben WELTBESTER PAPI hervor. Die Worte ließen ihn schmunzeln, obwohl er keine Ahnung hatte, von welchem seiner Kinder das Geschenk stammte oder wie es in sein Büro gelangt war. Dennoch ließ ihn etwas in diesem grüngesichtigen Cartoon-Abbild zurückschrecken, sodass er lieber seinen alles überragenden Avatar auf den Bildschirmen der Welt ansah.

Dort war er der Held. Dort war er der, für den er sich ausgab.

»... also, sofern Sie noch nicht genug von meiner Stimme haben, beantworte ich gern noch ein paar Fragen ...«

Der Typ lachte, und die Welt lachte mit ihm.

»Toll, dieser Typ zu sein«, sagte er zu dem Gesicht auf der Tasse.

Aber der Goblin antwortete nicht.

Er lachte nur.